Contrôle continu

Résumés de cours | Exercices | Contrôles | Corrigés

Spécialité

Maths

Résumés de cours, exercices et contrôles corrigés

NOUVEAUX PROGRAMMES

Tle

Bruno Ciolfi
Professeur

ellipses

Collection « Contrôle continu »
dirigée par Pascal Clavier

Retrouvez tous les titres de la collection sur
www.editions-ellipses.fr

ISBN 9782340-038226

32, rue Bargue 75740 Paris cedex 15

www.editions-ellipses.fr

Avant-propos

Créée en 2001, la collection *Contrôle continu* reste encore maintenant une collection de référence pour les élèves de lycée.

Conçue dans un souci de simplicité, elle répond aux interrogations des lecteurs qui souhaitent améliorer leurs connaissances et pratique d'une matière.

Mis à jour régulièrement, les livres sont découpés en chapitres et suivent scrupuleusement les nouveaux programmes de la réforme du Bac 2021.

Chaque chapitre contient :

- des résumés de cours mettant en valeur les notions fondamentales et incontournables à retenir
- des exercices de difficultés croissantes pour aider tous les élèves quels que soient leurs niveaux
- un contrôle type devoir sur table pour s'exercer
- des corrigés détaillés pour reprendre pas à pas chaque calcul et raisonnement.

Cette collection a permis à de nombreux élèves de réussir avec succès leurs contrôles. Nous espérons qu'il en sera de même pour vous.

Pascal Clavier

Sommaire

1 Les limites des suites

1. Préliminaire, le raisonnement par récurrence

Expliquons le raisonnement par récurrence sur un exemple.

Soit la suite (u_n) définie par récurrence par la donnée de son terme initial $u_0 = 5$ et par la formule de récurrence : $u_{n+1} = 4u_n - 15$ pour tout entier naturel n. C'est amusant car $u_1 = 4u_0 - 15 = 4 \times 5 - 15 = 5$, $u_2 = 4u_1 - 15 = 5$, etc.

Démontrons cet « etcetera » en raisonnant par récurrence.

On doit montrer que la proposition P_n : « $u_n = 5$ » est vraie pour tout $n \in \mathbb{N}$.

- Première étape : l'initialisation. La proposition P_0 est vraie puisque $u_0 = 5$ (autrement dit : « Au début ça marche »).
- Deuxième étape : l'hérédité. Montrons que si P_k est vraie pour un entier naturel k, alors P_{k+1} est vraie aussi (Autrement dit, il y a un effet « boule de neige »).

  On sait que P_k est vraie, on sait aussi que $u_{k+1} = 4u_k - 15$.

  $$\begin{cases} P_k \text{ est vraie} \\ u_{k+1} = 4u_k - 15 \end{cases} \Rightarrow \begin{cases} u_k = 5 \\ u_{k+1} = 4u_k - 15 \end{cases} \Rightarrow u_{k+1} = 4 \times 5 - 15 = 5 \;;\; P_{k+1} \text{ est vraie.}$$

- Conclusion : $u_n = 5$ pour tout $n \in \mathbb{N}$. La suite (u_n) est constante.

2. Limites de suites, définitions

Se demander ce que deviennent les termes d'une suite de nombres réels (u_n) quand n est très grand, à l'infini, c'est se poser la question de la limite de u_n quand n tend vers $+\infty$, limite notée $\lim\limits_{n \to +\infty} u_n$.

Quatre réponses possibles pour la limite d'une suite

Des suites	*Leurs limites*
La suite des nombres entiers naturels : $u_n = n$	$\lim\limits_{n \to +\infty} u_n = +\infty$, cette suite est divergente vers $+\infty$.
La suite des opposés des nombres entiers naturels : $u_n = -n$	$\lim\limits_{n \to +\infty} u_n = -\infty$, cette suite est divergente vers $-\infty$.

La suite des inverses des entiers naturels non nuls : $u_n = \frac{1}{n}$	$\lim\limits_{n\to+\infty} u_n = 0$, cette suite est convergente vers 0.
La suite « fantasque » des nombres suivants : 1/9/1/9/1/9 etc.	$\lim\limits_{n\to+\infty} u_n$ n'existe pas, cette suite est divergente.

Il y a donc les suites convergentes et les suites divergentes.

Limites de suites géométriques ($u_n = q^n$)

Quand la raison $q \in]-1\,;+1[$, $\lim\limits_{n\to+\infty} q^n = 0$; la suite (q^n) converge vers 0.
Quand la raison $q \in]+1\,;+\infty[$, $\lim\limits_{n\to+\infty} q^n = +\infty$; la suite (q^n) diverge vers $+\infty$.

3. Comment déterminer la limite d'une suite

Déterminer la limite d'une suite par opérations

Un exemple, recherche de $\lim\limits_{n\to+\infty} (2^n + n)$
$\begin{cases} \lim\limits_{n\to+\infty} 2^n = +\infty \text{ car } 2 > 1 \\ \lim\limits_{n\to+\infty} n = +\infty \end{cases} \Rightarrow$ par addition, $\lim\limits_{n\to+\infty} (2^n + n) = \lim\limits_{n\to+\infty} 2^n + \lim\limits_{n\to+\infty} n = (+\infty) + (+\infty) = +\infty.$

Car la limite d'une somme est la somme des limites, ce qui donne en langue maths : $\lim\limits_{n\to+\infty} (u_n + v_n) = \lim\limits_{n\to+\infty} u_n + \lim\limits_{n\to+\infty} v_n$. De même pour soustraction, produit, quotient.

Une fois déterminée la limite de chaque terme de l'opération, on obtient ce qu'on appelle une forme ; dans l'exemple précédent, la forme obtenue était $(+\infty)+(+\infty)$ qui donne, en tout, $+\infty$ puisque un nombre très grand ajouté à un nombre très grand donne un nombre très grand, c'est du bon sens.

Attention aux quatre formes indéterminées !

Ce sont les quatre formes aux résultats indécis : $\infty - \infty$, $0 \times \infty$, $\frac{\infty}{\infty}$, $\frac{0}{0}$:

autrement dit (Très grand) − (Très grand), (Très petit) × (Très grand),

$\frac{\text{Très grand}}{\text{Très grand}}$, $\frac{\text{Très petit}}{\text{Très petit}}$.

Les résultats sont incertains et à chercher au cas par cas en manipulant le terme de la suite afin qu'il se présente sous une autre forme dont le résultat sera certain (voir exercices).

Déterminer la limite d'une suite par comparaison

Dans deux cas bien précis, on peut déterminer $\lim\limits_{n \to +\infty} u_n$ en comparant les u_n, dont on ne connaît pas la limite, à des v_n dont on connaît la limite.

Si $\begin{cases} u_n \geq v_n \text{ pour tout } n \in \mathbb{N} \\ \lim\limits_{n \to +\infty} v_n = +\infty \end{cases}$, alors $\lim\limits_{n \to +\infty} u_n = +\infty$.
Si $\begin{cases} u_n \leq v_n \text{ pour tout } n \in \mathbb{N} \\ \lim\limits_{n \to +\infty} v_n = -\infty \end{cases}$, alors $\lim\limits_{n \to +\infty} u_n = -\infty$.

Déterminer la limite d'une suite par le théorème des gendarmes

Une suite coincée entre deux suites convergeant vers le même réel L converge aussi vers L. En langue mathématique :

$$\text{Si } \begin{cases} v_n \leq u_n \leq w_n \text{ pour tout } n \in \mathbb{N} \\ \lim\limits_{n \to +\infty} v_n = \lim\limits_{n \to +\infty} w_n = L \end{cases}, \text{ alors } \lim\limits_{n \to +\infty} u_n = L.$$

4. Les limites des suites monotones

Une suite est croissante ou décroissante ou ni croissante ni décroissante

- Une suite croissante est une suite aux termes de plus en plus grands.

  (u_n) croissante $\Leftrightarrow$ pour tout entier naturel n, $u_{n+1} \geq u_n$ ou $u_{n+1} - u_n \geq 0$.

- Une suite décroissante est une suite aux termes de plus en plus petits.

  (u_n) décroissante $\Leftrightarrow$ pour tout entier naturel n, $u_{n+1} \leq u_n$ ou $u_{n+1} - u_n \leq 0$.

Les suites croissantes et les suites décroissantes sont les suites monotones.

Attention ! La plupart des suites ne sont pas monotones.

Une suite peut être majorée ou minorée

- Une suite est majorée par le nombre M si ses termes ne sont jamais plus grands que M (il y a comme un plafond).

  (u_n) majorée par $M \Leftrightarrow$ pour tout entier naturel n, $u_n \leq M$ ou $M - u_n \geq 0$.

- Une suite est minorée par le nombre m si ses termes ne sont jamais plus petits que m (il y a comme un plancher).

  (u_n) minorée par $m \Leftrightarrow$ pour tout entier naturel n, $u_n \geq m$ ou $u_n - m \geq 0$.

Le théorème des suites monotones

Une suite croissante est majorée ou pas. Si elle est majorée, alors elle converge. Si elle n'est pas majorée, alors elle diverge vers $+\infty$.
Une suite décroissante est minorée ou pas. Si elle est minorée, alors elle converge. Si elle n'est pas minorée, alors elle diverge vers $-\infty$.

Énoncés des exercices

Exercice 1 — 20 min

La suite (u_n) est définie par : $\begin{cases} u_0 = 1 \\ u_{n+1} = \dfrac{u_n}{2} + 3 \text{ pour tout entier naturel } n \end{cases}$.

1. Calculer u_1, u_2 et u_3.

2. Prouver, en raisonnant par récurrence, que $u_n \leq 6$ pour tout entier naturel n.

3. Ci-dessous un algorithme écrit en langage Python.

Algorithme	*Explications*
>>>$u=1$	▪ Le terme initial de la suite est 1.
>>>for n in range (1,6) :	▪ range (1,6) est la liste d'entiers $\{1,2,3,4,5\}$. Le dernier entier cité, 6, n'est pas pris dans la liste.
$u = u/2+3$	▪ $u = u/2+3$ donne la relation de récurrence $u_{n+1} = \dfrac{u_n}{2} + 3$.
>>>print(u)	▪ print(u) demande le résultat u.

Cet algorithme imprime (« print ») comme résultat : $u = 5{,}84375$.

Par calculs, vérifier ce résultat.

Exercice 2 — 20 min

La suite (u_n) est définie par : $\begin{cases} u_0 = 1 \\ u_{n+1} = 2u_n + 3 \text{ pour tout entier naturel } n \end{cases}$.

1. Calculer u_1, u_2 et u_3.

2. Prouver, en raisonnant par récurrence, que $u_n = 4 \times 2^n - 3$ pour tout entier naturel n.

3. Ci-dessous un algorithme écrit en langage Python.

```
>>>(u,n)=(1,0)
>>>while u<500 :
(u,n)=(2*u+3,n+1)
>>>print(u,n)
```

« While » est « Tant que » en langage naturel.

Cet algorithme affiche comme résultat : $(509,7)$.

Par calculs, vérifier ce résultat.

* Exercice 3

20 min

La suite (v_n) est définie, pour n entier naturel non nul, par :

$$\begin{cases} v_1 = 1 \\ v_{n+1} = v_n + 1 + \dfrac{1}{n} \text{ pour tout entier naturel } n \text{ non nul.} \end{cases}$$

1. Calculer v_2 et v_3.

2. Prouver, en raisonnant par récurrence, que $v_n \geq n$ pour tout entier naturel n non nul.

3. Ci-dessous un algorithme écrit en langage naturel.

```
v ← 1 (v prend la valeur 1)
S ← 1
Pour n allant de 1 à 3
    v ← v + 1 + 1/n
    S ← S + v
Fin pour
Afficher S
```

On exécute cet algorithme. Compléter le tableau ci-dessous donnant la valeur des variables au cours de l'exécution de l'algorithme.

n	v	S	
	1	1	Valeurs initiales
1			
2			
3			

Quel est le résultat affiché par cet algorithme ? Arrondir à 10^{-2} près.

* Exercice 4

20 min

On définit cinq suites : $\left(u_n = 1 + \dfrac{2}{3^n}\right)$, $\left(v_n = (-2)^n\right)$, $\left(w_n = 1 - 2n\right)$, $\left(x_n = 2 \times \dfrac{3^n}{4^n}\right)$, $\left(y_n = n^2 - 3n\right)$.

1. Parmi ces cinq suites, l'une a pour limite 0, une autre a pour limite 1, une troisième a pour limite $+\infty$, une quatrième a pour limite $-\infty$, une cinquième n'a pas de limite ; il faut les retrouver en justifiant les réponses.

2. Pour la suite (y_n), déterminer le plus petit entier N tel que $y_N > 1\,000$.

* Exercice 5 ⏰ 15 min

On définit les cinq suites : $(u_n = 2^n + 3\times 0,1^n)$, $\left(v_n = \dfrac{3n+1}{2n+1}\right)$, $\left(w_n = \dfrac{n}{n^2+1}\right)$, $(x_n = 6 - n^2)$, $\left(y_n = \dfrac{2}{1+0,7^n}\right)$.

Chacune de ces suites a une limite. Déterminer la limite de chacune de ces cinq suites.

* Exercice 6 ⏰ 25 min

Soit la suite (u_n) définie par $u_n = \dfrac{2n+1}{n+1}$ pour tout entier naturel *n*.

1. Cette suite est-elle convergente ?

2. Prouver que, pour tout entier naturel *n*,

$$u_n - 2 = -\frac{1}{n+1} \text{ et } u_{n+1} - u_n = \frac{1}{(n+2)(n+1)}.$$

Démontrer alors que cette suite est croissante, majorée par 2, minorée par 1.

3. Déterminer le plus petit entier naturel *N* tel que $u_N > 1,99$.

* Exercice 7 ⏰ 15 min

Question préliminaire : déterminer tous les nombres réels *x* tels que $\dfrac{x}{2} - x^2 \leq -\dfrac{x}{2}$.

Soit la suite (u_n) définie par $u_n = \dfrac{n}{2} - n^2$ pour tout entier naturel *n*.

1. Démontrer que $u_n \leq -\dfrac{n}{2}$ pour tout entier naturel *n*.

2. En déduire $\lim\limits_{n\to+\infty} u_n$.

* Exercice 8 ⏰ 15 min

La suite (u_n) est définie par : $\begin{cases} u_0 = 0 \\ u_{n+1} = 3u_n - 2n + 3 \text{ pour tout } n \in \mathbb{N} \end{cases}$.

1. Calculer u_1 et u_2.

2. En raisonnant par récurrence, montrer que $u_n \geq n$ pour tout *n*.

En déduire $\lim\limits_{n\to+\infty} u_n$.

Exercices

* Exercice 9 — 10 min

Soit la suite (u_n) définie par : $u_n = 2 + \frac{(-1)^n}{n}$ pour tout n non nul de $\mathbb{N}$.

1. Calculer les trois premiers termes de cette suite.
2. Démontrer que, pour tout entier naturel n non nul, $2 - \frac{1}{n} \leq u_n \leq 2 + \frac{1}{n}$.
3. La suite (u_n) est-elle convergente ?

* Exercice 10 — 15 min

Parmi les cinq propositions suivantes, une seule est vraie. Laquelle ? Aucune justification n'est demandée.

Proposition 1 : « Une suite (u_n) divergeant vers $+\infty$ est nécessairement croissante ».

Proposition 2 : « Il faut qu'une suite soit croissante pour être convergente ».

Proposition 3 : « Une suite convergente est nécessairement ou croissante ou décroissante ».

Proposition 4 : « Il suffit qu'une suite soit croissante pour être minorée ».

Proposition 5 : « Il suffit qu'une suite soit bornée (c'est-à-dire majorée et minorée) pour être convergente ».

* Exercice 11 — 20 min

Soit la suite (u_n) définie par : $\begin{cases} u_0 = 0{,}4 \\ u_{n+1} = 0{,}2u_n + 0{,}4 \text{ pour tout } n \text{ de } \mathbb{N} \end{cases}$.

1. Démontrer, en utilisant un raisonnement par récurrence, que tous les termes de la suite (u_n) sont plus petits que 0,5.
2. Montrer que, pour tout n de $\mathbb{N}$, $u_{n+1} - u_n = 0{,}8(0{,}5 - u_n)$.

   En déduire la variation de la suite (u_n).
3. Justifier que la suite (u_n) converge.
4. Soit $L = \lim_{n \to +\infty} u_n$.

   En considérant $\lim_{n \to +\infty} u_{n+1} = \lim_{n \to +\infty} (0{,}2u_n + 0{,}4)$, calculer L.

* Exercice 12 — 20 min

On pose $u_n = \dfrac{2n-1}{2^n}$ pour tout entier naturel $n \geq 2$. Le terme initial de la suite (u_n) est donc u_2.

1. Justifier que tous les termes de la suite (u_n) sont positifs.

2. Montrer que $u_{n+1} - u_n = \dfrac{3-2n}{2^{n+1}}$ pour tout entier $n \geq 2$.

En déduire la variation de la suite (u_n).

3. La suite (u_n) est-elle convergente ?

* Exercice 13 — 15 min

Soient les suites (u_n) et (v_n) définies par :

$$\begin{cases} u_0 = 0 \text{ et } v_0 = 100 \\ u_{n+1} = \dfrac{u_n + v_n}{2} \text{ et } v_{n+1} = \dfrac{u_{n+1} + v_n}{2} \text{ pour tout entier naturel } n \end{cases}.$$

1. Vérifier que $u_0 \leq u_1 \leq u_2 \leq v_2 \leq v_1 \leq v_0$.

2. On admet que, pour tout n, $u_0 \leq u_n \leq u_{n+1} \leq v_{n+1} \leq v_n \leq v_0$.

Justifier que les suites (u_n) et (v_n) sont convergentes.

** Exercice 14 — 20 min

Une tasse de café est servie à une température initiale de 80 °C.

Le but de cet exercice est d'étudier le refroidissement du café.

Pour tout entier naturel n, on note T_n la température du café à l'instant n, avec T_n exprimé en degré Celsius et n en minutes. On a ainsi $T_0 = 80$.

On suppose que $T_{n+1} - T_n = -0,2(T_n - 10)$ pour tout entier naturel n.

1. D'après le contexte, peut-on conjecturer le sens de variation de la suite (T_n) ?

2. Montrer que pour tout entier naturel n : $T_{n+1} = 0,8T_n + 2$.

3. On pose, pour tout entier naturel n : $u_n = T_n - 10$.

- Montrer que (u_n) est une suite géométrique. Préciser sa raison et son premier terme.
- Montrer que, pour tout entier naturel n, on a : $T_n = 70 \times 0,8^n + 10$.
- Déterminer la limite de la suite (T_n).

** Exercice 15 ⏱ 30 min

Soit (u_n) la suite définie par : $\begin{cases} u_0 = 4 \\ u_{n+1} = -\dfrac{1}{u_n + 2} \end{cases}$.

1. En raisonnant par récurrence montrer que, pour tout entier naturel n non nul, $-1 < u_n < 0$.
2. Pour tout entier naturel n on pose $v_n = \dfrac{1}{u_n + 1}$.

   Montrer que (v_n) est une suite arithmétique.
3. Exprimer v_n puis u_n en fonction de n.

   La suite (u_n) est-elle convergente ?

*** Exercice 16 ⏱ 45 min

Partie A

On considère la suite (a_n) définie sur $\mathbb{N}$ par $a_n = 2^n - n$.

1. Monter que, pour tout n de $\mathbb{N}$, $a_{n+1} - a_n = 2^n - 1$. En déduire la variation de la suite (a_n) puis que, pour tout n de $\mathbb{N}$, $2^n - n \geq 1$.
2. En raisonnant par l'absurde, montrer que la suite (a_n) diverge.

   La suite (a_n) a-t-elle néanmoins une limite ?

Partie B

On considère la suite (b_n) définie sur $\mathbb{N}$ par $b_n = 2^n - \dfrac{n^2}{2}$.

1. Montrer que, pour tout n de $\mathbb{N}$, $b_{n+1} - b_n = 2^n - n - \dfrac{1}{2}$. En déduire la variation de la suite (b_n).
2. Justifier que la suite (b_n) est minorée par 1.
3. Déduire de la réponse précédente que, pour tout n de $\mathbb{N}$, $\dfrac{2^n}{n} \geq \dfrac{1}{n} + \dfrac{n}{2}$.

   En déduire $\lim\limits_{n \to +\infty} \dfrac{2^n}{n}$ puis $\lim\limits_{n \to +\infty} (2^n - n)$.

Contrôle

1 h · 20 points

Exercice 1

10 min · 4 points

On considère la suite (u_n) définie par :

$$\begin{cases} u_0 = 1 \\ u_{n+1} = u_n + 2n + 3 \text{ pour tout entier naturel } n \end{cases}$$

1. Étudier la monotonie de la suite (u_n).
2. Démontrer, en utilisant un raisonnement par récurrence, que $u_n \geq n^2$ pour tout entier naturel n. Quelle est la limite de la suite (u_n) ?
3. Conjecturer une expression de u_n en fonction de n.

Exercice 2

30 min · 10 points

Un groupe de spécialistes en environnement étudie le taux de disponibilité des ressources nécessaires pour le développement de la population de grenouilles autour d'un étang. Ce taux dépend notamment du nombre de grenouilles présentes sur les lieux, de la quantité de nourriture à disposition, de l'espace disponible et de la qualité de l'environnement. Une étude, menée en 2019 par ce groupe de scientifiques, a permis d'estimer le taux de disponibilité des ressources à 0,9 ; cela signifie que 90 % des ressources sont disponibles. On modélise le taux de disponibilité des ressources par la suite (T_n) qui, à tout entier naturel n, associe le taux de disponibilité des ressources n années après 2019. On a ainsi $T_0 = 0{,}9$. Le modèle choisi est tel que, pour tout entier naturel n, on a $T_{n+1} = T_n - 0{,}1T_n^{\ 2}$.

1. Certains spécialistes en environnement estiment qu'en 2023, le taux de disponibilité des ressources sera proche de 0,4. Cette affirmation est-elle conforme au modèle ? Pourquoi ?
2. Justifier que la suite (T_n) est décroissante.
3. On définit la fonction f sur l'intervalle $[0\ ;\ 1]$ par $f(x) = x - 0{,}1x^2$. Ainsi, la suite (T_n) vérifie pour tout entier naturel n, $T_{n+1} = f(T_n)$.
   - Étudier les variations de la fonction f sur l'intervalle $[0\ ;\ 1]$. Dresser le tableau de variation. En déduire que $0 \leq x \leq 1 \Rightarrow 0 \leq f(x) \leq 0{,}9$.
   - En raisonnant par récurrence, montrer que, pour tout entier naturel n, $0 \leq T_n \leq 1$.
4. En utilisant des réponses précédentes, justifier que la suite (T_n) est convergente.
5. Ci-dessous un algorithme en langage Python.

Contrôle

```
>>>(T,n,A)=(0.9,0,2019+n)
>>>while T>0.4 :
    (T,n)=(T-0.1*T**2,n+1)
>>>print (T,n,A)
```

$T-0.1*T**2$ signifie $T-0{,}1\times T^2$.

Cet algorithme affiche en réponses : 0.38477689041935126   14   2033.

Interpréter ces réponses dans le contexte de l'exercice.

6. Soit L la limite de la suite (T_n). En utilisant la relation de récurrence : $T_{n+1}=T_n-0{,}1T_n^{\ 2}$, montrer que $L=0$.

Exercice 3

⏱ 20 min • 6 points

On définit, pour tout entier naturel $n>0$, la suite (u_n) de nombres strictement positifs par $u_n=\dfrac{n^2}{2^n}$. Et pour tout entier naturel $n>0$, on pose $v_n=\dfrac{u_{n+1}}{u_n}$.

1. Montrer que, pour tout n de $\mathbb{N}$, $v_n=\dfrac{1}{2}\left(1+\dfrac{1}{n}\right)^2$. En déduire $\lim\limits_{n\to+\infty} v_n$.

2. Déterminer tous les entiers naturels n non nuls tels que $v_n\leq 1$.

En déduire qu'à partir du rang 3, la suite (u_n) est décroissante.

3. Justifier que la suite (u_n) converge.

Corrigés exercices

Exercice 1

1. Appliquons la formule de récurrence à $n=0$: $u_1=\dfrac{u_0}{2}+3=\dfrac{1}{2}+3=\dfrac{7}{2}$.

Appliquons la formule de récurrence à $n=1$: $u_2=\dfrac{u_1}{2}+3=\dfrac{7/2}{2}+3=\dfrac{19}{4}$.

Appliquons la formule de récurrence à $n=2$: $u_3=\dfrac{u_2}{2}+3=\dfrac{19/4}{2}+3=\dfrac{43}{8}$.

$$u_1=\frac{7}{2}\ ;\ u_2=\frac{19}{4}\ ;\ u_3=\frac{43}{8}.$$

2. On doit montrer que la proposition P_n : « $u_n\leq 6$ » est vraie pour tout $n\in\mathbb{N}$.

Corrigés

- Première étape : l'initialisation. La proposition P_0 est vraie puisque $u_0 = 1$ est bien inférieur à 6.
- Deuxième étape : l'hérédité. Montrons que si P_k est vraie pour un entier naturel k, alors P_{k+1} est vraie aussi.

  On sait que P_k est vraie, on sait aussi que $u_{k+1} = \frac{u_k}{2} + 3$: $\begin{cases} u_k \leq 6 \\ u_{k+1} = \dfrac{u_k}{2} + 3 \end{cases}$.

  $$u_k \leq 6 \underset{\text{en divisant par 2>0, ce qui ne change pas le sens de l'inégalité}}{\Rightarrow} \frac{u_k}{2} \leq \frac{6}{2} \underset{\text{en ajoutant 3, ce qui ne change pas le sens de l'inégalité}}{\Rightarrow} \frac{u_k}{2} + 3 \leq \frac{6}{2} + 3$$

  c'est-à-dire : $u_{k+1} \leq \frac{6}{2} + 3 \Rightarrow u_{k+1} \leq 6.$

  On vient de prouver que P_k vraie $\Rightarrow$ P_{k+1} vraie, l'hérédité.
- Conclusion : la proposition P_n est vraie pour tout $n \in \mathbb{N}$.

$u_n \leq 6$ pour tout $n \in \mathbb{N}$; la suite (u_n) est majorée par 6.

3. L'algorithme donne u_5. Il faut donc vérifier que $u_5 = 5{,}84375$.

Or $u_4 = \frac{u_3}{2} + 3 = \frac{43/8}{2} + 3 = \frac{91}{16}$, puis $u_5 = \frac{u_4}{2} + 3 = \frac{91/16}{2} + 3 = \frac{187}{32}$, donc $u_5 = \frac{187}{32} = 5{,}843\ 75$, CQFD (ce qu'il fallait démontrer).

Exercice 2

1. On a successivement : $u_1 = 2u_0 + 3 = 2 \times 1 + 3 = 5$,
$u_2 = 2u_1 + 3 = 2 \times 5 + 3 = 13$, $u_3 = 2u_2 + 3 = 2 \times 13 + 3 = 29$.

$u_1 = 5$; $u_2 = 13$; $u_3 = 29$.

2. On doit montrer que la proposition P_n : « $u_n = 4 \times 2^n - 3$ » est vraie pour tout $n \in \mathbb{N}$.

- Première étape : l'initialisation.

  $\begin{cases} u_0 = 1 \\ 4 \times 2^0 - 3 = 4 \times 1 - 3 = 1 \end{cases} \Rightarrow u_0 = 4 \times 2^0 - 3$; la proposition P_0 est vraie.
- Deuxième étape : l'hérédité. Montrons que si P_k est vraie pour un entier naturel k, alors P_{k+1} est vraie aussi.

  On sait que P_k est vraie, on sait aussi que $u_{k+1} = 2u_k + 3$: $\begin{cases} u_k = 4 \times 2^k - 3 \\ u_{k+1} = 2u_k + 3 \end{cases}$.

Corrigés

À partir de là, il s'agit de montrer que $u_{k+1} = 4\times 2^{k+1} - 3$.

Or $u_k = 4\times 2^k - 3 \underset{\text{en multipliant par 2}}{\Rightarrow} 2u_k = 2(4\times 2^k - 3)$

$\underset{\text{en ajoutant 3}}{\Rightarrow} 2u_k + 3 = 2(4\times 2^k - 3) + 3$.

On est arrivé au fait que $u_{k+1} = 2(4\times 2^k - 3) + 3$.

Reste à vérifier que $2(4\times 2^k - 3) + 3 = 4\times 2^{k+1} - 3$.

Développons : $2(4\times 2^k - 3) + 3 = 2\times 4\times 2^k - 2\times 3 + 3$.

Or $2\times 4\times 2^k = 4\times 2\times 2^k = 4\times 2^{k+1}$.

Donc : $u_{k+1} = 2(4\times 2^k - 3) + 3 = 4\times 2^{k+1} - 6 + 3 = 4\times 2^{k+1} - 3$, ce qu'il fallait trouver.

Attention ! Dans $2\times 4\times 2^k$, il ne fallait pas effectuer $2\times 4 = 8$; on se serait perdu en cours de route, on ne se serait pas dirigé vers la ligne d'arrivée.

On vient de prouver que P_k vraie $\Rightarrow$ P_{k+1} vraie, l'hérédité.

- Conclusion : la proposition P_n est vraie pour tout $n \in \mathbb{N}$.

$u_n = 4\times 2^n - 3$ pour tout $n \in \mathbb{N}$; la suite (u_n) est donnée explicitement.

3. Il s'agit de vérifier que u_7, qui vaudrait 509 d'après l'algorithme, est le premier terme de la suite (u_n) supérieur à 500.

$u_0 = 1,\ u_1 = 5,\ u_2 = 13,\ u_3 = 29,\ u_4 = 4\times 2^4 - 3 = 61,$ $u_5 = 4\times 2^5 - 3 = 125,\ u_6 = 4\times 2^6 - 3 = 253,\ u_7 = 4\times 2^7 - 3 = 509.$ Oui, u_7 vaut 509, et c'est le premier terme supérieur à 500.

Exercice 3

1.

$$v_2 = v_1 + 1 + \frac{1}{1} = 3 \text{ et } v_3 = v_2 + 1 + \frac{1}{2} = \frac{9}{2}.$$

2. Il faut montrer que la proposition P_n : « $v_n \geq n$ » est vraie pour tout entier naturel non nul n.

- Première étape : l'initialisation (pour $n = 1$).

  Pour $n = 1$, $v_n = v_1 = 1 \geq n = 1$; la proposition P_1 est vraie.

- Deuxième étape : l'hérédité. Montrons que si P_k est vraie pour un entier naturel non nul k, alors P_{k+1} est vraie aussi.

Corrigés

On sait que P_k est vraie et que $v_{k+1} = v_k + 1 + \frac{1}{k}$: $\begin{cases} v_k \geq k \\ v_{k+1} = v_k + 1 + \frac{1}{k} \end{cases}$.

À partir de là, il s'agit de montrer que $v_{k+1} \geq k+1$.

Or $v_k \geq k \Rightarrow v_{k+1} \geq k + 1 + \frac{1}{k}$.

Mais $\frac{1}{k}$ est positif, donc $k + 1 + \frac{1}{k} \geq k+1$.

Récapitulons : $v_{k+1} = v_k + 1 + \frac{1}{k} \geq k + 1 + \frac{1}{k} \geq k+1$ ce qu'il fallait trouver.

On vient de prouver que P_k vraie $\Rightarrow$ P_{k+1} vraie, l'hérédité.

- Conclusion : la proposition P_n est vraie pour tout $n \in \mathbb{N}^*$.

$v_n \geq n$ pour tout entier naturel non nul n.

3.

n	v	S	
	1	1	Valeurs initiales
1	3	4	
2	$\frac{9}{2} = 4{,}5$	8,5	
3	$4{,}5 + 1 + \frac{1}{3} = 5{,}8333...$	14,333…	

Le résultat affiché par cet algorithme est 14,33, à 10^{-2} près.

Exercice 4

1. - $\lim\limits_{n \to +\infty} 3^n = +\infty$ car $3 > 1$, donc $\lim\limits_{n \to +\infty} x_n = 1$ (forme $1 + \frac{2}{+\infty} = 1 + 0 = 1$).

- La suite (v_n) n'admet pas de limite car ses termes sont alternativement très grands en positifs et « très grands en négatifs » ; les uns vont vers $+\infty$ et les autres vers $-\infty$.

- $\lim\limits_{n \to +\infty} n = +\infty$ donc $\lim\limits_{n \to +\infty} w_n = -\infty$ (forme $1 - 2 \times (+\infty) = 1 - \infty = -\infty$).

- $\begin{cases} \lim\limits_{n \to +\infty} 3^n = +\infty \text{ car } 3 > 1 \\ \lim\limits_{n \to +\infty} 4^n = +\infty \text{ car } 4 > 1 \end{cases} \Rightarrow \lim\limits_{n \to +\infty} \frac{3^n}{4^n}$ se présente sous la forme indéterminée $\frac{\infty}{\infty}$, indétermination qu'il faut lever.

Corrigés

Or $\frac{3^n}{4^n}=\left(\frac{3}{4}\right)^n=0,75^n$. Donc $\lim\limits_{n\to+\infty}\frac{3^n}{4^n}=\lim\limits_{n\to+\infty}0,75^n=0$ car $0,75\in]-1:+1[$.

Finalement, $\lim\limits_{n\to+\infty}x_n=\lim\limits_{n\to+\infty}\left(2\times\frac{3^n}{4^n}\right)=2\times 0=0$.

- $\begin{cases}\lim\limits_{n\to+\infty}n^2=+\infty\\ \lim\limits_{n\to+\infty}3n=+\infty\end{cases}\Rightarrow\lim\limits_{n\to+\infty}(n^2-3n)$ se présente sous la forme indéterminée $\infty-\infty$, indétermination qu'il faut lever.

Or $n^2-3n=n(n-3)$. Donc $\lim\limits_{n\to+\infty}(n^2-3n)=\lim\limits_{n\to+\infty}n(n-3)=+\infty$ car la forme $(+\infty)(+\infty-3)$ donne $(+\infty)(+\infty)=+\infty$.

> $\lim\limits_{n\to+\infty}u_n=1$; $\lim\limits_{n\to+\infty}v_n$ n'existe pas ; $\lim\limits_{n\to+\infty}w_n=-\infty$;
> $\lim\limits_{n\to+\infty}x_n=0$; $\lim\limits_{n\to+\infty}y_n=+\infty$.

2. Il s'agit de trouver les entiers naturels n tels que $n^2-3n>1\,000$ pour connaître le plus petit d'entre eux.

Résolvons l'inéquation $n^2-3n>1\,000\Leftrightarrow n^2-n-1\,000>0$; il faut étudier le signe du trinôme $x^2-3x-1\,000$, trinôme ax^2+bx+c avec $a=1$, $b=-3$ et $c=-1\,000$ (cours de première).

Lediscriminantdecetrinômeest $\Delta=b^2-4ac=(-3)^2-4(1)(-1\,000)=4\,009$.

Ce discriminant est strictement positif, donc ce trinôme admet deux racines :

$$\begin{cases}x_1=\dfrac{-b-\sqrt{\Delta}}{2a}=\dfrac{3-\sqrt{4\,009}}{2}\approx-30,2\\ x_2=\dfrac{-b+\sqrt{\Delta}}{2a}=\dfrac{3+\sqrt{4\,009}}{2}\approx 33,2\end{cases}.$$

Le signe de ce trinôme, selon les valeurs de x, est donc :

x	$-\infty$		x_1		x_2		$+\infty$
$x^2-3x-1\,000$		Signe de a $=+$	0	Signe de $-a$ $=-$	0	Signe de a $=+$	

> La solution de l'inéquation $x^2-3x-1\,000>0$ est
> $S\approx]-\infty\ ;\ -30,2[\cup]33,2\ ;+\infty[$.
>
> Donc le plus petit entier naturel n tel que $y_n=n^2-3n>1\,000$ est
> $N=34$.

Corrigés

Exercice 5

- $\begin{cases} \lim\limits_{n\to+\infty} 2^n = +\infty \text{ car } 2>1 \\ \lim\limits_{n\to+\infty} 0{,}1^n = 0 \text{ car } 0{,}1 \in]-1\,;+1[\end{cases} \Rightarrow \lim\limits_{n\to+\infty} u_n = +\infty$ forme

  $(+\infty)+3\times 0 = +\infty$). La suite (u_n) diverge vers $+\infty$.

- $\begin{cases} \lim\limits_{n\to+\infty} (3n+1) = +\infty \\ \lim\limits_{n\to+\infty} (2n+1) = +\infty \end{cases} \Rightarrow \lim\limits_{n\to+\infty} \dfrac{3n+1}{2n+1}$ se présente sous la forme indéterminée

  $\dfrac{\infty}{\infty}$, indétermination qu'il faut lever.

  On factorise numérateur et dénominateur par les termes de plus haut degré :

  $$v_n = \frac{3n+1}{2n+1} = \frac{3n(1+1/3n)}{2n(1+1/2n)} \underset{\text{on simplifie}}{=} \frac{3(1+1/3n)}{2(1+1/2n)}.$$

  Refaisons les comptes :

  $$\lim_{n\to+\infty} \frac{1}{n} = 0 \Rightarrow \begin{cases} \lim\limits_{n\to+\infty} (1+1/3n) = 1+0 = 1 \\ \lim\limits_{n\to+\infty} (1+1/2n) = 1+0 = 1 \end{cases} \Rightarrow \lim_{n\to+\infty} v_n = \frac{3\times 1}{2\times 1} = \frac{3}{2}.$$

  La suite (v_n) converge vers $\dfrac{3}{2}$.

- Pour w_n, il y a encore une indétermination du type $\dfrac{\infty}{\infty}$.

  On change w_n de forme : $w_n = \dfrac{n}{n^2+1} = \dfrac{n\times 1}{n^2(1+1/n^2)} = \dfrac{1}{1+1/n^2}$.

  $\lim\limits_{n\to+\infty} \dfrac{1}{n^2} = 0 \Rightarrow \lim\limits_{n\to+\infty} w_n = \dfrac{1}{1+0} = 1$. La suite (w_n) converge vers 1.

- $\lim\limits_{n\to+\infty} n^2 = +\infty \Rightarrow \lim\limits_{n\to+\infty} x_n = -\infty$ (forme $6-(+\infty) = -\infty$).

  La suite (x_n) diverge vers $-\infty$.

- $\lim\limits_{n\to+\infty} 0{,}7^n = 0$ car $0{,}7 \in]-1\,;+1[$.

  Donc $\lim\limits_{n\to+\infty} y_n = \dfrac{2}{1+0} = 2$. La suite (y_n) converge vers 2.

$$\lim_{n\to+\infty} u_n = +\infty\ ;\ \lim_{n\to+\infty} v_n = \frac{3}{2}\ ;\ \lim_{n\to+\infty} w_n = 1\ ;$$
$$\lim_{n\to+\infty} x_n = -\infty\ ;\ \lim_{n\to+\infty} y_n = 2.$$

Corrigés

Exercice 6

1. Il s'agit de déterminer la limite de cette suite, si cette limite existe.

$$\begin{cases} \lim\limits_{n\to+\infty} (2n+1) = +\infty \\ \lim\limits_{n\to+\infty} (n+1) = +\infty \end{cases} \Rightarrow \lim_{n\to+\infty} \frac{2n+1}{n+1} \text{ se présente sous la forme indéterminée}$$

$\frac{\infty}{\infty}$, indétermination qu'il faut lever.

On factorise numérateur et dénominateur par n (ou par les termes de plus haut degré) : $u_n = \frac{2n+1}{n+1} = \frac{n(2+1/n)}{n(1+1/n)} \underset{\text{on simplifie}}{=} \frac{2+1/n}{1+1/n}$.

Finalement, $\lim\limits_{n\to+\infty} \frac{1}{n} = 0 \Rightarrow \begin{cases} \lim\limits_{n\to+\infty} (2+1/n) = 2+0 = 2 \\ \lim\limits_{n\to+\infty} (1+1/n) = 1+0 = 1 \end{cases} \Rightarrow \lim\limits_{n\to+\infty} u_n = \frac{2}{1} = 2.$

$\lim\limits_{n\to+\infty} u_n = 2$; la suite (u_n) converge vers 2, elle est convergente.

2. ▪ Pour tout entier naturel n,

$$u_n - 2 = \frac{2n+1}{n+1} - 2 = \frac{2n+1}{n+1} - \frac{2(n+1)}{n+1} = \frac{2n+1}{n+1} - \frac{2n+2}{n+1}$$

$$= \frac{(2n+1)-(2n+2)}{n+1} = \frac{2n+1-2n-2}{n+1} = \frac{-1}{n+1}.$$

▪ Pour tout entier naturel n, $u_n = \frac{2n+1}{n+1} \Rightarrow u_{n+1} = \frac{2(n+1)+1}{(n+1)+1} = \frac{2n+3}{n+2}$.

Donc $u_{n+1} - u_n = \frac{2n+3}{n+2} - \frac{2n+1}{n+1} = \frac{(2n+3)(n+1)-(n+2)(2n+1)}{(n+2)(n+1)}$

$$= \frac{(2n^2+5n+3)-(2n^2+n+2)}{(n+2)(n+1)} = \frac{1}{(n+2)(n+1)}.$$

▪ Pour tout $n \in \mathbb{N}$, $u_{n+1} - u_n = \frac{1}{(n+2)(n+1)}$ est positif puisque n est positif, et donc $u_{n+1} - u_n \geq 0 \Rightarrow u_{n+1} \geq u_n$; la suite (u_n) est croissante.

▪ Pour tout $n \in \mathbb{N}$, $u_n - 2 = -\frac{1}{n+1}$ est négatif puisque n est positif, et donc $u_n - 2 \leq 0 \Rightarrow u_n \leq 2$; la suite (u_n) est majorée par 2.

▪ Voilà la situation : $u_0 = \frac{2\times 0+1}{0+1} = 1 \leq u_1 \leq u_2 \leq ..... \leq 2$.

Tous les termes de la suite (u_n) sont plus grands que le premier d'entre eux : $u_0 = 1$; la suite (u_n) est donc minorée par 1.

3. Résolvons l'inéquation d'inconnue n : $u_n > 1{,}99 \Leftrightarrow \dfrac{2n+1}{n+1} > 1{,}99$.

$$\frac{2n+1}{n+1} > 1{,}99 \underset{\text{On multiplie par } (n+1)>0}{\Leftrightarrow} 2n+1 > 1{,}99(n+1) \Leftrightarrow 2n+1 > 1{,}99n+1{,}99$$

$\Leftrightarrow 0{,}01n > 0{,}99 \Leftrightarrow n > 99.$

> Le plus petit entier naturel N tel que $u_N > 1{,}99$ est $N = 100$.

Exercice 7

Question préliminaire : Résolvons l'inéquation $\dfrac{x}{2} - x^2 \leq -\dfrac{x}{2} \Leftrightarrow -x^2 + x \leq 0$.

Le trinôme $-x^2 + x = x(-x+1)$ a pour racines évidentes 0 et 1. Le signe de ce trinôme, selon x, est indiqué dans le tableau suivant :

x	$-\infty$		0		1		$+\infty$
Signe de $-x^2 + x$		Signe de a $= -$	0	Signe de $-a$ $= +$	0	Signe de a $= -$	

> La solution de l'inéquation $\dfrac{x}{2} - x^2 \leq -\dfrac{x}{2}$ est $S =]-\infty\,;0] \cup [1\,;+\infty[$.

1. Les entiers naturels n appartiennent à la solution de l'inéquation vue précédemment. Donc, pour tout $n \in \mathbb{N}$, $\dfrac{n}{2} - n^2 \leq -\dfrac{n}{2} \Leftrightarrow u_n \leq -\dfrac{n}{2}$.

2.

> $\left\{\begin{array}{l} \text{Pour tout } n \in \mathbb{N},\ u_n \leq -\dfrac{n}{2} \\ \lim\limits_{n \to +\infty} -\dfrac{n}{2} = -\infty \end{array}\right. \Rightarrow \lim\limits_{n \to +\infty} u_n = -\infty$, par comparaison des suites (u_n) et $\left(v_n = -\dfrac{n}{2}\right)$.

Exercice 8

1. $u_1 = 3u_0 - 2 \times 0 + 3 = 3$ et $u_2 = 3u_1 - 2 \times 1 + 3 = 10$.

2. ▪ Il faut montrer que la proposition P_n : « $u_n \geq n$ » est vraie pour tout $n \in \mathbb{N}$.

▪ Première étape : l'initialisation.

Pour $n = 0$, $u_n = u_0 = 0 \geq n = 0$; la proposition P_0 est vraie.

Corrigés

- Deuxième étape : l'hérédité. Montrons que si P_k est vraie pour un entier naturel non nul k, alors P_{k+1} est vraie aussi.

  On sait que P_k est vraie et que $u_{k+1} = 3u_k - 2k + 3$: $\begin{cases} u_k \geq k \\ u_{k+1} = 3u_k - 2k + 3 \end{cases}$.
  À partir de là, il s'agit de montrer que $u_{k+1} \geq k+1$.

  Or $u_k \geq k \underset{\substack{\text{en multipliant} \\ \text{par } 3>0}}{\Rightarrow} 3u_k \geq 3k \Rightarrow 3u_k - 2k + 3 \geq 3k - 2k + 3$

  $\Rightarrow u_{k+1} \geq k+3$. Mais $k+3$ est plus grand que $k+1$. donc, oui, $u_{k+1} \geq k+1$.

- Conclusion : la proposition P_n est vraie pour tout $n \in \mathbb{N}$.

$u_n \geq n$ pour tout entier naturel n.

-

$\begin{cases} \text{Pour tout } n \in \mathbb{N},\ u_n \geq n \\ \lim\limits_{n \to +\infty} n = +\infty \end{cases} \Rightarrow \lim\limits_{n \to +\infty} u_n = +\infty$, par comparaison des suites (u_n) et $(v_n = n)$.

Exercice 9

1. $u_1 = 2 + \dfrac{(-1)^1}{1} = 1$, $u_2 = 2 + \dfrac{(-1)^2}{2} = \dfrac{5}{2}$, $u_3 = 2 + \dfrac{(-1)^3}{3} = \dfrac{5}{3}$.

2. Pour tout $n \in \mathbb{N}$, $(-1)^n$ vaut -1 ou $+1$; il est donc vrai que $-1 \leq (-1)^n \leq +1$.

Et $-1 \leq (-1)^n \leq +1 \underset{\substack{\text{en divisant} \\ \text{par } n>0}}{\Rightarrow} \dfrac{-1}{n} \leq \dfrac{(-1)^n}{n} \leq \dfrac{1}{n} \underset{\text{en ajoutant 2}}{\Rightarrow} 2 - \dfrac{1}{n} \leq u_n \leq 2 + \dfrac{1}{n}$.

3.

$\begin{cases} \text{Pour tout } n \in \mathbb{N},\ 2 - \dfrac{1}{n} \leq u_n \leq 2 + \dfrac{1}{n} \\ \lim\limits_{n \to +\infty} \left(2 - \dfrac{1}{n}\right) = \lim\limits_{n \to +\infty} \left(2 + \dfrac{1}{n}\right) = 2 \end{cases} \Rightarrow \lim\limits_{n \to +\infty} u_n = 2$, par le théorème des gendarmes.
La suite (u_n) est donc convergente ; elle converge vers 2.

Exercice 10

Seule la proposition 4 est vraie.

La proposition 1 est fausse ; penser à la suite 0/10/9/100/99/1 000/999/….

La proposition 2 est fausse ; il existe des suites décroissantes qui convergent, par exemple la suite $\left(u_n = \frac{1}{n}\right)$.

La proposition 3 est fausse ; penser à la suite de l'exercice précédent.

La proposition 4 est vraie ; une suite croissante est minorée par son premier terme.

La proposition 5 est fausse ; penser à la suite 0/1/0/1/0/1/0/1/…… qui est bornée mais qui n'a pas de limite, donc qui ne converge pas.

Exercice 11

1. On doit montrer que la proposition P_n : « $u_n \leq 0,5$ » est vraie pour tout $n \in \mathbb{N}$.

- Première étape : l'initialisation. La proposition P_0 est vraie puisque $u_0 = 0,4$ est inférieur à 0,5.
- Deuxième étape : l'hérédité. Montrons que si P_k est vraie pour un entier naturel *k*, alors P_{k+1} est vraie aussi.

  On sait que P_k est vraie et que $u_{k+1} = 0,2u_k + 0,4$: $\begin{cases} u_k \leq 0,5 \\ u_{k+1} = 0,2u_k + 0,4 \end{cases}$.

  $$u_k \leq 0,5 \underset{\text{en multipliant par } 0,2>0}{\Rightarrow} 0,2u_k \leq 0,1 \underset{\text{en ajoutant } 0,4}{\Rightarrow} 0,2u_k + 0,4 \leq 0,5 \Leftrightarrow u_{k+1} \leq 0,5.$$

  On vient de prouver que P_k vraie $\Rightarrow$ P_{k+1} vraie, l'hérédité.
- Conclusion : la proposition P_n est vraie pour tout $n \in \mathbb{N}$.

> $u_n \leq 0,5$ pour tout $n \in \mathbb{N}$; la suite (u_n) est majorée par 0,5.

2. Pour tout *n* de $\mathbb{N}$, $u_{n+1} - u_n = 0,2u_n + 0,4 - u_n = 0,4 - 0,8u_n$.

On factorise par 0,8 pour obtenir la réponse demandée :

$$u_{n+1} - u_n = 0,8\left(\frac{0,4}{0,8} - u_n\right) = 0,8(0,5 - u_n).$$

> Pour tout $n \in \mathbb{N}$, $u_n \leq 0,5 \Rightarrow 0,5 - u_n \geq 0 \Rightarrow 0,8(0,5 - u_n) \geq 0$
> $\Rightarrow u_{n+1} - u_n \geq 0 \Rightarrow u_{n+1} \geq u_n$; la suite (u_n) est croissante.

3.

> $\begin{cases} \text{La suite } (u_n) \text{ est croissante} \\ \text{la suite } (u_n) \text{ est majorée} \end{cases} \Rightarrow$ cette suite est convergente, d'après le théorème des suites monotones (pour les suites croissantes).

Corrigés

4. $L=\lim\limits_{n\to+\infty} u_n \Rightarrow \begin{cases} \lim\limits_{n\to+\infty} u_{n+1}=L \text{ car les } u_{n+1} \text{ sont les } u_n \\ \lim\limits_{n\to+\infty}(0,2u_n+0,4)=0,2L+0,4 \end{cases}$.

Donc $\lim\limits_{n\to+\infty} u_{n+1}=\lim\limits_{n\to+\infty}(0,2u_n+0,4)\Rightarrow L=0,2L+0,4$.

> L est solution de l'équation $L=0,2L+0,4$; donc $L=0,5$.

Exercice 12

1. Si $n\geq 2$, $2n-1\geq 2\times 2-1=3\geq 0$. Donc $u_n=\dfrac{2n-1}{2^n}=\dfrac{\text{positif}}{\text{positif}}=\text{positif}$.

2. Pour tout $n\geq 2$, $u_{n+1}-u_n=\dfrac{2(n+1)-1}{2^{n+1}}-\dfrac{2n-1}{2^n}=\dfrac{2n+1}{2^{n+1}}-\dfrac{2n-1}{2^n}$

$=\dfrac{2n+1}{2^{n+1}}-\dfrac{2(2n-1)}{2\times 2^n}=\dfrac{2n+1-2(2n-1)}{2^{n+1}}=\dfrac{3-2n}{2^{n+1}}$.

> $n\geq 2 \Rightarrow -2n\leq -4 \Rightarrow 3-2n\leq -1 \Rightarrow 3-2n$ est négatif.
>
> Donc, pour tout $n\geq 2$, $u_{n+1}-u_n=\dfrac{3-2n}{2^{n+1}}=\dfrac{\text{négatif}}{\text{positif}}=\text{négatif}$
>
> $\Rightarrow u_{n+1}\leq u_n$; la suite (u_n) est décroissante.

3. Remarquons qu'une suite dont tous les termes sont positifs est minorée par 0 ; c'est le cas de la suite (u_n).

> $\begin{cases}\text{La suite } (u_n) \text{ est décroissante} \\ \text{La suite } (u_n) \text{ est minorée}\end{cases} \Rightarrow$ cette suite est convergente, d'après le théorème des suites monotones (pour les suites décroissantes).

Exercice 13

1. Calculons les termes concernés par cette question en utilisant les formules de récurrence dans le bon ordre : $u_1=\dfrac{u_0+v_0}{2}=50$, $v_1=\dfrac{u_1+v_0}{2}=75$, $u_2=\dfrac{u_1+v_1}{2}=62,5$, $v_2=\dfrac{u_2+v_1}{2}=68,75$.

> $u_0=0$, $u_1=50$, $v_1=75$, $u_2=62,5$, $v_0=100$, $v_1=75$, $v_2=68,75$.
>
> Donc les chiffres confirment que $u_0\leq u_1\leq u_2\leq v_2\leq v_1\leq v_0$.

Corrigés

2.

$\begin{cases} \text{La suite } (u_n) \text{ est croissante} \\ \text{La suite } (u_n) \text{ est majorée par } v_0 \end{cases}$ et $\begin{cases} \text{La suite } (v_n) \text{ est décroissante} \\ \text{La suite } (v_n) \text{ est minorée par } u_0 \end{cases}$

$\Rightarrow$ ces deux suites sont convergentes, d'après le théorème des suites monotones.

Exercice 14

1.

La suite (T_n) doit être décroissante puisque le café refroidit.

2. $T_{n+1} - T_n = -0,2(T_n - 10) \Leftrightarrow T_{n+1} - T_n = -0,2T_n + 2 \Leftrightarrow T_{n+1} = 0,8T_n + 2.$

3. ▪ Il s'agit de montrer que $\dfrac{u_{n+1}}{u_n}$ est constant.

Or $\dfrac{u_{n+1}}{u_n} = \dfrac{T_{n+1} - 10}{T_n - 10} = \dfrac{0,8T_n + 2 - 10}{T_n - 10} = \dfrac{0,8T_n - 8}{T_n - 10} = \dfrac{0,8(T_n - 10)}{T_n - 10} = 0,8.$

Pour tout entier naturel n, $\dfrac{u_{n+1}}{u_n} = 0,8 \Leftrightarrow u_{n+1} = 0,8u_n$.

Donc la suite (u_n) est géométrique, de raison $q = 0,8$ et de terme initial $u_0 = T_0 - 10 = 70$.

3. D'après le cours de première, $u_n = u_0 q^n = 70 \times 0,8^n$.

Ensuite, $u_n = T_n - 10 \Rightarrow T_n = u_n + 10 \Rightarrow T_n = 70 \times 0,8^n + 10.$

$\lim\limits_{n \to +\infty} 0,8^n = 0$ car $0,8 \in]-1 ; +1[\Rightarrow \lim\limits_{n \to +\infty} T_n = 70 \times 0 + 10 = 10.$

Donc la suite (T_n) converge vers 10.

Exercice 15

1. ▪ Première étape : l'initialisation pour $n = 1$: il faut vérifier que $-1 < u_1 < 0$.

On a : $u_1 = -\dfrac{1}{u_0 + 2} = -\dfrac{1}{6}$, nombre qui est bien compris entre -1 et 0.

▪ Deuxième étape : l'hérédité. Montrons que si $-1 < u_k < 0$ pour un entier naturel k, alors $-1 < u_{k+1} < 0$.

Or $u_{k+1} = -\dfrac{1}{u_k + 2}$.

Corrigés

Et $-1 < u_k < 0 \underset{+2}{\Rightarrow} 1 < u_k + 2 < 2 \underset{\substack{\text{inverses de} \\ \text{nombres positifs}}}{\Rightarrow} \frac{1}{1} > \frac{1}{u_k+2} > \frac{1}{2}$

$$\underset{\text{opposés}}{\Rightarrow} -\frac{1}{1} < -\frac{1}{u_k+2} < -\frac{1}{2} \Rightarrow -1 < u_{k+1} < -0{,}5 \Rightarrow -1 < u_{k+1} < 0,$$

CQFD.

- Conclusion : pour tout entier naturel n non nul, $-1 < u_n < 0$.

2. Il s'agit de montrer que $v_{n+1} - v_n$ est constant.

On a : $v_{n+1} - v_n = \frac{1}{u_{n+1}+1} - \frac{1}{u_n+1} = \frac{1}{-\frac{1}{u_n+2}+1} - \frac{1}{u_n+1}$

$$= \frac{1}{\frac{-1+(u_n+2)}{u_n+2}} - \frac{1}{u_n+1} = \frac{u_n+2}{u_n+1} - \frac{1}{u_n+1} = \frac{u_n+2-1}{u_n+1} = \frac{u_n+1}{u_n+1} = 1.$$

> Pour tout entier naturel n, $v_{n+1} - v_n = 1 \Leftrightarrow v_{n+1} = v_n + 1$. Donc la suite (v_n) est arithmétique, de raison $r = 1$ et de terme initial $v_0 = \frac{1}{u_0+1} = \frac{1}{5} = 0{,}2$.

3. D'après le cours de première, $v_n = v_0 + nr = 0{,}2 + n$.

Ensuite, $v_n = \frac{1}{u_n+1} \Rightarrow u_n + 1 = \frac{1}{v_n} \Rightarrow u_n = \frac{1}{v_n} - 1 \Rightarrow u_n = \frac{1}{0{,}2+n} - 1$.

> $$\lim_{n\to+\infty} u_n = \lim_{n\to+\infty}\left(\frac{1}{0{,}2+n} - 1\right) = -1.$$
> Donc la suite (u_n) converge vers -1, elle est convergente.

Exercice 16

Partie A

1. Pour tout n de $\mathbb{N}$, $a_{n+1} - a_n = (2^{n+1} - (n+1)) - (2^n - n) = 2^{n+1} - 2^n - 1$.

Or $2^{n+1} - 2^n = 2 \times 2^n - 1 \times 2^n = 2^n$. Finalement, $a_{n+1} - a_n = 2^n - 1$.

> Pour tout n de $\mathbb{N}$, $a_{n+1} - a_n = 2^n - 1 \geq 0$ car $2^n \geq 1$; donc $a_{n+1} \geq a_n$, cette suite est croissante.
>
> Puisque la suite (a_n) est croissante, $a_0 \leq a_1 \leq a_2 \leq ...$, elle est minorée par son terme initial $a_0 = 2^0 - 0 = 1$; pour tout n, $a_n \geq 1$.

2. Supposons que la suite (a_n) converge. Notons alors L cette limite supposée.

Alors $\lim\limits_{n\to+\infty} a_n = L$ et $\lim\limits_{n\to+\infty} a_{n+1} = L$ (les a_{n+1} sont les a_n).

On aurait $\lim\limits_{n\to+\infty} \left(a_{n+1} - a_n\right) = L - L = 0$. Or $a_{n+1} - a_n = 2^n - 1$.

On aurait donc $\lim\limits_{n\to+\infty} \left(2^n - 1\right) = 0$.

C'est absurde car, en vérité, $\lim\limits_{n\to+\infty} 2^n = +\infty$ (car $2 > 1$) $\Rightarrow \lim\limits_{n\to+\infty} \left(2^n - 1\right) = +\infty$.

La supposition que la suite $\left(a_n\right)$ converge conduit à une absurdité. Cette supposition est donc fausse : $\left(a_n\right)$ ne converge pas, c'est donc qu'elle diverge.

$\begin{cases} \text{La suite } \left(a_n\right) \text{ est croissante} \\ \text{La suite } \left(a_n\right) \text{ diverge} \end{cases} \Rightarrow \lim\limits_{n\to+\infty} a_n = +\infty$ d'après le théorème des suites monotones (pour les suites croissantes).

Partie B

1. On a : $b_{n+1} - b_n = \left(2^{n+1} - \dfrac{(n+1)^2}{2}\right) - \left(2^n - \dfrac{n^2}{2}\right) = 2^{n+1} - 2^n + \dfrac{-(n+1)^2 + n^2}{2}$.

Or $\begin{cases} 2^{n+1} - 2^n = 2^n \\ -(n+1)^2 + n^2 = -2n - 1 \end{cases} \Rightarrow b_{n+1} - b_n = 2^n + \dfrac{-2n-1}{2} = 2^n - n - \dfrac{1}{2}$.

Pour tout n de $\mathbb{N}$, $b_{n+1} - b_n = 2^n - n - \dfrac{1}{2} = a_n - \dfrac{1}{2} \geq 0$ car $a_n \geq 1 \geq \dfrac{1}{2}$; donc $b_{n+1} \geq b_n$, cette suite est croissante.

2.

Puisque la suite $\left(b_n\right)$ est croissante, elle est minorée par son terme initial $b_0 = 2^0 - \dfrac{0^2}{2} = 1$; pour tout n, $b_n \geq 1$.

3. Pour tout n, $b_n \geq 1$. Donc $2^n - \dfrac{n^2}{2} \geq 1 \Rightarrow 2^n \geq 1 + \dfrac{n^2}{2} \underset{\text{divisant par } n>0}{\Rightarrow} \dfrac{2^n}{n} \geq \dfrac{1}{n} + \dfrac{n}{2}$.

$\begin{cases} \text{Pour tout } n \in \mathbb{N}, \ \dfrac{2^n}{n} \geq \dfrac{1}{n} + \dfrac{n}{2} \\ \lim\limits_{n\to+\infty} \left(\dfrac{1}{n} + \dfrac{n}{2}\right) = +\infty \end{cases} \Rightarrow \lim\limits_{n\to+\infty} \dfrac{2^n}{n} = +\infty$, par comparaison des suites $\left(u_n = \dfrac{2^n}{n}\right)$ et $\left(v_n = \dfrac{1}{n} + \dfrac{n}{2}\right)$.

Corrigés

$\lim_{n\to+\infty}(2^n - n)$ se présente sous la forme indéterminée $\infty-\infty$. Changeons cette expression de forme : $2^n - n = n\left(\frac{2^n}{n}-1\right)$.

Alors $\lim_{n\to+\infty}(2^n-n) = \lim_{n\to+\infty} n\left(\frac{2^n}{n}-1\right) = (+\infty)(+\infty-1) = +\infty$.

Corrigés contrôle

Exercice 1

1. Pour tout $n \in \mathbb{N}$, $u_{n+1} - u_n = 2n+3$ est positif puisque n est positif.

Pour tout $n \in \mathbb{N}$, $u_{n+1} - u_n \geq 0 \Leftrightarrow u_{n+1} \geq u_n$; cette suite est croissante.

2. Il faut montrer que la proposition P_n : « $u_n \geq n^2$ » est vraie pour tout $n \in \mathbb{N}$.

- Première étape : l'initialisation.

  Pour $n=0$, $u_n = u_0 = 1 \geq n^2 = 0^2 = 0$; la proposition P_0 est vraie.

- Deuxième étape : l'hérédité. Montrons que si P_k est vraie pour un entier naturel k, alors P_{k+1} est vraie aussi.

  On sait que P_k est vraie et que $u_{k+1} = u_k + 2k + 3$: $\begin{cases} u_k \geq k^2 \\ u_{k+1} = u_k + 2k + 3 \end{cases}$.

  À partir de là, il s'agit de montrer que $u_{k+1} \geq (k+1)^2$.

  Or $u_k \geq k^2 \Rightarrow u_{k+1} \geq k^2 + 2k + 3$.

  Mais $k^2+2k+3 = k^2+2k+1+2 = (k+1)^2+2$. Donc $u_{k+1} \geq (k+1)^2+2$.

  Mais $(k+1)^2+2 \geq (k+1)^2$. Donc $u_{k+1} \geq (k+1)^2+2 \geq (k+1)^2$.

  On vient de prouver que P_k vraie $\Rightarrow$ P_{k+1} vraie, l'hérédité.

- Conclusion : la proposition P_n est vraie pour tout $n \in \mathbb{N}$.

$u_n \geq n^2$ pour tout entier naturel n.

$\begin{cases} \text{Pour tout } n \in \mathbb{N},\ u_n \geq n^2 \\ \lim_{n\to+\infty} n^2 = +\infty \end{cases} \Rightarrow \lim_{n\to+\infty} u_n = +\infty$, par comparaison des suites (u_n) et $(v_n = n^2)$.

Corrigés

3. Pour nous faire une idée, calculons les premiers termes de la suite (u_n) :

$u_0 = 1, u_1 = u_0 + 2\times 0 + 3 = 4, u_2 = u_1 + 2\times 1 + 3 = 9, u_3 = u_2 + 2\times 2 + 3 = 16.$

> $u_0 = 1,\ u_1 = 4,\ u_2 = 9,\ u_3 = 16.$ Il semble que $u_n = (n+1)^2$ pour tout n.
> Démontrer cette formule demanderait un raisonnement par récurrence.

Exercice 2

1. En l'année $2023 = 2019 + 4$, le taux de disponibilité des ressources sera T_4. Il faut donc calculer T_4. On a : $T_1 = T_0 - 0{,}1T_0^2 = 0{,}819$, $T_2 = T_1 - 0{,}1T_1^2 = 0{,}751\,924$, $T_3 = T_2 - 0{,}1T_2^2 \approx 0{,}676\,732$ et, finalement, $T_4 = T_3 - 0{,}1T_3^2 \approx 0{,}63$.

> $T_4 \approx 0{,}63$ n'est pas proche de 0,4.
>
> L'estimation de ces spécialistes n'est pas conforme au modèle.

2.

> Pour tout $n \in \mathbb{N}$, $T_{n+1} = T_n - 0{,}1T_n^2 \Leftrightarrow T_{n+1} - T_n = -0{,}1T_n^2$.
> Comme $-0{,}1T_n^2$ est négatif, alors $T_{n+1} - T_n \leq 0 \Leftrightarrow T_{n+1} \leq T_n$ ce qui prouve que la suite (T_n) est décroissante.

3. ▪ La fonction dérivée de f notée f', on a : $f'(x) = 1 - 0{,}1\times 2x = 1 - 0{,}2x$.

Cette expression affine s'annule pour $x = \dfrac{1}{0{,}2} = 5$, et elle est positive pour $x < 5$. Donc, sur $[0\ ;\ 1]$, $f' \geq 0 \Rightarrow f$ est croissante.

x	0	x	1
f	$f\ 0 = 0$	$f\ x$ ↗	$f\ 1 = 0{,}9$

Donc, oui, $0 \leq x \leq 1 \Rightarrow 0 \leq f(x) \leq 0{,}9$.

▪ Il faut montrer que $0 \leq T_n \leq 1$ pour tout $n \in \mathbb{N}$.

Première étape : l'initialisation.

$T_0 = 0{,}9$ est bien compris entre 0 et 1.

Deuxième étape : l'hérédité. Montrons que si $0 \leq T_k \leq 1$ pour un entier naturel k, alors $0 \leq T_{k+1} \leq 1$.

Oui, $0 \leq T_k \leq 1 \underset{\text{question précédente}}{\Rightarrow} 0 \leq f(T_k) \leq 0{,}9 \Rightarrow 0 \leq T_{k+1} \leq 0{,}9 \Rightarrow 0 \leq T_{k+1} \leq 1$.

Conclusion : $0 \leq T_n \leq 1$ pour tout entier naturel n.

4.

$\begin{cases}\text{La suite } (T_n) \text{ est décroissante} \\ \text{La suite } (T_n) \text{ est minorée par 0 (tous les } T_n \text{ sont positifs)}\end{cases}$
$\Rightarrow$ cette suite est convergente (théorème des suites monotones).

5.

C'est en l'année 2033 que, pour la première fois, le taux de disponibilité des ressources sera inférieur à 0,4 ; ce taux sera 0,38…

6.

D'abord, $\lim\limits_{n\to+\infty} T_n = L \Rightarrow \lim\limits_{n\to+\infty} T_{n+1} = L$ car les T_{n+1} sont les T_n.
Donc $T_{n+1} = T_n - 0{,}1T_n^{\ 2} \Rightarrow \lim\limits_{n\to+\infty} T_{n+1} = \lim\limits_{n\to+\infty}\left(T_n - 0{,}1T_n^{\ 2}\right) \Rightarrow L = L - 0.1L^2$
$\Rightarrow 0.1L^2 = 0 \Rightarrow L^2 = 0 \Rightarrow L = 0.$

Exercice 3

1. Explicitons v_n : $v_n = \dfrac{u_{n+1}}{u_n} = \dfrac{(n+1)^2/2^{n+1}}{n^2/2^n} = \dfrac{(n+1)^2}{2^{n+1}} \times \dfrac{2^n}{n^2} = \dfrac{2^n}{2^{n+1}} \times \dfrac{(n+1)^2}{n^2}$
$= \dfrac{2^n}{2\times 2^n} \times \left(\dfrac{n+1}{n}\right)^2 = \dfrac{1}{2}\left(\dfrac{n}{n} + \dfrac{1}{n}\right)^2 = \dfrac{1}{2}\left(1+\dfrac{1}{n}\right)^2.$

Pour tout $n \in \mathbb{N}$, $v_n = \dfrac{1}{2}\left(1+\dfrac{1}{n}\right)^2$. Donc $\lim\limits_{n\to+\infty} v_n = \dfrac{1}{2}$ car $\lim\limits_{n\to+\infty}\left(1+\dfrac{1}{n}\right) = 1.$

2. Résolvons, dans $\mathbb{N}$, l'inéquation : $v_n \leq 1 \Leftrightarrow \dfrac{1}{2}\left(1+\dfrac{1}{n}\right)^2 \leq 1 \underset{\times 2>0}{\Leftrightarrow} \left(1+\dfrac{1}{n}\right)^2 \leq 2.$

Or, quand deux nombres a et b sont positifs, $a^2 \leq b \Leftrightarrow a \leq \sqrt{b}$.

Donc $v_n \leq 1 \Leftrightarrow 1 + \dfrac{1}{n} \leq \sqrt{2} \Leftrightarrow \dfrac{1}{n} \leq \sqrt{2} - 1 \underset{\substack{\text{inverses de} \\ \text{nolmbres positifs}}}{\Leftrightarrow} n \geq \dfrac{1}{\sqrt{2}-1}.$

$$v_n \leq 1 \Leftrightarrow n \geq \frac{1}{\sqrt{2}-1} = 2{,}4...$$

Donc les entiers naturels n tels que $v_n \geq 1$ sont les entiers $n \geq 3$.

Pour $n \geq 3$, $v_n = \dfrac{u_{n+1}}{u_n} \leq 1 \underset{\times u_n \text{ qui est positif}}{\Leftrightarrow} u_{n+1} \leq u_n.$

Donc les termes u_n sont de plus en plus petits à partir du rang 3 ; à partir du rang 3, la suite (u_n) est décroissante.

Corrigés

3. Remarquons que, quant à la question de la convergence de la suite (u_n), les premiers termes u_0, u_1, u_2 ne jouent aucun rôle, ils n'ont aucune importance.

$$\begin{cases} \text{La suite } (u_n) \text{ est décroissante à partir du rang 3} \\ \text{La suite } (u_n) \text{ est minorée par 0 (tous les } u_n \text{ sont positifs)} \end{cases}$$

$\Rightarrow$ cette suite est convergente (théorème des suites monotones).

Corrigés

2 Les fonctions : limites, valeurs intermédiaires

1. Les limites des fonctions

Quand la variable x tend vers $+\infty$ (ou $-\infty$)

Comme pour une suite ($\lim\limits_{n\to+\infty} u_n$), la limite de $f(x)$ quand x tend vers $+\infty$ (ou $-\infty$) peut valoir $+\infty$ ou $-\infty$ ou un nombre L ou ne pas exister.

Les schémas ci-dessous illustrent ces quatre comportements possibles de $f(x)$ quand x s'éloigne vers $+\infty$, comportements visibles en suivant la progression du point de la courbe de la fonction f, le point de coordonnées $(x\ ; f(x))$.

$\lim\limits_{x\to+\infty} f(x)=+\infty$	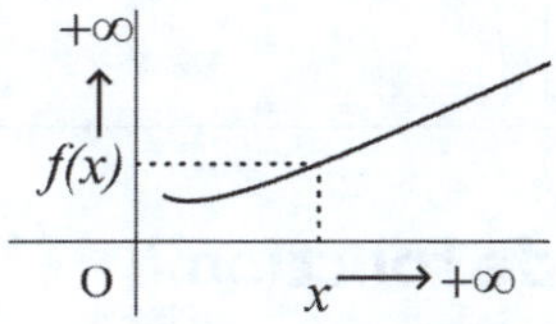	$f(x)$ s'en va tout en haut, vers $+\infty$.
$\lim\limits_{x\to+\infty} f(x)=-\infty$	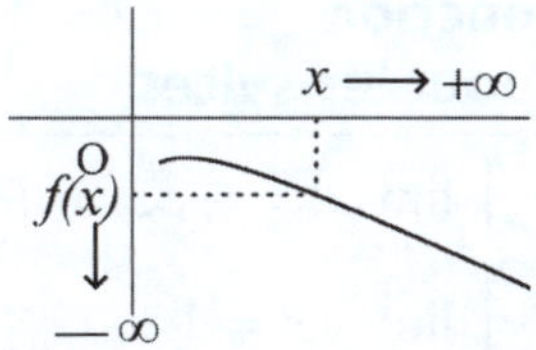	$f(x)$ s'en va tout en bas, vers $-\infty$.
$\lim\limits_{x\to+\infty} f(x)=L$	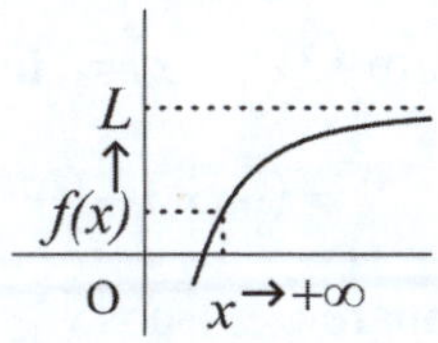	Interprétation graphique La droite d'équation $y=L$ est asymptote horizontale à la courbe de la fonction f.
$\lim\limits_{x\to+\infty} f(x)$ n'existe pas.	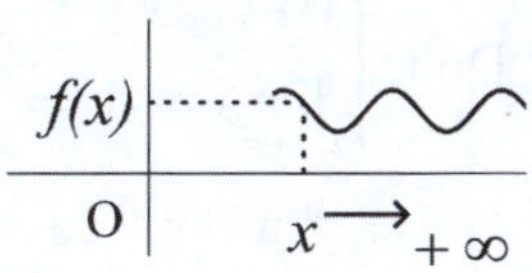	$f(x)$ ne se stabilise pas.

Quand la variable x tend vers un nombre réel a

Pour une fonction f définie sur l'intervalle $]a\ ;+\infty[$, on peut chercher $\lim\limits_{x\to a} f(x)$, c'est-à-dire chercher ce que devient $f(x)$ quand x tend (se rapproche) de a.

Quand la fonction f est définie à droite de a, sur $]a\ ;+\infty[$, x ne pouvant alors se rapprocher de a que par la droite ($x > a$), on dit que x tend vers a^+.

Illustrations pour une limite valant $+\infty$ ou $-\infty$

<table>
<tr><td>$\lim\limits_{x\to a^+} f(x) = +\infty$</td><td>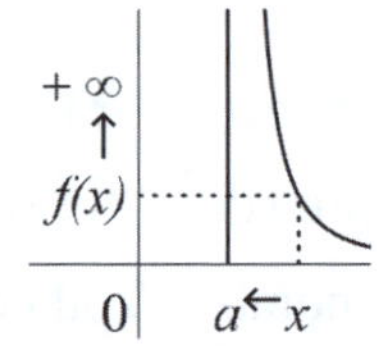
</td><td rowspan="2">Interprétation graphique
La droite d'équation $x = a$ est asymptote verticale à la courbe de la fonction f.</td></tr>
<tr><td>$\lim\limits_{x\to a^+} f(x) = -\infty$</td><td>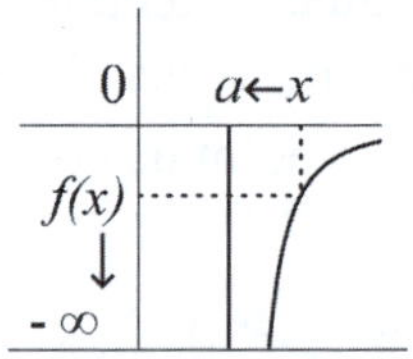
</td></tr>
</table>

2. Déterminer une limite de fonction

On détermine une limite de fonction par les mêmes procédés que pour les suites

<table>
<tr><td>Par opérations
pour $\lim\limits_{x\to+\infty}\left(3x^2+\sqrt{x}\right)$</td><td>$\begin{cases}\lim\limits_{x\to+\infty} x^2 = +\infty \Rightarrow \lim\limits_{x\to+\infty} 3x^2 = +\infty \\ \lim\limits_{x\to+\infty} \sqrt{x} = +\infty\end{cases}$
$\Rightarrow \lim\limits_{x\to+\infty}(3x^2+x) = \lim\limits_{x\to+\infty}(3x^2) + \lim\limits_{x\to+\infty}\sqrt{x}$
$= (+\infty) + (+\infty) = +\infty.$</td></tr>
<tr><td>Par comparaison pour
$\lim\limits_{x\to+\infty}(x+\cos x)$</td><td>On compare : $x+\cos x \geq x-1$ car $\cos x \geq -1$.
Donc $\begin{cases} x+\cos x \geq x-1 \text{ pour tout } x \\ \lim\limits_{x\to+\infty}(x-1) = +\infty\end{cases}$
$\Rightarrow \lim\limits_{x\to+\infty}(x+\cos x) = +\infty.$</td></tr>
</table>

Il y a aussi le théorème des gendarmes.

Un cas embêtant : une forme indéterminée : $\lim\limits_{x\to+\infty}\left(x^2 - x\right)$

Du fait que $\begin{cases} \lim\limits_{x\to+\infty} x^2 = +\infty \\ \lim\limits_{x\to+\infty} x = +\infty \end{cases}$, $\lim\limits_{x\to+\infty}(x^2 - x)$ se présente sous la forme indéterminée $\infty - \infty$. En effet, c'est indéterminé car l'opération d'un nombre très grand soustrait à un nombre très grand a un résultat incertain.

On change de forme en factorisant par le terme de plus haut degré :

$$x^2 - x = x^2\left(1 - \frac{1}{x}\right) \text{ puisque } a - b = a\left(1 - \frac{b}{a}\right).$$

Finalement, $\begin{cases} \lim\limits_{x\to+\infty} x^2 = +\infty \\ \lim\limits_{x\to+\infty}\left(1 - \frac{1}{x}\right) = 1 - \frac{1}{+\infty} = 1 - 0 = 1 \end{cases}$

$$\Rightarrow \lim_{x\to+\infty} x^2 - x = \lim_{x\to+\infty} x^2\left(1 - \frac{1}{x}\right) = (+\infty)\times 1 = +\infty.$$

Des limites de la fonction exponentielle

$$\lim_{x\to-\infty} e^x = 0 \text{ et } \lim_{x\to+\infty} e^x = +\infty$$

3. Fonctions : continuité, valeurs intermédiaires

Continuité d'une fonction

Pour une fonction f définie sur un intervalle I de $\mathbb{R}$ avec $a \in \mathrm{I}$, soit f est continue en a soit f est discontinue en a.

<table>
<tr><td>La courbe de f est en deux morceaux.
La fonction f est discontinue en a,
$\lim\limits_{x\to a^+} f(x) \neq f(a)$</td><td>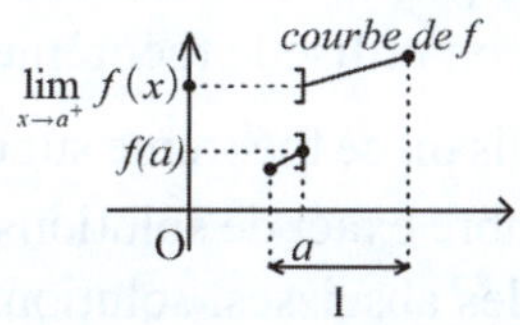
</td></tr>
<tr><td>La courbe de f est un trait continu.
La fonction f est continue
sur tout l'intervalle I.
Pour tout a de I, $\lim\limits_{x\to a} f(x) = f(a)$</td><td>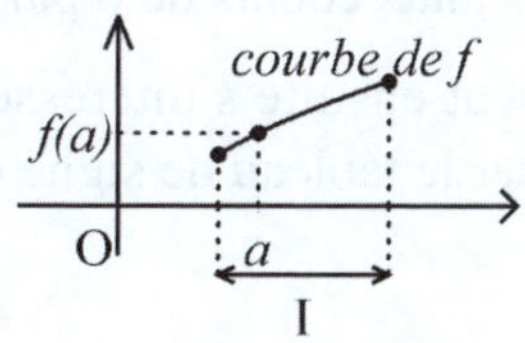
</td></tr>
</table>

Les fonctions usuelles (les fonctions du programme de spécialité de terminale) sont continues sur tous les intervalles où elles sont définies.

Le théorème des valeurs intermédiaires (pour les fonctions monotones)

Quand une fonction f est définie, continue, strictement monotone sur $[a\ ;b]$ et quand un nombre k est compris entre $f(a)$ et $f(b)$, alors l'équation $f(x)=k$ admet une et une seule solution comprise entre a et b.

f est strictement croissante	*f est strictement décroissante*
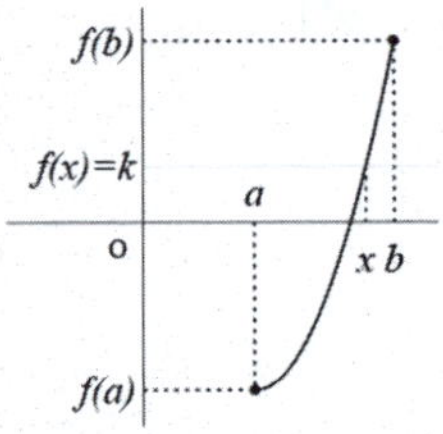	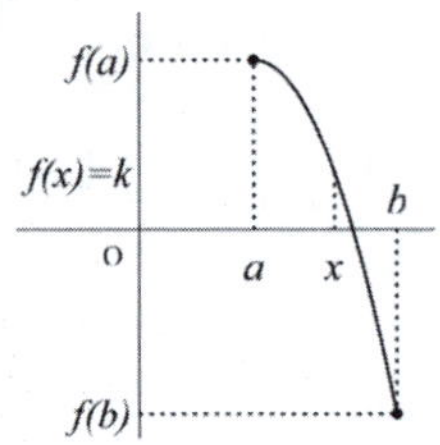

Ce théorème des valeurs intermédiaires ne s'utilise par seulement sur des intervalles $[a\ ;b]$ mais aussi sur tous les genres d'intervalles où la fonction f est définie et monotone : $[a\ ;+\infty[$, $]a\ ;+\infty[$, $]-\infty\ ;b]$, $]-\infty\ ;b[$, $]-\infty\ ;+\infty[$. Suivant les cas, on doit remplacer le $f(a)$ ou $f(b)$ du théorème par les limites de la fonction f aux bornes de l'intervalle considéré : $\lim\limits_{x\to+\infty} f(x)$ ou $\lim\limits_{x\to-\infty} f(x)$ ou $\lim\limits_{x\to a} f(x)$ ou $\lim\limits_{x\to b} f(x)$.

La grande utilité du théorème des valeurs intermédiaires

On applique le plus souvent le théorème des valeurs intermédiaires pour $k=0$, c'est-à-dire pour l'équation $f(x)=0$.

Pour la plupart des fonctions, l'équation $f(x)=0$ est difficilement résolvable. Alors, on utilise le théorème des valeurs intermédiaires.

En utilisant ce théorème sur chacun des intervalles où f est monotone, on connaît le nombre exact de solutions de l'équation $f(x)=0$, et leurs emplacements sur l'axe des abscisses, solutions appelées les zéros ou les racines de la fonction f, ou les antécédents de 0 par f.

On peut ensuite s'intéresser au signe de $f(x)$ pour tous les x et, finalement, dresser le tableau de signe de la fonction f.

Énoncés des exercices

* Exercice 1

⏱ 20 min

Ci-dessous la courbe dans un repère du plan d'une fonction f définie sur $]0\ ;+\infty[$.

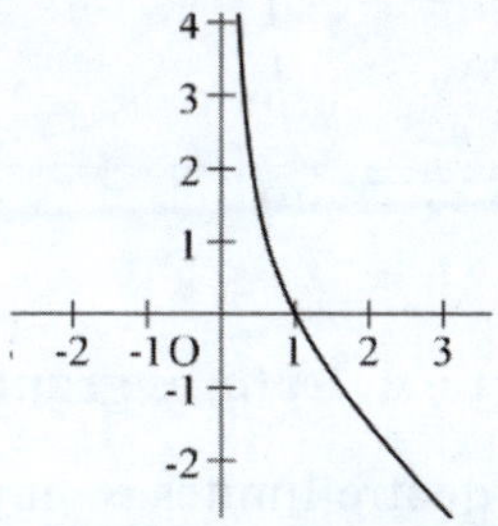

Partie A, lectures graphiques

1. Que semblent valoir les deux limites : $\lim\limits_{x \to 0} f(x)$, $\lim\limits_{x \to +\infty} f(x)$?

2. Compléter les tableaux suivants :

x	0		$+\infty$
Signe de $f(x)$			

x	0		$+\infty$
Variation de $f(x)$			

Partie B, calculs

On sait maintenant que $f(x) = -x + \dfrac{1}{x}$ pour $x > 0$.

1. Déterminer, par calculs, $\lim\limits_{x \to 0} f(x)$ et $\lim\limits_{x \to +\infty} f(x)$.

Quelle est la droite asymptote verticale à la courbe de f ?

2. Démontrer que f est décroissante sur $]0\ ;+\infty[$.

* Exercice 2 — 25 min

Ci-dessous la courbe dans un repère du plan d'une fonction f définie sur $]-\infty\,;0[\cup]0\,;+\infty[$.

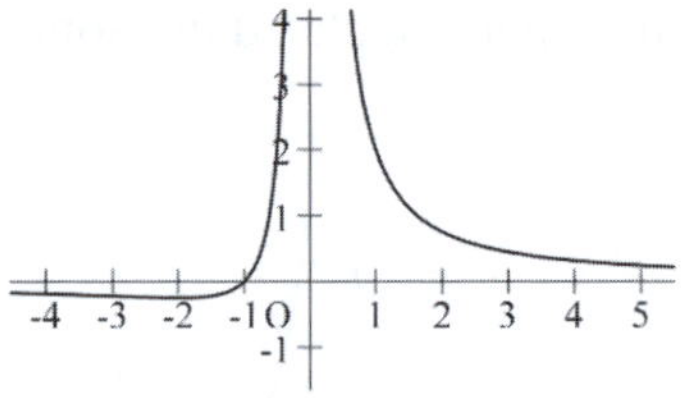

Partie A, lectures graphiques

1. Que semblent valoir les quatre limites : $\lim\limits_{x\to-\infty} f(x)$, $\lim\limits_{x\to 0^-} f(x)$, $\lim\limits_{x\to 0^+} f(x)$, $\lim\limits_{x\to+\infty} f(x)$?

Quelles sont les droites semblant être asymptotes à la courbe de f ?

2. Compléter au mieux les tableaux suivants :

x	$-\infty$	0	$+\infty$
Signe de $f(x)$			

x	$-\infty$	0	$+\infty$
Variations de $f(x)$			

Partie B, calculs

On sait maintenant que $f(x)=\dfrac{x+1}{x^2}$ pour $x\neq 0$.

1. Déterminer, par calculs, $\lim\limits_{x\to 0^+} f(x)$ et $\lim\limits_{x\to+\infty} f(x)$.

2. Démontrer que $f'(-2)=0$, f' étant la fonction dérivée de f.

* Exercice 3 — 10 min

Déterminer les limites suivantes :

$$\lim_{x\to-\infty}(3x^2-x+1),\quad \lim_{x\to-\infty}\frac{x^2+1}{x+1},\quad \lim_{x\to+\infty}\frac{3}{2x-1},\quad \lim_{x\to+\infty}(3\sqrt{x}-x).$$

* Exercice 4 ⏱ 10 min

Ci-dessous, dans un repère du plan, la courbe de la fonction f définie sur $[0\ ;+\infty[$ par $f(x)=\dfrac{x^3+1}{x^2+1}$, la droite d'équation $y=x$, les deux points $M(x)$ et $N(x)$ de la droite et de la courbe ayant la même abscisse x.

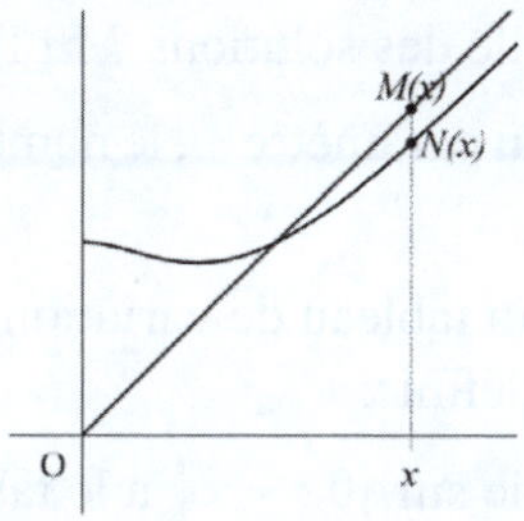

Après avoir exprimé la distance $M(x)N(x)$ en fonction de x, montrer que $\lim\limits_{x\to+\infty} M(x)N(x)=0$.

* Exercice 5 ⏱ 20 min

Les deux questions sont indépendantes, quoique ressemblantes.

1. Montrer que, pour tout x différent de 2,

$$\frac{x^2-x+1}{x-2}=x+1+\frac{3}{x-2}.$$

En déduire $\lim\limits_{x\to+\infty}\dfrac{x^2-x+1}{x-2}$.

2. Montrer que, pour tout x,

$$\frac{1}{1+e^{-x}}=1-\frac{1}{e^x+1}.$$

En déduire $\lim\limits_{x\to+\infty}\dfrac{1}{1+e^{-x}}$; on rappelle que $\lim\limits_{x\to+\infty} e^x=+\infty$.

* Exercice 6 ⏱ 10 min

Soit la fonction f définie sur $\mathbb{R}$ par : $f(x)=x^2(2+\sin(x))$.

Montrer que, pour tout x, $x^2\leq f(x)\leq 3x^2$.

En déduire $\lim\limits_{x\to+\infty} f(x)$ et $\lim\limits_{x\to 0} f(x)$.

* Exercice 7 — 15 min

1. Une fonction f définie sur $[0\,;+\infty[$ admet le tableau de variation suivant :

x	0		$+\infty$
$f\ x$	1	↗	$+\infty$

$\lim\limits_{x\to+\infty} f\ x = +\infty$

L'équation $f(x)=0$ a-t-elle des solutions ? Et l'équation $f(x)=2$?

Donner, selon les valeurs du paramètre m, le nombre de solutions de l'équation $f(x)=m$.

Remarque : l'existence d'un tableau de variation sous-entend que la fonction est continue là où elle est définie.

2. Une autre fonction g définie sur $[0\,;+\infty[$ a le tableau de variation suivant :

x	0		2		$+\infty$
$g\ x$	-1	↗	6	↘	$-\infty$

$\lim\limits_{x\to+\infty} g\ x = -\infty$

L'équation $g(x)=0$ a-t-elle des solutions ? Et l'équation $g(x)=7$?

Donner, selon les valeurs du paramètre m, le nombre de solutions de l'équation $g(x)=m$.

3. L'équation $f(x)=g(x)$ a-t-elle nécessairement des solutions ?

* Exercice 8 — 15 min

Soit $f(x)=x^3+x+5$ pour $x\in \mathrm{I}=[2\,;3]$.

1. Justifier que la fonction f est croissante (strictement) sur I.

2. Justifier que l'équation $f(x)=24$ a une unique solution α sur I.

3. α est-il plus près de 2 ou de 3 (sans calculatrice) ?

4. Avec calculatrice, donner une valeur arrondie de α à 10^{-2} près.

5. Compléter :

x	2		3
Signe de $f(x)$			

* Exercice 9 — 15 min

Soit $f(x)=4-2x-x^3$. pour $x\in \mathrm{I}=[1\,;2]$.

1. Justifier que la fonction f est décroissante (strictement) sur I.

2. Justifier que l'équation $f(x)=0$ a une unique solution α sur I.

3. Ci-dessous un algorithme écrit en langage naturel.

Initialisation	$a \leftarrow 1$ et $b \leftarrow 2$
Traitement	Pour i de 1 à 2 Si $f\left(\dfrac{a+b}{2}\right)<0$ alors $b \leftarrow \dfrac{a+b}{2}$ Sinon $a \leftarrow \dfrac{a+b}{2}$ Fin pour
Sortie	Afficher $(a\ ;\ b)$

Cet algorithme affiche en sortie $(1\ ;\ 1{,}25)$.

Quel renseignement cette sortie apporte-t-elle sur α ?

4. Compléter :

x	1		2
Signe de $f(x)$			

* Exercice 10

⏱ 10 min

Ci-dessous la courbe d'une fonction f définie sur l'intervalle $\mathrm{I}=[0\ ;\ 2]$.

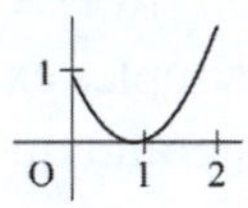

1. Quelle impression visuelle quant au nombre de solutions de l'équation $f(x)=0$?

2. Ci-dessous un zoom sur la zone concernée :

Quelle nouvelle impression visuelle ?

3. On sait désormais que $f(x)=\dfrac{110x^2-189x+81}{x+86}$.

Résoudre l'équation $f(x)=0$.

* Exercice 11 ⏰ 10 min

Ci-dessous le tableau de variation d'une fonction f définie (et continue) sur $\mathbb{R}$.

x	$-\infty$		1		$+\infty$
Variation de f	$+\infty$	↘	-2	↗	3

1. Justifier que l'équation $f(x)=0$ a deux solutions.
2. Étudier le signe de $f(x)$ selon les valeurs de x.

Exercices

* Exercice 12 ⏰ 20 min

On considère la fonction f définie sur l'intervalle $\mathrm{I}=[-1\,;4]$ par :

$$f(x)=x^3-3x^2-1.$$

1. Savez-vous résoudre l'équation $f(x)=0$?
2. On note f' la fonction dérivée de f. Après avoir exprimé $f'(x)$, étudier les variations de la fonction f sur l'intervalle I. Dresser le tableau de variations.
3. ▪ Justifier que l'équation $f(x)=0$ n'a pas de solution sur l'intervalle $[-1\,;2]$.
   ▪ Justifier que l'équation $f(x)=0$ a une solution et une seule sur l'intervalle $[2\,;4]$.
4. On note α la solution à l'équation $f(x)=0$ sur $\mathrm{I}=[-1\,;4]$. On sait que α est entre 2 et 4. Par quels calculs simples exécutables sans calculatrice peut-on savoir si α est plus petit ou plus grand que 3 ?
5. À l'aide d'une calculatrice, donner un arrondi à 10^{-2} près de α.
6. Compléter le tableau suivant :

x	-1	4
Signe de $f(x)$		

* Exercice 13 ⏰ 20 min

On s'intéresse, sur $\mathbb{R}$, à l'équation $e^x=\dfrac{1}{x}$.

1. Comment visualiser, grâce à une calculatrice, le nombre de solutions de cette équation (celles du moins qui paraissent visibles, car l'écran est limité en taille) ?
2. Justifier qu'aucun nombre négatif ne peut être solution de cette équation.

On considère la fonction f définie sur $I=[0\ ;+\infty[$ par $f(x)=xe^x$. Sa fonction dérivée est notée f'.

3. Démontrer que f est strictement croissante sur I.

4. Démontrer que l'équation $f(x)=1$ a une et une seule solution, solution qui sera notée α.

5. Combien de solutions, sur $\mathbb{R}$, pour l'équation $e^x=\dfrac{1}{x}$? Justifier.

** Exercice 14 — 20 min

La fonction f est définie sur $\mathbb{R}$ par $f(x)=x^3-x^4$.

L'équation $f(x)=0{,}11$ a-t-elle des solutions ?

** Exercice 15 — 20 min

On considère, pour chaque entier naturel non nul n, la fonction f_n définie sur l'intervalle $I=[0\ ;+\infty[$ par $f_n(x)=x^3+n^2x-n$.

1. Déterminer $\lim\limits_{x\to+\infty} f_n(x)$.

2. Justifier que la fonction f_n est croissante (strictement) sur I.

3. Justifier que, pour tout entier naturel non nul n, l'équation, d'inconnue x, $f_n(x)=0$ admet une unique solution sur I, solution notée x_n.

4. Déterminer $f_n\left(\dfrac{1}{n}\right)$. En déduire que, pour tout n non nul, $x_n<\dfrac{1}{n}$.

5. La suite (x_n) est-elle convergente ?

*** Exercice 16 — 30 min

Soit f la fonction définie, dérivable sur l'intervalle $]0\ ;+\infty[$ par $f(x)=e^x+\dfrac{1}{x}$.

Partie A, étude d'une fonction auxiliaire

Soit la fonction g définie, dérivable sur $[0\ ;+\infty[$ par $g(x)=x^2e^x-1$.

1. Étudier le sens de variation de la fonction g. Déterminer sa limite en $+\infty$.

2. Démontrer qu'il existe un unique réel a appartenant à $[0\ ;+\infty[$ tel que $g(a)=0$.

Donner, par une calculatrice un encadrement de a d'amplitude 10^{-2}.

3. Déterminer le signe de $g(x)$ selon x sur $[0\ ;+\infty[$.

Partie B, étude de la fonction f

1. Déterminer les limites de la fonction f en 0 et en $+\infty$.
2. On note f' la fonction dérivée de f sur l'intervalle $]0\ ;\ +\infty[$.

   Démontrer que pour tout réel x strictement positif, $f'(x)=\dfrac{g(x)}{x^2}$.
3. En déduire le sens de variation de la fonction f et dresser son tableau de variation sur l'intervalle $]0\ ;\ +\infty[$.
4. Démontrer que la fonction f admet pour minimum le nombre réel $m=\dfrac{1}{a^2}+\dfrac{1}{a}$.

Contrôle

1 h • 20 points

Exercice 1

10 min • 4 points

Déterminer les quatre limites suivantes :

$$\lim_{x\to-\infty}(x^3-x^2) \quad \lim_{x\to+\infty}\left(\frac{1}{\sqrt{x}}-2\right) \quad \lim_{x\to1^+}\frac{1}{(x-1)(x+2)} \quad \lim_{x\to+\infty}\left(x-\frac{x^2}{x+1}\right)$$

Exercice 2

10 min • 4 points

1. La proposition suivante est fausse. Donner un contre-exemple, soit par l'expression d'une fonction soit par le graphique d'une fonction que vous commenterez.

   Proposition : « Si la fonction f est croissante sur $\mathbb{R}$, alors $\lim\limits_{x\to+\infty} f(x)=+\infty$ ».
2. La proposition suivante est vraie. Justifiez-la graphiquement en commentant votre graphique.

   Proposition : « Si la fonction f définie, continue sur $[1\ ;\ 2]$ vérifie $\begin{cases} f(1)=-1 \\ f(2)=3 \end{cases}$, alors l'équation $f(x)=x$ admet au moins une solution ».

Exercice 3

35 min • 10 points

On définit les fonctions f et g sur $[0\ ;+\infty[$ par $f(x)=x^4-4x^3-4x+1$ et $g(x)=x^3-3x^2-1$.

Partie A, étude de la fonction g

1. Déterminer $\lim\limits_{x\to+\infty} g(x)$.

2. Étudier les variations de g sur $[0 ; +\infty[$.

3. Justifier que l'équation $g(x) = 0$ admet une solution et une seule α dont on donnera une valeur arrondie au dixième près.

4. Dresser le tableau de signe de $g(x)$.

Partie B, étude de la fonction *f*

1. Montrer que $f'(x)$ et $g(x)$ ont le même signe, f' étant la fonction dérivée de *f*. En déduire l'étude des variations de *f*.

2. Donner, sans justifier, le nombre de solutions de l'équation $f(x) = 0$.

Exercice 4

5 min • 2 points

Soient les fonctions *f* et *g* définies, et dérivables, sur $[0 ; +\infty[$ par $f(x) = \dfrac{x^2+1}{2x+1}$ et $g(x) = \dfrac{x}{2}$.

Ci-dessous le dessin dans un repère du plan de la droite D représentative de la fonction linéaire *g* et la courbe C représentative de *f*, avec les deux points de D et C de même abscisse *x*. On admet que M est au-dessus de N.

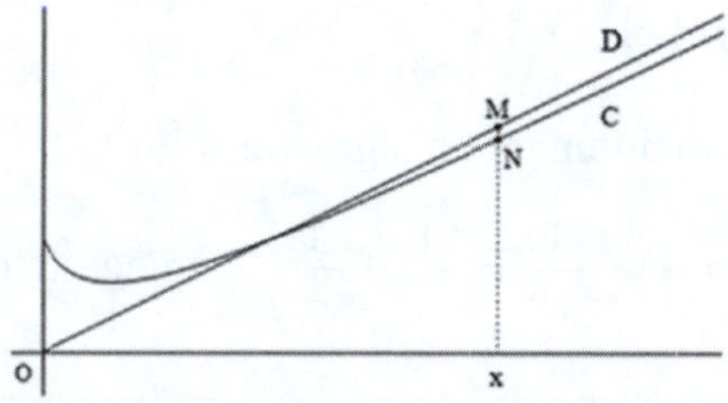

Déterminer $\lim\limits_{x \to +\infty} MN$. Interpréter graphiquement la réponse trouvée.

Corrigés exercices

Exercice 1

Partie A, lectures graphiques

1. Il semble que $\lim\limits_{x \to 0} f(x) = +\infty$ et que $\lim\limits_{x \to +\infty} f(x) = -\infty$.

Corrigés

2.

x	0		1	$+\infty$
Signe de $f(x)$	‖	$+$	0	$-$

x	0	$+\infty$
Variation de $f(x)$	‖	↘

Partie B, calculs

1.

- $\lim\limits_{x\to 0}\frac{1}{x}=+\infty$ car $x>0$, donc $\lim\limits_{x\to 0}f(x)=+\infty$. La droite verticale d'équation $x=0$ est asymptote verticale à la courbe de f.
- $\lim\limits_{x\to+\infty}\frac{1}{x}=0$ donc $\lim\limits_{x\to+\infty}f(x)=-\infty$.

2. Il s'agit de montrer que $f'(x)$ est négative sur $]0\,;+\infty[$, f' étant la fonction dérivée de f.

- Exprimons d'abord $f'(x)$. Les dérivées de x et de $\frac{1}{x}$ étant respectivement 1 et $-\frac{1}{x^2}$, on a $f'(x)=-1-\frac{1}{x^2}$.
- Intéressons-nous maintenant au signe de $f'(x)$.

Pour tout x, $f'(x)=-1-\frac{1}{x^2}=-\left(1+\frac{1}{x^2}\right)$ est négatif car c'est l'opposé d'un nombre positif.

f' est négative sur $]0\,;+\infty[$, donc f est décroissante sur $]0\,;+\infty[$.

Exercice 2

Partie A, lectures graphiques

1. Il semble que :

$$\lim_{x\to-\infty}f(x)=0,\quad \lim_{x\to 0^-}f(x)=+\infty,\quad \lim_{x\to 0^+}f(x)=+\infty,\quad \lim_{x\to+\infty}f(x)=0.$$

Et les axes de coordonnées semblent être asymptotes à la courbe de f.

2.

x	$-\infty$		-1		0		$+\infty$
Signe de $f(x)$		$-$	0	$+$	‖	$+$	

x	$-\infty$		-2		0		$+\infty$
Variations de $f(x)$		↘		↗	‖	↘	

Partie B, calculs

1.

- $\begin{cases}\lim\limits_{x\to 0^+}(x+1)=1\\ \lim\limits_{x\to 0^+}x^2=0^+\end{cases} \Rightarrow \lim\limits_{x\to 0^+} f(x)=+\infty$ (forme $\dfrac{1}{0^+}=+\infty$).
- $\lim\limits_{x\to+\infty} f(x)$ se présente sous la forme indéterminée $\dfrac{\infty}{\infty}$; changeons la forme de $f(x)$: $f(x)=\dfrac{x}{x^2}+\dfrac{1}{x^2}=\dfrac{1}{x}+\dfrac{1}{x^2}$.

Finalement, $\begin{cases}\lim\limits_{x\to+\infty}1/x=0\\ \lim\limits_{x\to+\infty}1/x^2=0\end{cases} \Rightarrow \lim\limits_{x\to 0^+} f(x)=0+0=0.$

2. Il faut exprimer $f'(x)$ pour calculer $f'(-2)$.

On utilise la formule de dérivation : $\left(\dfrac{u}{v}\right)'=\dfrac{u'v-uv'}{v^2}$ avec $\begin{cases}u=x+1\Rightarrow u'=1\\ v=x^2\Rightarrow v'=2x\end{cases}$.

Donc $f'(x)=\dfrac{(1)(x^2)-(x+1)(2x)}{(x^2)^2}=\dfrac{x^2-2x^2-2x}{x^{2\times 2}}=\dfrac{-x^2-2x}{x^4}$.

$$f'(x)=\frac{-x^2-2x}{x^4} \Rightarrow f'(-2)=\frac{-(-2)^2-2(-2)}{(-2)^4}=\frac{-4+4}{16}=\frac{0}{16}=0.$$

Exercice 3

- $\lim\limits_{x\to-\infty}(3x^2-x+1)=\lim\limits_{x\to-\infty}3x^2+\lim\limits_{x\to-\infty}(-x+1)=+\infty$; en effet on a affaire à la forme $(+\infty)+(+\infty)=+\infty$.
- $\lim\limits_{x\to-\infty}\dfrac{x^2+1}{x+1}$ se présente sous la forme indéterminée $\dfrac{\infty}{\infty}$. il faut changer de forme : $\dfrac{x^2+1}{x+1}=\dfrac{x^2(1+1/x^2)}{x(1+1/x)}=x\dfrac{1+1/x^2}{1+1/x}$. Alors la situation s'éclaircit :

$$\lim_{x\to-\infty}\frac{x^2+1}{x+1}=\lim_{x\to-\infty}x\times\frac{\lim\limits_{x\to+\infty}(1+1/x^2)}{\lim\limits_{x\to+\infty}(1+1/x)}=(-\infty)\times\frac{1}{1}=-\infty.$$

- $\lim\limits_{x\to+\infty}(2x-1)=+\infty \Rightarrow \lim\limits_{x\to+\infty}\dfrac{3}{2x-1}=0$ (forme $\dfrac{3}{+\infty}=0$).
- $\lim\limits_{x\to+\infty}(3\sqrt{x}-x)$ se présente sous la forme indéterminée $\infty-\infty$. Changeons de forme : $3\sqrt{x}-x=\sqrt{x}\left(3-\dfrac{x}{\sqrt{x}}\right)=\sqrt{x}(3-\sqrt{x})$ car $\dfrac{x}{\sqrt{x}}=\dfrac{\sqrt{x}\times\sqrt{x}}{\sqrt{x}}=\sqrt{x}$.

Corrigés

Alors $\lim\limits_{x\to-\infty}\left(3\sqrt{x}-x\right)=\lim\limits_{x\to-\infty}\sqrt{x}\times\lim\limits_{x\to-\infty}\left(3-\sqrt{x}\right)=(+\infty)\times(-\infty)=-\infty.$

$$\lim_{x\to-\infty}\left(3x^2-x+1\right)=+\infty,\ \lim_{x\to-\infty}\frac{x^2+1}{x+1}=-\infty$$
$$\lim_{x\to+\infty}\frac{3}{2x-1}=0,\ \lim_{x\to+\infty}\left(3\sqrt{x}-x\right)=-\infty.$$

Exercice 4

Cherchons d'abord l'expression explicite de la distance $M(x)N(x)$.

On a : $M(x)N(x)=$ ordonnée de $M(x)-$ ordonnée de $N(x)=x-\dfrac{x^3+1}{x^2+1}=$

$$=\frac{x(x^2+1)}{x^2+1}-\frac{x^3+1}{x^2+1}=\frac{x(x^2+1)-(x^3+1)}{x^2+1}=\frac{x-1}{x^2+1}.$$

Déterminons maintenant la limite demandée.

Ayant affaire à une forme indéterminée, on change la forme de $M(x)N(x)$.

$$M(x)N(x)=\frac{x-1}{x^2+1}=\frac{x(1-1/x)}{x^2\left(1+1/x^2\right)}=\frac{(1-1/x)}{x\left(1+1/x^2\right)}.$$

Alors $\lim\limits_{x\to\infty}M(x)N(x)=\dfrac{\lim\limits_{x\to\infty}(1-1/x)}{\lim\limits_{x\to\infty}x\times\lim\limits_{x\to\infty}\left(1+1/x^2\right)}=\dfrac{1}{(+\infty)\times 1}=\dfrac{1}{+\infty}=0.$

Remarque : on dit que la droite est asymptote à la courbe.

Exercice 5

1. Démarrons du membre de gauche pour parvenir au membre de droite (c'est plus facile) :

$$x+1+\frac{3}{x-2}=\frac{(x+1)(x-2)}{x-2}+\frac{3}{x-2}=\frac{x^2+x-2x-2+3}{x-2}=\frac{x^2-x+1}{x-2}.$$

Finalement, $x+1+\dfrac{3}{x-2}=\dfrac{x^2-x+1}{x-2}\ \Leftrightarrow\ \dfrac{x^2-x+1}{x-2}=x+1+\dfrac{3}{x-2}.$

$$\begin{cases}\lim\limits_{x\to+\infty}(x+1)=+\infty\\ \lim\limits_{x\to+\infty}\left(\dfrac{3}{x-2}\right)=0\end{cases}\Rightarrow\lim_{x\to+\infty}\frac{x^2-x+1}{x-2}=\lim_{x\to+\infty}\left(x+1+\frac{3}{x-2}\right)=+\infty.$$

2. Démarrons, pour changer de chacun des deux côtés, des deux membres, pour aboutir à la même expression intermédiaire :

Corrigés

$$\begin{cases} \dfrac{1}{1+e^{-x}}=\dfrac{1}{1+\dfrac{1}{e^x}}=\dfrac{1}{\dfrac{e^x+1}{e^x}}=\dfrac{e^x}{e^x+1} \\ 1-\dfrac{1}{e^x+1}=\dfrac{e^x+1}{e^x+1}-\dfrac{1}{e^x+1}=\dfrac{e^x}{e^x+1} \end{cases} \Rightarrow \dfrac{1}{1+e^{-x}}=1-\dfrac{1}{e^x+1}.$$

$\lim\limits_{x\to+\infty} e^x=+\infty \Rightarrow \lim\limits_{x\to+\infty}(e^x+1)=+\infty \Rightarrow \lim\limits_{x\to+\infty}\dfrac{1}{e^x+1}=0.$ Donc $\lim\limits_{x\to+\infty}=\dfrac{1}{1+e^{-x}}=\lim\limits_{x\to+\infty}\left(1-\dfrac{1}{e^x+1}\right)=1-0=1.$

Exercice 6

Pour tout x, $-1\leq\sin(x)\leq 1 \underset{+2}{\Rightarrow} 1\leq 2+\sin(x)\leq 3 \underset{\times x^2\text{ positif}}{\Rightarrow} x^2\leq f(x)\leq 3x^2.$

$\begin{cases} x^2\leq f(x) \text{ pour tout } x \\ \lim\limits_{x\to+\infty} x^2=+\infty \end{cases} \Rightarrow \lim\limits_{x\to+\infty} f(x)=+\infty$ par comparaison de $f(x)$ et x^2.   Pour cette question, $3x^2$ était inutile.
$\begin{cases} x^2\leq f(x)\leq 3x^2 \text{ pour tout } x \\ \lim\limits_{x\to 0} x^2=\lim\limits_{x\to 0} 3x^2=0 \end{cases} \Rightarrow \lim\limits_{x\to 0} f(x)=0$, par le théorème des gendarmes (x^2 et $3x^2$ sont les gendarmes qui cadrent $f(x)$).

Exercice 7

1.

L'équation $f(x)=0$ n'a pas de solutions puisque le minimum de la fonction f est $1>0$.
L'équation $f(x)=2$ a une et une seule solution d'après le théorème des valeurs intermédiaires.   En effet, la fonction f est définie, continue, strictement monotone sur $[0\ ;+\infty[$. Et la valeur 2 est intermédiaire entre $f(0)=1$ et $\lim\limits_{x\to+\infty} f(x)=+\infty$. Alors, le théorème des valeurs intermédiaires nous assure que l'équation $f(x)=2$ admet une et une seule solution sur $[0\ ;+\infty[$.
De même, l'équation $f(x)=m$ n'a pas de solutions pour $m<1$, et admet une et une seule solution pour $m\geq 1$.

2.

L'équation $g(x)=0$ admet deux solutions ; l'une est située entre 0 et 2, l'autre est supérieure à 2.

En effet, on applique deux fois le théorème des valeurs intermédiaires, une fois sur l'intervalle $[0\ ;\ 2]$, et une autre fois sur l'intervalle $[2\ ;\ +\infty[$.

L'équation $g(x)=7$ n'a pas de solutions puisque le maximum de la fonction g est $6<7$.

De même, l'équation $g(x)=m$ n'a pas de solutions pour $m>6$, a une seule solution pour $m=6$, a deux solutions si $-1\leq m<6$, et a aussi une et une seule solution pour $m<-1$.

3. L'équation $f(x)=g(x)$ n'a pas nécessairement de solutions, les courbes des deux fonctions ne se croisent pas nécessairement ; ci-dessous un exemple.

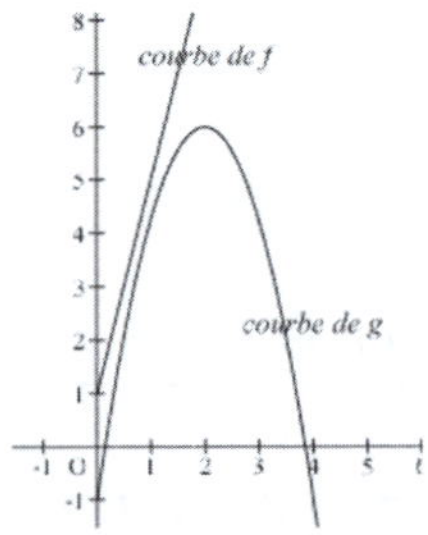

Exercice 8

1. La fonction dérivée f' s'exprime par : $f'(x)=3x^2+1$. Pour tout x, $f'(x)>0$ comme somme de 1 et d'un nombre positif. Donc f est croissante (strictement) sur I.

x	2		3
f'		+	
f	$f(2)=15$	↗	$f(3)=35$

2.

La fonction f est définie, continue, strictement monotone sur $[2\ ;\ 3]$. Et la valeur 24 est intermédiaire entre $f(2)=15$ et $f(3)=35$. Alors, le théorème des valeurs intermédiaires nous assure que l'équation $f(x)=24$ admet une et une seule solution sur $[2\ ;\ 3]$.

3. Pour savoir si α est plus près de 2 ou de 3, on va situer α par rapport à 2,5. Pour cela, on calcule $f(2{,}5)$. On a $f(2{,}5)=23{,}125$.

Alors $f(2{,}5)=23{,}125<24$ implique $2{,}5<\alpha$; α est plus près de 3 que de 2.

On saisit mieux la situation par le tableau de variation enrichi de ces nouveaux renseignements :

x	2	2,5	α	3
f	15 ↗	23,125 ↗	24 ↗	35

4. La calculatrice nous donne : $\alpha = 2{,}543... \approx 2{,}54$ à 10^{-2} près.

5.

x	1	2
Signe de $f(x)$	+	

Exercice 9

1. La fonction dérivée f' s'exprime par :

$f'(x) = 0 - 2\times 1 - 3x^2 = -2 - 3x^2 = -(2+3x^2)$. Pour tout x, $f'(x) < 0$ comme opposé de $2+3x^2$ qui est positif. Donc f est décroissante (strictement) sur I.

x	1	2
f'	−	
f	$f(1)=1$ ↘	$f(2)=-8$

2.

> La fonction f est définie, continue, strictement monotone sur $[1 ; 2]$. Et la valeur 0 est intermédiaire entre $f(1)=1$ et $f(2)=-8$. Alors, le théorème des valeurs intermédiaires nous assure que l'équation $f(x)=0$ admet une et une seule solution sur $[1 ; 2]$.

3. L'affichage $(1 ; 1{,}25)$. nous indique que α est entre 1 et 1,25 (voir la question **3.** de l'exercice précédent).

4.

x	1	α	2
Signe de $f(x)$	+	0	−

Exercice 10

1. Il semble que la courbe ne touche l'axe des abscisses qu'une fois (l'axe semble tangent à la courbe), et donc que l'équation $f(x)=0$ a une et une seule solution.

2. Il semble désormais que la courbe croise l'axe des abscisses deux fois, et donc que l'équation $f(x)=0$ a deux solutions.

3. $f(x)=0 \Leftrightarrow \dfrac{110x^2-189x+81}{x+86}=0 \Leftrightarrow 110x^2-189x+81=0$

car une fraction est nulle si et seulement si son numérateur est nul.

Résolvons (classiquement) l'équation du second degré :
$110x^2-189x+81=0$, du type $ax^2+bx+c=0$. Le discriminant en est $\Delta=b^2-4ac=(-189)^2-4(110)(81)=81$. Ce discriminant étant strictement positif, l'équation a deux solutions : $\begin{cases} x_1=\dfrac{-b-\sqrt{\Delta}}{2a}=\dfrac{-(-189)-\sqrt{81}}{2\times 110}=\dfrac{9}{11} \\ x_2=\dfrac{-b+\sqrt{\Delta}}{2a}=\dfrac{-(-189)+\sqrt{81}}{2\times 110}=\dfrac{9}{10} \end{cases}$.

Ces deux nombres appartiennent bien à l'intervalle $[0\ ;\ 2]$. Ces deux nombres sont très proches l'un de l'autre, d'où la difficulté d'interpréter le dessin de la question **1.**

> L'ensemble des solutions, sur $[0\ ;\ 2]$, de l'équation $f(x)=0$ est :
>
> $$S=\left\{\frac{9}{11}\ ;\ \frac{9}{10}\right\}.$$

Exercice 11

1. L'étude de la question doit être menée sur deux fronts, sur $]-\infty\ ;\ 1]$ et sur $[1\ ;\ +\infty[$, vu les différentes variations de la fonction.

> - Sur $]-\infty\ ;\ 1]$, la fonction f est définie, continue, strictement monotone. Et la valeur 0 est intermédiaire entre $\lim\limits_{x\to-\infty} f(x)=+\infty$ et $f(1)=-2$. Alors, le théorème des valeurs intermédiaires nous assure que l'équation $f(x)=0$ admet une et une seule solution sur $]-\infty\ ;\ 1]$.
> - Sur $[1\ ;\ +\infty[$, la fonction f est définie, continue, strictement monotone. Et la valeur 0 est intermédiaire entre $f(1)=-2$ et $\lim\limits_{x\to+\infty} f(x)=3$. Alors, le théorème des valeurs intermédiaires nous assure que l'équation $f(x)=0$ admet une et une seule solution sur $[1\ ;\ +\infty[$.
> - Donc, sur $\mathbb{R}$, globalement, l'équation $f(x)=0$ a deux solutions, l'une α_1 plus petite que 1 et l'autre α_2 plus grande que 1.

2.

x	$-\infty$		α_1		1		α_2		$+\infty$
Variation de f	$+\infty$	↘	0 ↘		-2	↗	0 ↗		3

$\Rightarrow$

x	$-\infty$		α_1		α_2		$+\infty$
Signe de f		$+$	0	$-$	0	$+$	

Exercice 12

1. Non, c'est une équation du troisième degré, hors programme.

2. L'expression de $f'(x)$ est $f'(x)=3x^2-3\times 2x-0=3x^2-6x$. C'est un trinôme (du programme) qui a deux racines évidentes : 0 et 2, puisque $f'(x)=3x^2-6x=3x(x-2)$. le signe de ce trinôme est connu (programme de première). De ce signe, on tirera la variation de f (programme de première).

x	-1		0		2		4
f'		$+$	0	$-$	0	$+$	
f	-5	↗	-1	↘	-5	↗	15

3.
- Sur $[-1\ ;2]$, l'équation $f(x)=0$ n'a pas de solution puisque le maximum de f est de -1, négatif, sur cet intervalle.
- L'équation $f(x)=0$ a une solution et une seule sur l'intervalle $[2\ ;4]$, conclusion certifiée par le théorème des valeurs intermédiaires.

4. Pour situer α par rapport à 3, on calcule $f(3)$. $f(3)=27-3\times 9-1=-1<0$, donc $3<\alpha$ (voir tableau de variation).

5. Une calculatrice donne $\alpha=3{,}103...\approx 3{,}10$ à 10^{-2} près.

6.

x	-1		α		4
Signe de $f(x)$		$-$	0	$+$	

Exercice 13

1. Les solutions d'une équation du type $f(x)=g(x)$ sont les abscisses des points d'intersection des courbes des deux fonctions f et g. On fait donc tracer à la calculatrice les courbes des fonctions e^x et $\frac{1}{x}$ pour voir le nombre de points d'intersection, tout au moins les points qui apparaissent dans la fenêtre.

2.

$$x \leq 0 \Rightarrow \begin{cases} e^x > 0 \text{ car } e^x \text{ est strictement positif pour tout } x \\ \dfrac{1}{x} < 0 \text{ car } x < 0 \end{cases}.$$

Un nombre strictement positif ne pouvant être égal à un nombre strictement négatif, il n'est pas possible que $e^x = \frac{1}{x}$. Donc aucun nombre négatif ne peut être solution de l'équation $e^x = \frac{1}{x}$.

On considère la fonction f définie sur $\mathrm{I} = [0 ; +\infty[$ par $f(x) = xe^x$. Sa fonction dérivée est notée f'.

3. Le signe de $f'(x)$ indiquant les variations de la fonction f, on va d'abord calculer $f'(x)$. On utilise la formule de dérivation : $(uv)' = u'v + uv'$ avec $\begin{cases} u = x \Rightarrow u' = 1 \\ v = e^x \Rightarrow v' = e^x \end{cases}$. Alors $f'(x) = 1 \times e^x + x \times e^x = e^x(1+x)$.

$\begin{cases} e^x > 0 \\ 1 + x > 0 \text{ pour } x \text{ positif} \end{cases} \Rightarrow f'(x) = e^x(1+x)$ est strictement positif sur $[0 ; +\infty[$ car c'est le produit de deux nombres strictement positifs.

Finalement, sur $\mathrm{I} = [0 ; +\infty[$, $f' > 0 \Rightarrow f$ strictement croissante.

4. Dressons le tableau de variation de f pour se faire une idée de la situation :

x	0		$+\infty$
f	$f(0) = 0$	$\nearrow$	

En vue d'utiliser le théorème des valeurs intermédiaires (que faire d'autre ?), il nous serait utile de connaître la limite de la fonction en $+\infty$. Allons-y.

$$\begin{cases} \lim\limits_{x \to +\infty} x = +\infty \\ \lim\limits_{x \to +\infty} e^x = +\infty \text{ (cours)} \end{cases} \Rightarrow \text{par multiplication, } \lim_{x \to +\infty} f(x) = +\infty.$$

On peut maintenant conclure.

Sur $[0 ; +\infty[$, la fonction f est définie, continue, strictement monotone. Et la valeur 1 est intermédiaire entre $f(0) = 0$ et $\lim\limits_{x \to +\infty} f(x) = +\infty$. Alors, le théorème des valeurs intermédiaires certifie que l'équation $f(x) = 1$ admet une et une seule solution sur $[0 ; +\infty[$.

5. Remarquons astucieusement que $f(x)=1 \Leftrightarrow xe^x=1 \Leftrightarrow e^x=\dfrac{1}{x}$.

> L'équation $e^x=\dfrac{1}{x} \Leftrightarrow f(x)=1$ a une solution sur $[0\ ;+\infty[$, et on a vu qu'elle n'en a pas sur $]-\infty\ ;0]$. Il y a donc, en tout, une solution sur $\mathbb{R}$.

Exercice 14

Il ne s'agit pas de résoudre l'équation $x^3-x^4=0{,}11$! Il est question d'utiliser, peut-être, sans doute, le théorème des valeurs intermédiaires. Il s'agit donc, dans un premier temps, de dresser le tableau de variation de f sur $\mathbb{R}$.

- Expression de la dérivée : $f'(x)=3x^2-4x^3$.
- Factorisation de la dérivée en vue d'étudier son signe : $f'(x)=x^2(3-4x)$.
- Conclusions quant à la dérivée : elle s'annule pour $x=0$ et $x=\dfrac{3}{4}=0{,}75$.
  Autrement, son signe est le même que celui de $3-4x$ puisque x^2 est positif.
- On dresse le tableau de variation de la fonction *f*.

x	$-\infty$		0		$0{,}75$		$+\infty$
f'		$+$	0	$+$	0	$-$	
f		$\nearrow$	0	$\nearrow$	$0{,}105$	$\searrow$	

- Finalement, le théorème des valeurs intermédiaires ne sert à rien.

> $0{,}105$ (plus petit que $0{,}11$) étant le maximum de *f*, l'équation $f(x)=0{,}11$ n'a pas de solution.

Exercice 15

1. $\begin{cases} \lim\limits_{x\to+\infty} x^3=+\infty \\ \lim\limits_{x\to+\infty} n^2x=+\infty \text{ car } n^2>0 \end{cases} \Rightarrow$ par addition $\lim\limits_{x\to+\infty} f_n(x)=+\infty$.

2. La dérivée est $f_n'(x)=3x^2+n^2$. Cette dérivée est strictement positive car somme de $3x^2\geq 0$ et $n^2>0$. Donc, ayant une dérivée strictement positive, la fonction f_n est croissante (strictement) sur I.

3.

> Sur $[0\ ;+\infty[$, la fonction f_n est définie, continue, strictement monotone. Et la valeur 0 est intermédiaire entre $f(0)=-n<0$ et $\lim\limits_{x\to+\infty} f_n(x)=+\infty$. Alors, le théorème des valeurs intermédiaires certifie que l'équation $f_n(x)=0$ admet une et une seule solution sur $[0\ ;+\infty[$.

4. $f_n\left(\dfrac{1}{n}\right)=\left(\dfrac{1}{n}\right)^3+n^2\left(\dfrac{1}{n}\right)-n=\dfrac{1}{n^3}.$

Dressons le tableau de variation de f_n pour se faire une idée de la situation.

x	0	x_n	$1/n$	$+\infty$
f	$-n$ ↗	0 ↗	$1/n^3>0$ ↗	

$$\begin{cases} f_n(x_n)=0 \\ f_n(1/n)>0 \\ f_n \text{ croissante} \end{cases} \Rightarrow x_n<\frac{1}{n}$$

5.

$$\begin{cases} \text{Pour tout } n,\ 0<x_n<\dfrac{1}{n} \\ \lim\limits_{n\to+\infty} 0=\lim\limits_{n\to+\infty}\dfrac{1}{n}=0 \end{cases} \Rightarrow \lim_{n\to+\infty} x_n=0 \text{ (théorème des gendarmes).}$$

La suite (x_n) est donc convergente, elle converge vers 0.

Exercice 16

Partie A, étude d'une fonction auxiliaire

1. ▪ La dérivée est $g'(x)=2x\times e^x+x^2\times e^x-0=xe^x(2+x)$. Cette dérivée s'annule en 0 (-2 ne compte pas) et, autrement, elle est strictement positive sur $[0\ ;\ +\infty[$ car c'est le produit de nombres strictement positifs. Dérivée positive, la fonction g est croissante sur $[0\ ;\ +\infty[$.

▪ $\lim\limits_{x\to+\infty} x^2=\lim\limits_{x\to+\infty} e^x=+\infty \Rightarrow \lim\limits_{x\to+\infty} g(x)=+\infty.$

2.

Sur $[0\ ;+\infty[$, la fonction g est définie, continue, strictement monotone. Et la valeur 0 est intermédiaire entre $g(0)=-1$ et $\lim\limits_{x\to+\infty} g(x)=+\infty$. Alors, le théorème des valeurs intermédiaires certifie que l'équation $g(x)=0$ admet une et une seule solution sur $[0\ ;+\infty[$, solution notée a.

Une calculatrice donne $a=0,7034...$ d'où l'encadrement demandé :

$$0,70\leq a\leq 0,71.$$

3.

x	0		a		$+\infty$
g		$-$	0	$+$	

Partie B, étude de la fonction *f*

1.

$$\begin{cases} \lim\limits_{x \to 0} e^x = e^0 = 1 \text{ car la fonction exp est continue en } 0 \\ \lim\limits_{x \to 0} \dfrac{1}{x} = +\infty \text{ car } x \in]0\ ;\ +\infty[\text{ est positif} \end{cases} \Rightarrow \lim_{x \to 0} f(x) = +\infty,$$

$$\begin{cases} \lim\limits_{x \to +\infty} e^x = +\infty \\ \lim\limits_{x \to +\infty} \dfrac{1}{x} = 0 \end{cases} \Rightarrow \lim_{x \to +\infty} f(x) = +\infty, \text{ par addition.}$$

2. $f'(x) = \text{dérivée de } e^x + \text{dérivée de } \dfrac{1}{x} = e^x - \dfrac{1}{x^2} = \dfrac{x^2 e^x - 1}{x^2} = \dfrac{g(x)}{x^2}$.

3. On détermine le signe de la dérivée :

$$\text{signe de } f'(x) = \frac{\text{signe de } g(x)}{\text{signe de } x^2} = \frac{\text{signe de } g(x)}{+} = \text{signe de } g(x).$$

x	0		a		$+\infty$
f'		$-$	0	$+$	
f	$+\infty$	$\searrow$	$f(a)$	$\nearrow$	$+\infty$

4. Le minimum de f est $f(a)$, noté m. Donc $m = f(a) = e^a + \dfrac{1}{a}$.

Or $g(a) = 0 \Leftrightarrow a^2 e^a - 1 = 0 \Leftrightarrow e^a = \dfrac{1}{a^2}$.

$$\begin{cases} m = f(a) = e^a + \dfrac{1}{a} \\ g(a) = 0 \Leftrightarrow e^a = \dfrac{1}{a^2} \end{cases} \Rightarrow m = \frac{1}{a^2} + \frac{1}{a}.$$

Corrigés contrôle

Exercice 1

- $\begin{cases} \lim\limits_{x \to -\infty} x^3 = -\infty \\ \lim\limits_{x \to -\infty} (-x^2) = -\infty \end{cases} \Rightarrow \lim\limits_{x \to -\infty} (x^3 - x^2) = -\infty$, par addition.
- $\lim\limits_{x \to +\infty} \sqrt{x} = +\infty \Rightarrow \lim\limits_{x \to +\infty} \dfrac{1}{\sqrt{x}} = 0 \Rightarrow \lim\limits_{x \to +\infty} \left(\dfrac{1}{\sqrt{x}} - 2 \right) = -2.$

Corrigés

- $\begin{cases} \lim\limits_{x\to 1^+}(x-1)=0^+ \\ \lim\limits_{x\to 1^+}(x+2)=3 \end{cases} \Rightarrow \lim\limits_{x\to 1^+}(x-1)(x+2)=0^+ \Rightarrow \lim\limits_{x\to 1^+}\dfrac{1}{(x-1)(x+2)}=+\infty.$
- La situation est confuse, on change de forme :

$$x-\frac{x^2}{x+1}=\frac{x(x+1)-x^2}{x+1}=\frac{x}{x+1}=\frac{x\times 1}{x\times(1+1/x)}=\frac{1}{1+1/x}.$$

Alors : $\lim\limits_{x\to+\infty}\dfrac{1}{x}=0 \Rightarrow \lim\limits_{x\to+\infty}\left(x-\dfrac{x^2}{x+1}\right)=\lim\limits_{x\to+\infty}\dfrac{1}{1+1/x}=\dfrac{1}{1+0}=1.$

Exercice 2

1.

Contre-exemple

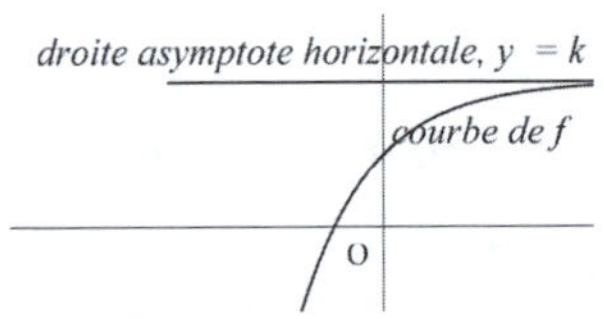	Cette fonction f est croissante sur $\mathbb{R}$, et $\lim\limits_{x\to+\infty} f(x)=k$ (existence d'une asymptote horizontale).

2.

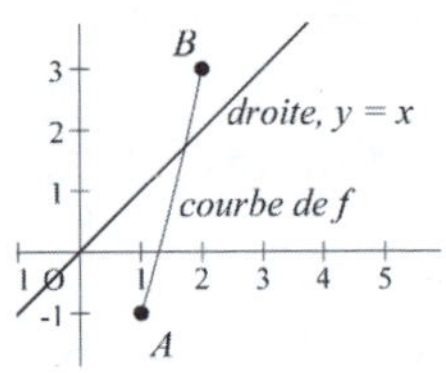	La courbe de la fonction f passe par les points $A(1\ ;\ -1)$ et $B(2\ ;\ 3)$. Cette courbe, qui est un trait continu, va du dessous de la droite d'équation $y=x$ au dessus de cette droite ; courbe et droite se croisent donc nécessairement.

Exercice 3

Partie A, étude de la fonction g

1. Ayant affaire à une forme indéterminée, du type $\infty-\infty$, on change $g(x)$ de forme : $g(x)=x^3-3x^2-1=x^3\left(1-\dfrac{3x^2}{x^3}-\dfrac{1}{x^3}\right)=x^3\left(1-\dfrac{3}{x}-\dfrac{1}{x^3}\right).$

$$\begin{cases} \lim\limits_{x\to+\infty} x^3=+\infty \\ \lim\limits_{x\to+\infty} 3/x=\lim\limits_{x\to+\infty} 1/x^3=0 \end{cases}$$

$$\Rightarrow \lim_{x\to+\infty} g(x)=\lim_{x\to+\infty} x^3\times\lim_{x\to+\infty}\left(1+3/x+1/x^3\right)=+\infty.$$

2. La dérivée de g : $g'(x)=3x^2-3\times 2x-0=3x^2-6x=3x(x-2)$.

Cette dérivée est un trinôme de racines (évidentes) 0 et 2, son signe est donné par la règle de signe d'un trinôme vue en première.

x	0		2		$+\infty$
g'	0	$-$	0	$+$	
g	$g(0)=-1$	↘	$g(2)=-5$	↗	$+\infty$

3.

- Sur $[0\ ;2]$, l'équation $g(x)=0$ n'a pas de solution puisque le maximum de g est de -1 qui est strictement négatif.
- Sur $[2\ ;+\infty[$, la fonction g est définie, continue, strictement monotone. Et la valeur 0 est intermédiaire entre $g(2)=-5$ et $\lim\limits_{x\to+\infty} g(x)=+\infty$.
  Alors, le théorème des valeurs intermédiaires nous assure que l'équation $g(x)=0$ admet une et une seule solution sur $[2\ ;+\infty[$.
- Donc, sur $\mathbb{R}$, globalement, l'équation $g(x)=0$ a une et une seule solution, notée α. Une calculatrice donne $\alpha=3{,}103...\approx 3{,}1$.

4.

x	0		α		$+\infty$
g		$-$	0	$+$	

Partie B, étude de la fonction *f*

1. $f(x)=x^4-4x^3-4x+1 \Rightarrow f'(x)=4x^3-4\times 3x^2-4\times 1+0$

Donc $f'(x)=4(x^3-3x^2-1)=4g(x)$.

Donc signe de $f'(x)=$ signe de $4\times$signe de $g(x)=(+)\times$signe de $g(x)$

$$\Rightarrow \text{ signe de } f'(x)=\text{signe de } g(x).$$

x	0		α		$+\infty$
f'		$-$	0	$+$	
f	$f\ 0\ =1$	↘	$f\ \alpha\ \approx -38{,}2$	↗	

2. L'équation $f(x)=0$ a deux solutions.

Corrigés

Exercice 4

D'abord, exprimons MN en fonction de x : $\mathrm{MN} = g(x) - f(x)$

$$\Rightarrow \mathrm{MN} = \frac{x}{2} - \frac{x^2+1}{2x+1} = \frac{x(2x+1) - 2(x^2+1)}{2(2x+1)} = \frac{x-2}{2(2x+1)}.$$

Quant à la limite, la forme est indéterminée, de type $\frac{\infty}{\infty}$. Changeons MN de forme en factorisant numérateur et dénominateur par les termes de plus haut degré avant de simplifier : $\mathrm{MN} = \dfrac{x\left(1-\frac{2}{x}\right)}{2\times 2x\left(1+\frac{1}{2x}\right)} = \dfrac{x\left(1-\frac{2}{x}\right)}{4x\left(1+\frac{1}{2x}\right)} = \dfrac{1-\frac{2}{x}}{4\left(1+\frac{1}{2x}\right)}.$

$$\lim_{x\to+\infty} \frac{1}{x} = \lim_{x\to+\infty} \frac{1}{2x} = 0 \Rightarrow \lim_{x\to+\infty} \mathrm{MN} = \frac{1-0}{4(1+0)} = \frac{1}{4}.$$

Interprétation graphique :

Quand x est très grand $(x \to +\infty)$,

$$\mathrm{MN} \approx \frac{1}{4} \Rightarrow f(x) - g(x) \approx \frac{1}{4} \Rightarrow f(x) - \frac{x}{2} \approx \frac{1}{4} \Rightarrow f(x) \approx \frac{x}{2} - \frac{1}{4}.$$

Donc, en $+\infty$, la courbe de f est toute proche de la droite d'équation $y = \frac{x}{2} - \frac{1}{4}$.
On dit que cette droite est asymptote (oblique) à la courbe de f.

Corrigés

3 Les dérivées des fonctions, les fonctions convexes

1. Les fonctions dérivées

Calculs des dérivées, rappels

On calcule des fonctions dérivées grâce, d'une part, aux dérivées connues des fonctions de référence, et, d'autre part, aux formules de dérivation des opérations élémentaires entre fonctions.

Dérivées des fonctions de référence	*Dérivées des opérations entre les fonctions u et v*
Dérivée d'une constante $= 0$	$(\text{constante} \times u)' = \text{constante} \times u'$
Dérivée de $x^n = nx^{n-1}$	$(u+v)' = u' + v'$
Dérivée de $\frac{1}{x} = -\frac{1}{x^2}$	$(u-v)' = u' - v'$
Dérivée de $\sqrt{x} = \frac{1}{2\sqrt{x}}$	$(uv)' = u'v + uv'$
Dérivée de $e^x = e^x$	$\left(\frac{u}{v}\right)' = \frac{u'v - uv'}{v^2}$

Utilités des dérivées, rappels

- Le signe de la fonction dérivée f' de la fonction f indique la variation de la fonction f.

Pour une fonction f définie et dérivable sur un intervalle I de $\mathbb{R}$,

> f' positive sur $I \Leftrightarrow f$ croissante sur I
>
> f' négative sur $I \Leftrightarrow f$ décroissante sur I

- Le nombre dérivé $f'(a)$ est le coefficient directeur de la tangente à la courbe de f au point d'abscisse a de sa courbe, point de coordonnées $(a\,; f(a))$.

Pour une fonction f définie et dérivable en a

> La tangente à la courbe de f en son point d'abscisse a
>
> est une droite d'équation : $y = f(a) + f'(a)(x-a)$.

Résumés de cours

2. Une nouvelle opération entre fonctions : la composition

Définition

La fonction composée de deux fonctions u et v, notée $v \circ u$ (« v rond u ») est l'action successive des fonctions u et v.

Schéma :	$x \xrightarrow{\text{la fonction } u} u(x) \xrightarrow{\text{la fonction } v} v(u(x))$ $\underset{\text{la fonction composée de } u \text{ et } v\text{, notée } v\circ u}{\rightarrow}$
Écriture :	$v \circ u(x) = v(u(x))$
Exemple :	La fonction h définie par $h(x) = \sqrt{2x+3}$ est la composée $v \circ u$ des fonctions $u(x) = 2x+3$ et $v(x) = \sqrt{x}$.

Déterminer une limite de fonction composée

On suit la piste de ce qui se passe successivement pour u et v.

Schéma :	$\underset{a}{\overset{}{x}} \xrightarrow{\text{la fonction } u} \underset{b}{u(x)}$ noté $\underset{b}{X} \xrightarrow{\text{la fonction } v} \underset{c}{v(X)} = \underset{c}{v \circ u(x)}$
Écriture :	$\begin{cases} \lim\limits_{x \to a} u(x) = b \\ \lim\limits_{X \to b} v(X) = c \end{cases} \Rightarrow$ par composition, $\lim\limits_{x \to a} v \circ u(x) = c$.
Exemple :	$\begin{cases} \lim\limits_{x \to +\infty} (2x+3) = +\infty \\ \lim\limits_{X \to +\infty} \sqrt{X} = +\infty \end{cases} \Rightarrow \lim\limits_{x \to +\infty} \sqrt{2x+3} = +\infty$.

Dériver une fonction composée

Formule générale :	$(v \circ u)' = (v' \circ u) \times u'$
Éclairage rapide :	En notant $X = u(x)$, on a : $(v \circ u)'(x) = v'(X) \times u'(x)$.
Trois cas particuliers :	$(\sqrt{u})' = \dfrac{u'}{2\sqrt{u}}$ $(u^2)' = 2uu'$ $(e^u)' = u'e^u$
Exemple :	La dérivée de e^{3x-7}, où $u = 3x-7$, est $3e^{3x-7}$ car $u' = 3$.

3. Les fonctions convexes

Préliminaire : les dérivées secondes des fonctions

La dérivée de la dérivée d'une fonction f se nomme la dérivée seconde de la fonction f, notée f'' ; $f''=(f')'$.

Définition des fonctions convexes (et des fonctions concaves)

La courbe d'une fonction est courbée, infléchie comme ci ou comme ça

Comme ci	*Comme ça*	*Comme ci et comme ça*
Une fonction convexe sur un intervalle I	Une fonction concave sur un intervalle I	Une fonction concave puis convexe
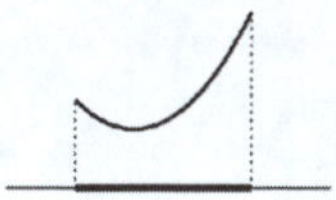 l' intervalle I	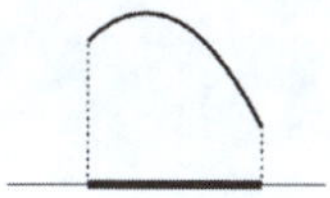 l' intervalle I	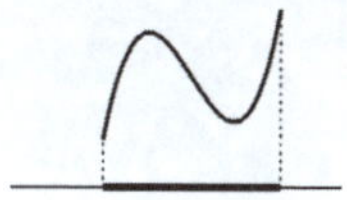 l' intervalle I

Caractérisation d'une fonction convexe f par les tangentes et la dérivée

La courbe d'une fonction convexe f avec trois tangentes	Observations graphiques	Traductions en langage maths
 l'intervalle I	La courbe est au-dessus de ses tangentes.	Si $y=ax+b$ est l'équation d'une tangente, alors, pour tout x de I, $f(x)\geq ax+b$.
	Les tangentes sont de plus en plus pentues, quand l'abscisse x augmente.	Les coefficients directeurs des tangentes, les nombres dérivés $f'(x)$, sont de plus en plus grands. La dérivée f' est donc croissante sur I.

Caractérisation d'une fonction convexe par sa dérivée seconde

Si f est une fonction convexe sur l'intervalle I, sa dérivée première f' est croissante. Autrement dit, la dérivée de cette dérivée est positive.

Une fonction f est convexe sur I si sa dérivée seconde f'' est positive sur I.

Points d'inflexion d'une courbe de fonction

Un point d'inflexion de la courbe d'une fonction f est un point où cette courbe change de courbure, où f de convexe devient concave ou le contraire.

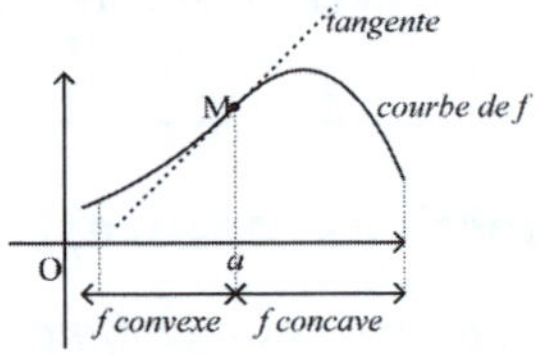

M est un point d'inflexion de la courbe de la fonction f.

En M, cette courbe traverse sa tangente.

Si la dérivée seconde f'' de la fonction f s'annule en a en changeant de signe, alors le point M de coordonnées $(a\,;f(a))$ est un point d'inflexion de la courbe de la fonction f.

Énoncés des exercices

* Exercice 1 — 15 min

Soit la fonction f définie sur $\mathbb{R}$ par : $f(x)=x^2-4x+1$.

1. Étudier les variations de la fonction f sur $\mathbb{R}$.
2. Soit M_a le point d'abscisse a de la courbe de f, et T_a la tangente en M_a à la courbe de f.

   Montrer qu'une équation de la droite T_a est : $y=(2a-4)x-a^2+1$.
3. La courbe de f admet-elle des tangentes passant par l'origine du repère ?

* Exercice 2 — 10 min

Deux fonctions f et g, définies et dérivables sur $\mathbb{R}$, sont représentées respectivement par les courbes *C1* et *C2* :

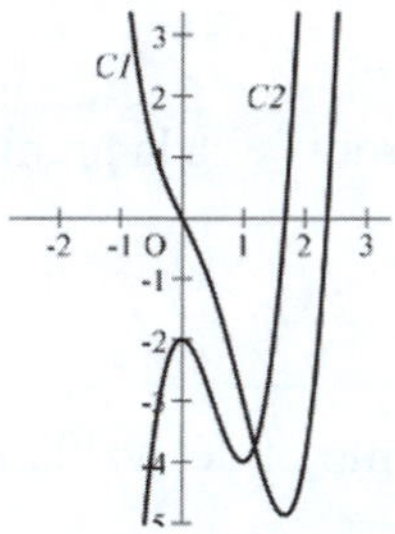

L'une de ces deux fonctions est la fonction dérivée de l'autre.

1. À t-on $g=f'$ ou $f=g'$? Justifier graphiquement.
2. Par lectures graphiques, donner l'équation réduite de la tangente à la courbe *C1* en son point d'abscisse 0.

* Exercice 3 — 15 min

Soit la fonction f définie sur $\mathbb{R}$ par : $f(x)=2x^3+3x^2-12x+1000$.

1. Après avoir exprimé $f'(x)$ où f' est la fonction dérivée de f, étudier les variations de la fonction f.
2. L'équation $f(x)=0$ a-t-elle des solutions ?

* Exercice 4

⏰ 15 min

Ci-dessous la courbe C d'une fonction f définie et dérivable sur $\mathbb{R}$, de fonction dérivée f'. Est aussi tracée la tangente T à C au point d'abscisse 0.

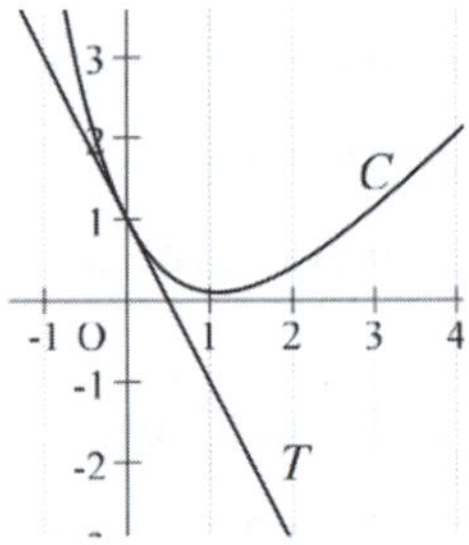

1. Par lectures graphiques, donner $f(0)$ et $f'(0)$.

On sait désormais que $f(x) = x + ae^{-x} + b$ où a et b sont des nombres encore inconnus.

2. On admet (ou on sait) que la dérivée de e^{-x} est $-e^{-x}$.

Justifier que $f'(x) = 1 - ae^{-x}$.

3. En utilisant les deux valeurs trouvées à la première question, déterminer a et b.

* Exercice 5

⏰ 20 min

On considère la fonction f définie et dérivable sur l'ensemble $\mathbb{R}$ des nombres réels par $f(x) = x + 1 + \dfrac{x}{e^x}$.

1. Soit g la fonction définie et dérivable sur $\mathbb{R}$ par $g(x) = e^x - x + 1$.

Dresser, en le justifiant, le tableau donnant les variations de la fonction g sur $\mathbb{R}$.

En déduire le signe de $g(x)$.

2. On appelle f' la dérivée de la fonction f sur $\mathbb{R}$.

Démontrer que, pour tout réel x, $f'(x) = \dfrac{g(x)}{e^x}$.

En déduire la variation de la fonction f sur $\mathbb{R}$.

* Exercice 6

⏰ 20 min

Soit la représentation graphique C de la fonction $\dfrac{1}{x}$ sur $]0\,;+\infty[$ dans un repère orthonormé du plan d'origine O. M est un point quelconque de cette courbe, d'abscisse $x > 0$.

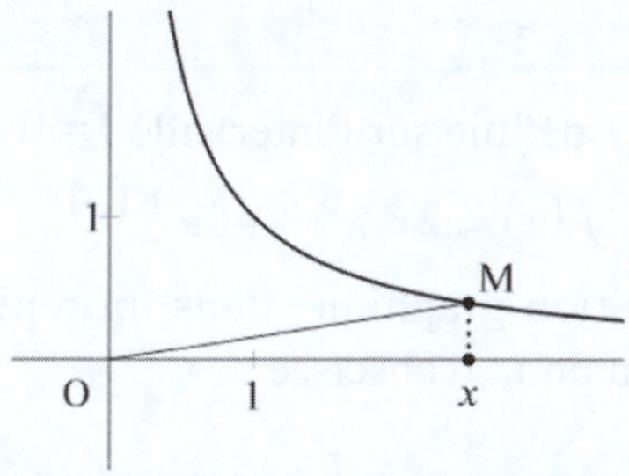

L'objet de l'exercice est de déterminer la distance minimale OM quand M parcourt la courbe C et en quel point M ce minimum est atteint.

1. Exprimer OM^2 en fonction de x.

On pose $f(x) = \text{OM}^2$; f est donc une fonction définie sur $]0\ ;+\infty[$.

2. On admet que, pour tout $x > 0$, $f'(x) = \frac{2}{x^3}(x^2+1)(x+1)(x-1)$ où f' est la fonction dérivée de f. Étudier alors les variations de f sur $]0\ ;+\infty[$.

3. Justifier que, quelque soit M, point de la courbe C, $\text{OM} \geq \sqrt{2}$.

4. Conclure quant aux objectifs de l'exercice.

* Exercice 7

20 min

Ci-dessous le tableau de variation d'une fonction f définie et dérivable sur l'intervalle $\text{I} = [-1\ ; 1]$. Ce tableau est agrémenté d'autres renseignements.

x	-1		0		1
$f'\ x$	1	$+$	2	$+$	0
$f\ x$	-1	↗	1	↗	2

On considère la fonction h définie sur l'intervalle I par $h = f^2$, c'est-à-dire $h(x) = \left(f(x)\right)^2$.

On note C_h la courbe représentative de h dans un repère orthonormé du plan.

1. Donner les valeurs de $h(-1)$, $h(0)$, $h(1)$.

2. Après avoir justifié que, pour tout x de I, $h'(x) = 2f(x)f'(x)$, calculer les nombres dérivés $h'(-1)$, $h'(0)$ et $h'(1)$.

3. Combien l'équation $h'(x) = 0$ a t-elle de solutions ?

4. Tracer une courbe C_h possible dans un repère du plan.

Exercices

* Exercice 8 — 15 min

On considère la fonction f définie sur l'intervalle $I = [1 ; 18]$ par :

$$f(x) = 2x + 5 + 40e^{-0,2x+1}.$$

Ci-dessous sa représentation graphique dans un repère avec la droite (AB) tangente à cette courbe au point d'abscisse 5.

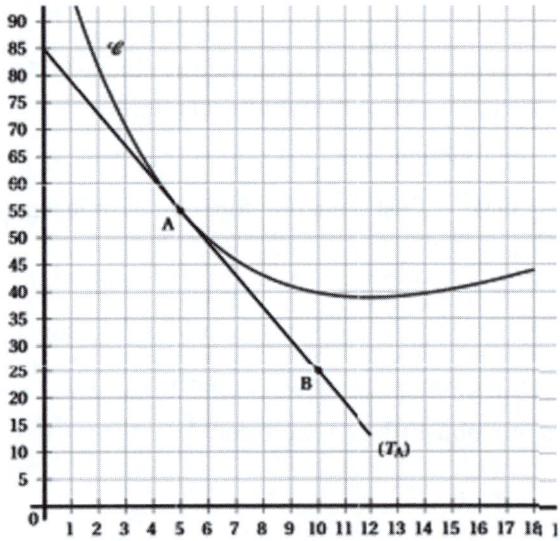

1. Déterminer, à l'aide de lectures graphiques, le nombre dérivé $f'(5)$ en expliquant la démarche utilisée.
2. Retrouver, par des calculs, la valeur de $f'(5)$.

* Exercice 9 — 20 min

Soit f la fonction définie sur $\mathbb{R}$ par $f(x) = e^{2x} - e^{x} - x$.

1. Montrer que, pour tout x, $f'(x) = (e^{x} - 1)(2e^{x} + 1)$ où f' est la dérivée de f.
2. Montrer que f admet un minimum sur $\mathbb{R}$.
3. La suite (u_n) est définie par : $\begin{cases} u_0 = 1 \\ u_{n+1} = e^{2u_n} - e^{u_n} \text{ pour tout entier naturel } n \end{cases}$.

   Montrer que cette suite est croissante.

* Exercice 10 ⏱ 10 min

Soit la fonction f définie sur $0\,;+\infty[$ par $f(x)=\dfrac{x\sqrt{x}}{x+1}$.

On note C sa courbe représentative dans un repère du plan.

Ci-dessous deux vues de C.

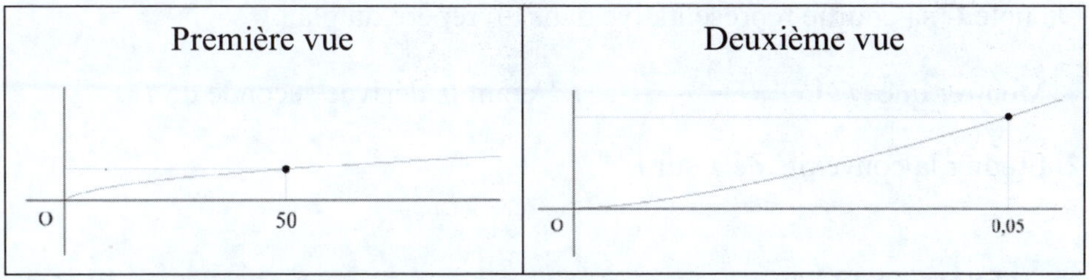

On a posé à un logiciel de calcul formel quelques questions :

Define $f(x)=\dfrac{x\cdot\sqrt{x}}{x+1}$	*Terminé*	f est définie
Define $g(x)=\dfrac{d}{dx}(f(x))$	*Terminé*	g est la dérivée de f
Define $h(x)=\dfrac{d}{dx}(g(x))$	*Terminé*	h est la dérivée de g
⚠ solve$(h(x)>0,x)$	$0<x<2\cdot\sqrt{3}-3$	Solutions de $h(x)>0$

En vous aidant des réponses données ci-dessus, décrire ce qu'on voit, et expliquer pourquoi ces deux vues semblent si différentes.

* Exercice 11 ⏱ 10 min

Soit la fonction f définie sur $\mathbb{R}$ par $f(x)=x^2-4x+5$.

On note C sa courbe représentative dans un repère du plan.

1. Démontrer que la fonction f est convexe sur $\mathbb{R}$.
2. Justifier qu'une équation de la tangente T à C au point d'abscisse 3 est $y=2x-4$.
3. Pourquoi peut-on affirmer (sans calculs) que $x^2-4x+5\geq 2x-4$ pour tout x ?

* Exercice 12 — 15 min

Question préliminaire : pour n entier naturel non nul, montrer que la dérivée de $\frac{1}{x^n}$ est $-\frac{n}{x^{n+1}}$.

Soit la fonction f définie dans $\mathrm{I} =]0\ ;+\infty[$ par $f(x) = -1 + \frac{10}{x} - \frac{16}{x^2}$.

On note C sa courbe représentative dans un repère du plan.

1. Montrer que $f''(x) = \frac{20x - 96}{x^4}$, f'' étant la dérivée seconde de f.

2. Étudier la convexité de f sur I.

* Exercice 13 — 10 min

Soit f une fonction convexe sur un intervalle $[a\ ;b]$.

Justifier graphiquement que $f\left(\frac{a+b}{2}\right) \leq \frac{f(a)+f(b)}{2}$.

** Exercice 14 — 25 min

Ci-dessous le tableau de variation d'une fonction f définie et dérivable sur l'intervalle $\mathrm{I} = [-1\ ;1]$. Ce tableau est agrémenté d'autres renseignements.

x	-1		0		1
$f'\ x$	1	$+$	2	$+$	0
$f\ x$	-1	↗	1	↗	2

On considère la fonction g définie sur l'intervalle I par $g(x) = f(x^2)$. Ainsi, g est la fonction composée de la fonction carrée (x^2) et de la fonction f.

On note C_g la courbe représentative de g dans un repère orthonormé du plan.

1. Donner les valeurs de $g(-1)$, $g(0)$, $g(1)$.

2. Prouver que, pour tout x de I, $g(-x) = g(x)$. Quelle conséquence pour la symétrie de la courbe C_g ?

3. Justifier que, pour tout x de I, $g'(x) = 2xf'(x^2)$.

En déduire les variations de la fonction g.

4. Calculer les nombres dérivés $g'(-1)$, $g'(0)$ et $g'(1)$.

5. Tracer une courbe C_g possible dans le repère suivant.

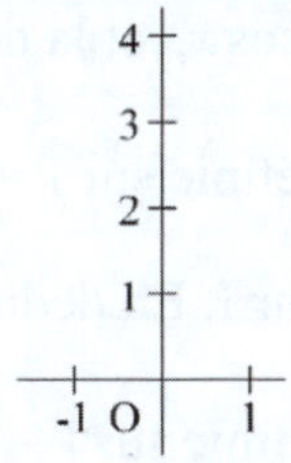

** Exercice 15

⏱ 20 min

On considère la fonction f définie, et dérivable, sur l'intervalle $\mathrm{I}=[2\ ;\ 10]$ par $f(x)=\sqrt{x^2+x-5}$.

Ci-dessous sa représentation graphique C dans un repère du plan.

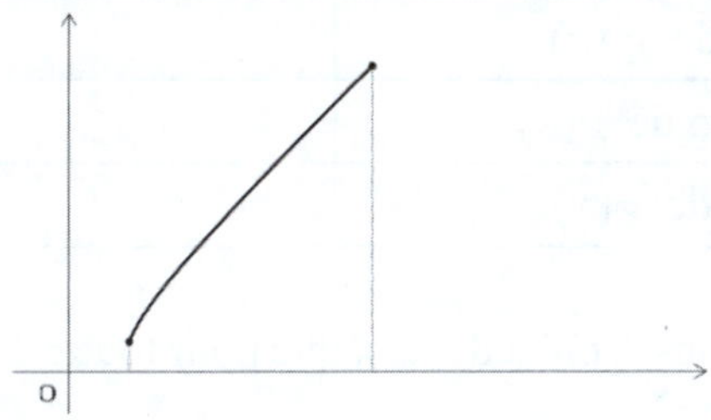

1. Cette courbe C est-elle un segment ? Justifier.

2. Déterminer l'expression de $f'(x)$, f' étant la fonction dérivée de f. En déduire la variation de f. On rappelle la formule de dérivation : $\left(\sqrt{u}\right)'=\dfrac{u'}{2\sqrt{u}}$.

3. On veut dans cette question résoudre l'équation $f(x)=1-x$.

On considère les deux propositions suivantes, notées A et B :

- A : « $\sqrt{x^2+x-5}=1-x$ »
- B : « $x=2$ »

a. Montrer que la proposition A implique la proposition B.

b. Montrer que la proposition B n'implique pas la proposition A.

c. Donner l'ensemble des solutions de l'équation $f(x)=1-x$. Interpréter graphiquement.

*** Exercice 16

25 min

Rappel : la dérivée de $\sin x$ est $\cos x$, et la dérivée de $\cos x$ est $-\sin x$.

1. On considère la fonction f définie sur $I = \left[0 ; \frac{\pi}{2}\right]$ par $f(x) = x - \sin x$.

Justifier que f est croissante sur I. En déduire que f est positive sur I.

2. On considère la fonction g définie sur $I = \left[0 ; \frac{\pi}{2}\right]$ par $g(x) = \sin x - x + \frac{x^3}{6}$.

Vérifier que, pour tout x, $g''(x) = f(x)$ où g'' est la dérivée seconde de g.

Compléter le tableau suivant :

x	$0 \quad \pi/2$
Le signe de $g''(x)$	
La variation de $g'(x)$	
Le signe de $g'(x)$	
La variation de $g(x)$	
Le signe de $g(x)$	

3. Justifier, par les réponses précédentes, que pour tout x de I, $x - \frac{x^3}{6} \leq \sin x \leq x$.

En déduire $\lim\limits_{x \to 0^+} \frac{\sin x}{x}$.

Contrôle

1 h · 20 points

Exercice 1

10 min · 4 points

Soit $f(x) = ae^{3x} + be^{2x} + 2$.

1. Montrer que, quels que soient a, b, x, on a : $f''(x) - 5f'(x) + 6f(x) = 12$.

2. Déterminer a et b de telle manière que $\begin{cases} f(0) = 0 \\ f'(0) = 5 \end{cases}$.

Exercice 2

⏱ 15 min • 4 points

Ci-dessous deux courbes C_1 et C_2. L'une représente une fonction f définie sur l'intervalle $[-4\ ;\ 6]$, l'autre sa fonction dérivée (première) $f\,'$.

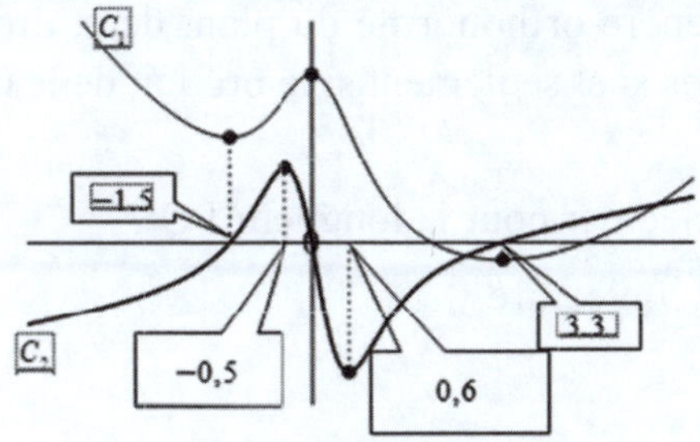

1. Justifier que C_1 est la courbe de f et C_2 la courbe de $f\,'$.

2. Donner, par lecture graphique, le tableau des variations de la fonction dérivée $f\,'$. En déduire la description de la convexité ou de la concavité de la fonction f. Justifier les réponses (la dérivée seconde de f sera notée $f\,''$).

Exercice 3

⏱ 20 min • 7 points

Soient f et g les fonctions définies sur l'ensemble $\mathbb{R}$ des nombres réels par $f(x)=e^{x}$ et $g(x)=e^{-x}$.

On note C_f la courbe représentative de la fonction f et C_g celle de la fonction g dans un repère orthonormé du plan. Pour tout réel a, on note M le point de C_f d'abscisse a et N le point de C_g d'abscisse a. La tangente T_M en M à C_f coupe l'axe des abscisses en P, la tangente T_N en N à C_g coupe l'axe des abscisses en Q.

À l'aide d'un logiciel de géométrie dynamique, on a représenté la situation pour différentes valeurs de a et on a relevé dans un tableur la longueur du segment [PQ] pour chacune de ces valeurs de a.

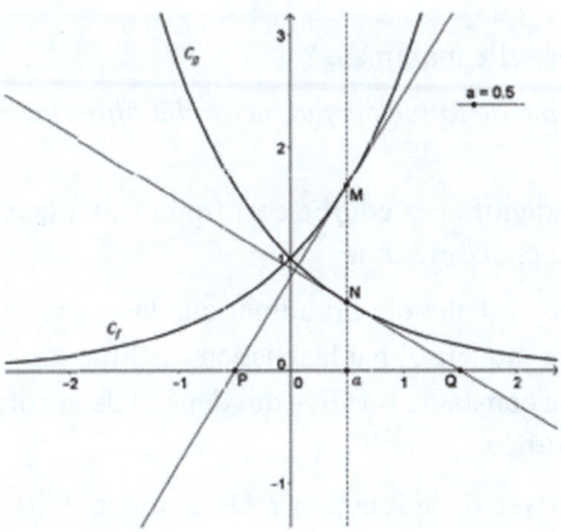

	A	B
1	Abscisse a	Longueur PQ
2	-3	2
3	-2.5	2
4	-2	2
5	-1.5	2
6	-1	2
7	-0.5	2
8	0	2
9	0.5	2
10	1	2
11	1.5	2
12	2	2
13	2.5	2
14		

Les questions 1 et 2 peuvent être traitées de manière indépendante.

1. Démontrer que la tangente en M à C_f est perpendiculaire à la tangente en N à C_g.

Rappel : dans un repère orthonormé du plan, deux droites (pas verticales) sont perpendiculaires si et seulement si le produit de leurs coefficients directeurs vaut 1.

2. a. Que peut-on conjectuer pour la longueur PQ ?

b. Démontrer cette conjecture.

Exercice 4

15 min • 5 points

Voici deux courbes *C1* et *C2* qui donnent pour deux personnes *P*1 et *P*2 de corpulences différentes la concentration *C* d'alcool dans le sang (taux d'alcoolémie) en fonction du temps *t* après ingestion de la même quantité d'alcool. L'instant $t = 0$ correspond au moment où les deux individus ingèrent l'alcool. *C* est exprimée en gramme par litre et *t* en heure.

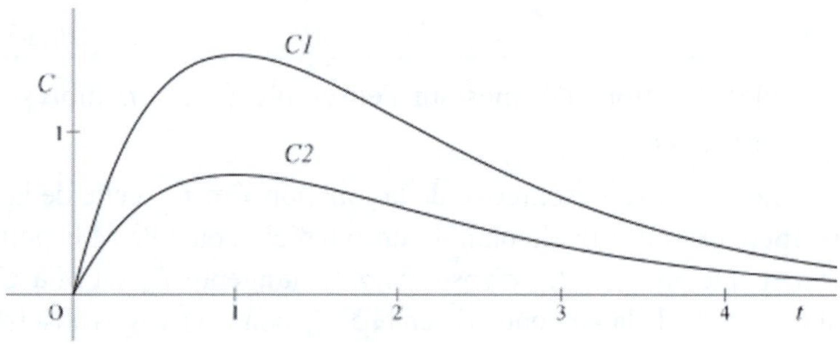

1. La fonction *C* est définie sur l'intervalle $[0\ ;+\infty[$ et on note C' sa fonction dérivée. À un instant *t* positif ou nul, la vitesse d'apparition d'alcool dans le sang est donnée par $C'(t)$.

À quel instant cette vitesse est-elle maximale ?

2. *On dit souvent qu'une personne de faible corpulence subit plus vite les effets de l'alcool.*

Sur le graphique précédent, identifier la courbe correspondant à la personne la plus corpulente. Justifier le choix effectué.

3. Une personne à jeun absorbe de l'alcool. On admet que la concentration *C* d'alcool dans son sang peut être modélisée par la fonction *f* définie sur $[0\ ;+\infty[$ par $f(t) = Ate^{-t}$ où *A* est une constante positive qui dépend de la corpulence et de la quantité d'alcool absorbée.

- On note f' la fonction dérivée de la fonction *f*. Déterminer $f'(0)$.

Contrôle

- L'affirmation suivante est-elle vraie ? « À quantité d'alcool absorbée égale, plus A est grand, plus la personne est corpulente ».
- Pour une personne, à quel moment la concentration d'alcool dans le sang est-elle la plus grande ?

Corrigés exercices

Exercice 1

1. La fonction est dérivable sur $\mathbb{R}$ (fonction usuelle) de dérivée : $f'(x) = 2x - 4\times1 + 0 = 2x - 4.$ Cette dérivée a le signe (bien connu) d'une fonction affine ; elle s'annule en $x = 2,$ prend des valeurs strictement négatives pour $x < 2,$ et sinon des valeurs strictement positives.

Sur $]-\infty\ ;2],\ f' \leq 0 \Rightarrow f$ décroissante.

Sur $[2\ ;+\infty[,\ f' \geq 0 \Rightarrow f$ croissante.

2. La tangente T_a a pour équation (équation réduite, dit-on) :

$= f(a) + f'(a)(x-a) \Leftrightarrow y = (a^2 - 4a + 1) + (2a-4)(x-a)$

$\Leftrightarrow y = a^2 - 4a + 1 + (2a-4)x - 2a^2 + 4a \Leftrightarrow y = (2a-4)x - a^2 + 1.$

3. La tangente T_a passe par l'origine du repère si et seulement si son ordonnée à l'origine, $-a^2+1,$ vaut 0. Or $-a^2+1 = 0 \Leftrightarrow a^2 = 1 \Leftrightarrow a = -1$ ou 1.

La courbe de f a deux tangentes passant par l'origine du repère : les tangentes aux points d'abscisse -1 et 1.

Exercice 2

1. L'une est la dérivée de l'autre, donc le signe de l'une indique les variations de l'autre. On doit donc se pencher sur les signes et les variations de f et g.

Par lectures graphiques (approximatives) :

x		0		2,3	
Signe de f	+	0	−	0	+

x		1,8	
Variation de f	↘		↗

x		1,8	
Signe de g	−	0	+

x		0		1	
Variation de g	↗		↘		↗

C'est le signe de g qui guide la variation de f. Donc $g = f'$.

2. Cette tangente a pour équation $y = f(0) + f'(0)(x-0)$.

$\begin{cases} f(0)=0 \text{ (visible sur } C1) \\ f'(0)=g(0)=-2 \text{ (visible sur } C2) \end{cases}$ $\Rightarrow$ cette équation est : $y=-2x$.

Exercice 3

1. $f'(x) = 2\times3x^2+3\times2x-12\times1+0 = 6x^2+6x-12$; c'est un trinôme de discriminant $\Delta=(6)^2-4(6)(-12)=324$; $\Delta>0$ donc ce trinôme a deux racines : $\dfrac{-6-\sqrt{324}}{2\times6}=-2$ et $\dfrac{-6+\sqrt{324}}{2\times6}=1$; le signe de ce trinôme est alors connu par les règles vues en première. Les conclusions quant aux variations de la fonction f s'ensuivent.

x	$-\infty$		-2		1		$+\infty$
f'		$+$	0	$-$	0	$+$	
f		$\nearrow$	1020	$\searrow$	993	$\nearrow$	

2. Premièrement, on ne sait pas, au niveau de la terminale, résoudre une équation du troisième degré (avec x^3), sauf celles qui seraient particulièrement simples (comme $x^3=0$) ce qui n'est pas le cas ici.

Deuxièmement, il est sûr que l'équation $f(x)=0$ n'a pas de solutions sur l'intervalle $[-2\ ;\ +\infty]$ puisque le minimum de f est de $993>0$ sur cet intervalle.

Troisièmement, sur $]-\infty\ ;\ -2]$, mieux vaut savoir ce qui se passe « à gauche », quand x tend vers $-\infty$. Cherchons et trouvons :

$$\lim_{x\to-\infty} f(x) = \lim_{x\to-\infty} x^3\left(2+\frac{3}{x}-\frac{12}{x^2}+\frac{1000}{x^3}\right) = (-\infty)\times2=-\infty.$$

Donc, sur $]-\infty\ ;\ 2]$, la fonction f est définie, continue, strictement monotone. Et la valeur 0 est intermédiaire entre $\lim\limits_{x\to-\infty} f(x)=-\infty$ et $f(-2)=1020$. Alors, le théorème des valeurs intermédiaires certifie que l'équation $f(x)=0$ admet une et une seule solution sur $[0\ ;\ +\infty[$.

L'équation $f(x)=0$ a une solution, un nombre plus petit que -2.

Exercice 4

1. L'ordonnée du point de la courbe d'abscisse 0 est $f(0)=1$.

Et le coefficient directeur de la tangente est $f'(0)=-2$

Corrigés

2. En effet, la dérivée de e^u étant $u'e^u$, la dérivée de e^{-x} est $-1e^{-x}=-e^{-x}$ car $u=-x\Rightarrow u'=-1$.

Donc $f'(x)=1+a\left(-e^{-x}\right)+0=1-ae^{-x}$.

3. Croisons tous les renseignements.

- D'une part, $f(x)=x+ae^{-x}+b\Rightarrow f(0)=0+ae^{-0}+b=a+b$ et, d'autre part, $f(0)=1$. D'où $f(0)=a+b=1$.
- D'une part, $f'(x)=1-ae^{-x}\Rightarrow f'(0)=1-ae^{-0}=1-a$, et, d'autre part, $f'(0)=-2$. D'où $f'(0)=1-a=-2$.

$$\begin{cases}a+b=1\\1-a=-2\end{cases}\Leftrightarrow\begin{cases}a+b=1\\3=a\end{cases}\Leftrightarrow\begin{cases}3+b=1\\3=a\end{cases}\Leftrightarrow\begin{cases}a=3\\b=-2\end{cases}$$

Exercice 5

1. D'abord, $g'(x)=e^x-1+0=e^x-1$. Étudions le signe de cette dérivée, grâce au cours de première sur la fonction exponentielle :

$$\begin{cases}g'(x)=0\Leftrightarrow e^x-1=0\Leftrightarrow e^x=1\Leftrightarrow x=0\\g'(x)>0\Leftrightarrow e^x-1>0\Leftrightarrow e^x>1\Leftrightarrow x>0\\g'(x)<0\Leftrightarrow e^x-1<0\Leftrightarrow e^x<1\Leftrightarrow x<0\end{cases}.$$

Enfin, dressons le tableau de variation de g :

x	$-\infty$		0		$+\infty$
g'		$-$	0	$+$	
g		$\searrow$	$g(0)=2$	$\nearrow$	

Le minimum de g étant 2, $g(x)$ est strictement positif pour tout x de $\mathbb{R}$.

2. $f(x)=x+1+\dfrac{x}{e^x}\ \Rightarrow f'(x)=1+0+$ la dérivée de $\dfrac{x}{e^x}$.

Pour dériver $\dfrac{x}{e^x}$, on se sert de $\left(\dfrac{u}{v}\right)'=\dfrac{u'v-uv'}{v^2}$ avec $\begin{cases}u=x\Rightarrow u'=1\\v=e^x\Rightarrow v'=e^x\end{cases}$. Alors,

dérivée de $\dfrac{x}{e^x}=\dfrac{1\times e^x-x\times e^x}{\left(e^x\right)^2}=\dfrac{e^x(1-x)}{e^{2x}}=\dfrac{e^x(1-x)}{e^xe^x}=\dfrac{1-x}{e^x}$.

$$f'(x)=1+\frac{1-x}{e^x}=\frac{e^x}{e^x}+\frac{1-x}{e^x}=\frac{e^x+1-x}{e^x}=\frac{g(x)}{e^x}$$

Pour tout x de $\mathbb{R}$, $\begin{cases}g(x)>0\\e^x>0\end{cases}\Rightarrow f'(x)>0$. Donc f est croissante sur $\mathbb{R}$.

Corrigés

Exercice 6

1. Les coordonnées des points O et M sont $(0\,;0)$ et $\left(x\,;\dfrac{1}{x}\right)$.

$$f(x)=\mathrm{OM}^2=(x_\mathrm{M}-x_\mathrm{O})^2+(y_\mathrm{M}-y_\mathrm{O})^2=x^2+\left(\frac{1}{x}\right)^2=x^2+\frac{1}{x^2}$$

2. Comme x^3, x^2+1, $x+1$ sont strictement positifs sur $]0\,;+\infty[$, le signe de $f'(x)$ est identique au signe de $(x-1)$.

x	0		1	$+\infty$
f'	‖	$-$	0	$+$
f	‖	↘	$f(1)=2$	↗

3. Le minimum de f vaut 2.

Donc pour tout $x\in]0\,;+\infty[$, $f(x)\geq 2 \Leftrightarrow \mathrm{OM}^2\geq 2\Leftrightarrow \mathrm{OM}\geq\sqrt{2}$, car OM est positif.

4.

La distance minimale OM quand M parcourt la courbe C vaut $\sqrt{2}$; ce minimum est atteint pour le point M de C d'abscisse 1, de coordonnées $(1\,;1)$.

Exercice 7

1. $\begin{cases} h(-1)=(f(-1))^2=(-1)^2=1 \\ h(0)=(f(0))^2=(1)^2=1 \\ h(1)=(f(1))^2=(2)^2=4. \end{cases}$.

2. $(f^2)'=2ff'$ (cours) $\Rightarrow h'(x)=2f(x)f'(x)$.

Donc $\begin{cases} h'(-1)=2f(-1)f'(-1)=2(-1)(1)=-2 \\ h'(0)=2f(0)f'(0)=2(1)(2)=4 \\ h'(1)=2f(1)f'(1)=2(2)(0)=0 \end{cases}$.

3. $h'(x)=0\Leftrightarrow 2f(x)f'(x)=0\Leftrightarrow f(x)=0$ ou $f'(x)=0$.

Corrigés

- L'équation $f(x)=0$ a une solution (entre -1 et 0), par le théorème des valeurs intermédiaires)
- L'équation $f'(x)=0$ a une solution (le nombre 1), par les renseignements fournis dans le tableau de variation.

Donc l'équation $h(x)=0$ a deux solutions.

4. Une courbe C_h possible :

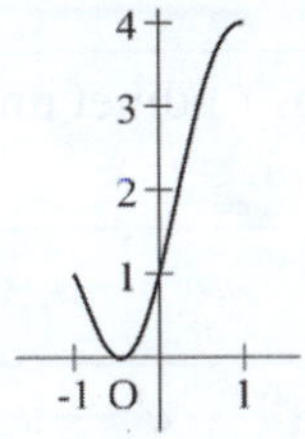

Exercice 8

1. Les coordonnées des points A et B sont $(5\ ;55)$ et $(10\ ;25)$.

$$f'(5)=\text{coefficient directeur de la droite (AB)}=\frac{y_B-y_A}{x_B-x_A}=\frac{25-55}{10-5}=-6.$$

2. Exprimons d'abord $f'(x)$; $f'(x)=2+0+40\times$ la dérivée de $e^{-0,2x+1}$.

La formule de dérivation $(e^u)'=u'e^u$ avec $u=-0,2x+1 \Rightarrow u'=-0,2$ donne la dérivée de $e^{-0,2x+1}$ qui est donc $-0,2e^{-0,2x+1}$.

$$f'(x)=2+40\times\left(-0,2\,e^{-0,2x+1}\right)=2-8e^{-0,2x+1}$$
$$\Rightarrow f'(5)=2-8e^{-0,2\times5+1}=2-8e^0=2-8=-6.$$

Exercice 9

1. Sachant que $(e^u)'=u'e^u$ avec $u=2x \Rightarrow u'=2 \Rightarrow (e^{2x})'=2e^{2x}$, on a :

$f'(x)=2e^{2x}-e^x-1$. Pour se rendre compte que $f'(x)=(e^x-1)(2e^x+1)$, il faut montrer que les expressions $2e^{2x}-e^x-1$ et $(e^x-1)(2e^x+1)$ coïncident.

$$\begin{cases}\text{d'une part, } f'(x)=2e^{2x}-e^x-1\\ \text{d'autre part, } (e^x-1)(2e^x+1)=2e^xe^x-2e^x+e^x-1=2e^{2x}-e^x-1\end{cases}$$
$$\Rightarrow f'(x)=(e^x-1)(2e^x+1).$$

2. Il s'agit d'étudier les variations de *f*, et donc le signe de sa dérivée.

Or, pour tout x, $e^x>0 \Rightarrow 2e^x+1>0$, donc :

Corrigés

$$\text{signe de } f'(x) = \text{signe de } (e^x - 1) \times \text{signe de } (2e^x + 1)$$

$$\Rightarrow \text{signe de } f'(x) = \text{signe de } (e^x - 1) \times (+) = \text{signe de } (e^x - 1) \;;$$

$f'(x)$ a le même signe que $e^x - 1$, signe souvent rencontré.

x	$-\infty$		0		$+\infty$
f'		$-$	0	$+$	
f		↘	$f(0)=0$	↗	

D'après le tableau de variation, f admet un minimum sur $\mathbb{R}$; ce minimum est $f(0) = 0$.

3.

Pour tout $n \in \mathbb{N}$, $u_{n+1} - u_n = e^{2u_n} - e^{u_n} - u_n = f(u_n)$.

Or, pour tout $x \in \mathbb{R}$, $f(x) \geq 0$, donc, pour tout $n \in \mathbb{N}$, $f(u_n) \geq 0$. Finalement, pour tout $n \in \mathbb{N}$, $u_{n+1} - u_n \geq 0 \Leftrightarrow u_{n+1} \geq u_n$; cette suite est croissante.

Exercice 10

C'est surprenant car la fonction f semble convexe sur le premier dessin et concave sur le deuxième !

On sait qu'une fonction est convexe là où sa dérivée seconde est positive. Le logiciel donne la dérivée seconde de f, c'est h ($g = f'$, $h = g' = f''$).

Le logiciel nous dit que $f''(x) > 0 \Leftrightarrow x \in \geq \left]0 \,;\, 2\sqrt{3} - 3\right[\approx \left]0 \,;\, 0{,}46\right[$.

Donc le logiciel nous dit que f est convexe sur $\left]0 \,;\, 0{,}46\right[$, et que, à contrario, f est concave sur $\left]0{,}46 \,;\, +\infty\right[$, le point de la courbe d'abscisse 0,46 étant un point d'inflexion.

C'est ainsi que f était bien convexe sur le deuxième dessin, pour x entre 0 et 0,05. Cette convexité, on ne la voit pas sur le premier dessin car, l'échelle ayant changé, les x entre 0 et 0,46 sont écrasés, invisibles.

Exercice 11

1. On a $f'(x) = 2x - 4$, donc $f''(x) = 2$ pour tout x.

Sur $\mathbb{R}$, $f'' = 2 > 0 \Rightarrow f$ convexe sur $\mathbb{R}$.

2. Une équation de tangente est $y = f(a) + f'(a)(x - a)$.

Pour la tangente demandée, $a = 3$, $f(a) = f(3) = 2$, $f'(3) = 2$.

Corrigés

Cette tangente T a donc pour équation $y=2+2(x-3) \Leftrightarrow y=2x-4$.

3.

La courbe de f, convexe, est au-dessus de ses tangentes, en particulier T. Donc, pour tout x, $f(x) \geq 2x-4 \Leftrightarrow x^2-4x+5 \geq 2x-4$.

Exercice 12

Question préliminaire

On utilise la formule de dérivation $\left(\frac{1}{v}\right)' = -\frac{v'}{v^2}$ avec $v=x^n \Rightarrow v'=nx^{n-1}$.

La dérivée de $\frac{1}{x^n}$ est $-\frac{nx^{n-1}}{(x^n)^2} = -\frac{nx^{n-1}}{x^{2n}} = -\frac{n}{x^{2n-(n-1)}} = -\frac{n}{x^{n+1}}$.

1. Il faut calculer $f'(x)$ puis $f''(x)$.

D'abord, $f'(x)=0+10\times$ la dérivée de $\left(\frac{1}{x}\right) - 16\times$ la dérivée de $\left(\frac{1}{x^2}\right)$.

On utilise la réponse préliminaire :

$$f'(x)=10\times\left(-\frac{1}{x^2}\right)-16\times\left(-\frac{2}{x^3}\right)=-\frac{10}{x^2}+\frac{32}{x^3}.$$

Ensuite, $f''(x)=-10\times$ la dérivée de $\left(\frac{1}{x^2}\right)+32\times$ la dérivée de $\left(\frac{1}{x^3}\right)$

$$\Rightarrow f''(x)=-10\times\left(-\frac{2}{x^3}\right)+32\times\left(-\frac{3}{x^4}\right)=\frac{20}{x^3}-\frac{96}{x^4}=\frac{20x-96}{x^4}.$$

2. Étudier la convexité de f, c'est étudier le signe de sa dérivée seconde.

$$\text{signe de } f''(x)=\frac{\text{signe de } (20x-96)}{\text{signe de } x^4}=\frac{\text{signe de } (20x-96)}{+}$$

$$\Rightarrow \text{signe de } f''(x)=\text{signe de } (20x-96),$$

signe (bien connu) d'une expression affine.

x	0		1	$\frac{96}{20}=4{,}8$		$+\infty$
f''			$-$	0	$+$	
f			concave	Le point de C d'abscisse 4,8 est point d'inflexion de C.	convexe	

Corrigés

Exercice 13

Attention, $\dfrac{c+d}{2}$ est situé au milieu de c et d.

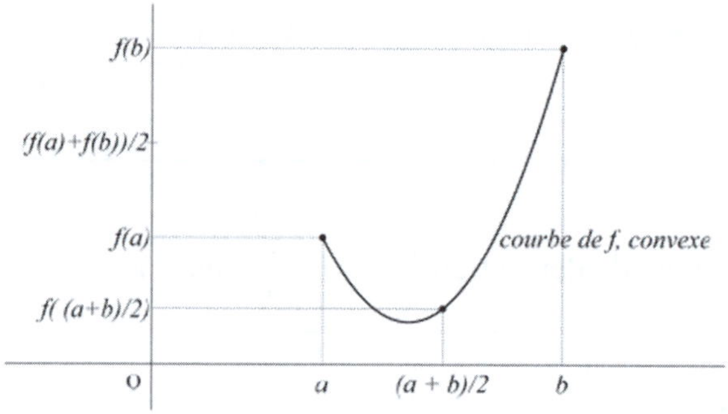

Exercice 14

1. $g(-1)=f\left((-1)^2\right)=f(1)=2,\ \ g(0)=f(0)=1,\ \ g(1)=f(1)=2.$

2.

$(-x)^2=x^2\ \Rightarrow\ g(-x)=g(x)$ pour tout x de I. La courbe de g est donc symétrique par rapport à l'axe des ordonnées.

3. La formule de dérivation d'une fonction composée donne $g'(x)=2xf'(x^2)$.
f' étant une fonction positive, $g'(x)$ a le signe de x.

Sur $[-1\ ;\ 0]$, g est décroissante et, sur $[0\ ;\ 1]$, g est croissante.

4. $g'(-1)=2(-1)f'(1)=0,\ \ g'(0)=2(0)f'(0)=0,$ et $g'(1)=2(1)f'(1)=0.$

5.

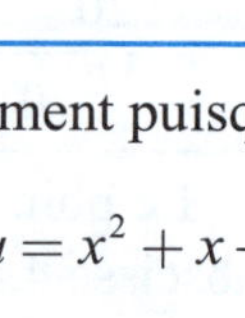

Exercice 15

1. Cette courbe C n'est pas un segment puisque f n'est pas une fonction affine.

2. On utilise $\left(\sqrt{u}\right)'=\dfrac{u'}{2\sqrt{u}}$ avec $u=x^2+x-5\ \Rightarrow\ u'=2x+1.$

$$\text{Pour tout } x - \mathrm{I} = [2\ ;\ 10],\ f'(x) = \frac{2x+1}{2\sqrt{x^2+x-5}}.$$

$$x - \mathrm{I} = [2\ ;\ 10],\ 2x+1 > 0 \Rightarrow f'(x) > 0 \Rightarrow f \text{ est croissante sur } [2\ ;\ 10].$$

3.

a. A : $\sqrt{x^2+x-5} = 1-x \underset{\text{élever au carré}}{\Rightarrow} x^2+x-5 = (1-x)^2$

$\Rightarrow x^2+x-5 = 1-2x+x^2 \Rightarrow 3x = 6 \Rightarrow x = 2$: B.

b. Si $x = 2$, a-t-on $\sqrt{x^2+x-5} = 1-x$?

Pour $x = 2$, $\begin{cases} \sqrt{x^2+x-5} = \sqrt{1} = 1 \\ 1-x = -1 \end{cases} \Rightarrow \sqrt{x^2+x-5} \neq 1-x.$

Donc B n'implique pas A.

c.

« A implique B » signifie que la seule solution possible de l'équation $\sqrt{x^2+x-5} = 1-x$ est 2.

« B n'implique pas A » signifie que 2 n'est pas solution de l'équation $\sqrt{x^2+x-5} = 1-x$.

Tout cela aboutit au fait que l'équation $f(x) = 1-x$ n'a pas de solutions, c'est-à-dire que la courbe C et la droite d'équation $y = 1-x$ ne se croisent pas.

Exercice 16

1. D'abord, $f'(x) = 1 - \cos x$.

On sait que $-1 \leq \cos x \leq 1$, donc $f'(x) = 1 - \cos x \geq 0$ pour tout x.

$f' \geq 0 \Rightarrow f$ croissante sur $\left[0\ ;\ \frac{\pi}{2}\right]$. La plus petite valeur de $f(x)$ est donc $f(0) = 0 - \sin 0 = 0$; f est positive sur I.

2. On a $g'(x) = \cos x - 1 + \frac{3x^2}{6} = \cos x - 1 + \frac{x^2}{2}$.

Puis $g''(x) = -\sin x - 0 + \frac{2x}{2} = x - \sin x = f(x)$.

Corrigés

x	0	$\pi/2$
Le signe de $g''(x)$	0	$+$
La variation de $g'(x)$	0	$\nearrow$
Le signe de $g'(x)$	0	$+$
La variation de $g(x)$	0	$\nearrow$
Le signe de $g(x)$	0	$+$

3.

$$\text{Pour tout } x \text{ de I, } \begin{cases} g(x) \geq 0 \Leftrightarrow \sin x - x + \dfrac{x^3}{6} \geq 0 \Leftrightarrow \sin x \geq x - \dfrac{x^3}{6} \\ f(x) \geq 0 \Leftrightarrow x - \sin x \geq 0 \Leftrightarrow x \geq \sin x \end{cases}$$

$$\Rightarrow x - \frac{x^3}{6} \leq \sin x \leq x.$$

On se focalise sur $\dfrac{\sin x}{x}$.

Pour $x \in \left]0\ ;\ \dfrac{\pi}{2}\right]$, $x - \dfrac{x^3}{6} \leq \sin x \leq x \underset{\text{en divisant par } x>0}{\Leftrightarrow} 1 - \dfrac{x^2}{6} \leq \dfrac{\sin x}{x} \leq 1.$

$$\begin{cases} 1 - \dfrac{x^2}{6} \leq \dfrac{\sin x}{x} \leq 1 \text{ pour tout } x \in \left]0\ ;\ \dfrac{\pi}{2}\right] \\ \lim\limits_{x \to 0^+} \left(1 - \dfrac{x^2}{6}\right) = \lim\limits_{x \to 0^+} 1 = 1 \end{cases} \underset{\text{THEOREME DES GENDARMES}}{\Rightarrow} \lim_{x \to 0^+} \frac{\sin x}{x} = 1$$

Corrigés contrôle

Exercice 1

1. D'abord il faut calculer $f'(x)$ et $f''(x)$.

Sachant que $(e^u)' = u'e^u$, la dérivée de e^{ax+b} est ae^{ax+b}. Donc la dérivée de e^{3x} est $3e^{3x}$, et la dérivée de e^{2x} est $2e^{2x}$.

Donc $f'(x) = a \times 3e^{3x} + b \times 2e^{2x} + 0 = 3ae^{3x} + 2be^{2x}$.

Ensuite $f''(x)=(f')'(x)=3a\times 3e^{3x}+2b\times 2e^{2x}=9ae^{3x}+4be^{2x}$.

$$\begin{aligned}&\text{Finalement, } f''(x)-5f'(x)+6f(x)\\&=(9ae^{3x}+4be^{2x})-5(3ae^{3x}+2be^{2x})+6(ae^{3x}+be^{2x}+2)\\&=9ae^{3x}+4be^{2x}-15ae^{3x}-10be^{2x}+6ae^{3x}+6be^{2x}+12\\&=(9a-15a+6a)e^{3x}+(4b-10b+6b)e^{2x}+12=12,\text{ CQFD.}\end{aligned}$$

2.

$$\begin{cases}f(0)=0\\f'(0)=5\end{cases}\Leftrightarrow\begin{cases}ae^{3\times 0}+be^{2\times 0}+2=0\\3ae^{3\times 0}+2be^{2\times 0}=0\end{cases}\Leftrightarrow\begin{cases}a+b=-2\\3a+2b=0\end{cases}$$

$$\Leftrightarrow\begin{cases}a=-2-b\\3(-2-b)+2b=0\end{cases}\Leftrightarrow\begin{cases}a=-2-b\\-6=b\end{cases}\Leftrightarrow\begin{cases}a=-2-(-6)=4\\b=-6\end{cases}.$$

Exercice 2

1. Le signe de f' indique la variation de *f*.

C_1 est la courbe de *f* et C_2 est la courbe de f'. En effet, sur $[-4\,;\,-1{,}5]$ et sur $[0\,;\,3{,}3]$, C_2 est en-dessous de l'axe des abscisses ($f'\leq 0$) et C_1 est en descente (de gauche à droite, *f* décroissante). Et, sur $[-1{,}5\,;\,0]$ et sur $[3{,}3\,;\,6]$, C_2 est au-dessus de l'axe des abscisses ($f'\geq 0$) et C_1 est en montée (de gauche à droite, *f* croissante).

2. Les variations de f' indiquent la signe de sa dérivée $(f')''=f''$ et, ensuite, le signe de f'' indique la convexité ou concavité de *f*.

x	-4		$-0{,}5$		$0{,}6$		6
f'		↗		↘		↗	
f''		+		−		+	
f		convexe		concave		convexe	

Exercice 3

1. Le coefficent directeur de T_M, la tangente en M à C_f, est $f'(a)=e^a$.

Et le coefficent directeur de T_N, la tangente en N à C_g, est $g'(a)=-e^{-a}$, puisque $(e^u)'=u'e^u\Rightarrow g'(x)=-1e^{-x}=-e^{-x}$.

$$e^a\times(-e^{-a})=-e^{a-a}=-e^0=-1,$$
donc T_M est perpendiculaire à T_N.

2. a. Vu les résultats donnés par le logiciel, PQ $= 2$.

b. Il nous faut les coordonnées des points P et Q, et, pour cela, les équations des tangentes.

- Une équation de T_M est : $y = f(a) + f'(a)(x-a) \Leftrightarrow y = e^a + e^a(x-a)$.

Soit $P(x_P\ ;y_P)$; $\begin{cases} P \in \text{axe des abscisses} \\ P \in T_M \end{cases} \Leftrightarrow \begin{cases} y_P = 0 \\ y_P = e^a + e^a(x_P - a) \end{cases}$

$$\Leftrightarrow \begin{cases} y_P = 0 \\ 0 = e^a + e^a(x_P - a) \end{cases} \Leftrightarrow \begin{cases} y_P = 0 \\ ae^a - e^a = e^a x_P \end{cases} \Leftrightarrow \begin{cases} y_P = 0 \\ x_P = \dfrac{e^a(a-1)}{e^a} = a-1 \end{cases}.$$

- Une équation de T_N est : $y = g(a) + g'(a)(x-a) \Leftrightarrow y = e^{-a} - e^{-a}(x-a)$.

Soit $Q(x_Q\ ;y_Q)$;

$$\begin{cases} y_Q = 0 \\ 0 = e^{-a} - e^{-a}(x_Q - a) \end{cases} \Leftrightarrow \begin{cases} y_Q = 0 \\ e^{-a}x_Q = e^{-a} + ae^{-a} \end{cases} \Leftrightarrow \begin{cases} y_Q = 0 \\ x_Q = \dfrac{e^{-a}(1+a)}{e^{-a}} = 1+a \end{cases}.$$

$$P(x_P = a-1\ ;y_P = 0) \text{ et } Q(x_Q = 1+a\ ;y_Q = 0)$$
$$\Rightarrow PQ = \sqrt{(x_Q - x_P)^2 + (y_Q - y_P)^2} = \sqrt{(2)^2 + (0)^2} = 2.$$

Exercice 4

1.

Là où chaque courbe est la plus pentue, où la tangente est la plus pentue, où la vitesse est maximale, c'est à l'instant $t = 0$.

2.

La personne plus corpulente subit moins vite les effets de l'alcool, c'est donc la courbe *C2* qui lui correspond.

3. ▪ D'après la formule de dérivation $(uv)' = u'v + uv'$ avec $\begin{cases} u = At \Rightarrow u' = A \\ v = e^{-t} \Rightarrow v' = -e^{-t} \end{cases}$, on a : $f'(t) = (A)(e^{-t}) + (At)(-e^{-t}) = Ae^{-t}(1-t)$.

$$f'(t) = Ae^{-t}(1-t) \Rightarrow f'(0) = Ae^{-0}(1-0) = A.$$

▪

Plus $A = f'(0)$ est grand plus la tangente est pentue en $t = 0$ et plus la personne subit plus vite les effets de l'alcool et moins la personne est corpulente : la première affirmation est fausse.

Corrigés

- Il s'agit d'étudier la fonction $f(t) = Ae^{-t}$ sur $[0 ; +\infty[$. La fonction dérivée a déjà été trouvée : $f'(t) = Ae^{-t}(1-t)$.

  La fonction exponentielle est strictement positive, A aussi, donc $f'(t)$ a le même signe que $1-t$. D'où le tableau suivant :

t	0		1		$+\infty$
f'		$+$	0	$-$	
f		$\nearrow$		$\searrow$	

> La concentration d'alcool dans le sang est la plus forte à l'instant $t = 1$, une heure après l'absorption d'alcool.

4 Le logarithme népérien des nombres réels strictement positifs

1. Définition du logarithme népérien

Si $b = e^a$, alors a s'appelle le logarithme (népérien) de b, noté $a = \ln(b)$.

$$a \text{ réel quelconque} \underset{\ln}{\overset{\exp}{\rightleftarrows}} b \text{ réel strictement positif quelconque}$$

On dit que le logarithme et l'exponentielle sont des fonctions réciproques.

Valeurs particulières : $\begin{cases} 1 = e^0 \Rightarrow 0 = \ln(1) \\ e = e^1 \Rightarrow 1 = \ln(e) \end{cases}$.

Premières formules

Pour a quelconque et b strictement positif, $b = e^a \Leftrightarrow a = \ln(b)$.

Pour a quelconque, $\ln(e^a) = a$.

Pour b strictement positif, $e^{\ln(b)} = b$.

Du fait de la réciprocité de l'exponentielle et du logarithme, les courbes du logarithme et de l'exponentielle sont symétriques par rapport à la droite d'équation $y = x$

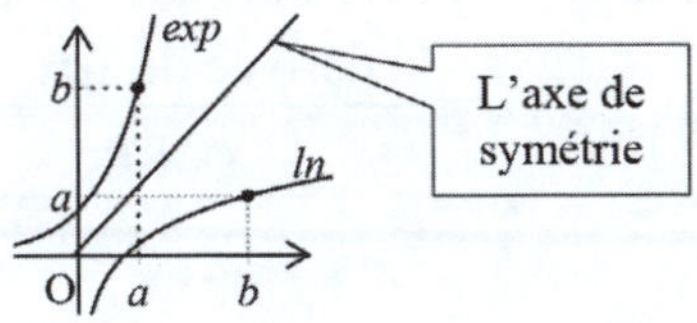

Le point $(a\ ;\ b = e^a)$ est sur la courbe de l'exponentielle.

Le point $(b\ ;\ a = \ln(b))$ est sur la courbe du logarithme.

Résumés de cours

Ce qu'on devine à voir la courbe du logarithme, et ce qu'on ne voit pas

Ce qu'on « voit »	*Ce qui s'écrit*
Il n'y a pas de courbe sur la gauche.	$\ln(x)$ est défini pour $x > 0$
La courbe monte de gauche à droite, $\ln(x)$ est strictement croissante.	Pour a et b strictement positifs, $\ln(a) = \ln(b) \Leftrightarrow a = b$ $\ln(a) < \ln(b) \Leftrightarrow a < b$
La position de la courbe par rapport à l'axe des abscisses, dessous puis dessus	$\ln(x) < 0 \Leftrightarrow x \in]0 ; 1[$ $\ln(x) = 0 \Leftrightarrow x = 1$ $\ln(x) > 0 \Leftrightarrow x \in]1 ; +\infty[$
L'axe des ordonnées est asymptote verticale à la courbe.	$\lim\limits_{x \to 0} \ln(x) = -\infty$
La courbe s'éloigne à droite tout en haut, lentement mais sûrement	$\lim\limits_{x \to +\infty} \ln(x) = +\infty$

Ce qu'on ne « voit » pas : expression de la dérivée de $\ln(x)$

> La dérivée de la fonction $\ln(x)$ sur $]0 ; +\infty[$ est $\ln'(x) = \dfrac{1}{x}$.

Compléments : la dérivée d'une fonction composée $\ln(u) = \ln \circ u$

> Quand u est une fonction, la dérivée de $\ln(u)$ est $\dfrac{u'}{u}$.
>
> En particulier, si u est une fonction affine : $u = ax + b$, la fonction $f(x) = \ln(ax+b)$ est définie et dérivable sur l'intervalle où $ax + b > 0$, et sa dérivée est $f'(x) = \dfrac{\text{la dérivée de } (ax+b)}{ax+b} = \dfrac{a}{ax+b}$.

2. Les propriétés algébriques du logarithme

Pour tous $a>0,\ b>0,\ n$ entier

$$\ln(ab)=\ln(a)+\ln(b) \qquad \ln\left(\frac{a}{b}\right)=\ln(a)-\ln(b)$$

$$\ln(a^n)=n\ln(a) \qquad \ln(\sqrt{a})=\frac{1}{2}\ln(a)$$

Croissances comparées de x^n, $\ln(x)$, e^x

- x^n ($n=1, 2, 3$, etc) et $\ln(x)$

$$\begin{cases}\lim\limits_{x\to+\infty}\ln(x)=+\infty\\ \lim\limits_{x\to+\infty}x^n=+\infty\end{cases} \Rightarrow \lim_{x\to+\infty}\frac{\ln(x)}{x^n} \text{ se présente sous la forme indéterminée } \frac{\infty}{\infty}.$$

En fait, x^n croît beaucoup plus vite que $\ln(x)$, et est donc prépondérant.

$$\lim_{x\to+\infty}\frac{\ln(x)}{x^n}=0$$

Aussi

$$\lim_{x\to 0}x^n\ln(x)=0$$

- x^n ($n=1, 2, 3$, etc) et e^x

$$\begin{cases}\lim\limits_{x\to+\infty}e^x=+\infty\\ \lim\limits_{x\to+\infty}x^n=+\infty\end{cases} \Rightarrow \lim_{x\to+\infty}\frac{e^x}{x^n} \text{ se présente sous la forme indéterminée } \frac{\infty}{\infty}.$$

En fait, e^x croît beaucoup plus vite que x^n, et est donc prépondérant.

$$\lim_{x\to+\infty}\frac{e^x}{x^n}=+\infty$$

Aussi

$$\lim_{x\to-\infty}x^ne^x=0$$

Énoncés des exercices

* Exercice 1 — 00 min

En détaillant les calculs, prouver que $e^{2\ln(3)} - e^{\ln(5)-\ln(2)} = 6{,}5$.

* Exercice 2 — 15 min

Résoudre chacune des quatre équations suivantes :

$$(e^x+1)(e^x-2)=0 \quad \ln(2x-1)=1 \quad \ln\left(x+\frac{1}{x}\right)=0 \quad \ln(\ln(x))=0$$

* Exercice 3 — 10 min

Soit u la fonction définie sur $\mathrm{I} =]0\,;+\infty[$ par $u(x) = -\ln(x)$.

1. Prouver que u est une fonction convexe sur I.

2. Après avoir donné une équation de la tangente à la courbe de u au point d'abscisse 1, justifier que, pour tout $x > 0$, $x-1 \geq \ln(x)$.

* Exercice 4 — 15 min

Sur le graphique ci-dessous, on a tracé, dans le plan muni d'un repère orthonormé $(\mathrm{O}\,;\vec{i},\,\vec{j})$, la courbe représentative d'une fonction f définie et dérivable sur l'intervalle $]0\,;\,+\infty[$.

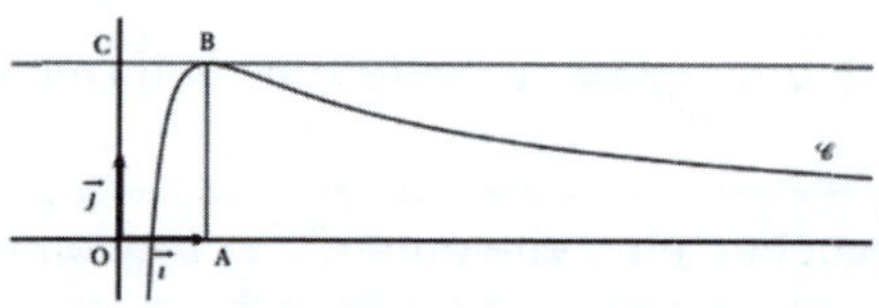

On dispose des informations suivantes :

- les points A, B, C ont pour coordonnées respectives $(1\,;0)$, $(1\,;2)$, $(0\,;2)$;
- la courbe passe par le point B et la droite (BC) est tangente à C en B ;
- il existe deux réels positifs a et b tels que pour tout réel strictement positif x, $f(x) = \dfrac{a+b\ln x}{x}$.

1. En utilisant le graphique précédent, donner les valeurs de $f(1)$ et $f'(1)$.

2. Vérifier que, pour tout réel strictement positif x, $f'(x) = \dfrac{b-a-b\ln x}{x^2}$.

3. Déduire des réponses précédentes les réels a et b.

Exercice 5 — 15 min

Soit u la fonction définie sur $]0\ ;+\infty[$ par $u(x)=x^2-2+\ln(x)$.

1. Justifier que la fonction u est croissante, déterminer ses limites en 0 et $+\infty$.
2. Montrer que l'équation $u(x)=0$ admet une unique solution α située entre 1 et 2.
3. Étudier le signe de $u(x)$ selon x.

Exercice 6 — 15 min

Le but de cet exercice est de rechercher le nombre de solutions de l'équation $\ln(x)=\dfrac{x^2}{2e}$.

1. Pour se faire une opinion, on fait tracer à une calculatrice les représentations graphiques des fonctions $\ln(x)$ et $\dfrac{x^2}{2e}$. Ci-dessous ce qui est obtenu.

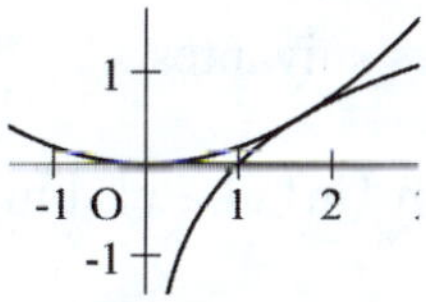

Expliquer pourquoi il est difficile de se faire une opinion à la vue du dessin.

2. On décide d'étudier la fonction $f(x)=\ln(x)-\dfrac{x^2}{2e}$ sur $]0\ ;+\infty[$. Étudier les variations de cette fonction, et conclure quant à l'objectif de l'exercice.

Exercice 7 — 20 min

Soit f la fonction définie sur l'intervalle $]0\ ;+\infty[$ par $f(x)=\dfrac{1+\ln(x)}{x^2}$. Et soit C la courbe représentative de la fonction f dans un repère du plan.

1. Démontrer que C a un unique point d'intersection avec l'axe des abscisses, point dont on précisera les coordonnées.
2. Montrer que $f'(x)=\dfrac{-1-2\ln(x)}{x^3}$, où f' est la fonction dérivée de f.
3. Résoudre l'inéquation $-1-2\ln(x)<0$. En déduire le signe de $f'(x)$.
4. Dresser le tableau des variations de la fonction f.

Exercices

* Exercice 8 — 10 min

Les deux questions sont indépendantes.

1. Soit $x > 0$. Exprimer $\ln\left(3x^2\sqrt{x}\right)$ en fonction de $\ln(x)$.
2. Déterminer le réel a tel que $\ln(a) = 2\ln(3) - 3\ln(2)$.

* Exercice 9 — 15 min

Les deux questions sont indépendantes.

1. Soit (u_n) une suite géométrique de terme initial $u_0 > 0$ et de raison $q > 0$. On pose $v_n = \ln(u_n)$ pour tout entier naturel n.

   Quelle est la nature de la suite (v_n) ?
2. Déterminer les entiers naturels n tels que $2 \times 0,7^n \leq 10^{-4}$.

Exercices

* Exercice 10 — 15 min

1. Déterminer les quatre limites suivantes :

$$\lim_{x\to+\infty} \frac{\ln(x)+1}{\ln(x)} \quad \lim_{x\to+\infty} (\ln(x) - x) \quad \lim_{x\to 0} \frac{\ln(x)}{x} \quad \lim_{x\to 0} x^2 \ln(x)$$

2. En utilisant : $\ln(ab) = \ln(a) + \ln(b)$, déterminer $\lim\limits_{x\to+\infty} \dfrac{\ln(x+1)}{\ln(x)}$.

* Exercice 11 — 15 min

Soit la fonction f définie, et dérivable, sur $\mathrm{I} =]0\,;+\infty[$ par $f(x) = x\ln(x)$.

Ci-dessous une vue de la courbe C de f dans un repère.

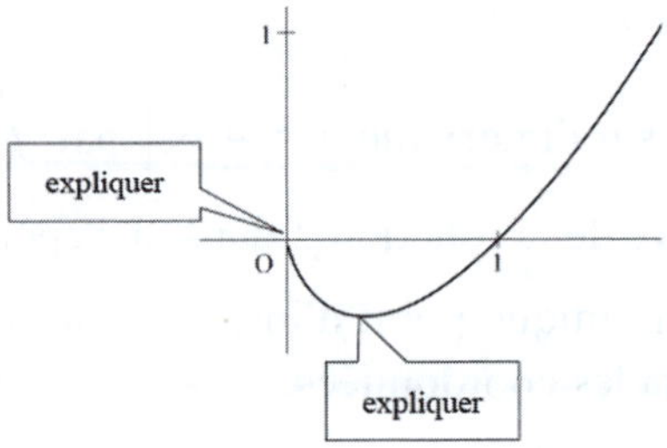

Expliquer donc ce qui est à expliquer.

* Exercice 12

15 min

Ci-dessous le tableau variation d'une fonction u définie et dérivable sur $[0 ; +\infty[$, avec valeurs et limite.

Compléter toutes les lignes.

On rappelle que $(\ln(u))' = \frac{u'}{u}$ et $(e^u)' = u'e^u$.

x	0		1		$+\infty$
u	2	↘	1	↗	$+\infty$
signe de u'					
signe de $(\ln(u))'$					
variation de $\ln(u)$					
signe de $(e^u)'$					
variation de e^u					

* Exercice 13

10 min

Soit la fonction f définie, et dérivable, sur $\mathrm{I} = [0 ; +\infty[$ par $f(x) = \ln(e^x + x) - x$.
On note C la courbe de f dans un repère et f' la fonction dérivée de f.

1. Montrer que, pour tout x de I, $f'(x) = \frac{1-x}{e^x + x}$. On rappelle que $(\ln(u))' = \frac{u'}{u}$.

2. Étudier la variation de la fonction f sur I.

3. Montrer que, pour tout x de I, $f(x) = \ln\left(1 + \frac{x}{e^x}\right)$.

4. On admet que $\lim\limits_{x \to +\infty} f(x) = 1$. Interpréter graphiquement.

** Exercice 14

20 min

On considère, pour tout entier $n > 0$, les fonctions f_n définies sur l'intervalle $[1 ; 5]$ par : $f_n(x) = \frac{\ln(x)}{x^n}$. Pour tout entier $n > 0$, on note C_n la courbe représentative de la fonction f_n dans un repère.

Sur le graphique ci-dessous sont représentées les courbes C_n pour n appartenant à $\{1 ; 2 ; 3 ; 4\}$.

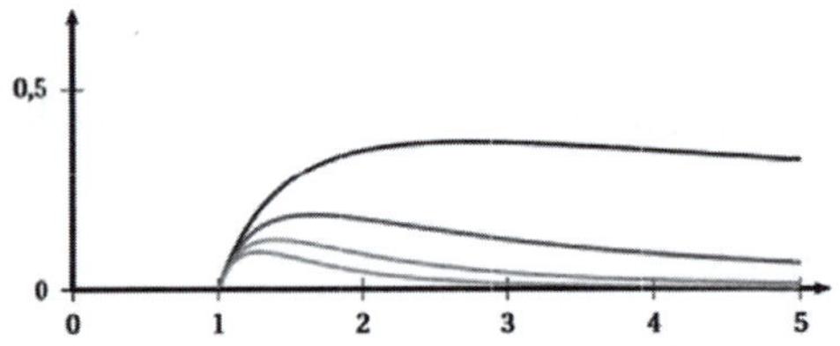

1. Montrer que, pour tout entier $n > 0$ et tout réel x de l'intervalle $[1 ; 5]$: $f_n'(x) = \dfrac{1 - n\ln(x)}{x^{n+1}}$.

2. Pour tout entier $n > 0$, on admet que la fonction f_n admet un maximum sur l'intervalle $[1 ; 5]$.

   On note A_n le point de la courbe C_n ayant pour ordonnée ce maximum.

   Montrer que tous les points A_n appartiennent à la courbe Γ d'équation $y = \dfrac{1}{e}\ln(x)$.

** Exercice 15 — 25 min

L'épicéa commun est une espèce d'arbre résineux qui peut mesurer jusqu'à 40 mètres de hauteur et vivre plus de 150 ans. L'objectif de cet exercice est d'estimer l'âge et la hauteur d'un épicéa à partir du diamètre de son tronc mesuré à 1,30 m du sol.

Pour un épicéa dont l'âge est compris entre 20 et 120 ans, on modélise la relation entre son âge (en années) et le diamètre de son tronc (en mètres) mesuré à 1,30 m du sol par la fonction f définie sur l'intervalle $]0 ; 1[$ par $f(x) = 30\ln\left(\dfrac{20x}{1-x}\right)$ où x désigne le diamètre exprimé en mètres et $f(x)$ l'âge en années.

1. Démontrer que la fonction f est strictement croissante sur l'intervalle $]0 ; 1[$.
2. Déterminer les valeurs du diamètre x du tronc tel que l'âge calculé dans ce modèle reste conforme à ses conditions de validité, c'est-à-dire compris entre 20 et 120 ans.

*** Exercice 16 — 25 min

Lors d'une expérience en laboratoire, on lance un projectile dans un milieu fluide. L'objectif est de déterminer pour quel angle de tir a par rapport à l'horizontale la hauteur du projectile ne dépasse pas 1,6 mètre.

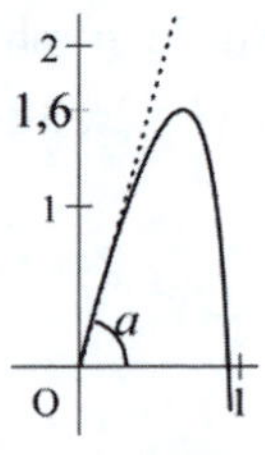

On modélise ici le projectile par un point qui se déplace, dans un plan vertical, sur la courbe représentative de la fonction f définie sur l'intervalle $[0\ ;\ 1[$ par : $f(x) = bx + 2\ln(1-x)$ où b est un paramètre réel supérieur ou égal à 2, x est l'abscisse du projectile, $f(x)$ son ordonnée, toutes les deux exprimées en mètres.

1. On admet que la fonction f possède un maximum sur l'intervalle $[0\ ;\ 1[$ et que, pour tout réel x de l'intervalle $[0\ ;\ 1[$: $f'(x) = \dfrac{-bx+b-2}{1-x}$, où f' est la fonction dérivée de f.

   Montrer que le maximum de la fonction f est égal à : $b - 2 + 2\ln\left(\dfrac{2}{b}\right)$.

2. Déterminer pour quelles valeurs du paramètre b la hauteur maximale du projectile ne dépasse pas 1,6 mètre.

3. Dans cette question, on choisit $b = 5{,}69$.

   L'angle de tir a correspond à l'angle entre l'axe des abscisses et la tangente à la courbe de la fonction f au point d'abscisse 0 comme indiqué sur le schéma donné ci-dessus.

   Déterminer une valeur approchée au dixième de degré près de l'angle a.

Contrôle

1 h · 20 points

Exercice 1

15 min · 5 points

Les trois questions sont indépendantes.

1. Résoudre sur $]0\ ;\ +\infty[$ l'équation $\ln(x) + 1 = \ln(x+1)$.
2. Déterminer les entiers naturels n tels que $0{,}7^n < 10^{-6}$.
3. Déterminer $\lim\limits_{x \to +\infty} \dfrac{x}{\ln(x)}$.

Exercice 2

25 min · 9 points

On considère la fonction f définie sur $\mathrm{I} =]0\ ;\ +\infty[$ par :

$$f(x) = (\ln x)^2 - 3\ln x + 2.$$

Voici son tableau de variations :

x	0		$e^{\frac{3}{2}}$		$+\infty$
$f'(x)$	‖	$-$	0	$+$	
$f(x)$	‖	$+\infty$ ↘	$-0,25$	↗	$+\infty$

1. Justifier tous les renseignements indiqués dans ce tableau.

2. Résoudre l'équation $f(x)=0$.

Exercice 3

20 min • 6 points

On considère la fonction f définie et dérivable sur $]0\,;+\infty[$ par : $f(x)=1-\dfrac{1+\ln x}{x}$.

Ci-dessous sa représentation graphique C_f dans deux fenêtres différentes :

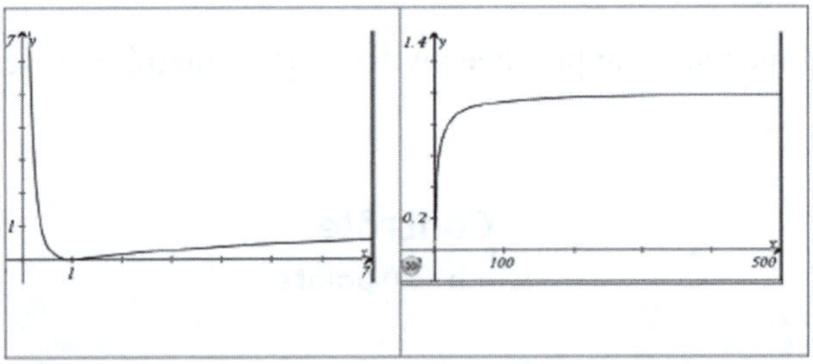

1. Indiquer l'abscisse a telle que $f'(a)=0$, justifier graphiquement.

2. Vérifier que $f''(x)=\dfrac{1-2\ln x}{x^3}$ où f'' est la dérivée seconde de f.

3. Étudier la convexité de f ; donner les coordonnées des points d'inflexion de C_f, s'il y en a.

4. Parmi les quatre propositions suivantes, une seule est juste. Laquelle ? Aucune justification n'est demandée.

Proposition 1 : « à partir d'un certain moment $f(x)$ décroît de moins en moins vite ».

Proposition 2 : « à partir d'un certain moment $f(x)$ décroît de plus en plus vite ».

Proposition 3 : « à partir d'un certain moment $f(x)$ croît de moins en moins vite ».

Proposition 4 : « à partir d'un certain moment $f(x)$ croît de plus en plus vite ».

Corrigés exercices

Exercice 1

Examinons chaque terme de cette somme : $e^{2\ln(3)} = \left(e^{\ln(3)}\right)^2 = (3)^2 = 9$ car

$$e^{2x} = \left(e^x\right)^2 \text{ et } e^{\ln(b)} = b,\ e^{\ln(5)-\ln(2)} = \frac{e^{\ln(5)}}{e^{\ln(2)}} = \frac{5}{2} = 2{,}5 \text{ car } e^{x-y} = \frac{e^x}{e^y}.$$

$$\boxed{e^{2\ln(3)} - e^{\ln(5)-\ln(2)} = 9 - 2{,}5 = 6{,}5}$$

Exercice 2

- $(e^x+1)(e^x-2) = 0 \Leftrightarrow e^x+1=0$ ou $e^x-2=0$.

  L'équation $e^x+1=0 \Leftrightarrow e^x=-1$ n'a pas de solution puisque la fonction exponentielle ne prend que des valeurs strictement positives.

  Et l'équation $e^x-2=0 \Leftrightarrow e^x=2$, 2 qui est strictement positif, a pour solution $x=\ln(2)$. Car $e^a=b>0 \Leftrightarrow a=\ln(b)$.

  $$\boxed{\text{L'équation } (e^x+1)(e^x-2)=0 \text{ a pour solution } S=\{\ln(2)\}.}$$

- $\ln(2x-1)=1 \Leftrightarrow 2x-1=e^1 \Leftrightarrow x=\dfrac{e+1}{2}$. Car $\ln(a)=b \Leftrightarrow a=e^b$.

  $$\boxed{\text{L'équation } \ln(2x-1)=1 \text{ a pour solution } S=\left\{\frac{e+1}{2}\right\}.}$$

- $\ln\left(x+\dfrac{1}{x}\right)=0 \Leftrightarrow x+\dfrac{1}{x}=e^0 \Leftrightarrow \dfrac{x^2+1}{x}=1 \Leftrightarrow x^2+1=x \Leftrightarrow x^2-x+1=0.$

  Cette équation du second degré, $x^2-x+1=0$, a pour discriminant $\Delta=(-1)^2-4(1)(1)=-3$; $\Delta<0 \Rightarrow$ pas de solution.

  $$\boxed{\text{L'équation } \ln\left(x+\frac{1}{x}\right)=0 \text{ a pour solution } S=\varnothing.}$$

- $\ln(\ln(x))=0 \Leftrightarrow \ln(x)=e^0=1 \Leftrightarrow x=e^1=e.$

  $$\boxed{\text{L'équation } \ln(\ln(x))=0 \text{ a pour solution } S=\{e\}.}$$

Exercice 3

1.

$$u(x)=-\ln(x) \Rightarrow u'(x)=-\frac{1}{x} \Rightarrow u''(x)=-\left(-\frac{1}{x^2}\right)=\frac{1}{x^2}.$$

Sa dérivée seconde étant positive, u est convexe sur l'intervalle I.

Corrigés

2. Une équation de la tangente à la courbe de u au point d'abscisse1 est :

$$y = f(1) + f'(1)(x-1) = -\ln(1) + \left(-\frac{1}{1}\right)(x-1) = -x+1.$$

La courbe d'une fonction convexe est au-dessus de ses tangentes. Donc, pour tout $x > 0$, $u(x) \geq -x+1 \Leftrightarrow -\ln(x) \geq -x+1 \Leftrightarrow x-1 \geq \ln(x)$.

Exercice 4

1.

- La courbe de f passant par le point B (1 ; 2), on a $f(1) = 2$.
- La tangente en B ayant pour coefficient directeur 0, on a $f'(1) = 0$.

2. Pour dériver f, on utilise la formule de dérivation : $\left(\frac{u}{v}\right)' = \frac{u'v - uv'}{v^2}$ avec $\begin{cases} u = a + b\ln x \Rightarrow u' = b\frac{1}{x} \\ v = x \Rightarrow v' = 1 \end{cases}$. Alors,

$$f'(x) = \frac{\left(b\frac{1}{x}\right) \times x - (a + b\ln x) \times 1}{x^2} = \frac{b - (a + b\ln x)}{x^2} = \frac{b - a - b\ln x}{x^2}.$$

3.

$$\begin{cases} f(1) = 2 \\ f'(1) = 0 \end{cases} \Leftrightarrow \begin{cases} \frac{a + b\ln 1}{1} = 2 \\ \frac{b - a - b\ln 1}{1^2} = 0 \end{cases} \underset{\ln 1 = 0}{\Leftrightarrow} \begin{cases} a = 2 \\ b - a = 0 \end{cases} \Leftrightarrow \begin{cases} a = 2 \\ b = 2 \end{cases}.$$

Exercice 5

1. ▪ La fonction dérivée de u s'exprime par : $u'(x) = 2x - 0 + \frac{1}{x} = 2x + \frac{1}{x}$;

$x \in]0 ; +\infty[\Rightarrow x > 0 \Rightarrow \begin{cases} 2x > 0 \\ 1/x > 0 \end{cases} \Rightarrow u'(x) > 0 \Rightarrow u$ est croissante sur $]0 ; +\infty[$.

- $\begin{cases} \lim\limits_{x \to 0} (x^2 - 2) = -2 \\ \lim\limits_{x \to 0} \ln(x) = -\infty \end{cases} \Rightarrow$ par addition, $\lim\limits_{x \to 0} u(x) = -\infty$.

- $\begin{cases} \lim\limits_{x \to +\infty} (x^2 - 2) = +\infty \\ \lim\limits_{x \to +\infty} \ln(x) = +\infty \end{cases} \Rightarrow$ par addition, $\lim\limits_{x \to +\infty} u(x) = +\infty$.

Corrigés

2. Dressons le tableau de variation de u.

x	0		$+\infty$
u	||	$-\infty$ ↗	$+\infty$

> La fonction u est définie, continue, strictement monotone sur $]0\,;\,+\infty[$.
> Et la valeur 0 est intermédiaire entre $\lim\limits_{x\to 0} u(x) = -\infty$ et $\lim\limits_{x\to+\infty} u(x) = +\infty$.
> Alors, le théorème des valeurs intermédiaires nous assure que l'équation $u(x) = 0$ admet une et une seule solution α sur $]0\,;\,+\infty[$.

$$\text{Et } \begin{cases} u(1) = 1^2 - 2 + \ln(1) = -1 < 0 \\ u(2) = 2^2 - 2 + \ln(2) \approx 1{,}3 > 0 \end{cases} \Rightarrow \alpha \in]1\,;\,2[.$$

3. D'après le tableau de variation de u :

x	0		α		$+\infty$
u	||	$-$	0	$+$	

Exercice 6

1. Les solutions de l'équation $\ln(x) = \dfrac{x^2}{2e}$ sont les abscisses des points d'intersection des deux courbes. Difficile de se faire une opinion à la vue du dessin puisque le nombre de points d'intersection n'est pas clairement visible. Peut-être 1 ?

2. Étudions les variations de f. La fonction dérivée de f s'exprime par :

$$f'(x) = \frac{1}{x} - \frac{2x}{2e} = \frac{1}{x} - \frac{x}{e} = \frac{e - x^2}{xe}.$$

Quant au signe de $f'(x)$: $x > 0 \Rightarrow xe > 0 \Rightarrow f'(x)$ a le même signe que $e - x^2$. Ce trinôme est factorisable par la troisième identité remarquable :

$$e - x^2 = \left(\sqrt{e}\right)^2 - x^2 = \left(\sqrt{e} + x\right)\left(\sqrt{e} - x\right).$$

$x > 0 \Rightarrow \sqrt{e} + x > 0 \Rightarrow$ ce trinôme a le même signe que $\sqrt{e} - x \Rightarrow f'(x)$ a le même signe que $\sqrt{e} - x$. ce qui nous amène au tableau de variation de f :

x	0		$\sqrt{e}$		$+\infty$
f'	||	$+$	0	$-$	
f	||	↗	$f(\sqrt{e}) = \ln(\sqrt{e}) - \dfrac{(\sqrt{e})^2}{2e} = 0$	↘	

Corrigés

Le tableau de variation prouve que l'équation $f(x)=0$ n'a qu'une solution : $x=\sqrt{e}$.

Or $f(x)=0 \Leftrightarrow \ln(x)=\dfrac{x^2}{2e}$.

Donc, l'équation $\ln(x)=\dfrac{x^2}{2e}$ a une et une seule solution : $\sqrt{e}$.

Exercice 7

1. Le point d'intersection de C avec l'axe des abscisses a des coordonnées $(x\ ;y)$ qui vérifient : $\begin{cases} y=\dfrac{1+\ln(x)}{x^2} \\ y=0 \end{cases}$.

Par suite, $0=\dfrac{1+\ln(x)}{x^2} \Leftrightarrow 1+\ln(x)=0 \Leftrightarrow \ln(x)=-1 \Leftrightarrow x=e^{-1}=\dfrac{1}{e}$.

Le point d'intersection de C avec l'axe des abscisses

a pour coordonnées $\left(x=\dfrac{1}{e}\ ;y=0\right)$.

2. Pour dériver f, on utilise la formule $\left(\dfrac{u}{v}\right)'=\dfrac{u'v-uv'}{v^2}$ avec :

$$\begin{cases} u=1+\ln(x) \Rightarrow u'=0+\dfrac{1}{x}=\dfrac{1}{x}. \\ v=x^2 \Rightarrow v'=2x \end{cases}$$

$$f'(x)=\frac{\frac{1}{x}\times x^2-(1+\ln(x))\times 2x}{(x^2)^2}=\frac{x-(1+\ln(x))\times 2x}{x^4}$$

$$=\frac{x-2x-2x\ln(x)}{x^4}=\frac{-x-2x\ln(x)}{x^4}=\frac{x\times(-1-2\ln(x))}{x\times x^3}=\frac{-1-2\ln(x)}{x^3}.$$

3. $-1-2\ln(x)<0 \Leftrightarrow -2\ln(x)<1 \underset{\div(-2)<0}{\Leftrightarrow} \ln(x)>-\dfrac{1}{2}$, inéquation du type $\ln(a)>b$.

Or, d'après le cours, $\ln(a)>b \underset{b=\ln(e^b)}{\Leftrightarrow} \ln(a)>\ln(e^b) \Leftrightarrow a>e^b$.

Donc $\ln(x)>-\dfrac{1}{2} \Leftrightarrow x>e^{-\frac{1}{2}}$.

Corrigés

$$\boxed{\text{La solution de l'inéquation } -1-2\ln(x)<0 \text{ est } \left]e^{-1/2}\ ;+\infty\right[.}$$

Ensuite, comme $x^3>0$ car $x>0$, $f'(x)$ a le même signe que son numérateur $-1-2\ln(x)$, signe connu par la solution de l'inéquation précédente.

4.

x	0		$e^{-1/2}$		$+\infty$
f'	‖	$+$	0	$-$	
f	‖	↗	$f(e^{-1/2})$	↘	

Pour finir, $f(e^{-1/2})=\dfrac{1+\ln\left(e^{-1/2}\right)}{\left(e^{-1/2}\right)^2}=\dfrac{1-1/2}{e^{-1}}=\dfrac{1/2}{e^{-1}}=\dfrac{1/2}{1/e}=\dfrac{e}{2}.$

Et signalons que $e^{-1/2}=\dfrac{1}{e^{1/2}}=\dfrac{1}{\sqrt{e}}$ car, peut-être l'avez-vous vu en cours à une occasion quelconque, $x^{1/2}=\sqrt{x}$ pour $x>0$.

Exercice 8

1. On utilise successivement les propriétés algébriques (règles de calcul) du logarithme népérien :

$$\ln(ab)=\ln(a)+\ln(b),\ \ \ln(a^n)=n\ln(a),\ \ \ln\left(\sqrt{a}\right)=\frac{1}{2}\ln(a).$$

$$\ln\left(3x^2\sqrt{x}\right)=\ln(3)+\ln\left(x^2\right)+\ln\left(\sqrt{x}\right)=\ln(3)+2\ln(x)+\frac{1}{2}\ln(x)$$

$$\Rightarrow\ \ln\left(3x^2\sqrt{x}\right)=\ln(3)+\frac{5}{2}\ln(x).$$

2. On utilise successivement les propriétés algébriques du logarithme népérien :

$$n\ln(a)=\ln(a^n),\ \ \ln(a)-\ln(b)=\ln\left(\frac{a}{b}\right).$$

Alors $\ln(a)=2\ln(3)-3\ln(2)=\ln\left(3^2\right)-\ln\left(2^3\right)=\ln(9)-\ln(8)=\ln\left(\dfrac{9}{8}\right).$

Puis, $\ln(a)=\ln\left(\dfrac{9}{8}\right)\ \Leftrightarrow\ a=\dfrac{9}{8}.$

Corrigés

Exercice 9

1. $u_n = u_0 q^n \Rightarrow v_n = \ln(u_0 q^n)$. Or $\ln(ab) = \ln(a) + \ln(b)$ et $\ln(a^n) = n\ln(a)$.

Donc $v_n = \ln(u_0 q^n) = \ln(u_0) + \ln(q^n) = \ln(u_0) + n\ln(q)$.

> Pour tout $n \in \mathbb{N}$, $v_n = \ln(u_0) + n\ln(q)$ est l'expression typique d'une suite arithmétique ($v_n = v_0 + nr$), donc (v_n) est une suite arithmétique de terme initial $v_0 = \ln(u_0)$ et de raison $r = \ln(q)$.

2.

Déroulement de la résolution	*Explications*
$2 \times 0{,}7^n \leq 10^{-4}$	
$\Leftrightarrow \ln(2 \times 0{,}7^n) \leq \ln(10^{-4})$	$0 < a \leq b \Leftrightarrow \ln(a) \leq \ln(b)$
$\Leftrightarrow \ln(2) + \ln(0{,}7^n) \leq \ln(10^{-4})$	$\ln(ab) = \ln(a) + \ln(b)$
$\Leftrightarrow \ln(2) + n\ln(0{,}7) \leq \ln(10^{-4})$	$\ln(a^n) = n\ln(a)$
$\Leftrightarrow n\ln(0{,}7) \leq \ln(10^{-4}) - \ln(2)$	
$\Leftrightarrow n \geq \dfrac{\ln(10^{-4}) - \ln(2)}{\ln(0{,}7)}$	Le sens de l'inégalité change car on divise par $\ln(0{,}7)$ qui est négatif (vu que $0{,}7 < 1$).
$\Leftrightarrow n \geq 27{,}7...$	

> Les entiers naturels n tels que $2 \times 0{,}7^n \leq 10^{-4}$ sont les entiers plus grands que 27,7…, c'est-à-dire tout les entiers $n \geq 30$.

Exercice 10

1. ▪ $\lim\limits_{x \to +\infty} \dfrac{\ln(x)+1}{\ln(x)}$ se présente sous la forme indéterminée $\dfrac{\infty}{\infty}$; changeons de forme : $\dfrac{\ln(x)+1}{\ln(x)} = \dfrac{\ln(x)\left(1 + \dfrac{1}{\ln(x)}\right)}{\ln(x)} = 1 + \dfrac{1}{\ln(x)}$. Concluons :

$$\lim_{x \to +\infty} \ln(x) = +\infty \Rightarrow \lim_{x \to +\infty} \frac{1}{\ln(x)} = 0 \Rightarrow \lim_{x \to +\infty} \frac{\ln(x)+1}{\ln(x)} = \lim_{x \to +\infty} 1 + \frac{1}{\ln(x)} = 1.$$

▪ $\lim\limits_{x \to +\infty} (\ln(x) - x)$ se présente sous la forme indéterminée $\infty - \infty$. On pense au cours : $\lim\limits_{x \to +\infty} \dfrac{\ln(x)}{x} = 0$. On pense alors à changer de forme : $\ln(x) - x = x\left(\dfrac{\ln(x)}{x} - 1\right)$. Alors,

Corrigés

$$\begin{cases} \lim\limits_{x\to+\infty} x = +\infty \\ \lim\limits_{x\to+\infty} \dfrac{\ln(x)}{x} - 1 = -1 \end{cases} \Rightarrow \lim_{x\to+\infty} (\ln(x) - x) = \lim_{x\to+\infty} x\left(\frac{\ln(x)}{x} - 1\right) = -\infty.$$

- Pas de forme indéterminée pour $\lim\limits_{x\to0} \dfrac{\ln(x)}{x}$, mais il faut bien penser au fait que x est positif (sinon $\ln(x)$ n'aurait aucun sens).

$$\begin{cases} \lim\limits_{x\to0} x = 0^+ \ (x > 0) \\ \lim\limits_{x\to0} \ln(x) = -\infty \end{cases} \Rightarrow \lim_{x\to0} \frac{\ln(x)}{x} = -\infty.$$

- $\lim\limits_{x\to0} x^2 \ln(x)$ se présente sous la forme indéterminée $0 \times \infty$.
  On pense au cours : $\lim\limits_{x\to0} x\ln(x) = 0$. On pense alors à changer de forme : $x^2 \ln(x) = x \times x\ln(x)$. Alors,

$$\begin{cases} \lim\limits_{x\to0} x = 0 \\ \lim\limits_{x\to0} x\ln(x) = 0 \end{cases} \Rightarrow \lim_{x\to0} x^2 \ln(x) = \lim_{x\to0} x \times x\ln(x) = 0 \times 0 = 0.$$

$$\lim_{x\to+\infty} \frac{\ln(x)+1}{\ln(x)} = 1 \quad \lim_{x\to+\infty} (\ln(x) - x) = -\infty$$

$$\lim_{x\to0} \frac{\ln(x)}{x} = -\infty \quad \lim_{x\to0} x^2 \ln(x) = 0$$

2. $\lim\limits_{x\to+\infty} \dfrac{\ln(x+1)}{\ln(x)}$ se présente sous la forme indéterminée $\dfrac{\infty}{\infty}$. On doit changer de forme : $\dfrac{\ln(x+1)}{\ln(x)} = \dfrac{\ln\left[x\left(1+\frac{1}{x}\right)\right]}{\ln(x)} = \dfrac{\ln(x) + \ln\left(1+\frac{1}{x}\right)}{\ln(x)} = \dfrac{\ln(x)}{\ln(x)} + \dfrac{\ln\left(1+\frac{1}{x}\right)}{\ln(x)}$

$$\Rightarrow \frac{\ln(x+1)}{\ln(x)} = 1 + \frac{\ln\left(1+\frac{1}{x}\right)}{\ln(x)}.$$

$$\begin{cases} \lim\limits_{x\to+\infty} \ln\left(1+\dfrac{1}{x}\right) = \ln(1+0) = 0 \\ \lim\limits_{x\to+\infty} \ln(x) = +\infty \end{cases}$$

$$\Rightarrow \lim_{x\to+\infty} \frac{\ln(x+1)}{\ln(x)} = \lim_{x\to+\infty} \left(1 + \frac{\ln\left(1+\frac{1}{x}\right)}{\ln(x)}\right) = 1.$$

Corrigés

Exercice 11

- Il ne s'agit pas de calculer $f(0)$ qui n'existe pas à cause de $\ln(x)$. Il s'agit de s'intéresser à $\lim\limits_{x\to 0} f(x) = \lim\limits_{x\to 0} x\ln(x)$. Or cette limite vaut 0, c'est dans la leçon.

> $\lim\limits_{x\to 0} f(x) = 0$. Graphiquement, la courbe de *f*, en allant sur la gauche, s'approche du point de coordonnées $\left(x = 0\ ;\ y = \lim\limits_{x\to 0} f(x) = 0\right)$, c'est-à-dire de l'origine du repère.
>
> On dit que l'origine est un point-asymptote à la courbe de *f*.

- Il s'agit d'expliquer le changement de variation de *f*, donc de s'intéresser à la variation de *f*, donc au signe de sa dérivée, donc à sa dérivée.

D'après la formule $(uv)' = u'v + uv'$ avec $\begin{cases} u = x \Rightarrow u' = 1 \\ v = \ln(x) \Rightarrow v' = \dfrac{1}{x} \end{cases}$, on a :

$$f'(x) = 1 \times \ln(x) + x \times \frac{1}{x} = \ln(x) + 1.$$

Pour le signe de $f'(x)$: $\begin{cases} f'(x) = 0 \Leftrightarrow \ln(x) + 1 = 0 \Leftrightarrow \ln(x) = -1 \Leftrightarrow x = e^{-1} \\ f'(x) < 0 \Leftrightarrow \ln(x) + 1 < 0 \Leftrightarrow \ln(x) < -1 \Leftrightarrow x < e^{-1} \\ f'(x) > 0 \Leftrightarrow \ln(x) + 1 > 0 \Leftrightarrow \ln(x) > -1 \Leftrightarrow x > e^{-1} \end{cases}$.

Ensuite, on dresse le tableau de variation de *f*.

x	0		e^{-1}		$+\infty$
f'	‖	$-$	0	$+$	
f	‖ 0	$\searrow$	$f(e^{-1}) = e^{-1}\ln(e^{-1}) = -\frac{1}{e}$	$\nearrow$	

Exercice 12

x	0		1		$+\infty$
u	2	$\searrow$	1	$\nearrow$	$+\infty$
signe de u'		$-$	0	$+$	
signe de $(\ln(u))'$		$-$	0	$+$	
variation de $\ln(u)$	$\ln(2)$	$\searrow$	0	$\nearrow$	$+\infty$
signe de $(e^u)'$		$-$	0	$+$	
variation de e^u	e^2	$\searrow$	e	$\nearrow$	$+\infty$

Exercice 13

1. Comme $(\ln(u))' = \dfrac{u'}{u}$, la dérivée de $\ln(e^x + x)$ est $\dfrac{e^x+1}{e^x+x}$.

$$\text{Pour tout } x \text{ de I, } f'(x) = \text{dérivée de } (\ln(e^x+x)) - \text{dérivée de } (x)$$

$$= \frac{e^x+1}{e^x+x} - 1 = \frac{e^x+1}{e^x+x} - \frac{e^x+x}{e^x+x} = \frac{(e^x+1)-(e^x+x)}{e^x+x} = \frac{1-x}{e^x+x}.$$

2. Étudier la variation d'une fonction, c'est se pencher sur le signe de sa dérivée. Or $f'(x) = 0 \Leftrightarrow 1 - x = 0 \Leftrightarrow 1 = x$; et, pour $x \neq 1$, cette dérivée a le même signe que $1 - x$ puisque le dénominateur est positif ($e^x > 0$ et $x > 0$).

x	0		1		$+\infty$
f'		$+$	0	$-$	
f	0	$\nearrow$	$f(1)$	$\searrow$	

3. Par utilisation des formules $\ln(ab) = \ln(a) + \ln(b)$ et $\ln(e^x) = x$,

$$\text{pour tout } x \text{ de I, } f(x) = \ln\left[e^x\left(1+\frac{x}{e^x}\right)\right] - x = \ln(e^x) + \ln\left(1+\frac{x}{e^x}\right) - x$$

$$= x + \ln\left(1+\frac{x}{e^x}\right) - x = \ln\left(1+\frac{x}{e^x}\right).$$

4. $\lim\limits_{x \to +\infty} f(x) = 1.$

Alors la droite d'équation $y = 1$ est asymptote horizontale à C, en $+\infty$.

Exercice 14

1. Pour dériver f_n, on utilise la formule $\left(\dfrac{u}{v}\right)' = \dfrac{u'v - uv'}{v^2}$ avec $\begin{cases} u = \ln(x) \Rightarrow u' = \dfrac{1}{x} \\ v = x^n \Rightarrow v' = nx^{n-1} \end{cases}$.

$$'(x) = \frac{\frac{1}{x} \times x^n - \ln(x) \times nx^{n-1}}{(x^n)^2} = \frac{x^{n-1} - \ln(x) \times nx^{n-1}}{x^{2n}} = \frac{x^{n-1}(1 - n\ln(x))}{x^{n-1} \times x^{n+1}}$$

$$\Rightarrow f_n'(x) = \frac{1 - n\ln(x)}{x^{n+1}}.$$

2. D'abord, il s'agit de déterminer les coordonnées $(x_n \; ; y_n)$ de A_n.

D'après la définition de A_n, la tangente en A_n à C_n est horizontale, donc cette tangente a son coefficient directeur nul, donc ce coefficient directeur qui est le nombre dérivé $f'(x_n)$ vaut 0.

$$f'(x_n)=0 \Leftrightarrow \frac{1-n\ln(x_n)}{{x_n}^{n+1}}=0 \Leftrightarrow 1-n\ln(x_n)=0 \Leftrightarrow \ln(x_n)=\frac{1}{n} \Leftrightarrow x_n=e^{\frac{1}{n}},$$

puisque $\ln(a)=b \Leftrightarrow a=e^b$.

Par suite, $y_n=f(x_n)=\dfrac{\ln(x_n)}{(x_n)^n}=\dfrac{\ln\left(e^{\frac{1}{n}}\right)}{\left(e^{\frac{1}{n}}\right)^n}=\dfrac{1/n}{e^{\frac{1}{n}\times n}}=\dfrac{1/n}{e}=\dfrac{1}{ne}$, car $\ln(e^x)=x$.

> Le point A_n a pour coordonnées $\left(x_n=e^{\frac{1}{n}}\ ;y_n=\dfrac{1}{ne}\right)$.
>
> $$\frac{1}{e}\ln(x_n)=\frac{1}{e}\ln\left(e^{\frac{1}{n}}\right)=\frac{1}{e}\times\frac{1}{n}=\frac{1}{en}=y_n \Rightarrow y_n=\frac{1}{e}\ln(x_n).$$
>
> Les coordonnées de tous les points A_n vérifient $y=\dfrac{1}{e}\ln(x)$, donc tous les points A_n appartiennent à la courbe Γ d'équation $y=\dfrac{1}{e}\ln(x)$.

Exercice 15

1. Démontrer que la fonction f est strictement croissante sur l'intervalle $]0\ ;1[$, c'est prouver que la fonction dérivée f' est strictement positive. Il faut donc calculer cette dérivée.

Utilisons la formule : $(\ln(u))'=\dfrac{u'}{u}$ avec :

$$u=\frac{20x}{1-x} \Rightarrow u'=\frac{20(1-x)-20x\times(-1)}{(1-x)^2}=\frac{20}{(1-x)^2}.$$

Donc, $f'(x)=30\times\dfrac{\dfrac{20}{(1-x)^2}}{\dfrac{20x}{1-x}}=30\times\dfrac{20}{(1-x)^2}\times\dfrac{1-x}{20x}=\dfrac{30}{(1-x)x}$.

> Sur $]0\ ;1[$, $\begin{cases}1-x>0\\ x>0\end{cases} \Rightarrow f'(x)>0 \Rightarrow f$ est strictement croissante.

Corrigés

2. L'âge est compris entre 20 et 120 ans si et seulement si $20 \leq f(x) \leq 120$, c'est-à-dire $20 \leq 30\ln\left(\frac{20x}{1-x}\right) \leq 120$; il faut résoudre cette double inéquation.

Déroulement de la résolution	*Explications*
$20 \leq 30\ln\left(\frac{20x}{1-x}\right) \leq 120$	
$\Leftrightarrow \frac{2}{3} \leq \ln\left(\frac{20x}{1-x}\right) \leq 4$	On a divisé chaque membre par 30 qui est positif.
$\Leftrightarrow e^{\frac{2}{3}} \leq e^{\ln\left(\frac{20x}{1-x}\right)} \leq e^4$	Car $a \leq b \leq c \Leftrightarrow e^a \leq e^b \leq e^c$ (la fonction exponentielle est croissante).
$\Leftrightarrow e^{\frac{2}{3}} \leq \frac{20x}{1-x} \leq e^4$	Car $e^{\ln(x)} = x$.
$\Leftrightarrow e^{\frac{2}{3}}(1-x) \leq 20x \leq e^4(1-x)$	On a multiplié par $1-x>0$.
$\Leftrightarrow \begin{cases} e^{\frac{2}{3}}(1-x) \leq 20x \\ 20x \leq e^4(1-x) \end{cases}$	Car $a \leq b \leq c \Leftrightarrow \begin{cases} a \leq b \\ b \leq c \end{cases}$.
$\Leftrightarrow \begin{cases} e^{\frac{2}{3}} \leq \left(20+e^{\frac{2}{3}}\right)x \\ \left(20+e^4\right)x \leq e^4 \end{cases}$	On résout chaque inéquation.
$\Leftrightarrow \begin{cases} \frac{e^{\frac{2}{3}}}{20+e^{\frac{2}{3}}} \leq x \\ x \leq \frac{e^4}{20+e^4} \end{cases}$	On isole x dans chaque inéquation.
$\frac{e^{\frac{2}{3}}}{20+e^{\frac{2}{3}}} \leq x \leq \frac{e^4}{20+e^4}$	On obtient un encadrement de x.

La solution de la double inéquation $20 \leq f(x) \leq 120$ est :

$$S = \left[\frac{e^{\frac{2}{3}}}{20+e^{\frac{2}{3}}} ; \frac{e^4}{20+e^4}\right] \approx [0{,}09 ; 0{,}73].$$

Le modèle est conforme pour des diamètres de tronc entre 9 cm et 73 cm.

Corrigés

Exercice 16

1. Le maximum est atteint là où le nombre dérivé est nul :

$$f'(x)=\frac{-bx+b-2}{1-x}=0 \Leftrightarrow -bx+b-2=0 \Leftrightarrow x=\frac{b-2}{b}.$$

> Le maximum de f est :
>
> $$f\left(\frac{b-2}{b}\right)=b\times\frac{b-2}{b}+2\ln\left(1-\frac{b-2}{b}\right)=b-2+2\ln\left(\frac{2}{b}\right).$$

2. Pour trouver les valeurs du paramètre b pour lesquelles la hauteur maximale du projectile ne dépasse pas 1,6 mètre, il faut s'intéresser à l'inéquation $b-2+2\ln\left(\frac{2}{b}\right)\leq 1{,}6$, mais cette inéquation est « impossible », pas résolvable par des opérations usuelles.

On va donc s'intéresser de près à la fonction « hauteur maximale » : $g(b)=b-2+2\ln\left(\frac{2}{b}\right)$ sur $[2\,;\,+\infty[$ $(b\geq 2)$.

On a : $g(b)=b-2+2(\ln(2)-\ln(b)) \Rightarrow g'(b)=1+2\left(-\frac{1}{b}\right)=\frac{b-2}{b}.$

b	2		$+\infty$
g'	0	+	
g	0	↗	

Il faut connaître ce qu'il se passe au voisinage de $+\infty$, c'est-à-dire ou déterminer $\lim\limits_{b\to+\infty} g(b)$ ou calculer $g(\text{une grande valeur de } b)$.

Une calculatrice donne : $g(100)\approx 90$. Donc :

b	2		100		$+\infty$
g'	0		+		
g	0	↗	90	↗	

Par le théorème des valeurs intermédiaires, on sait alors qu'il existe un et un seul b tel que $g(b)=1{,}6$ d'après une calculatrice, ce b vaut 5,69 à 10^{-2} près.

> Les valeurs du paramètre b pour lesquelles la hauteur maximale du projectile ne dépasse pas 1,6 mètre sont les valeurs entre 2 et 5,69.

3. La tangente à la courbe de la fonction f au point d'abscisse 0 a pour coefficient directeur le nombre dérivé $f'(0)=\dfrac{-b\times 0+b-2}{1-0}=b-2=5{,}69-2=3{,}69$. Vous savez (perhaps) que la tangente de l'angle a est égale à ce coefficient directeur.

$\tan(a)=f'(0)=3{,}69 \underset{\text{CALCULTRICE}}{\Rightarrow} a\approx 74{,}8°$.

Corrigés contrôle

Exercice 1

1.

Un déroulement de la résolution	*Explications*
$\ln(x)+1=\ln(x+1)$	
$\Leftrightarrow \ln(x)+\ln(e)=\ln(x+1)$	$1=\ln(e)$
$\Leftrightarrow \ln(xe)=\ln(x+1)$	$\ln(a)+\ln(b)=\ln(ab)$
$\Leftrightarrow xe=x+1$	$\ln(a)=\ln(b)\Leftrightarrow a=b$ pour a, b strictement positifs.
$\Leftrightarrow x(e-1)=1$	
$\Leftrightarrow x=\dfrac{1}{e-1}>0$	

La solution de l'équation $\ln(x)+1=\ln(x+1)$ est $S=\left\{\dfrac{1}{e-1}\right\}$.

2.

Déroulement de la résolution	*Explications*
$0{,}7^n<10^{-6}$.	
$\Leftrightarrow \ln(0{,}7^n)<\ln(10^{-6})$	$a<b\Leftrightarrow\ln(a)<\ln(b)$ pour a, b strictement positifs.
$\Leftrightarrow n\ln(0{,}7)<\ln(10^{-6})$	$\ln(a^n)=n\ln(a)$
$\Leftrightarrow n>\dfrac{\ln(10^{-6})}{\ln(0{,}7)}$	On divise par $\ln(0{,}7)$ qui est négatif
$\Leftrightarrow n>\dfrac{\ln(10^{-6})}{\ln(0{,}7)}\approx 38{,}7$	

Corrigés

Les entiers naturels n tels que $0,7^n < 10^{-6}$ sont les entiers supérieurs ou égaux à 39.

3. $\dfrac{x}{\ln(x)}$ est l'inverse de $\dfrac{\ln(x)}{x}$; $\dfrac{x}{\ln(x)} = \dfrac{1}{\dfrac{\ln(x)}{x}}$.

On sait que $\lim\limits_{x \to +\infty} \dfrac{\ln(x)}{x} = 0$. Remarquons aussi que, pour x très grand, $\dfrac{\ln(x)}{x}$ est positif, ce qui permet d'écrire $\lim\limits_{x \to +\infty} \dfrac{\ln(x)}{x} = 0^+$.

$\lim\limits_{x \to +\infty} \dfrac{\ln(x)}{x} = 0^+ \Rightarrow \lim\limits_{x \to +\infty} \dfrac{x}{\ln(x)} = \lim\limits_{x \to +\infty} \dfrac{1}{\dfrac{\ln(x)}{x}} = +\infty$ puisque, question formes, $\dfrac{1}{0^+} = +\infty$.

Exercice 2

1. Il faut justifier les variations de f, ses limites en 0 et en $+\infty$, la valeur de f en $e^{\frac{3}{2}}$.

- *Justification des variations de f.*

D'après la formule que $(u^2)' = 2uu'$ avec $u = \ln x \Rightarrow u' = \dfrac{1}{x}$, on a :

$$f'(x) = 2\ln(x) \times \frac{1}{x} - 3 \times \frac{1}{x} + 0 = \frac{1}{x}(2\ln(x) - 3).$$

$x \in \mathrm{I} =]0\,;+\infty[$ étant strictement positif, le signe de $f'(x)$ est identique au signe de $2\ln(x) - 3$: $\begin{cases} 2\ln(x) - 3 = 0 \Leftrightarrow \ln(x) = 3/2 \Leftrightarrow x = e^{3/2} \\ 2\ln(x) - 3 > 0 \Leftrightarrow \ln(x) > 3/2 \Leftrightarrow x > e^{3/2} \\ 2\ln(x) - 3 < 0 \Leftrightarrow \ln(x) < 3/2 \Leftrightarrow x < e^{3/2} \end{cases}$.

Sur $\left]0\,; e^{3/2}\right]$, $f' < 0 \Rightarrow f$ décroissante.
Sur $\left[e^{3/2}\,; +\infty\right[$, $f' < 0 \Rightarrow f$ croissante.

- *La limite de f en 0*

$$\lim_{x \to 0} \ln x = -\infty \Rightarrow \lim_{x \to 0} (\ln x)^2 = +\infty \Rightarrow \lim_{x \to 0} f(x) = +\infty.$$

- *La limite de f en $+\infty$*

Cette limite se présente sous la forme indéterminée $\infty - \infty$. On change de forme en factorisant : $f(x) = (\ln x)^2 - 3\ln x + 2 = (\ln x)^2 \left(1 - \dfrac{3}{\ln x} + \dfrac{2}{(\ln x)^2}\right)$.

$$\lim_{x\to+} \ln x = +\infty \Rightarrow \lim_{x\to+\infty} f(x) = +\infty(1-0+0) = +\infty.$$

- *La valeur de f en* $e^{3/2}$

$$\ln\left(e^{3/2}\right) = \frac{3}{2} \Rightarrow f\left(e^{3/2}\right) = \left(\frac{3}{2}\right)^2 - 3\left(\frac{3}{2}\right) + 2 = -0{,}25.$$

2. Pour résoudre l'équation $f(x) = 0 \Leftrightarrow f(x) = (\ln x)^2 - 3\ln x + 2 = 0$, on change d'inconnue en posant $X = \ln x$. Alors $X^2 - 3X + 2 = 0$, équation du second degré qui a une racine évidente 1 ; le produit des racines valant $\frac{c}{a} = 2$, l'autre racine est 2.

Donc $f(x) = 0 \Leftrightarrow \ln x = 1$ ou $\ln x = 2 \Leftrightarrow x = e^1 = e$ ou $x = e^2$.

La solution de l'équation $f(x) = 0$ est $S = \{e\ ;\ e^2\}$.

Exercice 3

1. L'abscisse a telle que $f'(a) = 0$ est l'abscisse du point de C_f où la tangente est horizontale. Il semble, à la vue du premier dessin que $a = 1$. Sur le second dessin, on ne voit pas à cause de l'échelle du dessin.

2. Il faut calculer la dérivée première de f, puis la dérivée seconde.

En utilisant la formule de dérivation $\left(\frac{u}{v}\right)' = \frac{u'v - uv'}{v^2}$

avec $\begin{cases} u = 1 + \ln x \Rightarrow u' = \dfrac{1}{x} \\ v = x \Rightarrow v' = 1 \end{cases}$, on obtient :

$$f'(x) = 0 - \frac{\frac{1}{x} \times x - (1 + \ln x) \times 1}{x^2} = -\frac{1 - (1 + \ln x)}{x^2} = -\frac{-\ln x}{x^2} = \frac{\ln x}{x^2}.$$

Remarquons en passant que le nombre dérivé de f en 1, $f'(1)$, vaut bien 0.

Puis, $f''(x) = (f')'(x) = \dfrac{\frac{1}{x} \times x^2 - (\ln x) \times 2x}{(x^2)^2} = \dfrac{x - (\ln x) \times 2x}{x^4} = \dfrac{x(1 - 2\ln x)}{x \times x^3}$

$$\Rightarrow f''(x) = \frac{x(1 - 2\ln x)}{x \times x^3} = \frac{1 - 2\ln x}{x^3}.$$

Corrigés

3. Étudier la convexité de f, c'est étudier le signe de la dérivée seconde f''. $x \in]0\,;+\infty[$ étant strictement positif, $x^3 > 0$ donc le signe de $f''(x)$ est identique au signe de $1-2\ln x$: $\begin{cases} 1-2\ln(x)=0 \Leftrightarrow \ln(x)=1/2 \Leftrightarrow x=e^{1/2} \\ 1-2\ln(x)>0 \Leftrightarrow \ln(x)<1/2 \Leftrightarrow x<e^{1/2} \\ 1-2\ln(x)<0 \Leftrightarrow \ln(x)>1/2 \Leftrightarrow x>e^{1/2} \end{cases}$.

x	0			$e^{1/2}=\sqrt{e}$	$+\infty$
f''			$+$	0	$-$
f			convexe	Point d'inflexion	concave

Sur $]0\,;e^{1/2}]$, la fonction f est convexe. Et sur $[e^{1/2}\,;+\infty[$, la fonction f est concave.
Le point de coordonnées $\left(e^{1/2}=\sqrt{e}\,;f(e^{1/2})=1-\dfrac{3}{2\sqrt{e}}\right)$ est point d'inflexion (le seul) de C_f.

4.

La proposition vraie est la proposition 3 ; c'est visible sur le deuxième dessin donné.

Corrigés

5 Primitives, équations différentielles

1. Primitives de fonctions

Définition

Sur un intervalle I de $\mathbb{R}$, une fonction F est une primitive de la fonction f si la fonction dérivée de F est f, autrement dit si, pour tout x de I, $F'(x) = f(x)$:

$$F \underset{\text{une primitive}}{\overset{\text{la dérivée}}{\rightleftarrows}} f.$$

Toute fonction continue sur un intervalle admet des primitives

Si f est une fonction définie et continue sur un intervalle I de $\mathbb{R}$, alors il existe des primitives de f.

Si F est une primitive de f, alors toutes les primitives de f sont les fonctions $F + C$ où C est une constante.

Exemple

La fonction $f(x) = x$ est définie et continue sur $\mathrm{I} = \mathbb{R}$. Elle a donc des primitives. $F(x) = \frac{1}{2}x^2$ est l'une d'entre elles puisque :

$$F'(x) = \text{dérivée de } \frac{1}{2}x^2 = \frac{1}{2} \times \text{dérivée de } x^2 = \frac{1}{2} \times 2x = x = f(x).$$

Toutes les primitives de f sont les fonctions $F(x) + C = \frac{1}{2}x^2 + C$ où C est une constante.

Trouver des primitives de fonctions usuelles

« Trouver une primitive » est l'opération inverse de « calculer une dérivée ». Pour découvrir les primitives des fonctions simples, on fera donc une lecture inverse du tableau des dérivées.

Les primitives usuelles

f	k	x^p, p entier $\neq -1$	$\frac{1}{\sqrt{x}}$	e^x	$\frac{1}{x}$, $x>0$
F	kx	$\frac{1}{p+1}x^{p+1}$	$2\sqrt{x}$	e^x	$\ln(x)$

f	$\cos(x)$	$\sin(x)$	$u'u$, u fonction	e^{ax+b}	$1/(ax+b)$ où $ax+b>0$
F	$\sin(x)$	$-\cos(x)$	$\frac{1}{2}u^2$	$\frac{1}{a}e^{ax+b}$	$\frac{1}{a}\ln(ax+b)$

Un outil pour trouver des primitives de fonctions inusuelles

La propriété de linéarité des primitives

Soient a et b deux nombres réels, f et g deux fonctions définies sur un même intervalle I de $\mathbb{R}$, F et G deux primitives sur I de f et g.

Alors la fonction $aF+bG$ est une primitive sur I de la fonction $af+bg$.

Par exemple, une primitive de $(4x+3)$

$$= 4\times \textit{une primitive de } (x) + \textit{une primitive de } (3) = 4\times\frac{x^2}{2}+3x = 2x^2+3x.$$

2. Des équations différentielles

Notion d'équation différentielle

Les solutions sur $\mathbb{R}$ de l'équation différentielle $y'=x$ sont les fonctions $y(x)$ qui vérifient $y'(x)=x$ pour tout nombre réel x.

Ces solutions sont les primitives de la fonction x, ce sont les fonctions $y(x)=\frac{1}{2}x^2+C$ où C est une constante.

On écrit : $S=\left\{y(x)=\frac{1}{2}x^2+C\ ;\ C\in\mathbb{R}\right\}$, notation de l'ensemble des solutions (ou solution générale) de l'équation différentielle $y'=x$. Chaque solution, correspondant à une valeur particulière de la constante C, est dite une solution particulière de l'équation différentielle.

Équations différentielles du type $y' = ay$ où a est un nombre

Le nombre réel a étant donné, les solutions sur $\mathbb{R}$ de l'équation différentielle $y' = ay$ sont les fonctions $y(x)$ qui vérifient $y'(x) = ay(x)$ pour tout nombre réel x.

La solution générale de l'équation $y' = ay$ est $S = \{y(x) = Ce^{ax} \; ; C \in \mathbb{R}\}$.

Un exemple, l'équation différentielle $y' = -y$ $(a = -1)$

La solution générale	$S = \{y(x) = Ce^{-x} \; ; C \in \mathbb{R}\}$
Des courbes de cette famille de fonctions dans un repère du plan	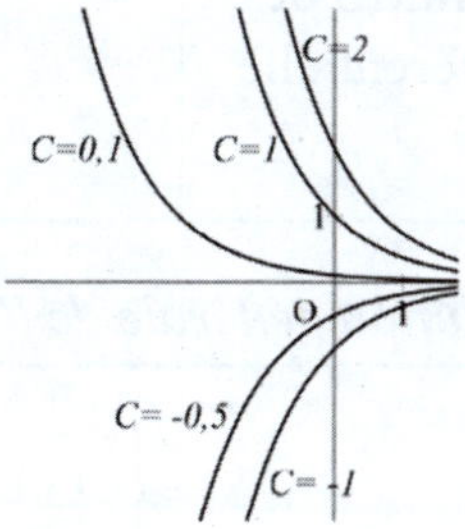
Recherche de la solution particulière qui prend la valeur 2 pour $x = 1$, dont la courbe passe par le point $(1 \; ; 2)$	On cherche la fonction $y(x) = Ce^{-x}$ telle que $y(1) = 2$. Alors, $\begin{cases} y(x) = Ce^{-x} \\ y(1) = 2 \end{cases} \Rightarrow 2 = Ce^{-1} \Leftrightarrow C = \dfrac{2}{e^{-1}} = 2e^{1} = 2e.$ La solution particulière recherchée est : $y(x) = 2ee^{-x} = 2e^{1-x}$.

Équations différentielles du type $y' = ay + b$ où a et b sont des nombres

Les nombres réels a et b étant donnés, les solutions sur $\mathbb{R}$ de l'équation différentielle $y' = ay + b$ sont les fonctions $y(x)$ qui vérifient $y'(x) = ay(x) + b$ pour tout nombre réel x.

Un exemple, la résolution de l'équation différentielle $y' = 2y - 6$

Première étape, la recherche d'une solution particulière constante $y = k$	$y = k \Rightarrow y' = 0$, donc : $y' = 2y - 6 \Leftrightarrow 0 = 2k - 6 \Leftrightarrow k = 3.$ La fonction constante $y(x) = 3$ est une solution particulière de l'équation différentielle $y' = 2y - 6$.

Deuxième étape, on fait un changement d'inconnue : $Y = y - 3$.	$Y = y - 3 \Rightarrow \begin{cases} Y' = y' \\ y = Y + 3 \end{cases}$. Alors $y' = 2y - 6$ $\Leftrightarrow Y' = 2(Y+3) - 6 \Leftrightarrow Y' = 2Y$ La fonction Y est solution de l'équation différentielle $Y' = 2Y$ (type $Y' = aY$), donc Y est du type $Y = Ce^{2x}$ avec $C \in \mathbb{R}$.
Solution générale S de l'équation différentielle $y' = 2y - 6$	$\begin{cases} y = Y + 3 \\ Y = Ce^{2x} \end{cases} \Rightarrow y = Ce^{2x} + 3.$ $\Rightarrow S = \{y(x) = Ce^{2x} + 3\ ;\ C \in \mathbb{R}\}$

La solution générale de l'équation différentielle $y' = ay + b$

$$S = \left\{ y(x) = Ce^{ax} - \frac{b}{a}\ ;\ C \in \mathbb{R} \right\}$$

Énoncés des exercices

* Exercice 1 — 15 min

Donner une primitive de chacune des fonctions suivantes (on ne s'occupe pas des intervalles où ces fonctions sont définies) :

$f(x)=x^3$, $g(x)=6x-3$, $h(x)=\dfrac{1}{x}$ $(x>0)$, $i(x)=\dfrac{x^2}{6}-4x+1$,

$j(x)=\dfrac{1}{x^2}$, $k(x)=\cos(x)+\sin(x)$, $l(x)=e^{-x}$, $m(x)=\dfrac{1}{2x-3}$

(où $2x-3>0$), $n(x)=\dfrac{\ln(x)}{x}$.

* Exercice 2 — 5 min

Montrer que la proposition suivante n'est pas vraie :

« Pour deux fonctions quelconques f et g définies sur $\mathbb{R}$,

une primitive de $(f\times g)=(\text{une primitive de } f)\times(\text{une primitive de } g)$ ».

* Exercice 3 — 15 min

Soient les fonctions f et F définies sur $\mathbb{R}$ par :

$$f(x)=xe^x \text{ et } F(x)=(x-1)e^x.$$

1. Montrer que F est une primitive de f.
2. Donner toutes les primitives de f.
3. Quelle est la primitive G de f qui prend la valeur 2 en 0 ?

* Exercice 4 — 15 min

Les deux questions sont indépendantes.

1. Montrer que $F(x)=\dfrac{2x\sqrt{x}}{3}$ est une primitive de $f(x)=\sqrt{x}$.
2. Déterminer les deux réels a et b tels que $F(x)=(ax+b)e^{2x}$ soit une primitive de $f(x)=xe^{2x}$.

Exercices

* Exercice 5 ⏰ 10 min

Soit la fonction f définie sur $\mathbb{R}$ par $f(x) = xe^{-x}$.

1. Vérifier que, pour tout x, $f(x) = e^{-x} - f'(x)$ où f' est la fonction dérivée de f.
2. Donner une primitive de la fonction e^{-x}.
3. Déduire des deux réponses précédentes une primitive de f.

* Exercice 6 ⏰ 10 min

Les deux questions sont indépendantes.

1. Ci-dessous les représentations graphique dans un repère du plan de deux fonctions f et F définies dans l'intervalle $I = [0\ ;\ 3]$.

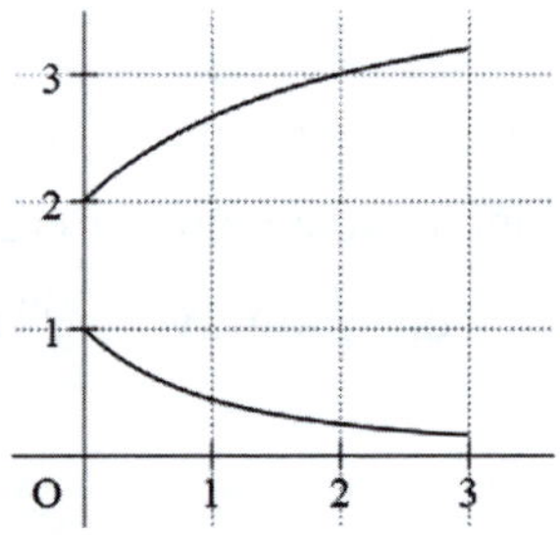

On sait que F est une primitive de f.

Identifier ces courbes ; laquelle pour f, laquelle pour F ? Justifier.

2. Ci-dessous les représentations graphiques C et C' de deux fonctions définies sur $]0\ ;\ +\infty[$. L'une représente une primitive de $\ln(x)$; laquelle ?

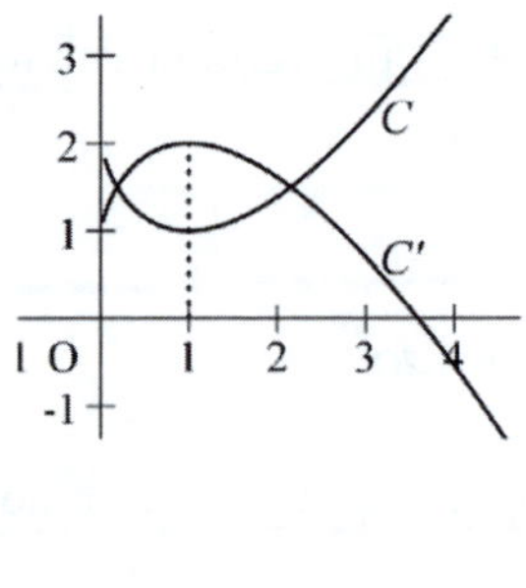

* Exercice 7 ⏰ 10 min

Pour chacune des deux équations différentielles suivantes, donner la solution générale $y(x)$ puis la solution particulière $f(x)$ qui vérifie $f(1) = 0$.

$$y' = 2x + 1 \qquad 2y' - e^{x} = 0$$

* Exercice 8 — 10 min

Pour chacune des deux équations différentielles suivantes, donner la solution générale $y(x)$ puis la solution particulière $f(x)$ qui vérifie $f\left(\frac{\pi}{2}\right)=0$.

$$y'=\sin(x) \qquad 2y'=2\cos(x)-1$$

* Exercice 9 — 10 min

Pour chacune des deux équations différentielles suivantes, donner la solution générale $y(x)$ puis la solution particulière $f(x)$ qui vérifie $f(1)=1$.

$$y'=2y \qquad 2y'+0{,}1y=0$$

* Exercice 10 — 15 min

Pour chacune des deux équations différentielles suivantes, donner la solution générale $y(x)$ puis la solution particulière $f(x)$ qui vérifie $f(0)=1$.

$$y'=2y+4 \qquad y'+y=1$$

* Exercice 11 — 15 min

On considère la fonction tangente définie sur $\left]-\frac{\pi}{2}\,;\,\frac{\pi}{2}\right[$ par $\tan(x)=\frac{\sin(x)}{\cos(x)}$.

Montrer que cette fonction est une solution de l'équation différenticlle $y'=1+y^2$.

* Exercice 12 — 25 min

Question préliminaire : Soit une expression affine $ax+b$ telle que, pour tout $x\in\mathbb{R}$, $ax+b=0$. Montrer (en raisonnant par l'absurde ou autrement) que $a=b=0$.

On se propose de résoudre sur $\mathbb{R}$ l'équation différentielle (E) : $y'+y=x+1$.

1. Déterminer une fonction affine $u(x)=ax+b$ solution de (E).
2. On pose $z=y-x$. Montrer que $y'+y=x+1 \Leftrightarrow z'=-z$.
3. Donner la solution générale de l'équation différentielle $z'=-z$ puis celle de l'équation différentielle $y'+y=x+1$.
4. Déterminer la fonction f telle que : $\begin{cases} f'(x)+f(x)=x+1 \text{ pour tout réel } x \\ f(0)=1 \end{cases}$.

* Exercice 13 — 20 min

On se propose de résoudre, sur $\mathbb{R}$, l'équation différentielle (E) : $y - y' = x^2$.

1. Montrer que la fonction trinôme $T(x) = x^2 + 2x + 2$ est une solution particulière de l'équation différentielle (E).
2. Soit une fonction y solution de (E). On pose $z = y - T$.
   Montrer que $y - y' = x^2 \Leftrightarrow z' = z$.
3. Donner la solution générale de l'équation différentielle $z' = z$ puis celle de l'équation différentielle $y - y' = x^2$.
4. Déterminer la fonction f telle que : $\begin{cases} f(x) - f'(x) = x^2 \text{ pour tout réel } x \\ f(0) = 1 \end{cases}$.

** Exercice 14 — 25 min

On s'intéresse aux batteries des voitures électriques. La charge (énergie restituable) est exprimée en kilowattheure. La capacité d'une batterie est de 22 kWh.

Lors du branchement d'une batterie vide sur une borne de recharge, la charge (en kWh) en fonction du temps t (en heure) est modélisée par une fonction f définie et dérivable sur $[0\ ;+\infty[$, solution de l'équation différentielle : $y' + 0{,}55y = 12{,}1$.

1. Résoudre cette équation différentielle.
2. Justifier que $f(0) = 0$.
   En déduire que, pour tout $t \geq 0$, $f(t) = -22e^{-0{,}55t} + 22$.
3. La durée de demi-charge est le temps nécessaire pour que la batterie soit chargée à 50 %. Résoudre sur l'intervalle $[0\ ;+\infty[$ l'équation $f(t) = 11$ et en déduire la durée d'une demi-charge, exprimée en heure et minute.

** Exercice 15 — 20 min

On se propose de résoudre l'équation différentielle (E) : $y' - 2y = e^{2x}$.

1. Démontrer que la fonction $u(x) = xe^{2x}$ est une solution particulière de (E).
2. On pose $z = y - u$. Montrer que $y' - 2y = e^{2x} \Leftrightarrow z' = 2z$.
3. Donner la solution générale de l'équation différentielle $z' = 2z$ puis celle de l'équation différentielle $y' - 2y = e^{2x}$.
4. Déterminer la fonction f telle que : $\begin{cases} f'(x) - 2f(x) = e^{2x} \text{ pour tout réel } x \\ f(0) = 1 \end{cases}$.
5. La proposition suivante est-elle vraie ou fausse ? Justifier.
   Proposition : « La fonction f est croissante sur $\mathbb{R}$ ».

*** Exercice 16 ⏱ 25 min

Un laboratoire de recherche étudie l'évolution d'une population animale qui semble en voie de disparition. En 2020, une étude est effectuée sur un échantillon de cette population dont l'effectif initial est égal à mille.

Cet échantillon évolue et son effectif, exprimé en milliers d'individus, est donné par une fonction f du temps t (exprimé en années à partir de l'origine 2020). La fonction f est dérivable, strictement positive sur l'intervalle $[0\ ;+\infty[$, et vérifie : $f' = -\frac{1}{20} f(3-\ln(f))$.

1. On pose $g = \ln(f)$. Montrer que :

$$f' = -\frac{1}{20} f(3-\ln(f)) \Leftrightarrow g' = \frac{1}{20} g - \frac{3}{20}.$$

2. Donner la solution générale de l'équation différentielle : $y' = \frac{1}{20} y - \frac{3}{20}$.

3. En déduire qu'il existe une constante C telle que, pour tout t de $[0\ ;+\infty[$,

$$f(t) = \exp\left[C\exp\left(\frac{t}{20}\right)+3\right].$$

4. Déduire de la condition initiale que $f(t) = \exp\left[3-3\exp\left(\frac{t}{20}\right)\right]$.

5. Cette population va-t-elle s'éteindre ?

Contrôle

⏱ 1 h • 20 points

Exercice 1 ⏱ 2 min • 1 points

Dire si chacune des propositions suivantes est Vraie ou Fausse ; sans justification.

Soient deux fonctions f et g définies et dérivables sur un même intervalle I de $\mathbb{R}$.

Proposition 1 « $f = g \Rightarrow f' = g'$ ».

Proposition 2 « $f' = g' \Rightarrow f = g$ ».

Contrôle

Exercice 2

⏱ 10 min • 4 points

Donner une primitive $F(x)$ de chacune des fonctions suivantes.

$$3x^2-6x+1 \qquad 2e^x-\frac{1}{x} \text{ (quand } x>0\text{)}$$

$$e^{-x} \qquad \frac{1}{2x-1} \text{ (quand } 2x-1>0\text{)}$$

Exercice 3

⏱ 10 min • 4 points

Pour chacune des deux équations différentielles suivantes, donner la solution générale $y(x)$ puis la solution particulière $f(x)$ vérifiant $f(1)=2$.

$$y'=-2y \qquad 2y'=6y+3$$

Exercice 4

⏱ 20 min • 6 points

Soit N_0 le nombre de bactéries introduites dans un milieu de culture à l'instant $t=0$ (N_0 étant un nombre strictement positif, exprimé en millions d'individus).

Dans les instants qui suivent, on considère que la vitesse d'accroissement des bactéries est proportionnelle au nombre de bactéries en présence.

Notant $f(t)$ le nombre de bactéries à l'instant t (nombre exprimé en millions d'individus), la fonction f est donc solution de l'équation différentielle $y'=ay$, où a est un nombre strictement positif dépendant des conditions expérimentales.

1. Montrer que $f(t)=N_0e^{at}$ pour tout $t\geq 0$.
2. On note T le temps de doublement de la population bactérienne initiale.

   Démontrer que, pour tout t positif, $f(t)=N_0e^{\frac{t}{T}\ln(2)}$.
3. On sait maintenant que la courbe représentative de f passe par les points de coordonnées $(0\,;1)$ et $(0{,}5\,;2)$. En déduire les valeurs de N_0, T et a.

Contrôle

Exercice 5

⏱ 00 min • 0 points

On désigne par f une fonction dérivable sur $\mathbb{R}$ qui a les trois propriétés suivantes :

$$\begin{cases}(1) \text{ pour tout nombre réel } x,\ [f'(x)]^2-[f(x)]^2=1\\(2)\ f'(0)=1\\(3) \text{ la fonction } f' \text{ est dérivable sur } \mathbb{R}, \text{ de dérivée } f''\end{cases}.$$

1. Calculer $f(0)$.
2. En raisonnant par l'absurde, démontrer que, pour tout nombre x, $f'(x)\neq 0$.

3. Montrer que la dérivée de $(f')^2-(f)^2$ est $2f'(f''-f)$.

En déduire que, pour tout x, $f''(x)=f(x)$.

4. On admet que $f(x)=\dfrac{e^x+e^{-x}}{2}$.

Vérifier que cette fonction a bien les propriétés (1) et (2).

Corrigés exercices

Exercice 1

Fonctions	x^3	$6x-3$	$\frac{1}{x}\ (x>0)$
Une primitive	$\frac{1}{3+1}x^{3+1}=\frac{1}{4}x^4$	$6\times\frac{x^2}{2}-3x=3x^2-3x$	$\ln(x)$

$\frac{x^2}{6}-4x+1$	$\frac{1}{x^2}=x^{-2}$
$\frac{1}{6}\times\frac{1}{3}x^3-4\times\frac{x^2}{2}+x=\frac{x^3}{18}-2x^2+x$	$\frac{1}{-2+1}x^{-2+1}=-x^{-1}=-\frac{1}{x}$

$\cos(x)+\sin(x)$	$e^{-x}=e^{-1x+0}$	$\frac{1}{2x-3}$ $(2x-3>0)$	$\frac{\ln(x)}{x}=\frac{1}{x}\ln(x)$, du type $u'u$
$\sin(x)-\cos(x)$	$\frac{1}{-1}\times e^{-x}=-e^{-x}$	$\frac{1}{2}\ln(2x-3)$	$\frac{1}{2}(\ln(x))^2$

Exercice 2

Donnons un contre-exemple. : $f=1$ et $g=1$.

Pour $f=1$ et $g=1$,

$$\begin{cases}\text{une primitive de } (f\times g)=\text{une primitive de } (1)=x\\ (\text{une primitive de } f)\times(\text{une primitive de } g)=x\times x=x^2\end{cases},$$

ce qui n'est pas pareil.

Corrigés

Exercice 3

1. Il s'agit de montrer que, pour tout x, $F'(x)=f(x)$; il faut dériver F.

En utilisant la formule $(uv)'=u'v+uv'$ avec $\begin{cases} u=x-1 \Rightarrow u'=1 \\ v=e^x \Rightarrow v'=e^x \end{cases}$, on obtient :

$$F'(x)=1e^x+(x-1)e^x=(1+x-1)e^x=xe^x=f(x).$$

Pour tout x, $F'(x)=f(x)$, donc $F'=f$, F est une primitive de f.

2. F étant une primitive de f, toutes les primitives de f sont les fonctions de la forme $F+C$ où C est une constante.

3. On dispose de deux renseignements sur la fonction G :

$$\begin{cases} G \text{ est une primitive de } f \\ G(0)=2 \end{cases} \Leftrightarrow \begin{cases} G=F+C \\ G(0)=2 \end{cases} \Leftrightarrow \begin{cases} \text{Pour tout } x,\ G(x)=F(x)+C \\ G(0)=2 \end{cases}.$$

Donc $G(0)=F(0)+C \Leftrightarrow 2=(0-1)e^0+C \Leftrightarrow 2=-1+C \Leftrightarrow 3=C.$

Pour tout x, $G(x)=F(x)+3=(x-1)e^x+3.$

Exercice 4

1. On doit montrer que, pour tout x, $F'(x)=f(x)$; il faut dériver F.

$$F'(x)=\text{dérivée de}\left(\frac{2x\sqrt{x}}{3}\right)=\frac{2}{3}\times\text{dérivée de}\left(x\sqrt{x}\right)$$

$$=\frac{2}{3}\left(\text{dérivée de}(x)\times\sqrt{x}+x\times\text{dérivée de}\left(\sqrt{x}\right)\right)=\frac{2}{3}\left(1\times\sqrt{x}+x\times\frac{1}{2\sqrt{x}}\right)$$

$$=\frac{2}{3}\left(\sqrt{x}+\frac{x}{2\sqrt{x}}\right)=\frac{2}{3}\left(\sqrt{x}+\frac{\sqrt{x}\sqrt{x}}{2\sqrt{x}}\right)=\frac{2}{3}\left(\sqrt{x}+\frac{\sqrt{x}}{2}\right)=\frac{2}{3}\times\frac{3\sqrt{x}}{2}=\sqrt{x}, \text{CQFD.}$$

2. Premièrement, on dérive F, et, deuxièmement, on s'arrange pour que $F'=f$. Premièrement, $F'(x)=ae^{2x}+(ax+b)2e^{2x}$ car $(uv)'=u'v+uv'$ et, aussi, parce que car la dérivée de e^{2x} est $2e^{2x}$ par la formule $(e^u)'=u'e^u$. Donc :

$F'(x)=(a+2(ax+b))e^{2x}=(2ax+a+2b)e^{2x}.$

Deuxièmement, $F'(x)=(2ax+a+2b)e^{2x}$ doit coïncider avec :

$$f(x)=xe^{2x}=(1x+0)e^{2x}.$$

Il faut et il suffit : $\begin{cases} 2a=1 \\ a+2b=0 \end{cases} \Leftrightarrow \begin{cases} a=1/2 \\ b=-a/2 \end{cases} \Leftrightarrow \begin{cases} a=1/2 \\ b=-1/4 \end{cases}.$

$F(x)=\left(\frac{1}{2}x-\frac{1}{4}\right)e^{2x}$ est une primitive de $f(x)=xe^{2x}$.

Corrigés

Exercice 5

1. On calcule $f'(x)$ grâce aux deux formules de dérivation :

$$\begin{cases} (e^u)' = u'e^u \text{ avec } u = -x \Rightarrow u' = -1 \\ (uv)' = u'v + uv' \text{ avec } \begin{cases} u = x \Rightarrow u' = 1 \\ v = e^{-x} \Rightarrow v' = -e^{-x} \end{cases} \end{cases}.$$

Donc $f'(x) = 1e^{-x} + x(-1e^{-x}) = e^{-x} - xe^{-x}$.

On reconnaît $f(x)$ dans xe^{-x}.

Donc, pour tout x, $f'(x) = e^{-x} - xe^{-x} = e^{-x} - f(x) \Rightarrow f(x) = e^{-x} - f'(x)$.

2.

Une primitive de e^{ax+b} est $\frac{1}{a}e^{ax+b}$.
Donc une primitive de $e^{-x} = e^{-1x+0}$ est $\frac{1}{-1}e^{-1x+0} = -e^{-x}$.

3. Remarquons, avec bon sens, que si f' est la dérivée de f, alors f est une primitive de f'.

Pour tout x, $f(x) = e^{-x} - f'(x)$.
Donc, par la propriété de linéarité des primitives,
une primitive de f = une primitive de e^{-x} − une primitive de f'
$\Rightarrow$ une primitive de f = $-e^{-x}$ − $f(x) = -e^{-x} - xe^{-x} = (-1-x)e^{-x}$.

Exercice 6

1. Puisque $F' = f$, le signe de f est indicateur des variations de F.

Les deux courbes sont courbes de fonctions positives puisqu'elles sont situées au-dessus de l'axe des abscisses. Donc, f étant positive, F est croissante ; sa courbe monte de gauche à droite.

La courbe de F est celle qui monte de gauche à droite, la courbe de f est l'autre.

2. Nommons F une primitive quelconque de $\ln(x)$. Pour tout $x > 0$, $F'(x) = \ln(x)$, donc le signe de $\ln(x)$ indique les variations de F.

Sur $]0\,;\,1]$, $\ln(x) < 0 \Rightarrow F$ décroissante. Et sur $[1\,;\,+\infty[$, $\ln(x) > 0 \Rightarrow F$ croissante.

La courbe cherchée descend sur $]0\,;\,1]$, puis monte sur $[1\,;\,+\infty[$; on la voit bien, c'est C.

Corrigés

Exercice 7

- $y' = 2x+1 \Leftrightarrow$ la fonction y est une primitive de $2x+1$.

  Donc la solution générale de l'équation différentielle $y' = 2x+1$ est :

$$S = \{y(x) = \text{les primitives de } (2x+1)\}.$$

  Or, une primitive de $2x+1$ est x^2+x, donc toutes les primitives de $2x+1$ sont les fonctions $y(x) = x^2+x+C$ où C est une constante quelconque.

Pour l'équation différentielle $y' = 2x+1$, la solution générale est $S = \{y(x) = x^2+x+C \; ; \; C \in \mathbb{R}\}$, et la solution particulière telle que $f(1) = 0$ est $f(x) = x^2+x-2$, évidemment (?).

- $2y' - e^x = 0 \Leftrightarrow y' = \dfrac{e^x}{2} \Leftrightarrow$ la fonction y est une primitive de $\dfrac{e^x}{2}$.

  Donc la solution générale de l'équation différentielle $2y' - e^x = 0$ est :

$$S = \left\{y(x) = \text{les primitives de } \frac{e^x}{2}\right\}.$$

  Or, une primitive de $\dfrac{e^x}{2}$ est elle-même, $\dfrac{e^x}{2}$, donc toutes les primitives de $\dfrac{e^x}{2}$ sont les fonctions $y(x) = \dfrac{e^x}{2} + C$ où C est une constante quelconque.

Pour l'équation différentielle $2y' - e^x = 0$, la solution générale est $S = \left\{y(x) = \dfrac{e^x}{2} + C \; ; \; C \in \mathbb{R}\right\}$, et la solution particulière telle que $f(1) = 0$ est $f(x) = \dfrac{e^x}{2} - \dfrac{e}{2}$.

Exercice 8

- C'est pareil qu'à l'exercice précédent.

Pour l'équation différentielle $y' = \sin(x)$, la solution générale est $S = \{y(x) = -\cos(x) + C \; ; \; C \in \mathbb{R}\}$, et la solution particulière telle que $f\left(\dfrac{\pi}{2}\right) = 0$ est $f(x) = -\cos(x)$ $(C = 0)$.

- $2y' = 2\cos(x) - 1 \Leftrightarrow y' = \cos(x) - \dfrac{1}{2}$.

  C'est ensuite pareil qu'à l'exercice précédent.

Corrigés

Pour l'équation différentielle $2y'=2\cos(x)-1$, la solution générale est $S=\left\{y(x)=\sin(x)-\dfrac{x}{2}+C\ ;\ C\in\mathbb{R}\right\}$, et la solution particulière telle que $f\left(\dfrac{\pi}{2}\right)=0$ est $f(x)=\sin(x)-\dfrac{x}{2}-1+\dfrac{\pi}{4}$ $\left(C=-1+\dfrac{\pi}{4}\right)$.

Exercice 9

- On utilise le cours : la solution générale de l'équation $y'=ay$ est :

$$S=\left\{y(x)=Ce^{ax}\ ;\ C\in\mathbb{R}\right\}.$$

La solution générale de l'équation $y'=2y$ est : $S=\left\{y(x)=Ce^{2x}\ ;\ C\in\mathbb{R}\right\}$.

Et la solution particulière telle que $f(1)=1$ doit vérifier

$Ce^{2\times 1}=1 \Leftrightarrow C=\dfrac{1}{e^2}=e^{-2}$; donc $f(x)=e^{-2}e^{2x}=e^{-2+2x}$.

- $2y'+0{,}1y=0 \Leftrightarrow y'=-\dfrac{0{,}1y}{2} \Leftrightarrow y'=-0{,}05y.$

La solution générale de l'équation $2y'+0{,}1y=0$ est :

$$S=\left\{y(x)=Ce^{-0{,}05x}\ ;\ C\in\mathbb{R}\right\}.$$

Et la solution particulière telle que $f(1)=1$ doit vérifier

$Ce^{-0{,}05\times 1}=1 \Leftrightarrow C=\dfrac{1}{e^{-0{,}05}}=e^{0{,}05}$; donc $f(x)=e^{0{,}05}e^{-0{,}05x}=e^{0{,}05-0{,}05x}$.

Exercice 10

- On utilise le cours : la solution générale de l'équation $y'=ay+b$ est :

$$S=\left\{y(x)=Ce^{ax}-\frac{b}{a}\ ;\ C\in\mathbb{R}\right\}.$$

La solution générale de l'équation $y'=2y+4$ est :

$$S=\left\{y(x)=Ce^{2x}-\frac{4}{2}=Ce^{2x}-2\ ;\ C\in\mathbb{R}\right\}.$$

Et la solution particulière telle que $f(0)=1$ doit vérifier

$Ce^{2\times 0}-2=1 \Leftrightarrow C=3$; donc $f(x)=3e^{2x}-2$.

- $y'+y=1 \Leftrightarrow y'=-y-1$.

La solution générale de l'équation $y'+y=1$ est : $$S=\left\{y(x)=Ce^{-x}-\frac{-1}{-1}=Ce^{-x}-1\ ;\ C\in\mathbb{R}\right\}.$$ Et la solution particulière telle que $f(0)=1$ doit vérifier $Ce^{-0}-1=1 \Leftrightarrow C=2$; donc $f(x)=2e^{-x}-1$.

Exercice 11

Il s'agit de montrer que $\tan'(x)=1+(\tan(x))^2$, que les deux membres de cette égalité sont identiques.

- *Expression de $\tan'(x)$*

  Pour dériver la fonction tangente, on utilise la formule de dérivation $\left(\frac{u}{v}\right)'=\frac{u'v-uv'}{v^2}$ avec $\begin{cases} u=\sin(x) \Rightarrow u'=\cos(x) \\ v=\cos(x) \Rightarrow v'=-\sin(x) \end{cases}$.

  Donc $\tan'(x)=\dfrac{\cos(x)\cos(x)-\sin(x)(-\sin(x))}{(\cos(x))^2}=\dfrac{(\cos(x))^2+(\sin(x))^2}{(\cos(x))^2}$

  $\Rightarrow\ \tan'(x)=\dfrac{1}{(\cos(x))^2}$ car, pour tout x, $(\cos(x))^2+(\sin(x))^2=1$.

- *Expression de $1+(\tan(x))^2$*

  $$1+(\tan(x))^2=1+\left(\frac{\sin(x)}{\cos(x)}\right)^2=1+\frac{(\sin(x))^2}{(\cos(x))^2}=\frac{(\cos(x))^2+(\sin(x))^2}{(\cos(x))^2}$$

  $\Rightarrow\ 1+(\tan(x))^2=\dfrac{1}{(\cos(x))^2}$.

Pour tout $x\in\left]-\frac{\pi}{2}\ ;\ \frac{\pi}{2}\right[$, $$\begin{cases} \tan'(x)=\dfrac{1}{(\cos(x))^2} \\ 1+(\tan(x))^2=\dfrac{1}{(\cos(x))^2} \end{cases} \Rightarrow \tan'(x)=1+(\tan(x))^2$$; autrement dit la fonction tangente est une solution de l'équation différentielle $y'=1+y^2$.

Corrigés

Exercice 12

Question préliminaire

La donnée de l'exercice, c'est que l'équation $ax+b=0$ admet une infinité de solutions : tous les nombres réels.

Raisonnons par l'absurde. Supposons $a\neq 0$. Alors $ax+b=0 \Leftrightarrow x=-\dfrac{b}{a}$ puisque, si $a\neq 0$, on est en droit de diviser par *a*. Alors l'équation $ax+b=0$ admet une seule solution, $x=-\dfrac{b}{a}$, pas une infinité. C'est absurde ! Donc $a=0$.

Ensuite, si $a=0$, alors $ax+b=0 \Rightarrow b=0$.

Si $ax+b=0$ pour tout $x\in\mathbb{R}$, alors $a=b=0$.

1. Cette fonction affine *u*, $u(x)=ax+b$, est solution de (E) si et seulement si, pour tout $x\in\mathbb{R}$,

$u'(x)+u(x)=x+1 \;\Leftrightarrow\; a+ax+b=x+1 \;\Leftrightarrow\; (a-1)x+a+b-1=0.$

D'après la *question préliminaire*, $\begin{cases} a-1=0 \\ a+b-1=0 \end{cases} \Leftrightarrow \begin{cases} a=1 \\ b=0 \end{cases}$.

La fonction affine *u*, $u(x)=x$ est une solution de l'équation différentielle $y'+y=x+1$.

2. $z=y-x \Rightarrow \begin{cases} y=z+x \\ y'=z'+1 \end{cases}$.

Donc $y'+y=x+1 \;\Leftrightarrow\; z'+1+z+x=x+1 \;\Leftrightarrow\; z'=-z.$

3.

La solution générale de l'équation $z'=-z$ est : $\{z(x)=Ce^{-x}\ ;\ C\in\mathbb{R}\}$ puisqu'on a affaire à une équation différentielle du genre $y'=ay$. Puis, $y'+y=x+1 \Leftrightarrow y=z+x$, donc la solution générale de l'équation différentielle $y'+y=x+1$ est : $S=\{y(x)=z(x)+x=Ce^{-x}+x\ ;\ C\in\mathbb{R}\}$.

4. On doit déterminer la solution particulière *f* de l'équation différentielle $y'+y=x+1$ qui prend la valeur 1 en 0.

$\begin{cases} f\in S \\ f(0)=1 \end{cases} \Leftrightarrow \begin{cases} \text{pour tout } x\in\mathbb{R},\ f(x)=Ce^{-x}+x \\ f(0)=1 \end{cases}$. Donc $f(0)=Ce^{-0}+0=1 \Rightarrow C=1$. Finalement, pour tout $x\in\mathbb{R}$, $f(x)=e^{-x}+x$.

Corrigés

Exercice 13

1. Il s'agit de montrer que, pour tout $x \in \mathbb{R}$, $T(x) - T'(x) = x^2$.

> Pour tout $x \in \mathbb{R}$, $T(x) = x^2 + 2x + 2 \Rightarrow T'(x) = 2x + 2 \Rightarrow$
> $T(x) - T'(x) = (x^2 + 2x + 2) - (2x + 2) \Rightarrow T(x) - T'(x) = x^2$;
> autrement dit, la fonction T est une solution particulière de (E).

2. $z = y - T \Rightarrow \begin{cases} y = z + T \\ y' = z' + T' \end{cases}$.

Donc $y - y' = x^2 \Leftrightarrow z + T - z' - T' = x^2 \underset{T - T' = x^2}{\Leftrightarrow} z - z' = 0 \Leftrightarrow z = z'$.

3.

> La solution générale de l'équation $z' = z$ est : $\{z(x) = Ce^x ; C \in \mathbb{R}\}$ puisqu'on a affaire à une équation différentielle du genre $y' = ay$.
>
> Puis, $y - y' = x^2 \Leftrightarrow y = z + T$, donc la solution générale de l'équation différentielle $y - y' = x^2$ est :
>
> $$S = \{y(x) = z(x) + T(x) = Ce^x + x^2 + 2x + 2 ; C \in \mathbb{R}\}.$$

4. On doit déterminer la solution particulière f de l'équation différentielle $y - y' = x^2$ qui prend la valeur 1 en 0.

> $\begin{cases} f \in S \\ f(0) = 1 \end{cases} \Leftrightarrow \begin{cases} \text{pour tout } x \in \mathbb{R}, f(x) = Ce^x + x^2 + 2x + 2 \\ f(0) = 1 \end{cases}$.
>
> Donc $f(0) = Ce^0 + 0^2 + 2 \times 0 + 2 = 1 \Rightarrow C = -1$.
>
> Finalement, pour tout $x \in \mathbb{R}$, $f(x) = -e^x + x^2 + 2x + 2$.

Exercice 14

1. $y' + 0{,}55y = 12{,}1 \Leftrightarrow y' = -0{,}55y + 12{,}1$.

Or, d'après le cours : la solution générale de l'équation $y' = ay + b$ est $S = \left\{y(x) = Ce^{at} - \frac{b}{a} ; C \in \mathbb{R}\right\}$, la variable étant notée t.

> La solution générale de l'équation $y' + 0{,}55y = 12{,}1$ est :
>
> $$S = \left\{y(x) = Ce^{-0{,}55t} - \frac{12{,}1}{-0{,}55} = Ce^{-0{,}55t} + 22 ; C \in \mathbb{R}\right\}.$$

2. $f(0) = 0$ car la batterie est vide au départ.

La fonction f est la solution particulière de l'équation différentielle $y' + 0{,}55y = 12{,}1$ qui prend la valeur 0 en 0.

Corrigés

$$\begin{cases} f \in S \\ f(0)=0 \end{cases} \Leftrightarrow \begin{cases} \text{pour tout } t \geq 0, f(t)=Ce^{-0,55t}+22 \\ f(0)=0 \end{cases}.$$

Donc $f(0)=Ce^{-0,55\times 0}+22=0 \Rightarrow C=-22$.

Finalement, pour tout $t \geq 0$, $f(t)=-22e^{-0,55t}+22$.

3. Une demi-charge, c'est $\dfrac{22}{2}=11$ kWh.

$$f(t)=11 \Leftrightarrow -22e^{-0,55t}+22=11 \Leftrightarrow e^{-0,55t}=0,5 \Leftrightarrow -0,55t=\ln(0,5)$$

puisque $e^a=b \Leftrightarrow a=\ln(b)$ quand b est strictement positif.

Donc $f(t)=11 \Leftrightarrow t=\dfrac{\ln(0,5)}{-0,55}$.

La durée d'une demi-charge, c'est $t=\dfrac{\ln(0,5)}{-0,55}$ heures.

Et $t=\dfrac{\ln(0,5)}{-0,55}=1,26...$ heures $\approx$ 1 heure 16 minutes à la minute près.

Exercice 15

1. Il s'agit de montrer que, pour tout $x \in \mathbb{R}$, $u'(x)-2u(x)=e^{2x}$.

Or $u'(x)=1\times e^{2x}+x\times 2e^{2x}=e^{2x}+2xe^{2x}$ car :

$$\begin{cases} (e^f)'=f'e^f \text{ avec } f=2x \Rightarrow \text{la dérivée de } e^{2x} \text{ est } 2e^{2x} \\ (fg)'=f'g+fg' \end{cases}.$$

Pour tout $x \in \mathbb{R}$, $u'(x)-2u(x)=e^{2x}+2xe^{2x}-2xe^{2x}=e^{2x}$; autrement dit, la fonction u est une solution particulière de (E).

2. $z=y-u \Rightarrow \begin{cases} y=z+u \\ y'=z'+u' \end{cases}$. Donc $y'-2y=e^{2x} \Leftrightarrow z'+u'-2z-2u=e^{2x}$

$$\underset{u'-2u=e^{2x}}{\Leftrightarrow} z'-2z=0 \Leftrightarrow z'=2z.$$

3.

La solution générale de l'équation $z'=2z$ est : $\{z(x)=Ce^{2x} ; C \in \mathbb{R}\}$ puisqu'on a affaire à une équation différentielle du genre $y'=ay$.

Puis, $y'-2y=e^{2x} \Leftrightarrow y=z+u$, donc la solution générale de l'équation différentielle $y'-2y=e^{2x}$ est :

$$S=\{y(x)=z(x)+u(x)=Ce^{2x}+xe^{2x} ; C \in \mathbb{R}\}.$$

Corrigés

4. On doit déterminer la solution particulière f de l'équation différentielle $y'-2y=e^{2x}$ qui prend la valeur 1 en 0.

$$\begin{cases} f\in S \\ f(0)=1 \end{cases} \Leftrightarrow \begin{cases} \text{pour tout } x\in\mathbb{R}\text{ , } f(x)=Ce^{2x}+xe^{2x} \\ f(0)=1 \end{cases}.$$

Donc $f(0)=Ce^{2\times 0}+0e^{2\times 0}=1 \Rightarrow C=1.$

Finalement, pour tout $x\in\mathbb{R}$, $f(x)=e^{2x}+xe^{2x}$.

5. Déterminons la fonction dérivée de f :

$f(x)=e^{2x}+xe^{2x} \Rightarrow f'(x)=e^{2x}+e^{2x}+2xe^{2x}$ (calculs déjà expliqués), donc :

$$f'(x)=2(x+1)e^{2x}.$$

Le nombre 2 et la fonction exponentielle étant strictement positifs, le signe de $f'(x)$ est identique au signe de $(x+1)$. En particulier $f'(x)<0 \Leftrightarrow x<-1$.

Sur $]-\infty\ ;\ -1[$, $f'<0 \Rightarrow f$ décroissante.

La proposition est fausse.

Exercice 16

1. Si $g=\ln(f)$, alors $f=e^g$ et $f'=g'e^g$.

Donc $f'=-\frac{1}{20}f(3-\ln(f)) \Leftrightarrow g'e^g=-\frac{1}{20}e^g(3-g)$.

On simplifie en divisant chaque membre de l'égalité par $e^g\neq 0$:

$$f'=-\frac{1}{20}f(3-\ln(f)) \Leftrightarrow g'=-\frac{1}{20}(3-g) \Leftrightarrow g'=\frac{1}{20}g-\frac{3}{20}.$$

2. On sait que la solution générale d'une équation différentielle $y'=ay+b$ est $S=\left\{y(x)=Ce^{ax}-\frac{b}{a}\ ;\ C\in\mathbb{R}\right\}$. Ici $a=\frac{1}{20}$ et $b=-\frac{3}{20}$.

La solution générale de l'équation différentielle : $y'=\frac{1}{20}y-\frac{3}{20}$ est :

$$S=\left\{y(t)=Ce^{\frac{1}{20}t}-\frac{-3/20}{1/20}\ ;\ C\in\mathbb{R}\right\}==\left\{y(t)=Ce^{\frac{t}{20}}+3\ ;\ C\in\mathbb{R}\right\}.$$

3. En posant $g=\ln(f)\Leftrightarrow f=e^g$, on sait que $g\in S$, donc qu'il existe une constante C telle que, pour tout $t\geq 0$, $g(t)=Ce^{\frac{t}{20}}+3$.

Corrigés

$$\text{Pour tout } t \geq 0,\ g(t) = Ce^{\frac{t}{20}} + 3$$

$$\underset{f=e^g}{\Rightarrow}\ f(t) = \exp\left[C\exp\left(\frac{t}{20}\right) + 3\right].$$

4. La condition initiale est $f(0) = 1$ (population de 1000 initialement).

$$\begin{cases} \text{pour tout } t \geq 0,\ f(t) = \exp\left[C\exp\left(\frac{t}{20}\right) + 3\right] \\ f(0) = 1 \end{cases}$$

$$\Rightarrow f(0) = \exp\left[C\exp\left(\frac{0}{20}\right) + 3\right] = 1 \Rightarrow \exp[C+3] = 1$$

$$\Rightarrow C + 3 = \ln(1) = 0 \Rightarrow C = -3.$$

$$\text{Donc, pour tout } t \geq 0,\ f(t) = \exp\left[3 - 3\exp\left(\frac{t}{20}\right)\right].$$

5. Cette population va s'éteindre si $\lim\limits_{t\to+\infty} f(t) = 0$.

$$\lim_{t\to+\infty}\left(\frac{t}{20}\right) = +\infty \Rightarrow \lim_{t\to+\infty}\exp\left(\frac{t}{20}\right) = +\infty$$

$$\Rightarrow \lim_{t\to+\infty}\left(3 - 3\exp\left(\frac{t}{20}\right)\right) = -\infty \Rightarrow \lim_{t\to+\infty} f(t) = 0\ ;$$

cette population va s'éteindre.

Corrigés contrôle

Exercice 1

La proposition 1 est vraie, la proposition 2 est fausse.

Exercice 2

- $F(x) = 3 \times$ primitive de $(x^2) - 6 \times$ primitive de $(x) +$ primitive de (1), grâce à la propriété de linéarité des primitives.

  Donc $F(x) = 3 \times \frac{x^3}{3} - 6 \times \frac{x^2}{2} + x = x^3 - 3x^2 + x.$

- $F(x) = 2 \times$ primitive de $(e^x) -$ primitive de $\left(\frac{1}{x}\right) = 2e^x + \ln(x).$

Corrigés

- Une primitive de e^{ax+b} est $\frac{1}{a}e^{ax+b}$. Ici, $a=-1$ et $b=0$.

  Donc $F(x)=\frac{1}{-1}e^{-x}=-e^{-x}$.

- Une primitive de $\frac{1}{ax+b}$, quand $ax+b>0$, est $\frac{1}{a}\ln(ax+b)$. Ici, $a=2$ et $b=-1$.

  Donc $F(x)=\frac{1}{2}\ln(2x-1)$.

Exercice 3

- On sait que la solution générale d'une équation différentielle $y'=ay$ est $S=\{y(x)=Ce^{ax}\ ;\ C\in\mathbb{R}\}$. Ici $a=-2$.

La solution générale de l'équation différentielle : $y'=-2y$ est : $S=\{y(x)=Ce^{-2x}\}$.

Ensuite, on cherche la solution particulière f qui prend la valeur 2 en 1.

$$\begin{cases} f\in S \\ f(1)=2 \end{cases} \Leftrightarrow \begin{cases} \text{pour tout } x\in\mathbb{R},\ f(x)=Ce^{-2x} \\ f(1)=2 \end{cases}.$$

Donc $f(1)=Ce^{2\times 1}=2 \Rightarrow C=\frac{2}{e^2}=2e^{-2}$.

Finalement, pour tout $x\in\mathbb{R}$, $f(x)=2e^{-2}e^{-2x}=2e^{-2-2x}$.

- $2y'=6y+3 \Leftrightarrow y'=3y+1{,}5$.

  On sait que la solution générale d'une équation différentielle $y'=ay+b$ est $S=\left\{y(x)=Ce^{ax}-\frac{b}{a}\ ;\ C\in\mathbb{R}\right\}$. Ici $a=3$ et $b=1{,}5$.

La solution générale de l'équation différentielle : $2y'=6y+3$ est : $S=\left\{y(x)=Ce^{3x}-\frac{1{,}5}{3}\ ;\ C\in\mathbb{R}\right\}=\{y(x)=Ce^{3x}-0{,}5\ ;\ C\in\mathbb{R}\}$

Ensuite, on cherche la solution particulière f qui prend la valeur 2 en 1.

$$\begin{cases} f\in S \\ f(1)=2 \end{cases} \Leftrightarrow \begin{cases} \text{pour tout } x\in\mathbb{R},\ f(x)=Ce^{3x}-0{,}5 \\ f(1)=2 \end{cases}.$$

Donc $f(1)=Ce^{3\times 1}-0{,}5=2 \Rightarrow C=\frac{2{,}5}{e^3}=2{,}5e^{-3}$.

Finalement, pour tout $x\in\mathbb{R}$, $f(x)=2{,}5e^{-3}e^{3x}-0{,}5=2{,}5e^{-3+3x}-0{,}5$.

Exercice 4

1. La fonction f étant une solution de l'équation différentielle $y' = ay$, on sait qu'il existe une constante C telle que $f(t) = Ce^{at}$ pour tout $t \geq 0$.

On sait aussi que $f(0) = N_0$ (condition initiale), donc $Ce^{a\times 0} = N_0 \Leftrightarrow C = N_0$.

$$\begin{cases} \text{Pour tout } t \geq 0,\ f(t) = Ce^{at} \\ f(0) = N_0 \end{cases} \Leftrightarrow \text{ pour tout } t \geq 0,\ f(t) = N_0 e^{at}.$$

2. Dans la réponse demandée, on voit que a a disparu et que T est apparu ; il s'agit donc de trouver a en fonction de T.

T étant le temps de doublement de la population bactérienne initiale, on a :

$$f(T) = 2f(0) \Leftrightarrow N_0 e^{aT} = 2N_0 \Leftrightarrow e^{aT} = 2 \Leftrightarrow aT = \ln(2) \Leftrightarrow a = \frac{\ln(2)}{T}.$$

$$a = \frac{\ln(2)}{T} \Rightarrow f(t) = N_0 e^{at} = N_0 e^{\frac{\ln(2)}{T}t} = N_0 e^{\frac{t}{T}\ln(2)}.$$

3. Les données : $f(0) = 1$ et $f(0{,}5) = 2$.

$\begin{cases} f(0) = 1 \\ f(0{,}5) = 2 \end{cases} \Leftrightarrow \begin{cases} N_0 e^{\frac{0}{T}\ln(2)} = 1 \\ N_0 e^{\frac{0{,}5}{T}\ln(2)} = 2 \end{cases}$. La première équation donne $N_0 = 1$.

Alors la deuxième équation s'écrit $e^{\frac{0{,}5}{T}\ln(2)} = 2 \Leftrightarrow \frac{0{,}5}{T}\ln(2) = \ln(2)$ puisque $e^a = b \Rightarrow a = \ln(b)$ quand $b > 0$; donc $T = 0{,}5$.

$$N_0 = 1,\ T = 0{,}5 \text{ et } a = \frac{\ln(2)}{T} = \frac{\ln(2)}{0{,}5} = 2\ln(2).$$

Exercice 5

1. Dans (1), on choisit $x = 0$: $[f'(0)]^2 - [f(0)]^2 = 1$.

Mais $f'(0) = 1$. Donc $1^2 - [f(0)]^2 = 1 \Leftrightarrow [f(0)]^2 = 0 \Leftrightarrow f(0) = 0$.

$$f(0) = 0$$

2. Raisonnons par l'absurde, supposons qu'il existe un $x \in \mathbb{R}$ tel que $f'(x) = 0$. Alors (1) donne, pour ce x, $0^2 - [f(x)]^2 = 1 \Leftrightarrow [f(x)]^2 = -1$; c'est impossible, absurde, le carré d'un nombre réel ne peut être strictement négatif.

Supposer $f'(x) = 0$ mène à une absurdité, donc, pour tout x, $f'(x) \neq 0$.

Corrigés

3. Sachant que la dérivée de u^2 est égale à $2uu'$, la dérivée de $(f)^2$ est $2ff'$ et la dérivée de $(f')^2$ est $2f'(f')' = 2f'f''$.

La dérivée de $\left[(f')^2 - (f)^2\right]$ est $2f'f'' - 2ff' = 2f'(f'' - f)$.

Mais, d'un autre côté, l'égalité (1) donne $(f')^2 - (f)^2 = 1$, et donc la dérivée de $(f')^2 - (f)^2$, c'est-à-dire de la constante 1, vaut 0.

Donc $\begin{cases} \text{la dérivée de } (f')^2 - f^2 = 2f'(f'' - f) \\ \text{la dérivée de } (f')^2 - f^2 = 0 \end{cases} \Rightarrow 2f'(f'' - f) = 0.$

C'est-à-dire que $2f'(f'' - f)$ est la fonction nulle.

Pour tout x, $2f'(x)\left(f''(x) - f(x)\right) = 0$. Or un produit est nul si et seulement si l'un des facteurs est nul. Mais 2 n'est pas nul ni $f'(x)$. C'est donc $\left(f''(x) - f(x)\right)$ qui vaut 0. Finalement, pour tout x, $f''(x) = f(x)$.

4. ▪ *Vérification de (1)*

Sachant que la dérivée de e^{-x} est $-e^x$, on a : $f'(x) = \dfrac{e^x - e^{-x}}{2}$.

Alors, pour tout x, $[f'(x)]^2 - [f(x)]^2 = \left(\dfrac{e^x - e^{-x}}{2}\right)^2 - \left(\dfrac{e^x + e^{-x}}{2}\right)^2$

$= \dfrac{(e^x - e^{-x})^2}{4} - \dfrac{(e^x + e^{-x})^2}{4}$

$= \dfrac{(e^x)^2 - 2e^x e^{-x} + (e^{-x})^2}{4} - \dfrac{(e^x)^2 + 2e^x e^{-x} + (e^{-x})^2}{4}$

$= \dfrac{e^{2x} - 2 + e^{-2x}}{4} - \dfrac{e^{2x} + 2 + e^{-2x}}{4}$ car, en particulier, $e^x e^{-x} = e^{x-x} = e^0 = 1$.

Donc $[f'(x)]^2 - [f(x)]^2 = \dfrac{(e^{2x} - 2 + e^{-2x}) - (e^{2x} + 2 + e^{-2x})}{4} = \dfrac{4}{4} = 1$, ce qu'il fallait trouver.

▪ *Vérification de (2)*

$f'(x) = \dfrac{e^x - e^{-x}}{2} \Rightarrow f'(0) = \dfrac{e^0 - e^{-0}}{2} = \dfrac{1-1}{2} = 0$, ce qu'il fallait trouver.

Corrigés

6 Les intégrales des fonctions

Le plan, où sont tracées les représentations graphiques des fonctions, est muni d'un repère orthogonal (axes perpendiculaires) d'origine O.

1. Les intégrales, définitions

Intégrales des fonctions continues et positives

Soit f une fonction définie, continue, positive sur un intervalle $[a\ ;\ b]$. Alors l'aire « sous la courbe » de f sur $[a\ ;\ b]$ est notée $\int_a^b f(x)\,dx$; on dit : l'intégrale de a à b de $f(x)\,dx$.

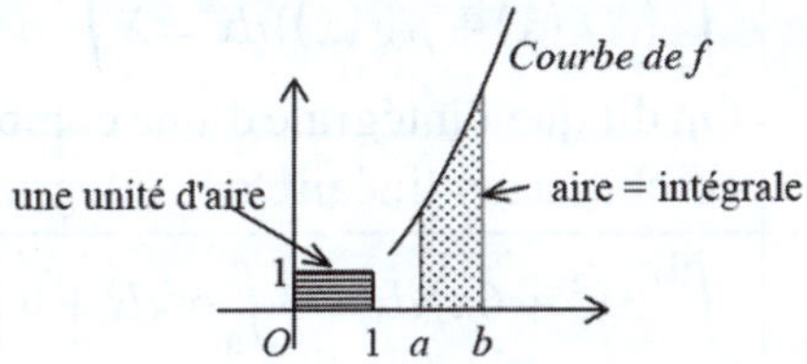

Cette aire est comptée en unités d'aire (ua). Une unité d'aire est l'aire du rectangle de 1 sur 1 indiqué sur le dessin :

$$1 \text{ ua} = (\text{une unité de l'axe des } x) \times (\text{une unité de l'axe des } y).$$

Intégrales de toutes les fonctions continues

Soit f une fonction définie, continue, de signe quelconque sur un intervalle $[a\ ;\ b]$. Soit le domaine D délimité par la courbe de f, l'axe des abscisses et les droites d'équations $x = a$ et $x = b$.

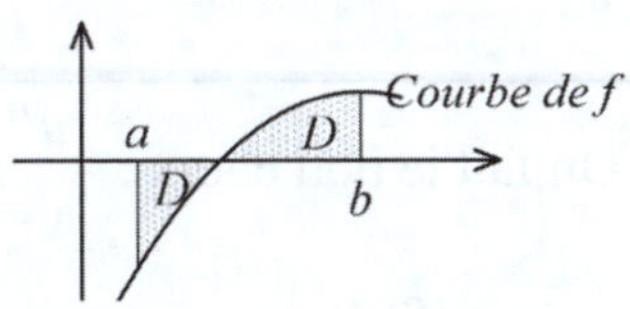

L'aire algébrique du domaine D (en unités d'aire) est notée $\int_a^b f(x)\,dx$.

« Aire algébrique » signifie que l'aire de la partie de D située en-dessous de l'axe des abscisses sera négative, que l'aire de la partie de D située au-dessus de l'axe des abscisses sera positive, et que l'aire de D tout entier sera positive ou négative selon la partie qui l'emporte.

Résumés de cours

Résumés de cours

2. Calculer une intégrale

Quand on connaît une primitive de la fonction *f*

Si F est une primitive de la fonction f ($F'=f$), $$\int_a^b f(x)dx = F(b)-F(a).$$

Il est commode d'écrire : $\int_a^b f(x)dx = [F(x)]_a^b = F(b)-F(a)$.

Quand on ne connaît pas de primitive de la fonction *f*, la linéarité

Définition d'une combinaison linéaire de fonctions	Pour f, g deux fonctions et λ, μ deux réels, la fonction $\lambda f+\mu g$ s'appelle une combinaison linéaire des fonctions f et g.
La propriété de linéarité de l'intégrale	$\int_a^b (\lambda f(x)+\mu g(x))dx = \lambda\int_a^b f(x)dx + \mu\int_a^b g(x)dx$ On dit que l'intégrale d'une combinaison linéaire est la combinaison linéaire des intégrales.
Exemple	$\int_0^1 (3x^2+6x)dx = 3\int_0^1 x^2dx + 6\int_0^1 xdx$ $= 3\left[\frac{x^3}{3}\right]_0^1 + 6\left[\frac{x^2}{2}\right]_0^1 = 3\left(\frac{1^3}{3}-\frac{0^3}{3}\right)+6\left(\frac{1^2}{2}-\frac{0^2}{2}\right) = 4$ ua.

Quand on ne connaît pas de primitive de la fonction *f*, l'intégration par parties

De la formule de dérivation d'un produit de deux fonctions u et v : $(uv)' = u'v+uv'$, on déduit la formule d'intégration par parties.

La formule d'intégration par parties	$\int_a^b u'(x)v(x)dx = [u(x)v(x)]_a^b - \int_a^b u(x)v'(x)dx$
Exemple, $I=\int_0^{\pi/2} x\cos x dx$	On fait le bon choix : $\begin{cases} u'=\cos x \Rightarrow u=\sin x \\ v=x \Rightarrow v'=1 \end{cases}$. Donc : $\int_0^{\pi/2} x\cos x dx = [x\sin x]_0^{\pi/2} - \int_0^{\pi/2} 1\sin x dx$ $=\left(\frac{\pi}{2}\sin\frac{\pi}{2} - 0\sin 0\right) - [-\cos x]_0^{\pi/2}$ $=\frac{\pi}{2} - \left(\left(-\cos\frac{\pi}{2}\right) - (-\cos 0)\right) = \frac{\pi}{2}-1$ ua.

3. Propriétés des intégrales

La relation de Chasles

$$\int_a^b f(x)dx + \int_b^c f(x)dx = \int_a^c f(x)dx$$

L'intégrale conserve l'ordre des fonctions

Pour tout x de $[a\ ;\ b]$, $f(x) \leq g(x) \Rightarrow \int_a^b f(x)dx \leq \int_a^b g(x)dx.$

Deux cas particuliers

Une fonction positive sur $[a\ ;\ b]$ y a une intégrale positive.	Pour tout x de $[a\ ;\ b]$, $f(x) \geq 0$ $\Rightarrow \int_a^b f(x)dx \geq 0.$
Quand la fonction f est bornée sur $[a\ ;\ b]$ par deux réels m et M,	Pour tout x de $[a\ ;\ b]$, $m \leq f(x) \leq M \Rightarrow$ $m(b-a) \leq \int_a^b f(x)dx \leq M(b-a).$

L'aire entre deux courbes

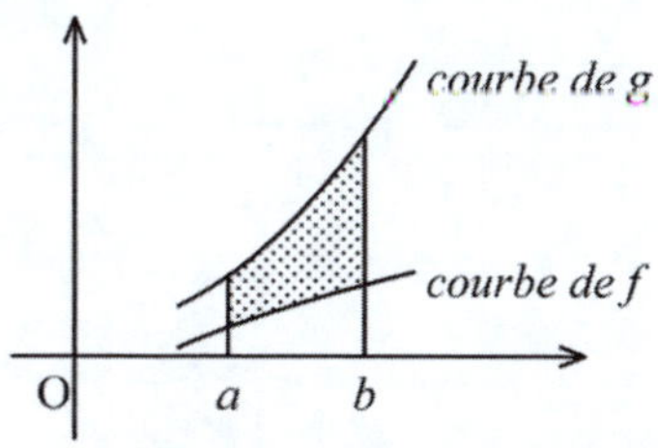

Pour deux fonctions f et g définie et continues sur $[a\ ;\ b]$, f étant plus petite que g, l'aire entre les deux courbes est égale à :

$$\int_a^b g(x)dx - \int_a^b f(x)dx \underset{\text{par linéariré}}{=} \int_a^b \big(g(x) - f(x)\big)dx.$$

Résumés de cours

Valeur moyenne d'une fonction sur [a ; b]

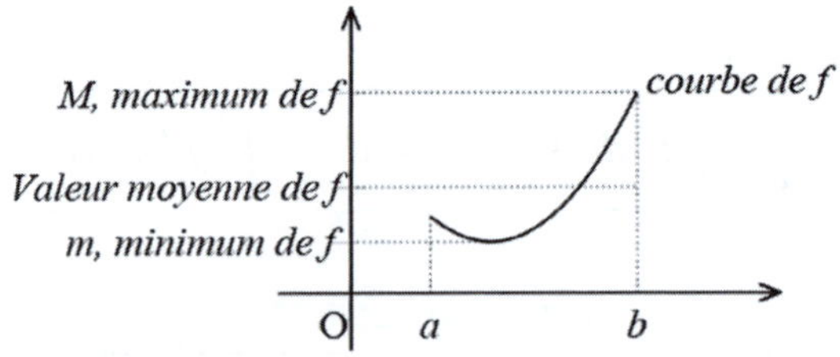

La valeur moyenne de la fonction f sur l'intervalle $[a\ ;\ b]$ est donnée par :

$$\frac{1}{b-a}\int_a^b f(x)\,dx.$$

Énoncés des exercices

* Exercice 1

10 min

Dans un repère du plan on a représenté graphiquement la fonction f définie par $f(x)=\frac{x}{2}+\frac{1}{x}-\frac{1}{2}$ ainsi que la tangente T au point d'abscisse 1.

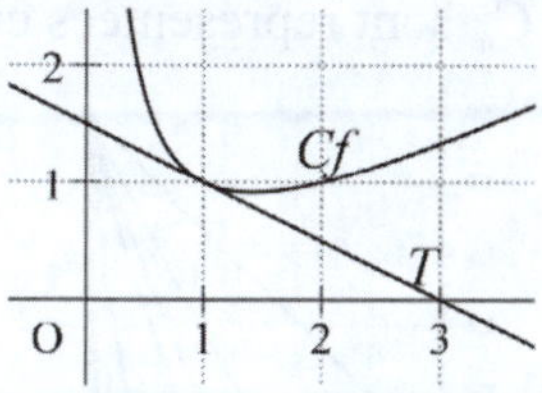

1. Soit $y=t(x)$ une équation de T. Déterminer graphiquement $t(x)$.

2. Par lecture graphique, donner $\int_1^2 t(x)\,dx$.

3. Justifier graphiquement que $\int_1^2 t(x)\,dx \leq \int_1^2 f(x)\,dx \leq 1$.

* Exercice 2

10 min

Ci-dessous la droite D d'équation $y=0{,}5x+0{,}5$ dans un repère du plan.

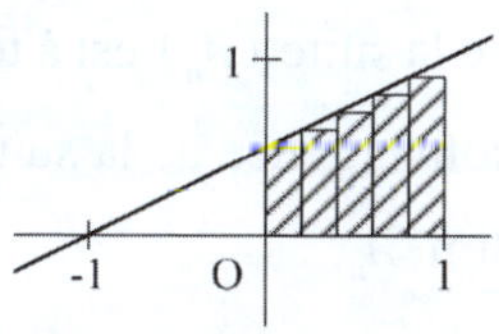

L'algorithme suivant veut calculer l'aire de la réunion des cinq rectangles qui ont la même largeur et qui sont contenus sous la droite D. Il s'agit de compléter cet algorithme et de donner son résultat.

Initialisation	AIRE prend la valeur 0
Traitement	Pour k de 0 à 4 L prend la valeur $0{,}5\times\frac{k}{5}+0{,}5$ AIRE prend la valeur AIRE $+ \ldots\ldots \times \ldots\ldots$ Fin Pour
Sortie	Afficher AIRE

* Exercice 3 — 15 min

Pour tout entier naturel n, on définit la fonction f_n, sur $[0\,;1]$, par : $f_n(x) = x + e^{n(x-1)}$. On note $A_n = \int_0^1 f_n(x)\,dx$.

On note C_n la représentation graphique de la fonction f_n dans un repère orthogonal.

Quelques-unes des courbes C_n sont représentées ci-dessous.

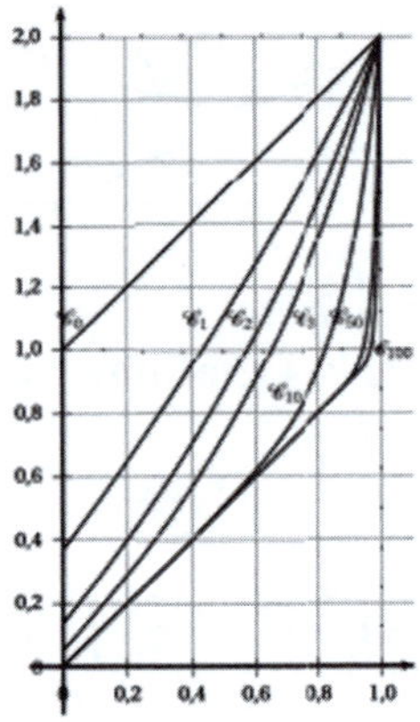

1. Ces courbes C_n ont un point commun ; donner les coordonnées de ce point.
2. Interpréter géométriquement A_n.
3. Justifier graphiquement que la suite (A_n) est à termes positifs et décroissante.

   Qu'en déduire quant à la convergence de la suite (A_n) ?
4. Graphiquement, donner $\lim\limits_{n \to +\infty} A_n$.

* Exercice 4 — 30 min

1. Par une primitive de chacune des fonctions à intégrer, calculer les intégrales suivantes :

$$\int_0^1 x^2 dx,\ \int_1^2 \frac{1}{x^2} dx,\ \int_1^2 \frac{1}{x} dx,\ \int_0^{\pi/2} \sin(x)\,dx,\ \int_0^1 e^x dx,\ \int_1^4 \frac{1}{2\sqrt{x}} dx.$$

2. Même question avec des primitives plus embêtantes à découvrir :

$$\int_0^1 \frac{1}{2x+1} dx,\ \int_1^2 e^{2x} dx,\ \int_0^1 2xe^{x^2} dx,\ \int_1^e \frac{1}{x}\ln(x)\,dx,\ \int_0^1 \frac{e^x}{e^x+1} dx,\ \int_{\pi/4}^{\pi/2} \frac{\cos x}{\sin x}.$$

* Exercice 5 ⏰ 10 min

Les deux questions sont indépendantes.

1. Montrer que $f(x)=x\ln(x)-x$ est une primitive de $\ln(x)$ sur $]0\,;+\infty[$.

En déduire $\int_1^e \ln(x)\,dx$.

2. Montrer que $f(x)=x+\ln(x+1)$ est une primitive de $g(x)=\dfrac{x+2}{x+1}$ sur $[0\,;+\infty[$. En déduire $\int_0^1 \dfrac{x+2}{x+1}dx$.

* Exercice 6 ⏰ 20 min

Les trois questions sont indépendantes.

1. Calculer $\int_1^2 \left(x+\dfrac{1}{x}\right)dx$, $\int_0^1 3e^x dx$, $\int_1^2 \left(4x+\dfrac{3}{x}\right)dx$.

2. Calculer $\int_0^1 \dfrac{3x^2}{1+x^3}dx$ puis $\int_0^1 \dfrac{x^2}{1+x^3}dx$.

3. Montrer que, pour $x>0$, $\dfrac{1}{x(x+1)}=\dfrac{1}{x}-\dfrac{1}{x+1}$. En déduire $\int_1^2 \dfrac{1}{x(x+1)}dx$.

* Exercice 7 ⏰ 15 min

1. Montrer que $\int_{-1}^1 (ax^2+bx+c)\,dx=\dfrac{2a}{3}+2c$.

2. Que vaut $\int_{-1}^1 (3x^2-1)\,dx$? Expliquer graphiquement la valeur trouvée.

3. Donner un trinôme ax^2+bx+c tel que $\int_{-1}^1 (ax^2+bx+c)\,dx=1$.

* Exercice 8 ⏰ 20 min

On admet (ou on sait) qu'une primitive de $\dfrac{1}{ax+b}$ est $\dfrac{1}{a}\ln(ax+b)$, là où $ax+b>0$.

On pose, pour n entier naturel, $I_n=\int_0^1 \dfrac{x^n}{x+1}dx$.

1. Vérifier que $I_0=\ln(2)$.

2. Montrer que, pour tout $n\in\mathbb{N}$, $I_{n+1}+I_n=\dfrac{1}{n+1}$.

3. En déduire I_1 et I_2. on vérifiera que $I_2=\ln\left(\dfrac{2}{\sqrt{e}}\right)$.

Exercices

* Exercice 9 — 20 min

1. Soit f une fonction définie, continue, positive, décroissante sur $[1\,;+\infty[$.

Justifier graphiquement que, pour tout entier naturel n non nul, $f(n+1) \leq \int_n^{n+1} f(x)\,dx \leq f(n)$.

2. Quel encadrement de $\int_n^{n+1} \frac{1}{x}\,dx$ tire-t-on de la première question ($n \geq 1$) ?

3. En déduire que $\frac{1}{n+1} \leq \ln\left(1+\frac{1}{n}\right) \leq \frac{1}{n}$. En déduire ensuite $\lim\limits_{n\to+\infty} n\ln\left(1+\frac{1}{n}\right)$.

* Exercice 10 — 10 min

Soit $I = \int_1^e x\ln(x)\,dx$.

Par une intégration par parties montrer que $\int_1^e x\ln(x)\,dx = \frac{e^2+1}{4}$.

* Exercice 11 — 10 min

Par une intégration par parties, calculer $\int_0^{\pi/2} x\sin(x)\,dx$.

* Exercice 12 — 20 min

Soit f la fonction (de la variable t) définie sur $[1\,;+\infty[$ par $f(t) = \int_1^t \frac{\ln(x)}{x^2}\,dx$.

1. Que vaut $f(1)$?

2. Par une intégration par parties, montrer que $f(t) = -\frac{\ln(t)}{t} - \frac{1}{t} + 1$.

3. Déterminer $\lim\limits_{t\to+\infty} f(t)$.

* Exercice 13 — 25 min

On pose, pour $n \in \mathbb{N}$, $I_n = \int_0^1 x^n e^x\,dx$.

1. Calculer I_0.

2. Par une intégration par parties, montrer que $I_{n+1} = e - (n+1)I_n$ pour tout $n \in \mathbb{N}$.

En déduire les valeurs de I_1 et I_2.

3. Justifier que, pour tout $n \in \mathbb{N}$, pour tout $x \in [0\,;1]$, $0 \leq x^n e^x \leq x^n e$.

En déduire que $0 \leq I_n \leq \dfrac{e}{n+1}$ pour tout $n \in \mathbb{N}$.

4. La suite (I_n) est-elle convergente ?

** Exercice 14 — 20 min

Ci-dessous la courbe représentative C de la fonction f définie par :

$$f(x) = \frac{2(1+\ln(x))}{x}, \ x > 0.$$

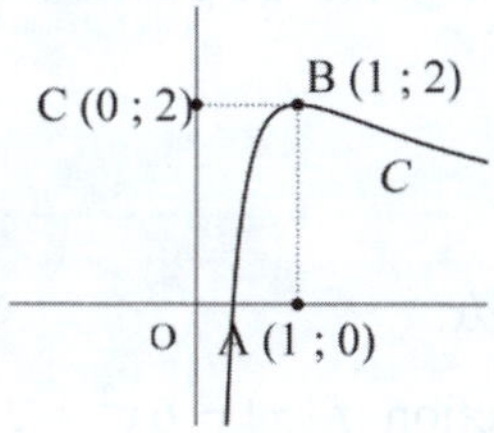

Le but de cet exercice est de démontrer que la courbe C partage le rectangle OABC en deux domaines d'aires égales.

1. Justifier que cela revient à démontrer que $\int_{\frac{1}{e}}^{1} f(x)\,dx = 1$.

2. Prouver que la fonction $(\ln(x))^2$ est une primitive de la fonction $2\dfrac{\ln(x)}{x}$.

Démontrer ensuite que $\int_{\frac{1}{e}}^{1} f(x)\,dx = 1$.

** Exercice 15 — 20 min

On pose $I = \int_0^{\pi/2} e^x \cos(x)\,dx$ et $J = \int_0^{\pi/2} e^x \sin(x)\,dx$.

1. En intégrant par parties, montrer que $I = -1 + J$.

2. En intégrant par parties, montrer que $J = e^{\frac{\pi}{2}} - I$.

3. Calculer I et J.

*** Exercice 16 — 25 min

Soit a un nombre réel compris entre 0 et 1. On note f_a la fonction définie sur $\mathbb{R}$ par : $f_a(x) = ae^{ax} + a$.

On note $\mathrm{I}(a)$ l'intégrale de la fonction f_a entre 0 et 1 : $\mathrm{I}(a) = \int_0^1 f_a(x)\,dx$.

1. On pose dans cette question $a=0$. Déterminer $\mathrm{I}(0)$.
2. On pose dans cette question $a=1$. Calculer la valeur exacte de $\mathrm{I}(1)$, puis arrondir au dixième près.
3. Existe-il une valeur de a pour laquelle $\mathrm{I}(a)$ est égale à 2 ?

   Si oui, donner un encadrement d'amplitude 10^{-2} de cette valeur.

Contrôle

1 h • 20 points

Exercice 1

5 min • 2 points

1. Calculer $\int_0^1 (6x^2+2x+1)\,dx$.
2. On trace la courbe de la fonction $f(x)=6x^2+2x+1$ (fonction positive) dans un repère orthogonal d'unités graphiques 6 cm sur l'axe des x et 4 cm sur l'axe des ordonnées.

   Que vaudra en cm² l'aire sous la courbe de f entre les abscisses 0 et 1 ?

Exercice 2

5 min • 2 points

Chacune des propositions suivantes concernant une fonction f définie et continue sur $[0\,;\,1]$, est-elle vraie ou fausse ? Pas de justification pour celle qui est vraie, mais vous donnerez un contre-exemple pour celle qui est fausse.

Proposition 1 : « $f \geq 0 \Rightarrow \int_0^1 f(x)\,dx \geq 0$ ».

Proposition 2 : « $\int_0^1 f(x)\,dx \geq 0 \Rightarrow f \geq 0$ ».

Exercice 3

20 min • 6 points

Les trois questions sont indépendantes.

1. Par une intégration par parties, calculer $\int_0^{\frac{\pi}{2}} x\cos(x)\,dx$.
2. Ci-dessous la courbe C de $f(x)=x^2$.

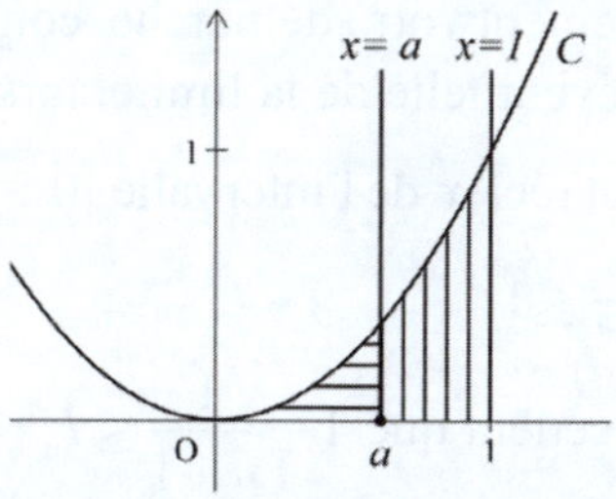

Déterminer l'abscisse a telle que les deux aires hachurées (l'une horizontalement et l'autre verticalement) soient égales ; vous donnerez une valeur arrondie au centième près.

3. Ci-dessous les courbes de $f(x)=\dfrac{1}{x}$ et $g(x)=\dfrac{1}{2x}$.

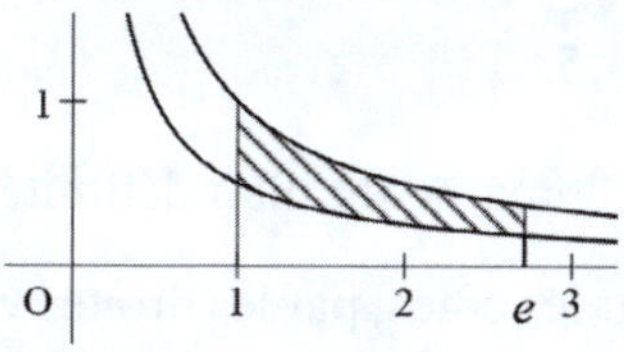

Calculer, en unités d'aire, l'aire hachurée, c'est-à-dire l'aire du domaine du plan délimité par les deux courbes et les deux droites verticales d'équations $x=1$ et $x=e$.

Exercice 4

30 min • 10 points

Pour n entier naturel on note f_n la fonction définie sur $[0\ ;\ 1]$ par : $f_n(x)=\dfrac{1}{1+x^n}$, et $I_n=\int_0^1 f_n(x)dx$.

1. Calculer I_0 et I_1.

2. Les représentations graphiques de certaines des fonctions f_n sont tracées ci-après.

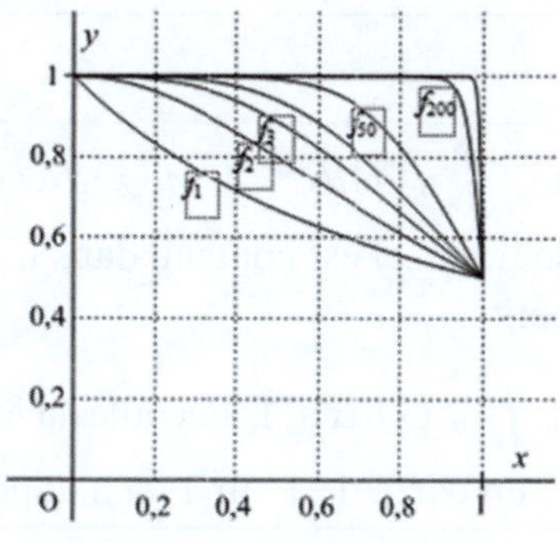

Contrôle

En expliquant soigneusement votre démarche, conjecturer, pour la suite (I_n), l'existence et la valeur éventuelle de la limite, lorsque n tend vers $+\infty$.

3. Démontrer que, pour tout réel x de l'intervalle $[0\ ;\ 1]$ et pour tout entier naturel n, on a : $1-x^n \leq \dfrac{1}{1+x^n} \leq 1$.

4. Déduire du résultat précédent que $1-\dfrac{1}{n+1} \leq I_n \leq 1$.

Quelle est la limite de la suite (I_n) ?

Corrigés exercices

Exercice 1

1. T : $y = t(x) = -0,5x + 1,5$.

2. $\displaystyle\int_1^2 t(x)\,dx$ est l'aire du domaine du plan délimité en haut par T, en bas par l'axe des abscisses, et, sur les côtés, par les droites verticales d'équations $x=1$ et $x=2$.

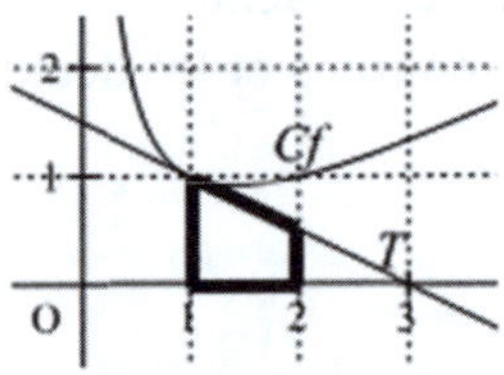

Ce domaine est un trapèze ; ses bases sont les côtés verticaux qui « montent » jusqu'à $t(1)=1$ et $t(2)=0,5$. Et l'aire d'un trapèze est donnée par la formule :

$$\frac{(\text{petite base} + \text{grande base}) \times \text{hauteur}}{2}.$$

$$\int_1^2 t(x)\,dx = \frac{(0,5+1)\times 1}{2} = 0,75 \text{ unités d'aire}$$

3.

La première inégalité, $\displaystyle\int_1^2 t(x)\,dx \leq \int_1^2 f(x)\,dx$, découle du fait que le domaine « sous T » (le trapèze) est contenu dans le domaine « sous *Cf* » et a donc une aire plus petite.

La deuxième inégalité, $\displaystyle\int_1^2 f(x)\,dx \leq 1$, découle du fait que le domaine « sous *Cf* » est contenu dans un carré de 1 sur 1, et a donc une aire plus petite.

Exercice 2

Initialisation	AIRE prend la valeur 0
Traitement	Pour k de 0 à 4 L prend la valeur $0,5\times\frac{k}{5}+0,5$ AIRE prend la valeur $\text{AIRE}+\frac{1}{5}\times\text{L}$ Fin Pour
Sortie	Afficher AIRE

Le résultat de cet algorithme est 0,7.

Exercice 3

1.

Pour tout entier naturel n, $f_n(1)=1+e^{n(1-1)}=1+e^0=2$.

Donc les coordonnées de ce point commun sont $(1\ ;\ 2)$.

2.

$A_n=\int_0^1 f_n(x)\,dx$ est l'aire du domaine du plan délimité en haut par C_n, en bas par l'axe des abscisses, et, sur les côtés, par les droites verticales d'équations $x=0$ et $x=1$.

3. Premièrement, les fonctions f_n étant positives, puisque leurs courbes sont au-dessus de l'axe des abscisses, les aires A_n sont positives.

Deuxièmement, on voit que ces aires sont de plus en plus petites ; les A_n vont en décroissant.

$\begin{cases}\text{La suite } (A_n) \text{ est minorée (par 0)}\\ \text{La suite } (A_n) \text{ est décroissante}\end{cases} \Rightarrow$ la suite (A_n) est convergente, par le théorème des suites monotones.

Attention ! La suite (A_n) ne converge pas nécessairement vers 0 (un minorant n'est pas une limite).

4. Il semble que les domaines, dont les aires sont A_n, tendent vers un demi carré de côté 1.

Corrigés

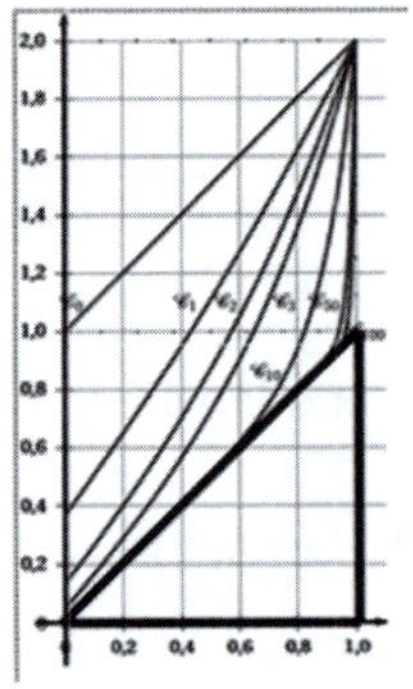

$$\text{Il semble que } \lim_{n\to+\infty} A_n = \frac{1\times 1}{2} = 0,5.$$

Exercice 4

1. $\int_0^1 x^2dx = \left[\frac{x^3}{3}\right]_0^1 = \frac{1^3}{3} - \frac{0^3}{3} = \frac{1}{3}$; $\int_1^2 \frac{1}{x^2}dx = \left[-\frac{1}{x}\right]_1^2 = \left(-\frac{1}{2}\right) - \left(-\frac{1}{1}\right) = \frac{1}{2}$;

$\int_1^2 \frac{1}{x}dx = [\ln(x)]_1^2 = \ln(2) - \ln(1) = \ln(2)$;

$\int_0^{\pi/2} \sin(x)dx = [-\cos(x)]_0^{\pi/2} = (-\cos(\pi/2)) - (-\cos(0)) = 1$;

$\int_0^1 e^x dx = [e^x]_0^1 = e^1 - e^0 = e - 1$; $\int_1^4 \frac{1}{2\sqrt{x}}dx = [\sqrt{x}]_1^4 = \sqrt{4} - \sqrt{1} = 1.$

2. $\int_0^1 \frac{1}{2x+1}dx = \left[\frac{1}{2}\ln(2x+1)\right]_0^1 = \frac{1}{2}\ln(3) - \frac{1}{2}\ln(1) = \frac{1}{2}\ln(3)$;

$\int_1^2 e^{2x}dx = \left[\frac{1}{2}e^{2x}\right]_1^2 = \frac{1}{2}e^{2\times 2} - \frac{1}{2}e^{2\times 1} = \frac{e^4 - e^2}{2}$;

$\int_0^1 2xe^{x^2}dx = \left[e^{x^2}\right]_0^1 = e^{1^2} - e^{0^2} = e - 1$;

$\int_1^e \frac{1}{x}\ln(x)dx = \left[\frac{(\ln x)^2}{2}\right]_0^e = \frac{(\ln e)^2}{2} - \frac{(\ln 1)^2}{2} = \frac{1}{2}$;

$\int_0^1 \frac{e^x}{e^x+1}dx = [\ln(e^x+1)]_0^1 = \ln(e^1+1) - \ln(e^0+1) = \ln(e+1) - \ln(2)$;

$\int_{\pi/4}^{\pi/2} \frac{\cos x}{\sin x} = [\ln(\sin x)]_{\pi/4}^{\pi/2} = \ln\left(\sin\frac{\pi}{2}\right) - \ln\left(\sin\frac{\pi}{4}\right) = -\ln\left(\frac{\sqrt{2}}{2}\right).$

Corrigés

Exercice 5

1. Il s'agit de montrer que la dérivée de f est le logarithme népérien, donc de calculer $f'(x)$. Pour dériver f, on utilise en particulier la formule $(uv)'=u'v+uv'$

avec $\begin{cases} u=x \Rightarrow u'=1 \\ v=\ln(x) \Rightarrow v'=\dfrac{1}{x} \end{cases}$.

Alors $f'(x)=$ dérivée de $x\ln(x)-$ dérivée de x

$=1\ln(x)+x\dfrac{1}{x}-1=\ln(x)+1-1=\ln(x)$, ce qu'il fallait trouver.

$$\int_1^e \ln(x)\,dx=[f(x)]_1^e=f(e)-f(1)=(e\ln(e)-e)-(1\ln(1)-1)=1$$

2. Même chose. Pour dériver f on utilise en particulier la formule $(\ln u)'=\dfrac{u'}{u}$

avec $u=x+1 \Rightarrow u'=1$. Alors $f'(x)=$ dérivée de $x+$ dérivée de $\ln(x+1)$

$=1+\dfrac{1}{x+1}=\dfrac{x+1}{x+1}+\dfrac{1}{x+1}=\dfrac{x+2}{x+1}=g(x)$, ce qu'il fallait trouver.

$$\int_0^1 \frac{x+2}{x+1}dx=[f(x)]_0^1=f(1)-f(0)=(1+\ln(2))-(0+\ln(1))=1+\ln(2).$$

Exercice 6

1. Pour tous ces calculs, on utilise la linéarité de l'intégrale.

- $\displaystyle\int_1^2\left(x+\frac{1}{x}\right)dx=\int_1^2 xdx+\int_1^2\frac{1}{x}dx=\left[\frac{x^2}{2}\right]_1^2+[\ln(x)]_1^2$

  $\displaystyle=\left[\frac{x^2}{2}\right]_1^2+[\ln(x)]_1^2=\left(\frac{1^2}{2}-\frac{0^2}{2}\right)+(\ln(2)-\ln(1))=\frac{1}{2}+\ln(2).$

- $\displaystyle\int_0^1 3e^x dx=3\int_0^1 e^x dx=3[e^x]_0^1=3(e^1-e^0)=3(e-1).$

- $\displaystyle\int_1^2\left(4x+\frac{3}{x}\right)dx=4\int_1^2 xdx+3\int_1^2\frac{1}{x}dx=4\left[\frac{x^2}{2}\right]_1^2+3[\ln(x)]_1^2$

  $\displaystyle=4\left(\frac{2^2}{2}-\frac{1^2}{2}\right)+3(\ln(2)-\ln(1))=6+3\ln(2).$

2. $\dfrac{3x^2}{1+x^3}$ est du type $\dfrac{u'}{u}$ avec $u=1+x^3$, donc de primitive $\ln(u)=\ln(1+x^3)$.

Corrigés

$$\int_0^1 \frac{3x^2}{1+x^3}dx == \left[\ln\left(1+x^3\right)\right]_0^1 = \ln\left(1+1^3\right) - \ln\left(1+0^3\right) = \ln(2).$$

Et $\int_0^1 \frac{x^2}{1+x^3}dx \underset{\text{ASTUCE}}{=} \int_0^1 \frac{1}{3} \times \frac{3x^2}{1+x^3}dx \underset{\text{LINEARITE}}{=} \frac{1}{3}\int_0^1 \frac{3x^2}{1+x^3}dx = \frac{1}{3}\ln(2).$

3. On a : $\frac{1}{x} - \frac{1}{x+1} = \frac{x+1}{x(x+1)} - \frac{x}{x(x+1)} = \frac{x+1-x}{x(x+1)} = \frac{1}{x(x+1)}.$

Oui, $\frac{1}{x} - \frac{1}{x+1} = \frac{1}{x(x+1)} \Rightarrow \frac{1}{x(x+1)} = \frac{1}{x} - \frac{1}{x+1}.$

$$\int_1^2 \frac{1}{x(x+1)}dx = \int_1^2 \left(\frac{1}{x} - \frac{1}{x+1}\right)dx = \int_1^2 \frac{1}{x}dx - \int_1^2 \frac{1}{x+1}dx$$

$$= \left[\ln(x)\right]_1^2 - \left[\ln(x+1)\right]_1^2 = (\ln(2)) - (\ln(3) - \ln(2)) = 2\ln(2) - \ln(3).$$

Pour une primitive de $\frac{1}{x+1}$, on s'est référé aux primitives de $\frac{1}{ax+b}$.

Exercice 7

1.

$$\int_{-1}^1 \left(ax^2+bx+c\right)dx \underset{\text{LINEARITE}}{=} a\int_{-1}^1 x^2dx + b\int_{-1}^1 xdx + c\int_{-1}^1 1dx$$

$$= a\left[\frac{x^3}{3}\right]_{-1}^1 + b\left[\frac{x^2}{2}\right]_{-1}^1 + c[x]_{-1}^1 = a\left(\frac{1}{3} - \frac{-1}{3}\right) + b\left(\frac{1}{2} - \frac{1}{2}\right) + c(1-(-1))$$

$$= \frac{2a}{3} + 2c.$$

2. On applique le résultat précédent avec $a = 3$ et $c = -1$.

Alors $\int_{-1}^1 \left(3x^2-1\right)dx == \frac{2(3)}{3} + 2(-1) = 0.$

Ci-dessous une représentation graphique de la situation :

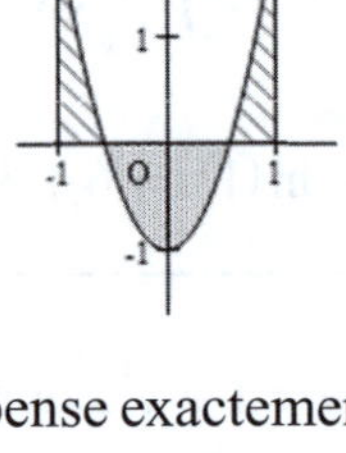

L'aire positive, hachurée, compense exactement l'aire négative, en pointillés, d'où la nullité de l'ensemble.

3. Pour que $\int_{-1}^{1}(ax^2+bx+c)\,dx=1$, il faut que $\frac{2a}{3}+2c=1$. Les possibilités sont infinies. Par exemple, si on choisit $a=3$, alors on prendra c tel que $\frac{2(3)}{3}+2c=1 \Leftrightarrow 2+2c=1 \Leftrightarrow c=-0{,}5$.

Exercice 8

1. $I_0=\int_0^1 \frac{x^0}{x+1}dx=\int_0^1 \frac{1}{x+1}dx=[\ln(x+1)]_0^1=\ln(2)$.

2. Signalons d'abord que $\int_a^b (f(x)+g(x))\,dx=\int_a^b f(x)\,dx+\int_a^b g(x)\,dx$ $\Rightarrow \int_a^b f(x)\,dx+\int_a^b g(x)\,dx=\int_a^b (f(x)+g(x))\,dx$; c'est encore la propriété de linéarité qui permet de séparer ou de réunir des fonctions sous intégrale.

Pour tout $n\in\mathbb{N}$,

$$I_{n+1}+I_n=\int_0^1 \frac{x^{n+1}}{x+1}dx+\int_0^1 \frac{x^n}{x+1}dx \underset{\text{LINEARITE}}{=} \int_0^1\left(\frac{x^{n+1}}{x+1}+\frac{x^n}{x+1}\right)dx$$

$$=\int_0^1 \frac{x^{n+1}+x^n}{x+1}dx \underset{\text{FACTORISATION}}{=} \int_0^1 \frac{x^n(x+1)}{x+1}dx=\int_0^1 x^n dx$$

$$=\left[\frac{x^{n+1}}{n+1}\right]_0^1=\frac{1^{n+1}}{n+1}-\frac{0^{n+1}}{n+1}=\frac{1}{n+1},$$ ce qu'il fallait trouver.

3.

- On applique la formule précédente à $n=0$;

$$I_{0+1}+I_0=\frac{1}{0+1}\Leftrightarrow I_1=1-I_0=1-\ln(2).$$

- Ensuite, on applique la formule précédente à $n=1$;

$$I_{1+1}+I_1=\frac{1}{1+1}\Leftrightarrow I_2=\frac{1}{2}-I_1=\frac{1}{2}-(1-\ln(2))=\ln(2)-\frac{1}{2}.$$

Pour finir, $I_2=\ln(2)-\frac{1}{2}=\ln(2)-\ln(\sqrt{e})=\ln\left(\frac{2}{\sqrt{e}}\right)$.

Corrigés

Exercice 9

1.

$\int_n^{n+1} f(x)dx$ est l'aire du domaine en pointillés sur le dessin suivant :

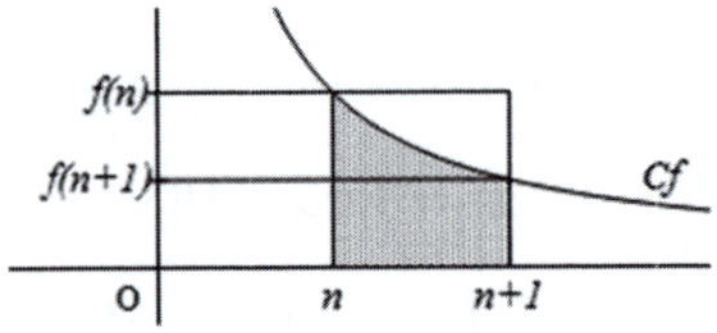

Or ce domaine est compris entre deux rectangles : les deux rectangles de base $[n\,;n+1]$, l'un s'élevant jusqu'à $f(n+1)$ l'autre jusqu'à $f(n)$. Le rectangle le plus petit a pour aire $1\times f(n+1)=f(n+1)$, et le plus grand a une aire de $1\times f(n)=f(n)$. D'où l'inégalité :

$$f(n+1)\leq \int_n^{n+1} f(x)dx \leq f(n).$$

2. $f(x)=\dfrac{1}{x}$ est une fonction définie, continue, positive, décroissante sur $[1\,;+\infty[$. On peut donc lui appliquer le résultat précédent avec $f(n)=\dfrac{1}{n}$ et $f(n+1)=\dfrac{1}{n+1}$. Donc, pour $n\geq 1$, $\dfrac{1}{n+1}\leq \int_n^{n+1}\dfrac{1}{x}dx\leq \dfrac{1}{n}$.

3.

Mais, d'un autre côté, on sait calculer cette intégrale :

$$\int_n^{n+1}\frac{1}{x}dx=[\ln(x)]_n^{n+1}=\ln(n+1)-\ln(n)=\ln\left(\frac{n+1}{n}\right)=\ln\left(1+\frac{1}{n}\right).$$

Donc, pour $n\geq 1$, $\dfrac{1}{n+1}\leq \int_n^{n+1}\dfrac{1}{x}dx\leq \dfrac{1}{n} \Leftrightarrow \dfrac{1}{n+1}\leq \ln\left(1+\dfrac{1}{n}\right)\leq \dfrac{1}{n}$.

Pour $n\geq 1$, $\dfrac{1}{n+1}\leq \ln\left(1+\dfrac{1}{n}\right)\leq \dfrac{1}{n} \underset{\times n>0}{\Leftrightarrow} \dfrac{n}{n+1}\leq n\ln\left(1+\dfrac{1}{n}\right)\leq 1$.

$$\begin{cases}\text{Pour tout } n\geq 1,\ \dfrac{n}{n+1}\leq n\ln\left(1+\dfrac{1}{n}\right)\leq 1 \\ \lim\limits_{n\to+\infty}\dfrac{n}{n+1}=1 \text{ et } \lim\limits_{n\to+\infty}1=1\end{cases} \Rightarrow \lim_{n\to+\infty} n\ln\left(1+\frac{1}{n}\right)=1,$$

par le théorème des gendarmes.

Corrigés

Exercice 10

On utilise la formule $\int_a^b u'(x)v(x)dx = [u(x)v(x)]_a^b - \int_a^b u(x)v'(x)dx$ avec $\begin{cases} u' = x \text{ et } u = \dfrac{x^2}{2} \\ v = \ln(x) \text{ et } v' = \dfrac{1}{x} \end{cases}$.

$$\int_1^e x\ln(x)dx = \left[\frac{x^2}{2}\ln(x)\right]_1^e - \int_1^e \frac{x^2}{2}\frac{1}{x}dx = \frac{e^2}{2} - \frac{1}{2}\int_1^e xdx$$
$$= \frac{e^2}{2} - \frac{1}{2}\left[\frac{x^2}{2}\right]_1^e = \frac{e^2}{2} - \frac{1}{2}\left(\frac{e^2}{2} - \frac{1}{2}\right) = \frac{e^2}{2} - \frac{e^2}{4} + \frac{1}{4} = \frac{e^2}{4} + \frac{1}{4} = \frac{e^2+1}{4}.$$

Exercice 11

$\int_a^b u'(x)v(x)dx = [u(x)v(x)]_a^b - \int_a^b u(x)v'(x)dx$, $\begin{cases} u' = \sin(x) \text{ et } u = -\cos(x) \\ v = x \text{ et } v' = 1 \end{cases}$.

$$\int_0^{\pi/2} x\sin(x)dx = [-x\cos(x)]_0^{\pi/2} - \int_0^{\pi/2} -\cos(x)dx = 0 + \int_0^{\pi/2}\cos(x)dx$$
$$= [\sin(x)]_0^{\pi/2} = 1.$$

Exercice 12

1. $f(1) = \int_1^1 \frac{\ln(x)}{x^2}dx = 0$ car $\int_a^a f(x)dx = 0$.

2. $f(t) = \int_1^t \frac{\ln(x)}{x^2}dx = \int_1^t \frac{1}{x^2}\ln(x)dx$.

On utilise la formule $\int_a^b u'(x)v(x)dx = [u(x)v(x)]_a^b - \int_a^b u(x)v'(x)dx$, avec $\begin{cases} u' = \dfrac{1}{x^2} \text{ et } u = -\dfrac{1}{x} \\ v = \ln(x) \text{ et } v' = \dfrac{1}{x} \end{cases}$.

$$f(t) = \left[-\frac{1}{x}\ln(x)\right]_1^t - \int_1^t -\frac{1}{x}\times\frac{1}{x}dx = -\frac{\ln(t)}{t} + \int_1^t \frac{1}{x^2}dx$$
$$= -\frac{\ln(t)}{t} + \left[-\frac{1}{x}\right]_1^t = -\frac{\ln(t)}{t} - \frac{1}{t} + 1.$$

Corrigés

3.

On sait que $\lim\limits_{t\to+\infty}\dfrac{\ln(t)}{t}=0$. Alors $\lim\limits_{t\to+\infty} f(t)=-0-0+1=1$.

Exercice 13

1. $I_0=\int_0^1 x^0e^x dx=\int_0^1 e^x dx=[e^x]_0^1=e-1.$

2. $I_{n+1}=\int_0^1 x^{n+1}e^x dx.$

On utilise $\int_a^b u'(x)v(x)dx=[u(x)v(x)]_a^b-\int_a^b u(x)v'(x)dx$, avec

$$\begin{cases} u'=e^x \text{ et } u=e^x \\ v=x^{n+1} \text{ et } v'=(n+1)x^n \end{cases}.$$

$$I_{n+1}=[x^{n+1}e^x]_0^1-\int_0^1(n+1)x^ne^x dx=e-(n+1)\int_0^1 x^ne^x dx=e-(n+1)I_n.$$

Ce qui donne, pour $n=0$, $I_1=e-I_0=e-(e-1)=1$.

Et, pour $n=1$, $I_2=e-2I_1=e-2$.

3. La fonction exponentielle est une fonction croissante, elle conserve l'ordre des réels : $a\le b\Rightarrow e^a\le e^b$. donc $x\le 1\Rightarrow e^x\le e^1\Rightarrow e^x\le e$.

D'un autre côté, $e^x>0$ pour tout x.

Finalement, $0\le x\le 1\Rightarrow 0\le e^x\le e \underset{\text{MULTIPLIANT PAR } x^n\ge 0}{\Rightarrow} 0\le x^ne^x\le x^ne.$

L'intégrale conserve l'ordre des fonctions.

Sur $[0\,;1]$, $0\le x^ne^x\le x^ne\Rightarrow\int_0^1 0dx\le\int_0^1 x^ne^x dx\le\int_0^1 x^n e dx.$

C'est-à-dire $0\le I_n\le e\int_0^1 x^n dx\Leftrightarrow 0\le I_n\le e\left[\dfrac{x^{n+1}}{n+1}\right]_0^1\Leftrightarrow 0\le I_n\le\dfrac{e}{n+1}.$

4.

$$\begin{cases}\text{Pour tout } n\in\mathbb{N},\ 0\le I_n\le\dfrac{e}{n+1}. \\ \lim\limits_{n\to+\infty}0=0 \text{ et } \lim\limits_{n\to+\infty}\dfrac{e}{n+1}=0\end{cases}\Rightarrow \lim_{n\to+\infty}I_n=0,$$ par le théorème des gendarmes. La suite (I_n) est convergente, elle converge vers 0.

Corrigés

Exercice 14

1. D'abord, cherchons l'abscisse de A qui est le point d'intersection de l'(axe des abscisses et de la courbe C :

$$f(x_A)=0 \Leftrightarrow 1+\ln(x_A)=0 \Leftrightarrow \ln(x_A)=-1 \Leftrightarrow x_A=e^{-1}=\frac{1}{e}.$$

L'aire du rectangle OABC est de $1\times 2=2$. Si la courbe C partage le rectangle OABC en deux domaines d'aires égales, c'est que le domaine « sous la courbe » C entre x_A et $x_B=1$ vaut 1, c'est-à-dire $\int_{x_A}^{1} f(x)\,dx=1 \Leftrightarrow \int_{\frac{1}{e}}^{1} f(x)\,dx=1.$

2.

La dérivée de $(\ln(x))^2$ est $2\ln(x)\times\frac{1}{x}=2\frac{\ln(x)}{x}$, en utilisant la formule de dérivation : $(u^2)'=2uu'$. Donc, l'une étant la dérivée de l'autre, l'autre est la primitive de l'une.

Il faut calculer $\int_{\frac{1}{e}}^{1} f(x)\,dx=\int_{\frac{1}{e}}^{1}\frac{2(1+\ln(x))}{x}dx=\int_{\frac{1}{e}}^{1}2\times\frac{1}{x}+2\frac{\ln(x)}{x}dx$ et trouver 1 !

$$\int_{\frac{1}{e}}^{1} f(x)\,dx=2\times\int_{\frac{1}{e}}^{1}\frac{1}{x}dx+\int_{\frac{1}{e}}^{1}2\frac{\ln(x)}{x}dx=2\times[\ln(x)]_{1/e}^{1}+\left[(\ln(x))^2\right]_{1/e}^{1}$$

$$=2\times\left(-\ln\left(\frac{1}{e}\right)\right)-\left(\ln\left(\frac{1}{e}\right)\right)^2=1 \text{ puisque } \ln\left(\frac{1}{e}\right)=-1.$$

Exercice 15

1. Utilisons $\int_a^b u'(x)v(x)\,dx=[u(x)v(x)]_a^b-\int_a^b u(x)v'(x)\,dx$, avec

$$\begin{cases} u'=e^x \text{ et } u=e^x \\ v=\cos(x) \text{ et } v'=-\sin(x) \end{cases}.$$

$$I=\int_0^{\pi/2} e^x\cos(x)\,dx=[e^x\cos(x)]_0^{\pi/2}-\int_0^{\pi/2}-e^x\sin(x)\,dx$$

$$=-1+\int_0^{\pi/2} e^x\sin(x)\,dx=-1+J.$$

2. Encore $\int_a^b u'(x)v(x)\,dx=[u(x)v(x)]_a^b-\int_a^b u(x)v'(x)\,dx$, avec

$$\begin{cases} u'=e^x \text{ et } u=e^x \\ v=\sin(x) \text{ et } v'=\cos(x) \end{cases}.$$

Corrigés

$$J=\int_0^{\pi/2} e^x \sin(x)\,dx=\left[e^x \sin(x)\right]_0^{\pi/2}-\int_0^{\pi/2} e^x \cos(x)\,dx$$
$$=e^{\pi/2}-\int_0^{\pi/2} e^x \cos(x)\,dx=e^{\pi/2}-I.$$

3. $\begin{cases} I=-1+J \\ J=e^{\pi/2}-I \end{cases}$ est un système de deux équations aux deux inconnues I et J.

Alors $I=-1+e^{\pi/2}-I \Leftrightarrow 2I=e^{\pi/2}-1 \Leftrightarrow I=\dfrac{e^{\pi/2}-1}{2}$.

Par suite, $I=-1+J \Leftrightarrow J=I+1=\dfrac{e^{\pi/2}-1}{2}+\dfrac{2}{2}=\dfrac{e^{\pi/2}+1}{2}$.

$$I=\frac{e^{\pi/2}-1}{2} \text{ et } J=\frac{e^{\pi/2}+1}{2}.$$

Exercice 16

1. $f_0(x)=0e^{0\times x}+0=0 \Rightarrow \mathrm{I}(0)=\int_0^1 f_0(x)\,dx=\int_0^1 0\,dx=0.$

2. $f_1(x)=1e^{1x}+1=e^x+1 \Rightarrow \mathrm{I}(1)=\int_0^1 f_1(x)\,dx=\int_0^1 e^x dx+\int_0^1 1dx$

$\Rightarrow \mathrm{I}(1)=\left[e^x\right]_0^1+\left[x\right]_0^1=e-1+1=e.$

$$\mathrm{I}(1)=e\approx 2{,}7 \text{ au dixième près.}$$

3. D'abord penchons-nous sur $\mathrm{I}(a)=\int_0^1 (ae^{ax}+a)\,dx=\int_0^1 ae^{ax}dx+\int_0^1 a\,dx$ $=\left[e^{ax}\right]_0^1+\left[ax\right]_0^1=e^a-1+a.$

L'équation $\mathrm{I}(a)=2 \Leftrightarrow e^a-1+a=2$ semble impossible ! Elle l'est. On pense alors à utiliser le théorème des valeurs intermédiaires.

$\mathrm{I}(a)=e^a-1+a$ est une fonction I de la variable a, fonction qu'on va étudier par sa dérivée : $\mathrm{I}'(a)=e^a+1$, dérivée strictement positive car somme de deux termes strictement positifs. D'où la fonction I est strictement croissante.

a	0		1
$\mathrm{I}(a)$	0	↗	$e\approx 2{,}7$

Le théorème des valeurs intermédiaires nous donne réponse :

La fonction I est définie, continue, strictement monotone sur $[0\ ;\ 1]$. Et la valeur 2 est intermédiaire entre $\mathrm{I}(0)=0$ et $\mathrm{I}(1)=e$. Alors le théorème des valeurs intermédiaires nous assure que l'équation $\mathrm{I}(a)=2$ a une et une seule solution α sur $[0\ ;\ 1]$.

Une calculatrice nous donne : $\alpha = 0,792... \Rightarrow 0,79 < \alpha < 0,80$.

Corrigés contrôle

Exercice 1

1. Par linéarité, $\int_0^1 (6x^2+2x+1)\,dx = 6\int_0^1 x^2 dx + 2\int_0^1 dx + \int_0^1 1dx$

$$=6\left[\frac{x^3}{3}\right]_0^1 + 2\left[\frac{x^2}{2}\right]_0^1 + [x]_0^1 = 6\left(\frac{1}{3}\right)+2\left(\frac{1}{2}\right)+1=4.$$

2. Cette aire vaut 4 unités d'aire.

Mais une unité d'aire $=$ (une unité sur les x)$\times$ (une unité sur les y) $= 6\text{ cm}\times 4\text{ cm} = 24\text{ cm}^2$.

Cette aire vaut 4 unités d'aire $= 4\times 24\text{ cm}^2 = 96\text{ cm}^2$.

Exercice 2

La proposition 1 est vraie, la proposition 2 est fausse.

Contre exemple : soit la fonction affine t représentée par D :

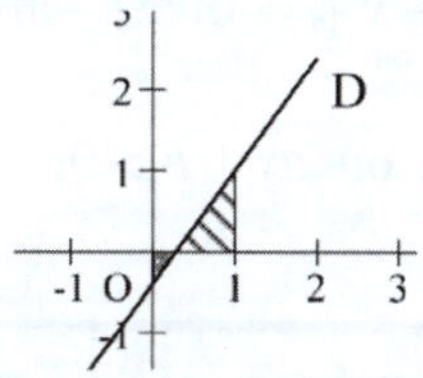

Alors $\int_0^1 t(x)\,dx \geq 0$ (la partie positive de cette aire l'emporte sur sa partie négative) mais $t(x)$ n'est pas toujours positif sur $[0\ ;\ 1]$.

Exercice 3

1. Utilisons $\int_a^b u'(x)v(x)\,dx = [u(x)v(x)]_a^b - \int_a^b u(x)v'(x)\,dx$, avec

$$\begin{cases} u' = \cos(x) \text{ et } u = \sin(x) \\ v = x \text{ et } v' = 1 \end{cases}.$$

$$\int_0^{\frac{\pi}{2}} x\cos(x)\,dx = [x\sin(x)]_0^{\pi/2} - \int_0^{\frac{\pi}{2}} \sin(x)\,dx = \frac{\pi}{2} - [-\cos(x)]_0^{\pi/2} = \frac{\pi}{2} - 1.$$

2. Les aires hachurées sont égales si et seulement si $\int_0^a x^2 dx = \int_a^1 x^2 dx$ $\Leftrightarrow \left[\frac{x^3}{3}\right]_0^a = \left[\frac{x^3}{3}\right]_a^1 \Leftrightarrow \frac{a^3}{3} = \frac{1}{3} - \frac{a^3}{3} \Leftrightarrow 2a^3 = 1 \Leftrightarrow a^3 = 0,5.$

Une calculatrice nous donne un arrondi de ce a, qui s'appelle la racine cubique de 0,5 : $a \approx 0,79$.

3. D'abord, $f > g$ car, pour $x \in [1\,;e]$, $f(x) - g(x) = \frac{1}{x} - \frac{1}{2x} = \frac{2}{2x} - \frac{1}{2x} = \frac{1}{2x}$ est strictement positif (la courbe de f est au-dessus).

Donc cette aire est donnée par : $\int_1^e f(x)\,dx - \int_1^e g(x)\,dx = \int_1^e (f(x) - g(x))\,dx.$

$$\text{Cette aire} = \int_1^e (f(x) - g(x))\,dx = \int_1^e \frac{1}{2x}\,dx = \frac{1}{2}\int_1^e \frac{1}{x}\,dx$$
$$= \frac{1}{2}[\ln(x)]_1^e = \frac{1}{2}(\ln(e) - \ln(1)) = 0,5 \text{ unité d'aire.}$$

Exercice 4

1. $I_0 = \int_0^1 \frac{1}{1+x^0}\,dx = \int_0^1 \frac{1}{2}\,dx = \left[\frac{1}{2}x\right]_0^1 = \frac{1}{2}.$

Et $I_1 = \int_0^1 \frac{1}{1+x}\,dx = [\ln(1+x)]_0^1 = \ln(2) - \ln(1) = \ln(2)$; en effet, $\frac{1}{ax+b}$ a pour primitive $\frac{1}{a}\ln(ax+b)$ où $ax+b > 0$.

2.

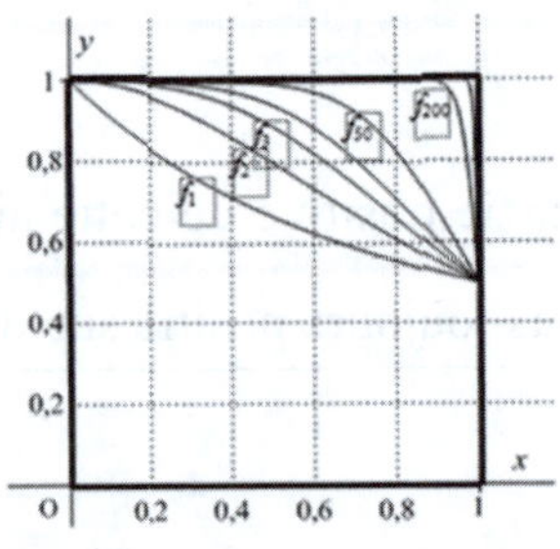

Les intégrales I_n sont les aires des domaines « sous les courbes ».

Corrigés

Il semble que ces domaines sont de plus en plus grands, que la suite (I_n) est croissante.

Il semble aussi que tous ces domaines sont contenus dans un carré de 1 sur 1 (voir dessin), donc que la suite (I_n) est majorée par l'aire de ce carré qui vaut $1\times1=1$.

Cette suite étant croissante et majorée, elle convergerait d'après le théorème des suites monotones.

Il semble, pour finir, que ces domaines remplissent de plus en plus ce carré et, donc que la suite (I_n) converge vers l'aire de ce carré, c'est-à-dire 1.

3. Une double inégalité est à démontrer, c'est-à-dire deux inégalités.

- $\dfrac{1}{1+x^n}-(1-x^n)=\dfrac{1-(1-x^n)(1+x^n)}{1+x^n}$.

  Or $(1-x^n)(1+x^n)=1-(x^n)^2=1-x^{2n}$ par la troisième identité remarquable.

  Donc $\dfrac{1}{1+x^n}-(1-x^n)=\dfrac{1-(1-x^{2n})}{1+x^n}=\dfrac{x^{2n}}{1+x^n}$.

  Pour tout $x\in[0\,;\,1]$ et tout $n\in\mathbb{N}$,

  $$\frac{1}{1+x^n}-(1-x^n)=\frac{x^{2n}}{1+x^n}=\frac{\text{positif}}{\text{positif}}=\text{positif},$$

  et donc $\dfrac{1}{1+x^n}-(1-x^n)\geq 0\Rightarrow 1-x^n\leq\dfrac{1}{1+x^n}$.

- $1-\dfrac{1}{1+x^n}=\dfrac{(1+x^n)-1}{1+x^n}=\dfrac{x^n}{1+x^n}$.

  Pour tout $x\in[0\,;\,1]$ et tout $n\in\mathbb{N}$,

  $$1-\frac{1}{1+x^n}=\frac{x^n}{1+x^n}=\frac{\text{positif}}{\text{positif}}=\text{positif},$$

  et donc $1-\dfrac{1}{1+x^n}\geq 0\Rightarrow\dfrac{1}{1+x^n}\leq 1$.

Finalement.

Pour tout $x \in [0\ ;\ 1]$ et tout $n \in \mathbb{N}$,

$$\begin{cases} 1-x^n \leq \dfrac{1}{1+x^n} \\ \dfrac{1}{1+x^n} \leq 1 \end{cases} \Rightarrow 1-x^n \leq \frac{1}{1+x^n} \leq 1.$$

4. L'intégrale conserve l'ordre des fonctions.

Donc puisque sur $[0\ ;\ 1]$, $1-x^n \leq \dfrac{1}{1+x^n} \leq 1$, alors

$$\int_0^1 (1-x^n)\,dx \leq \int_0^1 \frac{1}{1+x^n}\,dx \leq \int_0^1 1\,dx \Leftrightarrow \int_0^1 (1-x^n)\,dx \leq I_n \leq \int_0^1 1\,dx$$

Or $\displaystyle\int_0^1 1\,dx = [x]_0^1 = 1$.

Et $\displaystyle\int_0^1 (1-x^n)\,dx = \int_0^1 1\,dx - \int_0^1 x^n\,dx = 1 - \left[\frac{x^{n+1}}{n+1}\right]_0^1 = \frac{1}{n+1}$.

En conclusion, $\displaystyle\int_0^1 (1-x^n)\,dx \leq I_n \leq \int_0^1 1\,dx \Leftrightarrow 1-\frac{1}{n+1} \leq I_n \leq 1$.

$$\begin{cases} \text{Pour tout } n,\ 1-\dfrac{1}{n+1} \leq I_n \leq 1 \\ \lim\limits_{n\to+\infty}\left(1-\dfrac{1}{n+1}\right) = 1 \text{ et } \lim\limits_{n\to+\infty} 1 = 1 \end{cases} \Rightarrow \lim_{n\to+\infty} I_n = 1$$ par le théorème des gendarmes.

Corrigés

7 Dénombrement

1. Les ensembles finis : union, produit cartésien

Cardinal d'un ensemble fini

Un ensemble est fini si son nombre d'éléments est fini ; l'ensemble des chiffres est fini, l'ensemble des nombres est infini.

Si l'ensemble fini E est formé de n éléments, alors n est appelé le cardinal de l'ensemble E, noté $\text{Card}(E)$.

Le principe additif

Deux ensembles E et F sont disjoints si leur intersection est vide.

Si E et F sont deux ensembles finis disjoints,

$$\text{Card}(E \cup F) = \text{Card}(E) + \text{Card}(F).$$

Pour compter tous les légumes qu'il y a dans un sac de carottes et de choux, on compte les carottes, on compte les choux, et on ajoute.

Il peut y avoir d'autres légumes que carottes et choux. Cette formule se généralise à la réunion de plusieurs ensembles finis deux à deux disjoints :

$$\text{Card}(E_1 \cup E_2 \cup \ldots \cup E_k) = \text{Card}(E_1) + \text{Card}(E_2) + \ldots + \text{Card}(E_k).$$

Le principe multiplicatif

Si E et F sont deux ensembles, l'ensemble des couples $(e\,;f)$, formés d'un élément e de E et d'un élément f de F, s'appelle le produit cartésien des ensembles E et F, noté $E \times F$.

Si E et F sont deux ensembles finis, $\text{Card}(E \times F) = \text{Card}(E) \times \text{Card}(F)$.

Ce principe multiplicatif se généralise au produit cartésien de plusieurs ensembles finis $E_1,\ E_2,\ \ldots,\ E_k$. Le nombre de k-uplets $(e_1,\ e_2,\ \ldots,\ e_k)$ est de :

$$\text{Card}(E_1 \times E_2 \times \ldots \times E_k) = \text{Card}(E_1) \times \text{Card}(E_2) \times \ldots \times \text{Card}(E_k).$$

2. Listes, permutations, arrangements d'un ensemble fini *E*

Dans ce paragraphe, on note $\text{Card}(E) = n$. Et p désigne un entier naturel.

Les listes d'éléments de *E*

Une liste de E est une suite ordonnée d'éléments de l'ensemble E ; une liste peut contenir plusieurs fois un même élément de E. Pour constituer une liste quelconque, on tire successivement au hasard plusieurs fois de suite un élément de E dans l'ensemble E.

Si cette liste est formée de p éléments, distincts ou non, c'est une p-liste (c'est aussi un p-uplet).

Le nombre des p-listes de E

Toutes les p-listes de E constituent le produit cartésien : $E \times E \times ... \times E = E^p$,

avec $\text{Card}(E^p) = \text{Card}(E) \times \text{Card}(E) \times ... \times \text{Card}(E) = n^p$.

Les permutations de *E*

Une liste de tous les éléments de E, c'est-à-dire une n-liste de E d'éléments deux à deux distincts, est appelée une permutation de E.

Par exemple, IMO qui est un anagramme du mot MOI, est une permutation de l'ensemble des lettres du mot MOI.

Le nombre des permutations de E

Étant donné qu'il y a n choix pour le premier élément de la permutation, $n-1$ choix pour le deuxième, etc, le nombre de permutations de E est de :

$n \times (n-1) \times .... \times 2 \times 1$, d'après le principe multiplicatif.

Ce nombre $1 \times 2 \times .... \times (n-1) \times n$ est appelé « factorielle n », noté $n!$

Par convention, $0! = 1$.

Les arrangements de *E*

Une liste de plusieurs éléments distincts de E est un arrangement de E. Ce mot : « arrangement » sous-entend que les éléments en sont rangés, que l'ordre dans lequel les éléments sont rangés est important.

Un arrangement étant une p-liste d'éléments distincts de E, on a $p \leq n$ puisque les éléments de cette liste sont différents ; si $p = n$, cet arrangement est une permutation.

Le nombre d'arrangements de p éléments de E

> Étant donné qu'il y a n choix pour le premier élément, $n-1$ choix pour le deuxième, etc, $n-(p-1)=n-p+1$ pour le dernier, le nombre de p-listes d'éléments deux à deux distincts de E, ou arrangements, est de :
> $n\times(n-1)\times...\times(n-p+1)=\dfrac{n!}{(n-p)!}$, d'après le principe multiplicatif.

3. Parties, combinaisons d'un ensemble fini *E*

Dans ce paragraphe, on note $\text{Card}(E)=n$. Et p désigne un entier naturel inférieur ou égal à n.

Les parties de *E*

Une partie de E est un sous-ensemble de E. Pour constituer une partie quelconque, on tire simultanément au hasard plusieurs éléments de E. À la différence d'une liste, l'ordre des éléments n'a pas d'importance.

Le nombre des parties de E

> Étant donné que, pour former une partie de E chaque élément des n éléments de E est pris ou pas, le nombre des parties de E est de 2^n.

Les combinaisons de *E*

Si une partie de E comporte p éléments, on l'appelle aussi une combinaison de p éléments d'un ensemble à n éléments.

Le nombre des combinaisons de p éléments pris parmi n éléments

$$\binom{n}{p}=\frac{n!}{p!(n-p)!}=\frac{n\times(n-1)\times...\times(n-p+1)}{p!}$$

Ces nombres, appelés combinaisons ou coefficients binomiaux, peuvent être fournies par une calculatrice.

Combinaisons particulières

$$\binom{n}{0}=1 \quad \binom{n}{1}=n \quad \binom{n}{2}=\frac{n(n-1)}{2} \quad \binom{n}{n}=1$$

Symétrie des combinaisons

$$\binom{n}{p}=\binom{n}{n-p}$$

> En effet, isoler p éléments de E revient à isoler les $n-p$ éléments restants.

Exercices

Le triangle de Pascal des combinaisons

n \ p	$p=0$	$p=1$	$p=2$	$p=3$	$p=4$	...
$n=0$	$\binom{0}{0}=1$					
$n=1$	$\binom{1}{0}=1$	$\binom{1}{1}=1$				
$n=2$	$\binom{2}{0}=1$	$\binom{2}{1}=2$	$\binom{2}{2}=1$			
$n=3$	$\binom{3}{0}=1$	$\binom{3}{1}=3$	$\binom{3}{2}=3$	$\binom{3}{3}=1$		
$n=4$	$\binom{4}{0}=1$	$\binom{4}{1}=4$	$\binom{4}{2}=6$	$\binom{4}{3}=4$	$\binom{4}{4}=1$	
...						

Comme le signale la flèche, $\binom{n}{p}+\binom{n}{p+1}=\binom{n+1}{p+1}$.

Énoncés des exercices

* Exercice 1 — 10 min

Les questions sont indépendantes.

1. Deux équipes de hockey de 12 et 15 joueurs se saluent à la fin d'un match ; chaque joueur d'une équipe serre la main de chaque joueur de l'autre équipe.

   Combien de poignées de mains ont-été échangées ?
2. Combien de menus différents peut-on composer si on a le choix entre 3 entrées, 2 plats et 4 desserts ?
3. Un questionnaire à choix multiple comprend 15 questions. Chaque question a 4 réponses possibles.

   De combien de façons peut-on répondre à ce questionnaire ?

* Exercice 2 — 10 min

On appelle octet une suite de 8 chiffres, chacun de ces chiffres ne pouvant être que 0 ou 1 ; 00111001, 10000010 sont des octets.

1. Combien y a t-il d'octets ?
2. Combien y a t-il d'octets comprenant au moins un 0 ?
3. Combien y a t-il d'octets comprenant un seul 0 ?
4. Combien y a t-il d'octets commençant par la séquence 00 ?

* Exercice 3 — 10 min

1. Combien y a t-il d'anagrammes du mot PAGES ?
2. Combien y a t-il d'anagrammes du mot PAPES ?
3. Combien y a t-il d'anagrammes du mot PAPAS ?

* Exercice 4 — 15 min

Les questions sont indépendantes.

1. À l'occasion d'une compétition sportive avec 15 athlètes, on doit attribuer une médaille d'or, une d'argent et une de bronze.

   Combien de distributions possibles ?
2. Une association de 12 personnes doit choisir un bureau constitué d'un président, d'un secrétaire et d'un trésorier.

Exercices

- Combien de bureaux possibles ?
- Jules est l'une de ces 12 personnes. Combien de bureaux possibles sans Jules ? Combien avec Jules ?
- Juliette est une autre de ces 12 personnes. Combien de bureaux possibles sans Jules ni Juliette ? Combien de bureaux possibles avec Jules ou Juliette ? Combien de bureaux possibles avec Jules et Juliette ?

* Exercice 5 — 10 min

Six personnes choisissent mentalement, l'un après l'autre, un chiffre (de 0 à 9).

1. Combien de résultats possibles ?
2. Combien de résultats possibles ne comprenant pas deux fois un même chiffre ?
3. Combien de résultats comprenant deux fois un même chiffre, au moins une fois ?
4. Combien de résultats comprenant une fois et une fois seulement le chiffre 0 ?

Exercices

* Exercice 6 — 10 min

Un clavier de 9 touches permet de composer le code d'entrée d'un immeuble, à l'aide d'une lettre suivie d'un nombre de 3 chiffres distincts ou pas.

1	2	3
4	5	6
A	B	C

1. Combien de codes différents peut-on former ?
2. Combien de codes sans le chiffre 1 ?
3. Combien de codes avec des chiffres distincts ?

* Exercice 7 — 20 min

Un sac contient 5 jetons verts (numérotés de 1 à 5) et 4 jetons rouges (numérotés de 1 à 4).

1. On tire successivement et au hasard 3 jetons du sac, en remettant à chaque fois le jeton pris dans le sac (trois tirages successifs avec remise). Tous les tirages sont équiprobables.

   On considère les évènements suivants :

   A : « les trois jetons tirés sont verts »,

B : « aucun jeton tiré n'est vert »,

C : « deux au plus des jetons tirés sont verts »,

D : « un et un seul des jetons tirés est vert ».

Calculer la probabilité de chacun de ces évènements.

2. Les règles du jeu changent ; on tire simultanément au hasard 3 jetons du sac. Tous les tirages sont équiprobables.

Calculer les probabilités des évènements A, B, C, D.

* Exercice 8

5 min

On dispose de quatre jetons identiques que l'on veut ranger sur le damier suivant, chaque case ne pouvant comporter plus d'un jeton.

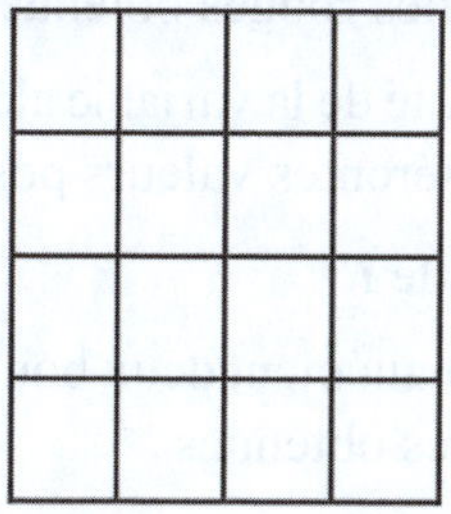

1. Combien y a t-il de façons de disposer les 4 jetons sur le damier ?
2. Combien y a t-il de façons de disposer les 4 jetons sur le damier de telle sorte qu'il y ait exactement un jeton par colonne ?
3. Combien y a t-il de façons de disposer les 4 jetons sur le damier de telle sorte qu'il y ait exactement un jeton par colonne et par ligne ?

* Exercice 9

10 min

Dans une boîte munie d'un orifice il y a 5 souris blanches, 7 souris grises et 3 hamsters. L'expérience consiste à laisser sortir un par un trois de ces rongeurs.

Calculer les probabilités des évènements suivants :

A : « Il ne sort aucune souris blanche »,

B : « Il y a au moins un hamster qui sort »,

C : « Une souris blanche sort en premier ».

* Exercice 10

10 min

Les deux questions sont indépendantes.

1. Sans calculatrice, calculer $\begin{pmatrix}7\\3\end{pmatrix}$.

2. Soient n un entier naturel supérieur à 1 et p un entier naturel compris entre 1 et n.

Démontrer que $p\begin{pmatrix}n\\p\end{pmatrix}=n\begin{pmatrix}n-1\\p-1\end{pmatrix}$.

* Exercice 11

20 min

Dans une urne, il y a deux boules rouges et trois boules vertes.

1. On pioche une boule dans cette urne, on la remet et on en pioche une deuxième. On note R le nombre de boules rouges obtenues.

Déterminer la loi de probabilité de la variable aléatoire R (c'est-à-dire les probabilités que R prenne ses différentes valeurs possibles).

Calculer l'espérance $E(R)$ de R.

2. On pioche maintenant simultanément deux boules dans l'urne. On note encore R le nombre de boules rouges obtenues.

Déterminer la loi de probabilité et l'espérance de R.

* Exercice 12

20 min

Une urne contient 5 boules blanches et 4 boules rouges. On effectue deux tirages successifs d'une boule en respectant la règle suivante :

- si la boule tirée est rouge, on la remet dans l'urne ;
- si elle est blanche, on ne la remet pas.

On note B_k et E_k les évènements respectifs : « la k-ième boule tirée est blanche » et « seule la k-ième boule tirée est blanche » pour $k=1$ et 2.

1. Compléter l'arbre pondéré suivant décrivant le déroulement de l'expérience :

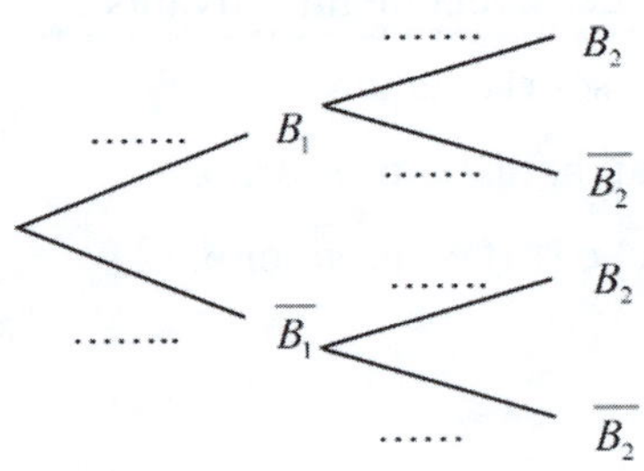

2. Calculer les probabilités des évènements E_1 et E_2.

3. Calculer la probabilité de l'évènement B_2.

4. Sachant que l'on a tiré exactement une boule blanche, quelle est la probabilité que cette boule ait été tirée en dernier ?

* Exercice 13 — 15 min

Dans un jeu de 32 cartes, on tire simultanément 5 cartes. On obtient ainsi ce qu'on appelle une main.

1. Quel est le nombre total de mains ?

2. Toutes les mains étant équiprobables, déterminer la probabilité des évènements suivants :

   A : « La main contient un as et un seul »,

   B : « la main contient deux as et deux seulement »,

   C : « La main contient un brelan (trois as ou trois rois ou …) »,

   D : « La main contient un carré (quatre as ou quatre rois ou…) »,

** Exercice 14 — 30 min

Pour chacune des questions de ce QCM une seule des trois propositions est exacte. Aucune justification n'est demandée.

Une urne contient 8 boules indiscernables au toucher, 5 sont rouges et 3 sont noires.

1. On tire au hasard simultanément 3 boules de l'urne.

   a. La probabilité de tirer 3 boules noires est :

   $\frac{1}{56}$ $\qquad$ $\frac{1}{120}$ $\qquad$ $\frac{1}{3}$

   b. La probabilité de tirer 3 boules de la même couleur est :

   $\frac{11}{56}$ $\qquad$ $\frac{11}{120}$ $\qquad$ $\frac{16}{24}$

2. On tire au hasard une boule dans l'urne, on note sa couleur, on la remet dans l'urne ; on procède ainsi à 5 tirages successifs et deux à deux indépendants.

   a. La probabilité d'obtenir 5 fois une boule noire est :

   $\left(\frac{3}{8}\right)^6$ $\qquad$ $\left(\frac{3}{8}\right)^5$ $\qquad$ $\left(\frac{1}{5}\right)^5$

Exercices

b. La probabilité d'obtenir 2 boules noires et 3 boules rouges est :

$\left(\frac{5}{8}\right)^3 \times \left(\frac{3}{8}\right)^2$ $\qquad$ $2\times\frac{5}{8}+3\times\frac{3}{8}$ $\qquad$ $10\times\left(\frac{5}{8}\right)^3 \times \left(\frac{3}{8}\right)^2$

3. On tire successivement et sans remise deux boules dans cette urne.

On note : R_1 l'évènement : « La première boule tirée est rouge »; N_1 l'évènement : « La première boule tirée est noire »; R_2 l'évènement : « La deuxième boule tirée est rouge » ; N_2 l'évènement : « La deuxième boule tirée est noire ».

a. La probabilité conditionnelle $P_{R_1}(R_2)$ est :

$\frac{5}{8}$ $\qquad$ $\frac{4}{7}$ $\qquad$ $\frac{5}{14}$

b. La probabilité de l'évènement $R_1 \cap N_2$ est :

$\frac{16}{49}$ $\qquad$ $\frac{15}{64}$ $\qquad$ $\frac{15}{56}$

c. La probabilité de tirer une boule rouge au deuxième tirage est :

$\frac{5}{8}$ $\qquad$ $\frac{5}{7}$ $\qquad$ $\frac{3}{28}$

d. La probabilité de tirer une boule rouge au premier tirage sachant qu'on a obtenu une boule noire au second tirage est :

$\frac{15}{56}$ $\qquad$ $\frac{3}{8}$ $\qquad$ $\frac{5}{7}$

** Exercice 15 — 30 min

Dans cet exercice, les résultats seront donnés sous forme de fractions irréductibles.

On dispose de deux dés tétraédriques identiques : les quatre faces de chaque dé sont numérotées A, B, C et D.

1. On lance les deux dés simultanément et on note la lettre de la face sur laquelle repose chacun des dés.

Déterminer la probabilité des évènements suivants :

- E_0 : « ne pas obtenir la lettre A »,
- E_1 : « obtenir une fois la lettre A »,
- E_2 : « obtenir deux fois la lettre A ».

2. On organise un jeu de la façon suivante :

- le joueur lance les deux dés simultanément ;
- si les deux dés reposent sur les faces « A », le jeu s'arrête ;

- si un seul dé repose sur la face « A », le joueur relance l'autre dé et le jeu s'arrête ;
- si aucun dé ne repose sur la face « A », le joueur relance les deux dés et le jeu s'arrête.

a. Compléter l'arbre suivant en indiquant sur chaque branche la probabilité correspondante.

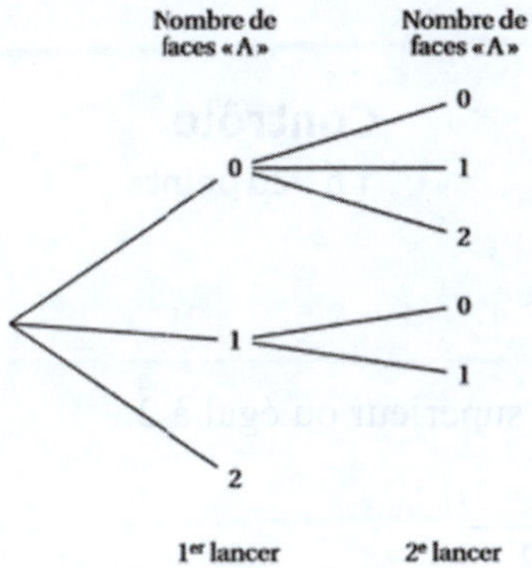

b. Le joueur gagne si, lorsque le jeu s'arrête, les deux dés reposent sur les faces « A ».

Montrer que, pour le joueur, la probabilité de gagner est de $\dfrac{49}{256}$.

c. Pour participer, le joueur doit payer 5 euros. S'il gagne, on lui donne 10 euros. Si, lorsque le jeu s'arrête, un seul dé repose sur la face « A », il est remboursé. Sinon, il perd sa mise.

Le jeu est-il favorable au joueur ?

*** Exercice 16 — 25 min

1. Une boîte contient 7 boules blanches et 9 boules noires.

On tire simultanément deux boules de cette boîte.

a. Quelle est la probabilité que les deux boules tirées soient de la même couleur ?

b. Si on a tiré deux boules de la même couleur, quelle est la probabilité qu'elles soient blanches ?

2. On vide maintenant cette boîte et on y met x boules blanches et deux boules noires de plus que de boules blanches. On tire simultanément deux boules de cette boîte.

a. Montrer que la probabilité de tirer deux boules de la même couleur est donnée par :

$$p(x)=\frac{x^2+x+1}{2x^2+3x+1}.$$

b. Combien faut-il mettre de boules blanches dans cette boîte pour que cette probabilité $p(x)$ soit la plus petite possible ?

Contrôle

1 h • 20 points

Exercice 1

10 min • 4 points

1. Soit n un entier naturel supérieur ou égal à 2.

   Montrer que $\binom{n}{2}=\frac{n(n-1)}{2}$.

2. Déterminer l'entier naturel n tel que $\binom{n}{2}=78$.

Exercice 2

25 min • 10 points

Toutes les questions sont indépendantes.

1. Deux équipes de hand-ball de 11 et 12 joueurs se saluent à la fin d'un match ; chaque joueur d'une équipe serre la main de chaque joueur de l'autre équipe.

   Combien de poignées de mains sont échangées ?

2. Trois guides et quatre touristes partent à l'ascension d'une montagne. Ces 7 personnes forment une cordée dont la première et la dernière personne sont des guides.

   Combien de cordées sont possibles ?

3. Dans un certain pays, on donne à chaque véhicule automobile un sigle d'immatriculation, qui doit être unique pour pouvoir l'identifier. Ce sigle est composé de chiffres (0,1, …, 10) et de lettres (A, B, …, Z). Pour les différentes situations suivantes, déterminez combien de sigles d'immatriculation peuvent exister :

   a. Une plaque d'immatriculation porte 6 chiffres distincts.

   b. Une plaque d'immatriculation porte 6 chiffres, distincts ou non.

   c. Une plaque d'immatriculation porte 6 caractères, pouvant être soit des chiffres, soit des lettres de l'alphabet, chiffres et lettres distincts ou pas.

d. Une plaque d'immatriculation porte 6 caractères, les 3 premiers étant des chiffres, les 3 derniers étant des lettres de l'alphabet, chiffres et lettres distincts ou pas.

4. Soit A l'ensemble des nombres de quatre chiffres, le premier étant non nul.

a. Calculer le nombre d'éléments de A.

b. Dénombrer les éléments de A :

- composés de quatre chiffres distincts,
- composés de quatre chiffres distincts autres que 5 et 7.

5. Un questionnaire à choix multiple comprend 5 questions. Chaque question a 3 réponses possibles, parmi lesquelles on est obligé de choisir.

a. De combien de façons peut-on répondre à ce questionnaire ?

b. Chaque question n'admet qu'une bonne réponse parmi les trois proposées.

Adrien répond au hasard à ce questionnaire. Quelle est la probabilité qu'il ait au moins une réponse juste ? Qu'il ait une et une seule réponse juste ?

Exercice 3

20 min • 4 points

Dans un jeu de 32 cartes, on tire simultanément au hasard 3 cartes ; on obtient ce qu'on appelle une main.

1. Combien de mains y a t-il ? Combien de mains sans as ?

2. On note X le nombre d'as que contient une main.

- Justifier que $P(X=1)=\dfrac{189}{620}$.
- Compléter le tableau suivant, la loi de probabilité de X :

Valeurs x prises par X	0	1	2	3
Les probabilités $P(X=x)$		$\dfrac{189}{620}$		

- Calculer l'espérance $E(X)$ de la variable aléatoire X.
- Si on joue 50 parties (50 fois le tirage simultané de 3 cartes), combien peut-on espérer d'as en tout ?

Contrôle

Exercice 4

⏱ 5 min • 2 points

On dispose de quatre dés A, B, C, D connus comme les dés d'Efron :

- les faces du dé A sont 0, 0, 4, 4, 4, 4,
- les faces du dé B sont 3, 3, 3, 3, 3, 3,
- les faces du dé C sont 2, 2, 2, 2, 6, 6,
- les faces du dé D sont 1, 1, 1, 5, 5, 5.

On lance ces dés et on note A le numéro obtenu sur le dé A, B le numéro obtenu sur le dé B, etc.

Calculer les probabilités suivantes : $P(A>B)$, $P(B>C)$, $P(C>D)$ et $P(D>A)$.

Corrigés exercices

Exercice 1

1. Il est question du produit cartésien entre l'ensemble des joueurs de chaque équipe (principe multiplicatif).

> $12\times15=180$ poignées de mains sont échangées.

2. Encore le produit cartésien entre les trois ensembles des entrées, des plats et des desserts, un menu étant un 3-uplet.

> $3\times2\times4=24$ menus sont possibles.

3. Encore le produit cartésien entre les quinze ensembles des 4 réponses possibles à chaque question.

> Il y a $4\times4\times...\times4=4^{15}$ façons de répondre à ce questionnaire, en admettant qu'on est obligé de répondre à chaque question.

Exercice 2

1. Un octet est une 8-liste d'éléments de l'ensemble E des chiffres 0 et 1, $E=\{0\,;1\}$.

> Il y a $\text{Card}(E^8)=(\text{Card}(E))^8=2^8=256$ octets.

2. Plutôt que de compter les octets qui ont au moins un 0, il est plus facile de compter « tous » les autres, ceux qui n'ont aucun zéro ; il n'y en a qu'un : 11111111.

> Le nombre d'octets comprenant au moins un 0 est $256-1=255$.

3. Le seul 0 peut être à 8 places différentes : la première, la seconde, … Or il n'y a qu'un seul octet ayant un seul 0 en première place : 01111111. Idem pour les autres places.

Il y a 8 octets comprenant un seul 0.

4. Il faut compter le nombre de possibilités pour les six chiffres suivants. Ces 6 chiffres suivants sont une 6-liste d'éléments de $E=\{0\ ;\ 1\}$.

Il y a $2^6=64$ octets commençant par 00.

Exercice 3

1. Un anagramme du mot PAGES est une permutation de l'ensemble des cinq lettres du mot PAGES.

Les anagrammes de PAGES sont au nombre de $5!=5\times4\times3\times2\times1=120$.

2. Attention, il y a deux fois la même lettre ! Deux anagrammes de PAGES : PGAES et GPAES ne font qu'un anagramme du mot PAPES : PPAES. Il y a donc deux fois moins d'anagrammes que pour PAGES

Les anagrammes de PAPES sont au nombre de $\dfrac{120}{2}=60$.

3. La situation de PAGES et PAPES se retrouve pour PAPES et PAPAS.

Les anagrammes de PAPAS sont au nombre de $\dfrac{60}{2}=30$.

Exercice 4

1. Ces médailles sont une 3-liste d'éléments distincts de l'ensemble des athlètes : c'est ce qu'on appelle aussi un arrangement de $p=3$ éléments pris parmi $n=15$ éléments.

Il y a $\dfrac{n!}{(n-p)!}=\dfrac{15!}{(15-3)!}=\dfrac{15!}{12!}\underset{\text{SIMPLIFICATION}}{=}15\times14\times13=2730$ distributions possibles.

On pouvait également se dire directement qu'il y a 15 choix pour l'or, puis 14 pour l'argent, puis 13 pour le bronze, ce qui fait $15\times14\times13$ possibilités.

2. ■ C'est le même genre de questions que précédemment.

Il y a $12\times11\times10=1210$ bureaux possibles.

Corrigés

■

Sans Jules, le bureau est à choisir parmi 11 personnes, au lieu de 12. Il y a donc $11 \times 10 \times 9 = 990$ bureaux possibles sans Jules.

Les bureaux avec Jules, ce sont tous les bureaux sauf ceux où Jules n'est pas ; il y en a donc : $1210 - 990 = 220$.

■

Sans Jules ni Juliette, le bureau est à choisir parmi les 10 personnes restantes. Il y a donc $10 \times 9 \times 8 = 720$ bureaux possibles sans Jules ni Juliette.

Les bureaux avec Jules ou Juliette (c'est-à-dire l'un des deux ou les deux), ce sont tous les bureaux sauf ceux où il n'y a ni Jules ni Juliette. Il y en a donc : $1210 - 720 = 490$.

Jules et Juliette peuvent être, dans l'ordre, président et secrétaire, ou président et trésorier, ou secrétaire et trésorier, ou secrétaire et président, ou… ce qui donne 6 possibilités. À chaque fois, une troisième personne parmi les 10 personnes restantes doit être choisie. Ce qui donne un total de $6 \times 10 = 60$ bureaux avec Jules et Juliette.

Exercice 5

1. Les résultats possibles sont les 6-listes de l'ensemble E des 10 chiffres.

Il y a $\text{Card}(E^6) = (\text{Card}(E))^6 = 10^6 = 1\ 000\ 000$ résultats possibles.

2. Les résultats possibles ne comprenant pas deux fois un même chiffre sont les 6-listes à chiffres distincts, c'est-à-dire les arrangements de $p = 6$ chiffres pris parmi $n = 10$ chiffres.

Il y a $\dfrac{n!}{(n-p)!} = \dfrac{10!}{(10-6)!} = \dfrac{10!}{4!} \underset{\text{SIMPLIFICATION}}{=} 10 \times 9 \times 8 \times 7 \times 6 \times 5 = 151\ 200$ résultats possibles n'ayant que des chiffres distincts.

3. Les résultats demandés sont les autres que les précédents.

Il y a $1\ 000\ 000 - 151\ 200 = 848\ 800$ résultats comprenant un même chiffre, au moins une fois.

4. Ce seul 0 a six positions possibles. Une fois le 0 placé, les autres chiffres sont les 5-listes de 5 chiffres pris parmi les 9 chiffres restants, autres que 0.

Les résultats comprenant une fois et une fois seulement le chiffre 0 sont au nombre de $6 \times 9^5 = 354\ 294$.

Corrigés

Exercice 6

1. Un code (A122, …) est un élément du produit cartésien entre l'ensemble E des 3 lettres et l'ensemble F des 3-listes de l'ensemble des 6 chiffres disponibles, 3-listes qui sont au nombre de $6^3 = 216$.

Il y a $\text{Card}(E\times F) = \text{Card}(E)\times\text{Card}(F) = 3\times 216 = 648$ codes possibles.

2. Un code sans le chiffre 1 est un élément du produit cartésien entre l'ensemble des 3 lettres et l'ensemble des 3-listes de 3 chiffres pris parmi 2, 3, 4, 5 et 6.

Il y a $3\times 5^3 = 375$ codes sans le chiffre 1.

3. Un code avec des chiffres distincts est un élément du produit cartésien entre l'ensemble des 3 lettres et l'ensemble des arrangements de 3 chiffres parmi les 6 chiffres, arrangements qui sont au nombre de $6\times 5\times 4 = 120$.

Il y a $3\times 120 = 360$ codes à chiffres distincts.

Exercice 7

1. Pour calculer la probabilité d'un évènement en situation d'équiprobabilité on utilise la formule de Laplace : $P(\text{évènement}) = \dfrac{\text{nombre de cas favorables}}{\text{nombre total de cas}}$.

Ici, le nombre total de possibilités est $9^3 = 729$, puisque les possibilités sont les 3-listes de l'ensemble des 9 jetons.

Les tirages qui réalisent l'évènement A sont au nombre de $5^3 = 125$, puisque ce sont les 3-listes de l'ensemble des 5 jetons verts.

Les tirages qui réalisent l'évènement B sont au nombre de $4^3 = 64$, puisque ce sont les 3-listes de l'ensemble des 4 jetons rouges.

Quant à C, c'est l'évènement contraire de A ; $\text{C} = \overline{\text{A}}$.

Pour l'évènement D, il y a un jeton vert (5 choix), ce jeton peut arriver en premier ou en deuxième ou en troisième (3 choix) et, pour les 2 autres jetons ce sont les 2-listes de l'ensemble des 4 jetons rouges, 2- listes qui sont au nombre de $4^2 = 16$. En « tout », d'après le principe multiplicatif, le nombre de possibilités qui réalisent l'évènement D sont au nombre de $5\times 3\times 16 = 240$.

$$P(\text{A}) = \frac{125}{729} \qquad P(\text{B}) = \frac{64}{729},$$

$$P(\text{C}) = 1 - P(\text{A}) = \frac{604}{729} \qquad P(\text{D}) = \frac{240}{729} = \frac{80}{243}$$

Corrigés

2. Puisqu'on tire simultanément les jetons, il est question de combinaisons de p jetons pris parmi n jetons dont le nombre est donné par la formule : $\binom{n}{p}=\frac{n!}{p!(n-p)!}=\frac{n(n-1)...(n-p+1)}{p!}$.

Le nombre total de possibilités est $\binom{9}{3}=84$.

Les tirages qui réalisent l'évènement A sont au nombre de $\binom{5}{3}=10$.

Les tirages qui réalisent l'évènement B sont au nombre de $\binom{4}{3}=4$.

L'évènement C est l'évènement contraire de A ; $C=\overline{A}$.

Pour l'évènement D, il est question d'un produit cartésien entre l'ensemble d'1 jeton vert pris parmi 5 jetons verts et l'ensemble de 2 jetons jaunes pris parmi 4 jetons jaunes. En « tout », d'après le principe multiplicatif, le nombre de possibilités qui réalisent l'évènement D sont au nombre de $\binom{5}{1}\times\binom{4}{2}=30$.

$$P(\text{A})=\frac{10}{84}=\frac{5}{42}\qquad P(\text{B})=\frac{4}{84}=\frac{1}{21}$$

$$P(\text{C})=1-P(\text{A})=\frac{37}{42}\qquad P(\text{D})=\frac{30}{84}=\frac{15}{42}=\frac{5}{14}$$

Exercice 8

1. Disposer ces jetons identiques c'est choisir une partie de 4 cases parmi l'ensemble des 16 cases.

Il y a $\binom{16}{4}=1820$ façons de disposer les 4 jetons sur le damier.

Attention !, si les jetons étaient différents, il ne serait plus question de combinaison mais de 4-listes dans l'ensemble des 16 cases, au nombre de $16\times15\times14\times13=43\,680$.

2. Pour avoir 1 jeton par colonne, il faut prendre 1 case parmi 4 dans chaque colonne.

Il y a $4\times4\times4\times4=4^4=256$ façons de disposer les 4 jetons sur le damier de telle sorte qu'il y ait exactement un jeton par colonne.

Corrigés

3.

> Il y a $4\times3\times2\times1=4!=24$ façons de disposer les 4 jetons sur le damier de telle sorte qu'il y ait exactement un jeton par colonne et par ligne.

Exercice 9

La sortie de trois rongeurs l'un après l'autre est une 3-liste aux éléments distincts de l'ensemble des 15 rongeurs (arrangements). Le nombre total de possibilités est $\dfrac{15!}{(15-3)!}=15\times14\times13=2730$.

Les sorties favorables à l'évènement A sont les 3-listes aux éléments distincts de l'ensemble des 10 rongeurs qui ne sont pas des souris blanches, au nombre de $10\times9\times8=720$.

« Il y a au moins un hamster qui sort » est le contraire de « Aucun hamster ne sort ». Les sorties favorables à $\overline{\text{B}}$ sont au nombre de $12\times11\times10=1\,210$ (12 rongeurs ne sont pas des hamsters). Donc les sorties favorables à l'évènement B sont les autres, au nombre de $2\,730-1\,210=1\,520$.

Pour C, la souris blanche qui sort en premier est à choisir parmi les 5 souris blanches ; ensuite, deux autres rongeurs sortent qui sont des 2-listes aux éléments distincts dans les rongeurs restants, 2-listes qui sont au nombre de $14\times13=182$. En « tout », il y a $5\times182=910$ sorties où une souris blanche sort en premier.

$$P(\text{A})=\frac{720}{2\,730}=\frac{24}{91}\quad P(\text{B})=\frac{1\,520}{2\,730}=\frac{152}{273}\quad P(\text{C})=\frac{910}{2\,730}=\frac{1}{3}.$$

Exercice 10

1. $\dbinom{7}{3}=\dfrac{7!}{3!(7-3)!}=\dfrac{7!}{3!4!}=\dfrac{1\times2\times3\times4\times5\times6\times7}{3!4!}=\dfrac{4!\times5\times6\times7}{3!4!}$

$$\Rightarrow\binom{7}{3}=\frac{5\times6\times7}{3!}=\frac{5\times6\times7}{1\times2\times3}=5\times7=35.$$

2. ▪ D'une part, $p\dbinom{n}{p}=p\dfrac{n!}{p!(n-p)!}=\dfrac{p}{p!}\times\dfrac{n!}{(n-p)!}$.

Or $\dfrac{p}{p!}=\dfrac{p}{1\times2\times\ldots\times(p-1)\times p}=\dfrac{1}{1\times2\times\ldots\times(p-1)}=\dfrac{1}{(p-1)!}$.

Donc $p\dbinom{n}{p}=\dfrac{p}{p!}\times\dfrac{n!}{(n-p)!}=\dfrac{1}{(p-1)!}\times\dfrac{n!}{(n-p)!}=\dfrac{n!}{(p-1)!(n-p)!}$.

Corrigés

- D'autre part, $n\binom{n-1}{p-1}=n\dfrac{(n-1)!}{(p-1)!(n-1-(p-1))!}=n\dfrac{(n-1)!}{(p-1)!(n-p)!}$.

Or $\Rightarrow$ $n\times(n-1)!=n\times1\times2\times...\times(n-1)=1\times2\times...\times(n-1)\times n=n!$.

Donc $n\binom{n-1}{p-1}=n\dfrac{(n-1)!}{(p-1)!(n-p)!}=\dfrac{n!}{(p-1)!(n-p)!}$.

$$p\binom{n}{p}=\frac{n!}{(p-1)!(n-p)!} \text{ et } n\binom{n-1}{p-1}=\frac{n!}{(p-1)!(n-p)!}$$
$$\Rightarrow p\binom{n}{p}=n\binom{n-1}{p-1}.$$

Exercice 11

1. Il est question de 2-listes de boules.

Valeurs de R	0	1	2
Probabilités	$\dfrac{3\times3}{5\times5}=\dfrac{9}{25}$	$\dfrac{2\times3+3\times2}{5\times5}=\dfrac{12}{25}$	$\dfrac{2\times2}{5\times5}=\dfrac{4}{25}$

Et $E(R)=0\times\dfrac{9}{25}+1\times\dfrac{12}{25}+2\times\dfrac{4}{25}=\dfrac{20}{25}=0,8$.

2. Il est question de parties de l'ensemble des boules, de combinaisons.

Valeurs de R	0	1	2
Probabilités	$\dfrac{\binom{3}{2}}{\binom{5}{2}}=\dfrac{3}{10}$	$\dfrac{\binom{2}{1}\times\binom{3}{1}}{\binom{5}{2}}=\dfrac{6}{10}$	$\dfrac{\binom{2}{2}}{\binom{5}{2}}=\dfrac{1}{10}$

Et $E(R)=0\times\dfrac{3}{10}+1\times\dfrac{6}{10}+2\times\dfrac{1}{10}=\dfrac{8}{10}=0,8$.

Exercice 12

1.

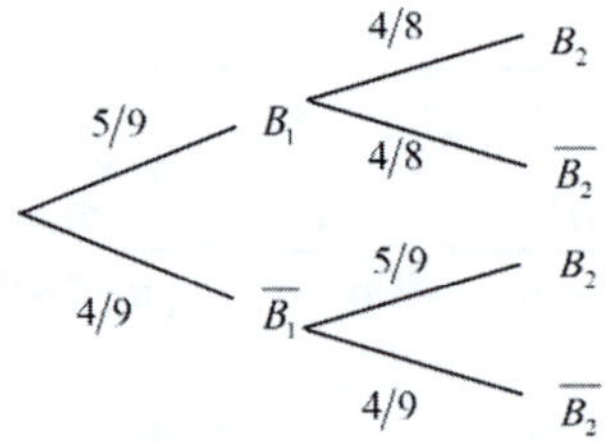

Corrigés

2. E_1 c'est « La première boule est blanche et pas la deuxième », $E_1 = B_1 \cap \overline{B_2}$.

D'après la formule $P(A \cap B) = P(A) \times P_A(B)$, formule vue l'année dernière,

on a : $P(E_1) = P(B_1) \times P_{B_1}(\overline{B_2}) = \frac{5}{9} \times \frac{4}{8} = \frac{5}{18}$.

Et $E_2 = \overline{B_1} \cap B_2$, donc $P(E_2) = P(\overline{B_1}) \times P_{\overline{B_1}}(B_2) = \frac{4}{9} \times \frac{5}{9} = \frac{20}{81}$.

$$P(E_1) = \frac{5}{18} \quad P(E_2) = \frac{20}{81}$$

3. $P(B_2)$ est fourni par la formule des probabilités totales.

$$P(B_2) = P(B_1 \cap B_2) + P(\overline{B_1} \cap B_2)$$
$$\Rightarrow P(B_2) = P(B_1) \times P_{B_1}(B_2) + P(\overline{B_1}) \times P_{\overline{B_1}}(B_2)$$
$$\Rightarrow P(B_2) = \frac{5}{9} \times \frac{4}{8} + \frac{4}{9} \times \frac{5}{9} = \frac{85}{162}.$$

4. L'évènement « Il est sorti exactement une boule blanche » est l'évènement $E = E_1 \cup E_2$.

Est demandée la probabilité conditionnelle $P_E(E_2)$ qui se calcule par la formule vue l'année dernière : $P_E(E_2) = \frac{P(E \cap E_2)}{P(E)}$.

D'une part, $P(E) = P(E_1 \cup E_2) = P(E_1) + P(E_2) - P(E_1 \cap E_2)$.

Mais E_1 et E_2 étant disjoints, $E_1 \cap E_2 = \varnothing$, on a $P(E_1 \cap E_2) = 0$.

Donc $P(E) = P(E_1) + P(E_2) = \frac{5}{18} + \frac{20}{81} = \frac{85}{162}$.

D'autre part, comme E_2 est contenu dans E, $E \cap E_2 = E_2$.

$$P_E(E_2) = \frac{P(E \cap E_2)}{P(E)} = \frac{P(E_2)}{P(E)} = \frac{20/81}{85/162} = \frac{8}{17}$$

Exercice 13

1. Le nombre total de mains est le nombre de combinaisons de 5 cartes prises parmi 32 cartes.

$$\text{Le nombre total de mains est } \binom{32}{5} \underset{\text{CALCULATRICE}}{=} 201\,376.$$

2. Pour A, une main qui réalise l'évènement A est une main comprenant un as parmi les 4 as et 4 cartes parmi les 28 cartes qui ne sont pas des as.

Corrigés

$$P(A)=\frac{\binom{4}{1}\times\binom{28}{4}}{201\,376}=\frac{2\,925}{7\,192}$$

Pour B, une main favorable est une main comprenant deux as parmi les 4 as et 3 cartes parmi les 28 cartes qui ne sont pas des as.

$$P(B)=\frac{\binom{4}{2}\times\binom{28}{3}}{201\,376}=\frac{351}{3\,596}$$

Pour C, une main favorable est une main comprenant un brelan parmi les 8 brelans possibles et 2 cartes parmi les 28 cartes restantes (hors les cartes du brelan et la quatrième carte de même hauteur que celles du brelan).

$$P(C)=\frac{\binom{8}{1}\times\binom{28}{2}}{201\,376}=\frac{27}{1\,798}$$

Pour D, une main favorable est une main comprenant un carré parmi les 8 carrés possibles et une dernière carte parmi les 28 cartes restantes.

$$P(D)=\frac{\binom{8}{1}\times\binom{28}{1}}{201\,376}=\frac{1}{899}$$

Exercice 14

1. a. La probabilité de tirer 3 boules noires est : $\frac{1}{56}$.

b. La probabilité de tirer 3 boules de la même couleur est : $\frac{11}{56}$.

2. a. La probabilité d'obtenir 5 fois une boule noire est : $\left(\frac{3}{8}\right)^5$.

b. La probabilité d'obtenir 2 boules noires et 3 boules rouges est :

$$10\times\left(\frac{5}{8}\right)^3\times\left(\frac{3}{8}\right)^2.$$

3. a. La probabilité conditionnelle $P_{R_1}(R_2)$ est : $\frac{4}{7}$.

b. La probabilité de l'évènement $R_1 \cap N_2$ est : $\frac{15}{56}$.

Corrigés

c. La probabilité de tirer une boule rouge au deuxième tirage est : $\frac{5}{8}$.

d. La probabilité de tirer une boule rouge au premier tirage sachant qu'on a obtenu une boule noire au second tirage est : $\frac{5}{7}$.

Exercice 15

1. Pour le premier dé, il y a quatre possibilités : A, B, C, D ; pour le deuxième dé, c'est pareil. Ce qui donne en tout $4\times4=16$ possibilités.

$$P(E_0)=\frac{3\times3}{4\times4}=\frac{9}{16} \text{ et } P(E_2)=\frac{1\times1}{4\times4}=\frac{1}{16} \text{ ;}$$

$$\text{donc } P(E_1)=1-\frac{9}{16}-\frac{1}{16}=\frac{6}{16}.$$

2. a.

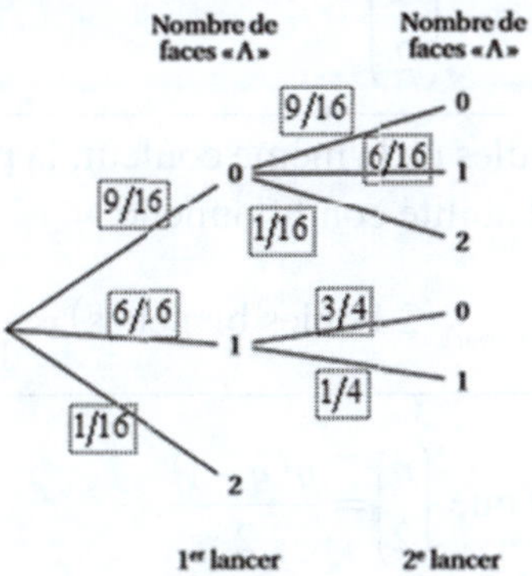

b.

$$P(\text{le joueur gagne})=P(2)+P(1\text{ et }1)+P(0\text{ et }2)$$

$$\Rightarrow P(\text{le joueur gagne})=\frac{1}{16}+\frac{6}{16}\times\frac{1}{4}+\frac{9}{16}\times\frac{1}{16}=\frac{49}{256}.$$

c. Le jeu est favorable au joueur si l'espérance du gain G est positive.

Que peut-il gagner ? $10-5=5$, $5-5=0$, $0-5=-5$ sont les gains (algébriques) possibles.

La loi de probabilité de la variable aléatoire G est :

Valeurs de G	5 €	0 €	–5 €
Probabilités	$\frac{49}{256}$	…..	$P(0\text{ et }0)=\frac{9}{16}\times\frac{9}{16}=\frac{81}{256}$

Corrigés

L'espérance de G vaut $5\text{ €}\times\dfrac{49}{256}+0\text{ €}\times\ldots-5\text{ €}\times\dfrac{81}{256}=-0{,}625$ euros.

> L'espérance de gain est négative, le jeu est défavorable au joueur.

Exercice 16

1. a. La probabilité que les deux boules tirées soient de la même couleur est :

$$\frac{\binom{7}{2}+\binom{9}{2}}{\binom{7+9}{2}}=\frac{19}{40}.$$

b. $P(2\text{ boules blanches})=\dfrac{\binom{7}{2}}{\binom{16}{2}}=\dfrac{7}{40}.$

> Si on a tiré deux boules de la même couleur, la probabilité qu'elles soient blanches est la probabilité conditionnelle :
>
> $$P_{(\text{même couleur})}(2\text{ boules blanches})=\frac{7/40}{19/40}=\frac{7}{19}.$$

2. a. On va utiliser le fait que $\binom{n}{2}=\dfrac{n(n-1)}{2}$.

La probabilité de tirer deux boules de la même couleur est :

$$\frac{\binom{x}{2}+\binom{x+2}{2}}{\binom{2x+2}{2}}=\frac{\frac{x(x-1)}{2}+\frac{(x+2)(x+1)}{2}}{\frac{(2x+2)(2x+1)}{2}}=\frac{x(x-1)+(x+2)(x+1)}{(2x+2)(2x+1)}$$

$$=\frac{2x^2+2x+2}{4x^2+6x+2}\underset{\text{SIMPLIFIER PAR 2}}{=}\frac{x^2+x+1}{2x^2+3x+1}.$$

b. Il s'agit d'étudier les variations de la fonction $p(x)=\dfrac{x^2+x+1}{2x^2+3x+1}$ sur $[0\,;\,+\infty[$ ($x\geq 0$).

La dérivée est :

$$p'(x)=\frac{(2x+1)(2x^2+3x+1)-(x^2+x+1)(4x+3)}{(2x^2+3x+1)^2}=\ldots\ldots=\frac{x^2-2x-2}{(2x^2+3x+1)^2}.$$

Corrigés

Cette dérivée a le signe du trinôme x^2-2x-2. Après étude (discriminant,…), on sait que ce trinôme s'annule en $x=1+\sqrt{3}\approx 2,7$. C'est là qu'est réalisé le minimum de *p*.

Mais notre *x* est entier. On cherche donc où se réalise le minimum, en $x=2$ ou en $x=3$. On calcule : $p(2)=0,466.....$ et $p(3)=0,464.....$

Il faut $x=3$ boules blanches pour que $p(x)$ soit minimal.

Corrigés contrôle

Exercice 1

1.

$$\binom{n}{2}=\frac{n!}{2!(n-2)!}=\frac{1\times 2\times 3\times .....\times(n-2)\times(n-1)\times n}{2!\times(n-2)!}$$

$$\Rightarrow \binom{n}{2}=\frac{(n-2)!\times(n-1)\times n}{2!\times(n-2)!}=\frac{(n-1)\times n}{2!}=\frac{n(n-1)}{2}.$$

2. $\binom{n}{2}=78 \Leftrightarrow \frac{n(n-1)}{2}=78 \Leftrightarrow n(n-1)=156 \Leftrightarrow n^2-n-156=0.$

Les solutions de l'équation du second degré $x^2-x-156=0$ sont -12 et 13.

n est un entier naturel, donc $n=13$.

Exercice 2

1. Une question de produit cartésien entre les deux équipes.

$11\times 12=132$ poignées de main sont échangées.

2. Le premier guide est à choisir parmi les 3 guides. Une fois le premier guide choisi, le guide qui ferme la marche est à choisir parmi les 2 guides restants.

Quant aux choix pour les personnes au milieu, ce sont les permutations d'un ensemble de 5 personnes, permutations au nombre de $5!=120$.

Il y a $3\times 2\times 120=720$ cordées possibles.

3. a. Pour les plaques d'immatriculation portant 6 chiffres distincts.

Les 6 chiffres distincts sont une 6-liste d'éléments distincts d'un ensemble de 10 chiffres. Ce sont des arrangements qui sont au nombre de $10\times 9\times 8\times 7\times 6\times 5=151\ 200$.

b. Pour les plaques d'immatriculation portant 6 chiffres, distincts ou non.

Les 6 chiffres sont une 6-liste d'éléments d'un ensemble de 10 chiffres. Ces 6-listes sont au nombre de 10^6.

c. Pour les plaques d'immatriculation portant 6 caractères, pouvant être soit des chiffres, soit des lettres de l'alphabet, chiffres et lettres distincts ou pas.

Les 6 chiffres ou lettres sont une 6-liste d'éléments d'un ensemble de 10 chiffres et 26 lettres. Ces 6-listes sont au nombre de $(10+26)^6 = 36^6$.

d. Pour les plaques d'immatriculation portant 6 caractères, les 3 premiers étant des chiffres, les 3 derniers étant des lettres de l'alphabet, chiffres et lettres distincts ou pas.

Il y a 10^3 possibilités pour les 3 chiffres et 26^3 possibilités pour les 3 lettres, ce qui fait en tout (principe multiplicatif) $10^3 \times 26^3$.

a. 151 200	b. 10^6	c. 36^6	d. $10^3 \times 26^3 = 36^3$

4. a. Il y a $9 \times 10 \times 10 \times 10 = 9\ 000$ éléments de A.

   b. ▪ Il y a $9 \times 9 \times 8 \times 7 = 4\ 536$ éléments de A composés de 4 chiffres distincts.

   ▪ Il y a $7 \times 7 \times 6 \times 5 = 1\ 470$ éléments de A composés de 4 chiffres distincts autres que 5 et 7.

5. a. Il y a $3^5 = 243$ façons peut-on répondre à ce questionnaire ?

   b. ▪ « Avoir au moins une réponse juste » est l'évènement contraire de « N'avoir aucune réponse juste ».

   La probabilité de n'avoir aucune réponse juste est : $\frac{2^5}{3^5} = \frac{32}{243}$. Donc la probabilité d'avoir au moins une réponse juste est $1 - \frac{32}{243} = \frac{211}{243}$.

   ▪ La seule réponse juste est à l'une des 5 questions. Les 4 autres réponses sont fausses.

   Donc la probabilité d'avoir une et une seule réponse juste vaut $5 \times \frac{2^4}{243} = \frac{80}{243}$.

Exercice 3

1.

$$\text{Le nombre de mains est } \binom{32}{3} = 4\ 960.$$

$$\text{Le nombre de mains sans as est } \binom{28}{3} = 3\ 276.$$

2. ■ Comptons le nombre de mains avec un seul as. Cet as est à prendre parmi les 4 as. Les 2 autres cartes sont à prendre parmi les 28 cartes qui ne sont pas des as. Donc le nombre de mains avec un seul as est $\binom{4}{1} \times \binom{28}{2} = 1\ 512$.

$$P(X=1) = \frac{1\ 512}{4\ 960} = \frac{189}{620}$$

■

$X = x$	0	1	2	3
$P(X=x)$	$\frac{3\ 276}{4\ 960} = \frac{819}{1\ 240}$	$\frac{189}{620}$	$\frac{\binom{4}{2} \times \binom{28}{1}}{4\ 960} = \frac{21}{620}$	$\frac{\binom{4}{3}}{4\ 960} = \frac{1}{1\ 240}$

On vérifie que la somme des probabilités vaut 1.

■

$$E(X) = 0 \times \frac{819}{1\ 240} + 1 \times \frac{189}{620} + 2 \times \frac{21}{620} + 3 \times \frac{1}{1\ 240} = \frac{3}{8}.$$

■

$\frac{3}{8}$ d'as espéré en une partie font $50 \times \frac{3}{8} = \frac{75}{4} = 18{,}75 \approx 19$ as espérés en 50 parties.

Exercice 4

C'est amusant

$$P(A > B) = \frac{4 \times 6}{6 \times 6} = \frac{2}{3} \quad P(B > C) = \frac{6 \times 4}{6 \times 6} = \frac{2}{3}$$

$$P(C > D) = \frac{4 \times 3 + 2 \times 6}{6 \times 6} = \frac{2}{3} \quad P(D > A) = \frac{3 \times 2 + 3 \times 6}{6 \times 6} = \frac{2}{3}$$

8 Probabilités

1. Lois binomiales

Épreuves de Bernoulli, lois de Bernoulli

Une expérience aléatoire qui n'a que deux issues, l'une nommée Succès, l'autre Echec, s'appelle une épreuve de Bernoulli. Appelons X la variable aléatoire du nombre de succès. Ou il y a succès ou il y a échec, ou $X=1$ ou $X=0$.

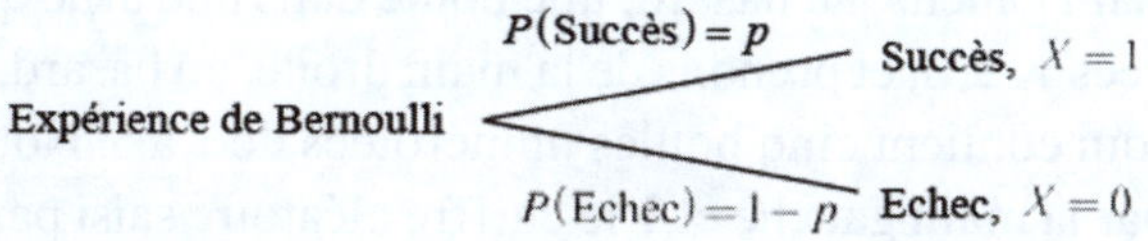

La loi de probabilité de la variable aléatoire X est dressée dans ce tableau :

Les valeurs de X	0	1
Leurs probabilités	$1-p$	p

On dit que X suit une loi de Bernoulli de paramètre p.

L'espérance de X vaut $E(X)=p$, sa variance est $V(X)=p(1-p)$, et son écart type $\sigma(X)=\sqrt{V(X)}=\sqrt{p(1-p)}$.

Lois binomiales

On répète n fois de suite (n un entier naturel) la même épreuve de Bernoulli ; c'est une succession de n épreuves de Bernoulli identiques et indépendantes de même paramètre p. Soit X la variable aléatoire égale au nombre total de succès. La variable aléatoire X prend les valeurs entières k de 0 à n.

Les probabilités de X

$$P(X=k)=\binom{n}{k}p^k(1-p)^{n-k}$$

On dit que X suit la loi binomiale de paramètres n et p, notée B (n ; p).

Des valeurs approximatives de ces probabilités sont données par les calculatrices.

Des probabilités remarquables, à savoir

$$P(\text{aucun succès}) = P(X=0) = (1-p)^n$$

$$P(\text{que des succès}) = P(X=n) = p^n$$

$$P(\text{au moins un succès}) = P(X \geq 1) = 1 - P(X=0) = 1-(1-p)^n$$

2. Somme de variables aléatoires indépendantes

Un exemple

Prenons de la main gauche, au hasard, une boule dans une urne qui contient trois boules numérotées 1, 2, 3, et prenons de la main droite, au hasard, une boule dans une autre urne qui contient cinq boules numérotées de 1 à 5. Notons X le chiffre aléatoire saisi par la main gauche et Y le chiffre aléatoire saisi par la main droite.

Les deux mains agissant indépendamment l'une de l'autre, les variables aléatoires X et Y sont indépendantes, elles donnent lieu à des évènements indépendants : $P((X=x)\cap(Y=y)) = P(X=x)\times P(Y=y)$ (cours de l'année précédente).

Appelons Z la somme des chiffres obtenus : $Z = X+Y$; Z est la somme des variables aléatoires indépendantes X et Y.

Des formules pour la somme de variables aléatoires indépendantes

Pour X et Y, variables aléatoires indépendantes

Espérance :	$E(X+Y) = E(X)+E(Y)$
Variance :	$V(X+Y) = V(X)+V(Y)$

Autre présentation de la loi binomiale ; ses espérance, variance, écart type

Soit X une variable aléatoire suivant la loi binomiale de paramètres n et p. Alors X est le nombre total de succès dans la succession d'épreuves de Bernoulli identiques et indépendantes ; X est la somme du nombre de succès à chaque épreuve, notés $X_1,\ X_2,\ \ldots,\ X_n$.

On a donc $X = X_1 + X_2 + \ldots + X_n$, où les X_i sont des variables aléatoires indépendantes, suivant la même loi de Bernoulli de paramètre p.

Espérance de la loi binomiale B (*n* ; *p*)

$$E(X)=E(X_1+X_2+...+X_n) \underset{\text{INDEPENDANCE}}{=} E(X_1)+E(X_2)+...+E(X_n)$$
$$\Rightarrow E(X)=p+p+...+p \Rightarrow E(X)=np.$$

Variance de la loi binomiale B (*n* ; *p*)

$$V(X)=V(X_1+X_2+...+X_n) \underset{\text{INDEPENDANCE}}{=} V(X_1)+V(X_2)+...+V(X_n)$$
$$\Rightarrow V(X)=p(1-p)+...+p(1-p) \Rightarrow V(X)=np(1-p).$$

Écart-type de la loi binomiale B (*n* ; *p*)

$$\sigma(X)=\sqrt{V(X)}=\sqrt{np(1-p)}$$

3. L'inégalité de Bienaymé-Tchebychev

Pour une variable aléatoire X d'espérance m et de variance V

$$\text{Quel que soit } a>0, \quad P(|X-\mu|\geq a)\leq \frac{V}{a^2}$$

Remarquons que l'évènement $(|X-\mu|\geq a)$ est l'évènement contraire de $(|X-\mu|<a)=(X\in]\mu-a\ ;\ \mu+a[)$. L'inégalité de Bienaymé-Tchebychev donne donc un majorant de la probabilité que *X* s'écarte de sa moyenne de plus de *a*.

Remarquons aussi que, puisque $(|X-\mu|\geq a)$ et $(|X-\mu|<a)$ sont des évènements contraires, $P(|X-\mu|<a)=1-P(|X-\mu|\geq a)$ et donc :

$$P(|X-\mu|\geq a)\leq \frac{V}{a^2} \Rightarrow P(|X-\mu|<a)>1-\frac{V}{a^2}.$$

Énoncés des exercices

* Exercice 1 — 5 min

Dans ce lycée, un élève qui passe son Bac a 85 % de chances de l'obtenir.

1. Bastien est un de ces élèves. On note X la variable aléatoire égale à 1 si Bastien obtient son Bac, 0 sinon.

   Donner la loi de probabilité de X, espérance, variance et écart-type de X.

2. Dans ce lycée 200 élèves passent le bac. Quel nombre de succès peut-on espérer ?

Exercices

* Exercice 2 — 15 min

Soient X et Y des variables aléatoires indépendantes ; X suit une loi de Bernoulli de paramètre $\frac{1}{3}$ et Y suit une loi de Bernoulli de paramètre $\frac{1}{4}$.

1. Donner les probabilités $P(X=1)$, $P(X=0)$, $P(Y=1)$ et $P(Y=0)$.
2. Calculer $P((X=0)\cap(Y=0))$.

   On rappelle que, pour deux évènements A et B indépendants :

   $$P(A\cap B)=P(A)\times P(B).$$

3. On pose $Z=X+Y$.

   - Justifier que $P(Z=2)=\frac{1}{12}$.
   - Compléter le tableau suivant donnant la loi de probabilité de la variable aléatoire Z :

Valeurs prises par Z	0	1	2
Leurs probabilités			

   - Calculer l'espérance $E(Z)$ de Z.
   - Calculer la probabilité conditionnelle $P_{(Z=1)}(X=0)$.

* Exercice 3 — 10 min

On lance deux dés, à 6 faces. On note X et Y les chiffres obtenus sur chacun des deux dés. Calculer la probabilité $P(X+Y=5)$.

Exercice 4

15 min

Une boîte contient deux jetons portant le numéro 0 et un jeton numéroté 1.

On effectue trois tirages successifs avec remise d'un jeton dans la boîte ; ces tirages étant avec remise, ils sont indépendants.

Pour $k=1$ ou 2 ou 3, on note X_k la variable aléatoire égale au numéro du jeton tiré au k-ième tirage.

1. Quelle est la loi de probabilité de chacune des variables X_k ?

2. Compléter l'arbre pondéré suivant décrivant l'expérience :

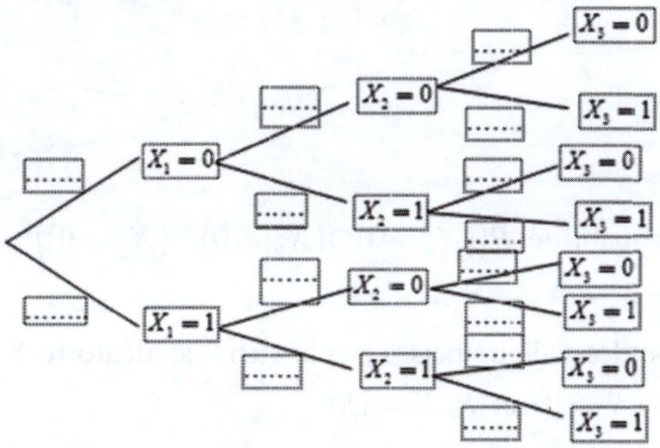

3. Calculer la probabilité ’$\big((X_1=0)\cap(X_2=0)\cap(X_3=0)\big)$. On rappelle que, pour des évènements indépendants :

$$P(\text{l'intersection de ces évènements}) = \text{le produit des probabilités de chacun de ces évènements.}$$

4. On note $X=X_1+X_2+X_3$.

- Quelles sont les valeurs prises par la variable aléatoire X ?
- Justifier que $P(X=0)=\dfrac{8}{27}$.
- Calculer $P(X=3)$ et $P(X=1)$.
- Déduire des résultats précédents $P(X=2)$.
- Quelle est la loi de probabilité de X ?

Exercice 5

20 min

Une boîte contient trois jetons portant le numéro 0 et un jeton numéroté 1.

On effectue trois tirages successifs sans remise d'un jeton dans la boîte ; ces tirages étant sans remise ils ne sont pas indépendants.

Pour $k=1$ ou 2 ou 3, on note X_k la variable aléatoire égale au numéro du jeton tiré au k-ième tirage.

1. Compléter l'arbre pondéré suivant décrivant l'expérience :

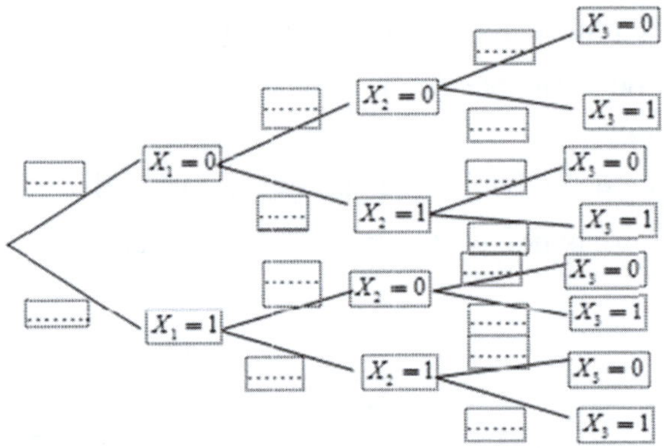

2. Calculer la probabilité $P\left((X_1=0)\cap(X_2=0)\cap(X_3=0)\right)$.

3. On note $X=X_1+X_2+X_3$.

- Quelles sont les valeurs prises par la variable aléatoire X ?
- Calculer $P(X=0)$ et $P(X=1)$.
- Calculer l'espérance de X.
- Calculer la variance et l'écart type de X.

On rappelle que $V(X)=\sum_x (x-E(X))^2 P(X=x)$.

Exercice 6

15 min

1. Ce professeur a une classe de 35 élèves. Il décide de poser une question à chacun de ses élèves. On admet qu'en moyenne un élève connaît la réponse à 4 questions sur 10.

On note X le nombre aléatoire d'élèves qui connaîtront la réponse à la question du professeur.

- X suit une loi binomiale de paramètres n et p ; donner n et p.
- Donner $P(X=17)$, au millième près.
- Calculer l'espérance $E(X)$. Interpréter la réponse dans le cadre de l'exercice.

2. Ce professeur décide de s'acharner sur un seul élève qui connait, en moyenne, la réponse à 2 questions sur 10. Il pose vingt questions à cet élève.

On note Y le nombre aléatoire de questions dont cet élève a la réponse.

- Y suit une loi binomiale de paramètres n et p ; donner n et p.
- Donner $P(Y=5)$, au millième près.
- Calculer la probabilité que cet élève connaisse au moins une réponse.

3. Ce malheureux élève a 8 professeurs qui ont tous décidé, le même jour, de lui poser une question.

On note Z le nombre aléatoire de professeurs auxquels cet élève répondra avec succès.

- Z suit une loi binomiale de paramètres n et p ; donner n et p.
- Trouver $P(Z=1 \text{ ou } 2)$, au millième près.

* Exercice 7

15 min

Cet avion peut accueillir 300 personnes ; des statistiques montrent qu'en moyenne 8 % des clients ayant réservé ne viennent pas. On suppose que les clients agissent indépendamment les uns des autres. Soit X la variable aléatoire : « nombre de clients qui viennent parmi les 300 qui ont réservé ».

1. Quelle est la loi de X ? Donner ses paramètres, son espérance, sa variance.
2. Quelle est la probabilité que X soit supérieur à 298.
3. La supposition que les clients agissent indépendamment les uns des autres vous semble-t-elle raisonnable ?

* Exercice 8

5 min

Monsieur Machin fait 500 voyages par an dans un tramway.

Il y a une probabilité de 0,06 d'être contrôlé lorsqu'on prend le tramway.

Quelle est la probabilité que Monsieur Machin soit contrôlé au moins une fois ?

* Exercice 9

20 min

On lance un dé 60 fois de suite. On note X le nombre aléatoire de six obtenus.

1. Quelle est la loi suivie par la variable aléatoire X ? Préciser ses paramètres. Donner l'espérance $E(X)$ de X.
2. Calculer $P(X=10)$, le résultat sera arrondi au centième près.
3. Calculer $P(X=9 \text{ ou } 10)$, le résultat sera arrondi au centième près.
4. Calculer la probabilité d'obtenir au moins un six, le résultat sera arrondi au centième près.
5. On admet que l'écart type de X vaut $\sigma(X)=2{,}9$.

   Calculer $P\big(X \in [E(X)-\sigma(X)\ ;\ E(X)+\sigma(X)]\big)$, le résultat sera arrondi au centième près.
6. Calculer la probabilité qu'on obtienne un premier six au troisième lancer.

* Exercice 10

⏱ 15 min

Une association organise des promenades en montagne. Douze guides emmènent chacun, pour la journée, un groupe de personnes. L'été il y a plus de demandes que de guides et chaque groupe doit s'inscrire la veille de la promenade.

Mais l'expérience des dernières années prouve que la probabilité que chacun des groupes inscrits ne se présente pas au départ de la promenade est égale à $\frac{1}{8}$.

On admettra que les groupes inscrits se présentent indépendamment les uns des autres.

Les probabilités demandées seront arrondies au millième le plus proche.

1. Montrer que la probabilité p qu'un jour donné les 12 groupes inscrits soient tous présents est comprise entre 0,20 et 0,21.

   On désigne par X la variable aléatoire égale au nombre de jours où les 12 groupes inscrits se sont tous présentés au départ lors d'un mois de 30 jours.

2. Montrer que X suit une loi binomiale dont on précisera les paramètres.
3. Donner la signification des évènements $X = 30$ et $X = 0$, puis calculer la probabilité de ces évènements.
4. Préciser l'espérance mathématique $E(X)$. Quelle signification peut-on donner à ce résultat ?

* Exercice 11

⏱ 25 min

Un industriel doit vérifier l'état de marche de ses machines et en remplacer si besoin. D'après des statistiques précédentes, il évalue à 30 % la probabilité pour une machine de tomber en panne en 5 ans ; parmi ces dernières, la probabilité de devenir hors d'usage suite à une panne plus grave est évaluée à 75 % ; cette probabilité est de 40 % pour une machine n'ayant jamais eu de panne.

1. Quelle est la probabilité pour une machine de devenir hors d'usage en 5 ans ?
2. Quelle est la probabilité pour une machine hors d'usage de n'avoir jamais eu de panne auparavant ?
3. Soit X la variable aléatoire du nombre de machines hors d'usage au bout de 5 ans parmi 10 machines choisies au hasard. Quelle est la loi de probabilité de X ? Calculer $P(X = 4)$ au centième près.

* Exercice 12 — 15 min

On considère une usine dont le nombre de pièces fabriquées en une journée est une variable aléatoire X d'espérance $\mu = 50$ et d'écart-type $\sigma = 5$.

1. En utilisant l'inégalité de Bienaymé-Tchebychev, montrer que :

$$P(|X - 50| \geq 25) \leq 0{,}04.$$

2. En déduire que $P(|X - 50| < 25) \geq 0{,}96$.
3. Justifier que $|X - 50| < 25 \Leftrightarrow 25 < X < 75$.
4. Parmi les deux inégalités suivantes, une seule est juste ; laquelle ?, justifier :

$$P(X \geq 75) \leq 0{,}04 \qquad P(X \geq 75) > 0{,}96.$$

* Exercice 13 — 15 min

On lance 3 600 fois de suite un dé équilibré. Soit S la variable aléatoire égale au nombre d'apparitions du 1.

1. Quelle est la loi suivie par S ? Donner ses paramètres, son espérance, sa variance.
2. En utilisant l'inégalité de Bienaymé-Tchebychev, montrer que : $P(|S - 600| \geq 10) \leq 5$. Pourquoi cette inégalité est-elle sans intérêt ?
3. Trouver un majorant de $P(|S - 600| \geq 100)$.

   En déduire que $P(500 < S < 700) > 0{,}95$.

   Recopier et compléter la phrase suivante : « Il y a au moins 95 % de ……… que le 1 ……… ».

** Exercice 14 — 20 min

Un livre de 100 pages contient 1 000 erreurs, réparties au hasard des pages. On ouvre le livre à une page quelconque et on compte le nombre X d'erreurs contenues dans cette page.

1. Justifier que l'espérance μ de la variable aléatoire X vaut 10.
2. On suppose que X suit une loi binomiale de paramètres $n = 1\,000$ et p.

   Justifier que $p = 0{,}01$.
3. Calculer la variance V de X.
4. En utilisant l'inégalité de Bienaymé-Tchebychev, donner un majorant de $P(|X - 10| \geq 10)$. En déduire que $P(X \geq 20) \leq 0{,}1$.

** Exercice 15 — 20 min

Une urne contient n boules dont cinq sont blanches et les autres noires. On effectue 10 tirages successifs indépendants en remettant la boule dans l'urne après chaque tirage.

Vrai ou Faux : « 13 est la plus petite valeur de l'entier n, pour laquelle la probabilité d'obtenir au moins une boule noire sur les 10 tirages est supérieure ou égale à 0,9999 » ? Justifier.

*** Exercice 16 — 30 min

Soient $X_1, X_2, \ldots, X_n$ des variables aléatoires indépendantes identiques, suivant la même loi de probabilité d'espérance μ et de variance V. On pose $S_n = X_1 + X_2 + \ldots + X_n$ et $M_n = \dfrac{S_n}{n} = \dfrac{X_1 + X_2 + \ldots + X_n}{n}$.

1. En appliquant l'inégalité de Bienaymé-Tchebychev à S_n, montrer que, pour tout $a > 0$, $P\left(\left|\dfrac{S_n}{n} - \mu\right| \geq \dfrac{a}{n}\right) \leq \dfrac{nV}{a^2}$.
2. Déduire du résultat précédent que, pour tout $b > 0$, $P\left(\left|M_n - \mu\right| \geq b\right) \leq \dfrac{V}{nb^2}$; cette inégalité s'appelle une inégalité de concentration, concentration de M_n autour de l'espérance μ.
3. Justifier que, pour tout $b > 0$, $\lim\limits_{n \to +\infty} P\left(\left|M_n - \mu\right| < b\right) = 1$.
4. On suppose dans cette question que les X_i suivent une loi de Bernoulli de paramètre 0,2.
   - Montrer que $P\left(\left|M_{100} - 0{,}2\right| < 0{,}1\right) \geq 0{,}84$.
   - Montrer que, si $b \geq 0{,}18$, alors $P\left(\left|M_{100} - 0{,}2\right| < b\right) \geq 0{,}95$.

Contrôle

1 h · 20 points

Exercice 1 — 25 min · 8 points

Un garagiste décide de lancer une campagne promotionnelle sur les pneus. Il envoie un courrier à 50 personnes prélevées au hasard dans sa banque de données de clients potentiels. La probabilité pour qu'une personne, ayant reçu le courrier, vienne changer les pneus de sa voiture chez ce garagiste est égale à 0,05.

On considère le nombre aléatoire N de clients, parmi ces 50, qui viendront changer les pneus de leur voiture chez ce garagiste.

1. Justifier que N suit une loi binomiale ; donner ses paramètres, son espérance, sa variance, son écart-type (arrondi à l'unité).
2. Calculer, au centième près, $P(N=3)$.
3. ▪ Ce garagiste peut-il être certain, à 100 %, qu'au moins une personne viendra changer ses pneus ?
   ▪ Ce garagiste peut-il être à peu près certain, à au moins 99 %, qu'au moins une personne viendra changer ses pneus ? Sinon, quel pourcentage de chances lui donnez-vous ?
   ▪ À combien de personnes minimum devrait-il envoyer le courrier pour que ses chances qu'au moins une personne vienne changer les pneus de sa voiture soient supérieures à 99 % ?

Exercice 2

25 min • 8 points

Partie A

Un grossiste achète des boîtes de thé vert chez deux fournisseurs. Il achète 80 % de ses boîtes chez le fournisseur A et 20 % chez le fournisseur B.

10 % des boîtes provenant du fournisseur A présentent des traces de pesticides et 20 % de celles provenant du fournisseur B présentent aussi des traces de pesticides.

On prélève au hasard une boîte du stock du grossiste et on considère les évènements suivants : l'évènement A: « la boîte provient du fournisseur A », l'évènement B : « la boîte provient du fournisseur B », l'évènement S : « la boîte présente des traces de pesticides ».

1. Quelle est la probabilité de $\mathrm{B} \cap \overline{\mathrm{S}}$?
2. Justifier que la probabilité que la boîte prélevée ne présente aucune trace de pesticides est égale à 0,88.

Partie B

Le gérant d'un salon de thé achète 10 boîtes chez le grossiste précédent. Le stock de ce dernier est suffisamment important pour modéliser cette situation par un tirage aléatoire de 10 boîtes avec remise. Soit la variable aléatoire X égale au nombre de boîtes sans trace de pesticides parmi les 10 boîtes.

1. Justifier que la variable aléatoire X suit une loi binomiale dont on précisera les paramètres.
2. Calculer la probabilité qu'au moins 9 boîtes ne présentent aucune trace de pesticides. Arrondir au centième.

Contrôle

Exercice 3

⏰ 10 min • 4 points

Le nombre de pantalons confectionnés en une journée dans un atelier de couture est une variable aléatoire X d'espérance $\mu = 100$ et d'écart-type $\sigma = 10$.

1. Montrer que $P(|X-100| \geq 20) \leq 0,25$.

En déduire que $P(X \geq 120) \leq 0,25$ et que $P(|X-100| < 20) \geq 0,75$.

2. On considère la suite (u_n) définie pour tout entier naturel n, par : $u_n = P(|X-100| < n)$.

- Que vaut u_0 ?
- Justifier que la suite (u_n) est croissante, majorée, convergente.
- Déterminer un entier n tel que $u_n \geq 0,99$.

Corrigés exercices

Exercice 1

1. La variable aléatoire X suit une loi de Bernoulli de paramètre :

$$p = P(X=1) = 0,85.$$

Son espérance est $E(X) = p = 0,85$.

Sa variance est $V(x) = p(1-p) = 0,85 \times 0,15 = 0,1275$.

Son écart-type est $\sigma(X) = \sqrt{V(X)} = 0,357...$

2. On espère $200 \times 0,85 = 170$ succès.

Exercice 2

1. $P(X=1) =$ le paramètre de $X = \frac{1}{3}$, $P(X=0) = 1 - \frac{1}{3} = \frac{2}{3}$ et $P(Y=1) = \frac{1}{4}$,

$P(Y=0) = 1 - \frac{1}{4} = \frac{3}{4}$.

2. $P((X=0) \cap (Y=0)) \underset{\text{INDEPENDANCE}}{=} P(X=0) \times P(Y=0) = \frac{2}{3} \times \frac{3}{4} = \frac{1}{2}$.

3. ▪ On a $(Z=2) = (X=1) \cap (Y=1)$.

Donc $P(Z=2) = P((X=1) \cap (Y=1)) = P(X=1) \times P(Y=1) = \frac{1}{12}$.

■

Valeurs prises par Z	0	1	2
Leurs probabilités	$\dfrac{1}{2}$	$1-\dfrac{1}{2}-\dfrac{1}{12}=\dfrac{5}{12}$	$\dfrac{1}{12}$

■

$$E(Z) = \text{somme des } (\text{valeurs de } Z \times \text{leurs probabilités})$$

$$\Rightarrow E(Z) = 0\times\frac{1}{2}+1\times\frac{5}{12}+2\times\frac{1}{12}=\frac{7}{12}.$$

■ On utilise la formule $P_A(B)=\dfrac{P(A\cap B)}{P(A)}$.

Alors $P_{(Z=1)}(X=0)=\dfrac{P((Z=1)\cap(X=0))}{P(Z=1)}$.

Mais $(Z=1)\cap(X=0)=(Y=1)\cap(X=0)$.

$$P_{(Z=1)}(X=0)=\frac{P((Z=1)\cap(X=0))}{P(Z=1)}=\frac{P((Y=1)\cap(X=0))}{P(Z=1)}$$

$$=\frac{P(Y=1)\times P(X=0)}{P(Z=1)}=\frac{3/4\times 1/3}{5/12}=\frac{3}{5}.$$

Exercice 3

$X+Y=5$ n'est possible que si on obtient 1 et 4, ou 2 et 3, ou 3 et 2, ou 4 et 1 ; quatre possibilités en tout..

Comme toutes les possibilités sont au nombre de $6\times 6=36$, chaque possibilité a une probabilité de $\dfrac{1}{36}$ puisqu'on est en situation d'équiprobabilité.

$$P(X+Y=5)=4\times\frac{1}{36}=\frac{1}{9}$$

Corrigés

Exercice 4

1. Chacune des variables X_k suit une loi de Bernoulli de paramètre $P(X_k=1)=\frac{1}{3}$.

2.

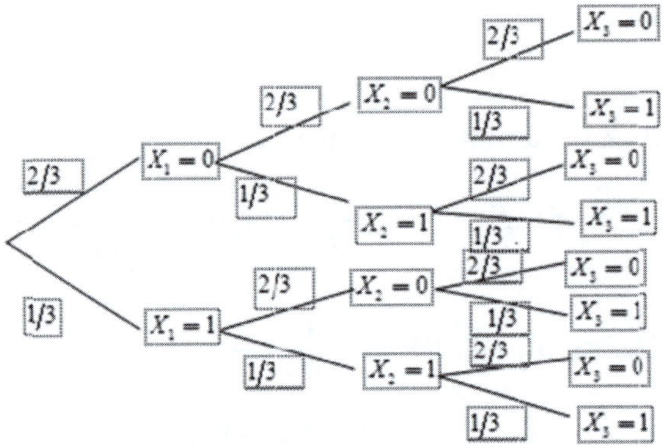

3. $P\big((X_1=0)\cap(X_2=0)\cap(X_3=0)\big)\underset{\text{INDEPENDANCE}}{=}P(X_1=0)P(X_2=0)P(X_3=0)$

$$P\big((X_1=0)\cap(X_2=0)\cap(X_3=0)\big)=\left(\frac{2}{3}\right)^3=\frac{8}{27}$$

4.
- $X=X_1+X_2+X_3$ prend les valeurs 0, 1, 2, 3.
- $(X=0)=(X_1=0)\cap(X_2=0)\cap(X_3=0)$ donc $P(X=0)=\frac{8}{27}$.
-

$$(X=3)=(X_1=1)\cap(X_2=1)\cap(X_3=1)$$

$$\Rightarrow P(X=3)=P(X_1=1)P(X_2=1)P(X_3=1)=\left(\frac{1}{3}\right)^3=\frac{1}{27}.$$

Quant à l'évènement $(X=1)$, il se produit quand X_1, X_2, X_3 prennent respectivement les valeurs : 1, 0, 0 ou 0, 1, 0, ou 0, 0, 1. Or

$$P\big((X_1=1)\cap(X_2=0)\cap(X_3=0)\big)=P(X_1=1)P(X_2=0)P(X_1=0)=\frac{4}{27}.$$

Idem pour les deux autres probabilités.

$$P(X=1)=3\times\frac{4}{27}=\frac{4}{9}$$

Corrigés

■

$$P(X=0)+P(X=1)+P(X=2)+P(X=3)=1$$
$$\Rightarrow P(X=2)=1-\frac{8}{27}-\frac{4}{9}-\frac{1}{27}=\frac{2}{9}.$$

- La loi de probabilité de X est la loi binomiale de paramètres $n=3$ et $p=\frac{1}{3}$.

Exercice 5

1.

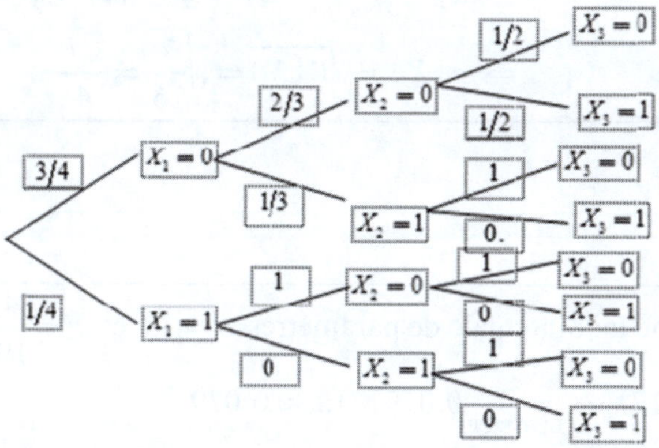

2. D'après le cours de l'année dernière, il faut multiplier les probabilités situées sur les branches suivant le chemin : $X_1=0)-(X_2=0)-(X_3=0)$.

$$((X_1=0)\cap(X_2=0)\cap(X_3=0))=\frac{3}{4}\times\frac{2}{3}\times\frac{1}{2}=\frac{1}{4}$$

3.
- Vue la situation, X ne peut prendre que les valeurs 0 et 1.
- L'évènement $(X=0)$ ne peut se produire que si $(X_1=0)$ et $(X_2=0)$ et $(X_3=0)$, autrement écrit : On a : $(X=0)=(X_1=0)\cap(X_2=0)\cap(X_3=0)$.

$$P(X=0)=P((X_1=0)\cap(X_2=0)\cap(X_3=0))=\frac{1}{4}$$

Mais X ne peut prendre que les valeurs 0 et 1. En mieux dit : les évènements $(X=0)$ et $(X=1)$ forment une partition de l'univers de l'expérience.

$$P(X=0)+P(X=1)=1 \Rightarrow P(X=1)=1-\frac{1}{4}=\frac{3}{4}.$$

Corrigés

■

$$E(X) = \text{somme des } (\text{valeurs de } X \times \text{leurs probabilités})$$

$$\Rightarrow E(X) = 0 \times \frac{1}{4} + 1 \times \frac{3}{4} = \frac{1}{4}.$$

■

$$V(X) = \sum_x (x - E(X))^2 P(X = x)$$

$$\Rightarrow V(X) = \left(0 - \frac{1}{4}\right)^2 \times \frac{1}{4} + \left(1 - \frac{1}{4}\right)^2 \times \frac{3}{4} = \frac{1}{64} + \frac{27}{64} = \frac{28}{64} = \frac{7}{16}.$$

$$\Rightarrow \sigma(X) = \sqrt{V(X)} = \sqrt{\frac{7}{16}} = \frac{\sqrt{7}}{4}.$$

Exercice 6

1.

- X suit une loi binomiale de paramètres $n = 35$ et $p = \frac{4}{10} = 0,4$.
- $P(X = 17) \underset{\text{CALCULATRICE}}{=} 0,079171... \approx 0,079$.
- $E(X) = np = 14$. Quand le professeur interroge tous les élèves, 14 élèves en moyenne répondent correctement à leurs questions.

2.

- Y suit une loi binomiale de paramètres $n = 20$ et $p = \frac{2}{10} = 0,2$.
- $P(Y = 5) \underset{\text{CALCULATRICE}}{=} 0,1745... \approx 0,175$.
- $P(Y \geq 1) \underset{\text{COURS}}{=} 1 - (1 - p)^n = 1 - (1 - 0,2)^{20} = 1 - 0,8^{20} = 0,988...$

3.

- Z suit une loi binomiale de paramètres $n = 8$ et $p = \frac{2}{10} = 0,2$.
- $P(Z = 1 \text{ ou } 2) = P(Z = 1) + P(Z = 2) = 0,33554... + 0,29360...$

$$\Rightarrow P(Z = 1 \text{ ou } 2) \approx 0,629.$$

Corrigés

Exercice 7

1.

Les venues des clients qui ont réservé étant indépendantes l'une de l'autre, la loi de X est la loi binomiale de paramètres $n=300$ et $p=P(\text{un client vient})=1-0{,}08=0{,}92$. Son espérance est $E(X)=np=300\times 0{,}92=276$. Sa variance vaut $V(X)=np(1-p)=300\times 0{,}92\times 0{,}08=22{,}08$.

2. Supérieur, c'est supérieur ou égal ; sinon on dirait strictement supérieur.

$$P(X\geq 298)=P(X=298)+P(X=299)+P(X=300)$$
$$\Rightarrow P(X\geq 298)\underset{\text{CALCULATRICE}}{\approx} 5\times 10^{-9}\approx 0.$$

3. Supposition peu raisonnable car il y a les familles, les amis dont les venues ne sont pas indépendantes les unes des autres.

Exercice 8

Appelons X le nombre aléatoire de voyages de Mr Machin pendant lesquels il est contrôlé. La variable aléatoire X suit une loi binomiale de paramètres $n=500$ et $p=P(\text{être contrôlé})=0{,}06$.

La probabilité que Monsieur Machin soit contrôlé au moins une fois est :

$$P(X\geq 1)\underset{\text{COURS}}{=}1-(1-p)^n=1-0{,}94^{500}\approx 1.$$

Exercice 9

1. La même épreuve de Bernoulli (lancer d'un dé) étant répétée 60 fois de manière indépendante, la loi suivie par la variable aléatoire X est la loi binomiale de paramètres $n=60$ et $p=P(\text{obtenir un }6)=\frac{1}{6}$.

On a $E(x)=np=60\times\frac{1}{6}=10$.

2. $P(X=10)\underset{\text{CALCULATRICE}}{=}0{,}13701\ldots\approx 0{,}14$.

3. $P(X=9\text{ ou }10)=P(X=9)+P(X=10)\underset{\text{CALCULATRICE}}{\approx}0{,}27$.

4. $P(X\geq 1)\underset{\text{COURS}}{=}1-(1-p)^n=1-\left(\frac{5}{6}\right)^{60}\underset{\text{CALCULATRICE}}{\approx}1$.

5. $\begin{cases} E(X)-\sigma(X)=7{,}1 \\ E(X)+\sigma(X)=12{,}9 \end{cases} \Rightarrow [E(X)-\sigma(X)\ ;\ E(X)+\sigma(X)]=[7{,}1\ ;\ 12{,}9].$

Et $X\in[7{,}1\ ;\ 12{,}9] \Leftrightarrow X=8$ ou 9 ou 10 ou 11 ou 12.

$$P\big(X\in[E(X)-\sigma(X)\ ;\ E(X)+\sigma(X)]\big)$$
$$=P(X=8)+P(X=9)+P(X=10)+P(X=11)+P(X=12)\approx 0{,}61.$$

6. Obtenir un premier six au troisième lancer, c'est ne pas avoir de 6 au premier lancer et ne pas avoir de 6 au deuxième lancer et avoir un 6 au troisième lancer ; c'est l'intersection de ces trois évènements.

Il va falloir multiplier les probabilités de ces trois évènements puisque les lancers sont indépendants.

$$P(\text{obtenir un 6 au troisième lancer})=\frac{5}{6}\times\frac{5}{6}\times\frac{1}{6}=\frac{25}{216}$$

Exercice 10

1.

$$P(\text{Tous les groupes sont présents})$$
$$=P\big((\text{premier groupe présent})\cap\ldots\cap(\text{douxième groupe présent})\big)$$
$$\underset{\text{INDEPENDANCE}}{=} P(\text{premier groupe présent})\times\ldots\times P(\text{douxième groupe présent})$$
$$=\left(1-\frac{1}{8}\right)^{12}=\left(\frac{7}{8}\right)^{12}=0{,}201\ldots \text{ entre 0,20 et 0,21.}$$

2.

Qu'un jour, tous les groupes soient présents (Succès) ou pas (Echec) est une épreuve de Bernoulli de paramètre $p=P(\text{Succès})=\left(\frac{7}{8}\right)^{12}$.

Les jours se suivent et se ressemblent, ces épreuves de Bernoulli identiques et indépendantes se succèdent 30 fois.

Donc X, le nombre de succès, suit la loi binomiale de paramètres $n=30$ et $p=\left(\frac{7}{8}\right)^{12}$.

3. $(X=30)=(\text{Les 12 groupes sont présents les 30 jours})$.

Et $(X=0)=(\text{Il n' y a aucun jour où les 12 groupes sont présents})$.

Corrigés

$$P(X=30) \underset{\text{COURS}}{=} p^n = \left(\left(\frac{7}{8}\right)^{12}\right)^{30} = \left(\frac{7}{8}\right)^{360} \approx 0.$$

$$\text{Et } P(X=0) \underset{\text{COURS}}{=} (1-p)^n = \left(1-\left(\frac{7}{8}\right)^{12}\right)^{30} \approx 0{,}001.$$

4. $E(X) = np = 30 \times \left(\frac{7}{8}\right)^{12} \approx 6.$

Chaque mois, il y a en moyenne 6 jours où les 12 groupes se présentent au départ.

Exercice 11

1. On utilise la formule des probabilités totales (il est conseillé de faire un arbre pour représenter la situation).

La probabilité pour une machine de devenir hors d'usage en 5 ans :

$= P(\text{en panne et hors d'usage}) + P(\text{sans panne et hors d'usage})$

$= P(\text{en panne}) P_{\text{en panne}}(\text{hors d'usage}) + P(\text{sans panne}) P_{\text{sans panne}}(\text{hors d'usage})$

$= 0{,}30 \times 0{,}75 + 0{,}70 \times 0{,}40 = 0{,}505.$

2. Est demandée une probabilité conditionnelle :

$$P_A(B) = \frac{P(A \cap B)}{P(A)} = \frac{P(B \cap A)}{P(A)} = \frac{P(B) P_B(A)}{P(A)}.$$

La probabilité pour une machine hors d'usage de n'avoir jamais eu de panne auparavant :

$$P_{\text{hors d'usage}}(\text{sans panne}) = \frac{P(\text{hors d'usage et sans panne})}{P(\text{hors d'usage})}$$

$$= \frac{P(\text{sans panne}) \times P_{\text{sans panne}}(\text{hors d'usage})}{P(\text{hors d'usage})} = \frac{0{,}70 \times 0{,}40}{0{,}505} = \frac{56}{101}.$$

3. Les machines étant indépendantes l'une de l'autre (on le suppose, on l'imagine), X suit la loi binomiale de paramètres $n = 10$ et $p = P(\text{hors d'usage}) = 0{,}505$.

$$P(X=4) \underset{\text{CALCULATRICE}}{=} 0{,}200... \approx 0{,}2$$

Corrigés

Exercice 12

1. Inégalité de Bienaymé-Tchebychev :

$$\text{quel que soit } a>0,\quad P\left(|X-\mu|\geq a\right)\leq\frac{V}{a^2}.$$

Choisissons $a=25$. On sait que $\mu=50$ et $V=\sigma^2=5^2=25$.
Alors $P(|X-50|\geq 25)\leq\dfrac{25}{25^2} \Leftrightarrow P(|X-50|\geq 25)\leq 0{,}04$.

2. Les évènements $(|X-50|\geq 25)$ et $(|X-50|<25)$ sont des évènements contraires. Donc $P(|X-50|<25)=1-P(|X-50|\geq 25)$.

Or $P(|X-50|\geq 25)\leq 0{,}04 \Leftrightarrow -P(|X-50|\geq 25)\geq -0{,}04$.

Et en ajoutant 1, $1-P(|X-50|\geq 25)\geq 1-0{,}04=0{,}96$.

$$\begin{cases}P(|X-50|<25)=1-P(|X-50|\geq 25)\\ P(|X-50|\geq 25)\leq 0{,}04\end{cases}\Rightarrow P(|X-50|<25)\geq 0{,}96.$$

3. $|X-50|<25$ signifie que l'écart entre X et 25 est strictement plus petit que 25, ce qui signifie que X est strictement entre $50-25=25$ et $50+25=75$.

4. On sait que : $|X-50|<25 \Leftrightarrow 25<X<75$.

Donc, à contrario, $|X-50|\geq 25 \Leftrightarrow X\leq 25$ ou $X\geq 75$.

C'est-à-dire que $(|X-50|\geq 25)=(X\leq 25)\cup(X\geq 75)$.

Donc l'évènement $(X\geq 75)$ est contenu dans l'évènement $(|X-50|\geq 25)$; sa probabilité est donc plus petite.

$$\begin{cases}(X\geq 75)\subset(|X-50|\geq 25)\Rightarrow P(X\geq 75)\leq P(|X-50|\geq 25)\\ P(|X-50|\geq 25)\leq 0{,}04\end{cases}$$
$$\Rightarrow P(X\geq 75)\leq 0{,}04.$$

Exercice 13

1. La loi suivie par S est la loi binomiale de paramètres $n=3600$ et $p=P(\text{obtenir le 1 lors d'un lancer})=\dfrac{1}{6}$.

L'espérance de S est $np=600$, sa variance est $np(1-p)=500$.

2. Inégalité de Bienaymé-Tchebychev : si $a>0$, $P\left(|X-\mu|\geq a\right)\leq\dfrac{V}{a^2}$.

Corrigés

Choisissons $X = S$ et $a = 10$. Alors $P(|S - 600| \geq 10) \leq \frac{500}{10^2} = 5$, inégalité sans intérêt puisque toute probabilité est plus petite que 5.

3.

Choisissons cette fois-ci $a = 100$: $P(|S - 600| \geq 100) \leq \frac{500}{100^2} = 0{,}05$.

L'évènement contraire de $(|S - 600| \geq 100)$ est $(500 < S < 700)$ (voir correction de l'exercice 12).

$$\begin{cases} P(500 < S < 700) = 1 - P(|S - 600| \geq 100) \\ P(|S - 600| \geq 100) \geq 0{,}05 \end{cases} \Rightarrow P(500 < S < 700) > 0{,}95.$$

Il y a au moins 95 % de chances que le 1 apparaisse entre 500 fois et 700 fois quand on lance un dé 3600 fois.

Exercice 14

1. 1 000 erreurs en 100 pages font en moyenne 10 erreurs par page, donc $\mu = 10$.

2.

On sait que $E(X) = np$ donc $10 = 1000p \Leftrightarrow p = 0{,}01$.

3. La variance de X est $V = np(1 - p) = 10 \times 0{,}99 = 9{,}9$.

4. Inégalité de Bienaymé-Tchebychev : si $a > 0$, $P(|X - \mu| \geq a) \leq \frac{V}{a^2}$.

Choisissons $a = 10$. Alors $P(|X - 10| \geq 10) \leq \frac{9{,}9}{10^2} = 0{,}099 \leq 0{,}1$

L'évènement $(X \geq 20)$ est inclus dans l'évènement $(|X - 10| \geq 10)$ (voir correction de l'exercice 12).

$$\begin{cases} (X \geq 20) \subset (|X - 10| \geq 10) \Rightarrow P(X \geq 20) \leq P(|X - 10| \geq 10) \\ P(|X - 10| \geq 10) \leq 0{,}1 \end{cases}$$

$$\Rightarrow P(X \geq 20) \leq 0{,}1.$$

Exercice 15

Le nombre X de boules noires tirées suit la loi binomiale de paramères $n = 10$ et $p = \frac{n-5}{5}$.

Corrigés

Alors $P(\text{au moins une boule noire}) = P(X \geq 1) = 1-(1-p)^n$

$$= 1-\left(1-\frac{n-5}{n}\right)^{10} = 1-\left(\frac{5}{n}\right)^{10} = 1-\frac{5^{10}}{n^{10}}.$$

Plus l'entier naturel n est grand plus cette probabilité grandit. Autrement dit la suite $\left(u_n = 1-\frac{5^{10}}{n^{10}}\right)$ est croissante.

$$\begin{cases} u_5 \leq u_6 \leq u_7 \leq u_8 \leq u_9 \leq u_{10} \leq u_{11} \leq u_{12} = 0{,}999\ 842\ldots < 0{,}999\ 9 \\ u_{13} = 0{,}999\ 929\ldots > 0{,}999\ 9 \end{cases}$$
$$\Rightarrow \text{c'est vrai.}$$

Exercice 16

1. Inégalité de Bienaymé-Tchebychev : si $a>0$, $P(|X-E(X)| \geq a) \leq \frac{V(X)}{a^2}$.

Prenons $X = S_n$. Alors :

$$E(X) = E(S_n) = E(X_1+\ldots+X_n) \underset{\text{INDEPENDANCE}}{=} E(X_1)+\ldots+E(X_n) = n\mu.$$

Et $V(X) = V(S_n) = V(X_1+\ldots+X_n) \underset{\text{INDEPENDANCE}}{=} V(X_1)+\ldots+V(X_n) = nV.$

Donc, pour tout $a>0$, $P(|S_n - n\mu| \geq a) \leq \frac{nV}{a^2}$.

Mais $|S_n - n\mu| \geq a \underset{\text{DIVISER PAR } n>0}{\Leftrightarrow} \left|\frac{S_n}{n} - \mu\right| \geq \frac{a}{n}$, c'est-à-dire que les évènements $(|S_n - n\mu| \geq a)$ et $\left(\left|\frac{S_n}{n} - \mu\right| \geq \frac{a}{n}\right)$ sont identiques :

$$(|S_n - n\mu| \geq a) = \left(\left|\frac{S_n}{n} - \mu\right| \geq \frac{a}{n}\right).$$

$$\text{Pour tout } a>0, \begin{cases} P(|S_n - n\mu| \geq a) \leq \frac{nV}{a^2} \\ (|S_n - n\mu| \geq a) = \left(\left|\frac{S_n}{n} - \mu\right| \geq \frac{a}{n}\right) \end{cases}$$
$$\Rightarrow P\left(\left|\frac{S_n}{n} - \mu\right| \geq \frac{a}{n}\right) \leq \frac{nV}{a^2}.$$

2. On a $M_n = \frac{S_n}{n}$.

Soit $b>0$. Et posons $a = nb$. Alors $\frac{a}{n} = b$.

$$\text{Pour tout } b>0, \begin{cases} P\left(|M_n-\mu|\geq \dfrac{a}{n}\right)\leq \dfrac{nV}{a^2} \\ a=nb \end{cases}$$

$$\Rightarrow P\left(|M_n-\mu|\geq \frac{nb}{n}\right)\leq \frac{nV}{(nb)^2} \Leftrightarrow P\left(|M_n-\mu|\geq b\right)\leq \frac{V}{nb^2}.$$

3.

$$b>0 \text{ étant fixé, } \begin{cases} 0\leq P\left(|M_n-\mu|\geq b\right)\leq \dfrac{V}{nb^2} \\ \lim\limits_{n\to+\infty} \dfrac{V}{nb^2}=0 \end{cases}$$

$$\underset{\text{THEOREME DES GENDARMES}}{\Rightarrow} \lim_{n\to+\infty} P\left(|M_n-\mu|\geq b\right)=0$$

$$\Rightarrow \lim_{n\to+\infty} P\left(|M_n-\mu|< b\right)=1.$$

4. ▪ Les X_i suivent une loi de Bernoulli de paramètre $p=0,2$.

Donc $\mu=E(X_i)=p=0,2$ et $V=V(X_i)=p(1-p)=0,16$.

L'inégalité précédente s'écrit : $P\left(|M_n-0,2|\geq b\right)\leq \dfrac{0,16}{nb^2}$.

Appliquons cette inégalité à $n=100$ et $b=0,1$.

Cette inégalité devient :

$$P\left(|M_{100}-0,2|\geq 0,1\right)\leq \frac{0,16}{100\times 0,1^2} \Leftrightarrow P\left(|M_{100}-0,2|\geq 0,1\right)\leq 0,16.$$

$$\begin{cases} P\left(|M_{100}-0,2|\geq 0,1\right)\leq 0,16. \\ \left(|M_{100}-0,2|\geq 0,1\right) \text{ et } \left(|M_{100}-0,2|< 0,1\right) \text{ sont des évènements contraires} \end{cases}$$

$$\Rightarrow P\left(|M_{100}-0,2|< 0,1\right)\geq 1-0,16=0,84.$$

▪ Soit $b\geq 0,18$.

Alors $P\left(|M_{100}-0,2|\geq b\right)\leq \dfrac{0,16}{100b^2}\leq \dfrac{0,16}{100\times 0,18^2}=0,049...\leq 0,05.$

$$b\geq 0,18 \Rightarrow P\left(|M_{100}-0,2|\geq b\right)\leq 0,05 \Rightarrow P\left(|M_{100}-0,2|< b\right)\geq 0,95.$$

Corrigés contrôle

Exercice 1

1. Qu'une personne vienne changer ses pneus ou pas est une épreuve de Bernoulli de paramètre $p=P(\text{Succès})=P(\text{venir changer les pneus})=0{,}05$. Cette même épreuve se répète 50 fois de manière indépendante. Donc le nombre N de succès suit une loi binomiale de paramètres $n=50$ et $p=0{,}05$.

L'espérance de N vaut $np=2{,}5$.

La variance de N est $np(1-p)=2{,}375$.

L'écart-type de N est $\sqrt{2{,}375}=1{,}54...\approx 2$.

2.

$$P(N=3) \underset{\text{CALCULATRICE}}{=} 0{,}219...\approx 0{,}22$$

3.
- Certain à 100 % ? C'est impossible, rien n'est jamais sûr avant que ça ait lieu ou pas. C'est seulement une question de probabilité, de nombre de chances.
- Il faut calculer $P(N\geq 1)$.

$$P(N\geq 1) \underset{\text{COURS}}{=} 1-(1-p)^n=1-0{,}95^{50}=0{,}923...<0{,}99$$

Donc, non, ce garagiste peut seulement penser, avec au moins 92 % de chances d'avoir raison, qu'au moins une personne viendra changer ses pneus.

- N suivant une loi binomiale de paramètres n inconnu et $p=0{,}05$, il faut résoudre l'inéquation : $P(N\geq 1)\geq 0{,}99 \Leftrightarrow 1-0{,}95^n\geq 0{,}99$, genre d'inéquation qui a été vu dans le chapitre sur le logarithme.

$$1-0{,}95^n\geq 0{,}99 \Leftrightarrow 0{,}01\geq 0{,}95^n \Leftrightarrow \ln(0{,}01)\geq \ln\left(0{,}95^n\right)$$

$$\Leftrightarrow \ln(0{,}01)\geq n\ln(0{,}95) \Leftrightarrow \frac{\ln(0{,}01)}{\ln(0{,}95)}\leq n \Leftrightarrow 89{,}7...\leq n$$

Ce garagiste doit envoyer un courrier à au moins 90 personnes pour avoir au moins 99 % de chances qu'au moins un client viendra changer les pneus de sa voiture.

Exercice 2

Partie A

1. On peut s'aider d'un arbre de probabilité pour mieux visualiser la situation.

$$P(\mathrm{B}\cap\overline{\mathrm{S}})=P(\mathrm{B})\times P_{\mathrm{B}}(\overline{\mathrm{S}})=0{,}20\times 0{,}80=0{,}16$$

2. On se sert de la formule des probabilités totales.

$$P(\overline{S}) = P(A \cap \overline{S}) + P(B \cap \overline{S}) = P(A) \times P_A(\overline{S}) + P(B \cap \overline{S})$$
$$\Rightarrow P(\overline{S}) = 0{,}80 \times 0{,}90 + 0{,}16 = 0{,}88.$$

Partie B

1.

Qu'une boîte soit sans trace de pesticides ou avec est une épreuve de Bernoulli de paramètre $p = P(\text{Succès}) = P(\overline{S}) = 0{,}88$.

Cette même épreuve se répète 10 fois de manière indépendante puisque les 10 tirages sont avec remise.

Donc le nombre X de boîtes sans trace de pesticide suit une loi binomiale de paramètres $n = 10$ et $p = 0{,}88$.

2. Nous est demandée la probabilité $P(X \geq 9)$.

$$P(X \geq 9) = P(X = 9 \text{ ou } 10) = P(X = 9) + P(X = 10)$$
$$\Rightarrow P(X \geq 9) \underset{\text{CALCULATRICE}}{=} 0{,}658... \approx 0{,}66.$$

Exercice 3

1. Inégalité de Bienaymé-Tchebychev : si $a > 0$, $P(|X - \mu| \geq a) \leq \frac{V}{a^2}$.

Choisissons $a = 20$. Alors $P(|X - 100| \geq 20) \leq \frac{10^2}{20^2} = 0{,}25.$

On sait (voir, par exemple, la correction de l'exercice 12) que l'évènement $(|X - 100| \geq 20) = (X \leq 80) \cup (X \geq 120)$. Donc l'évènement $(X \geq 120)$ est inclus dans l'évènement $(|X - 100| \geq 20)$, et donc sa probabilité est plus petite.

$$(X \geq 120) \subset (|X - 100| \geq 20) \Rightarrow P(X \geq 120) \leq P(|X - 100| \geq 20) \leq 0{,}25.$$

On sait aussi que les évènements $(|X - 100| \geq 20)$ et $(|X - 100| < 20)$ sont contraires.

$$\begin{cases} P(|X - 100| < 20) = 1 - P(|X - 100| \geq 20) \\ P(|X - 100| \geq 20) \leq 0{,}25 \end{cases} \Rightarrow P(|X - 100| < 20) \geq 0{,}75.$$

Corrigés

2. ▪ $u_0 = P(|X - 100| < 0)$.

Or l'évènement $|X = 100| < 0 \Leftrightarrow (|X - 100|$ strictement négatif$)$ est impossible (Une valeur absolue !).

Donc $u_0 = P(|X - 100| < 0) = P(\varnothing) = 0$.

▪

Les évènements $(|X - 100| < n)$ sont de plus en plus gros. Donc leurs probabilités sont de plus en plus grandes ; la suite (u_n) est croissante.
Les u_n sont des probabilités, donc ils sont plus petits que 1 ; la suite (u_n) est majorée par 1.
La suite (u_n) est croissante et majorée, elle est donc convergente d'après le théorème des suites monotones.

▪ Pensons à $u_{20} = P(|X - 100| < 20) \geq 0,75$. Pensons à l'origine de ce 0,75 ; il venait de 0,25. Mais d'où venait ce 0,25 ? Il venait de $\frac{V}{a^2} = \frac{100}{a^2}$.

Pour obtenir $u_n \geq 0,99$, il faudrait un a tel que $\frac{100}{a^2} = 0,01$.

Or $\frac{100}{a^2} = 0,01 \Leftrightarrow a^2 = \frac{100}{0,01} = 10000 \underset{a>0}{\Leftrightarrow} a = \sqrt{10000} = 100$.

$u_{100} \geq 0,99$

Corrigés

9 Géométrie dans l'espace : coordonnées et produit scalaire des vecteurs

1. Les vecteurs

- Un vecteur de l'espace, en géométrie dans l'espace, se définit comme un vecteur en géométrie plane. Un vecteur $\vec{u}$ a trois caractéristiques : sa direction, son sens et sa longueur (une unité de longueur ayant été décidée).
- $\overrightarrow{AB} = \overrightarrow{CD}$

  $\Leftrightarrow \overrightarrow{AB}$ et $\overrightarrow{CD}$ ont même direction (les droites (*AB*) et (*CD*) sont parallèles) et même sens et même longueur ($AB = CD$)

  $\Leftrightarrow ABDC$ est un parallélogramme.
- Comme en géométrie plane, les vecteurs s'additionnent en utilisant la relation de Chasles :

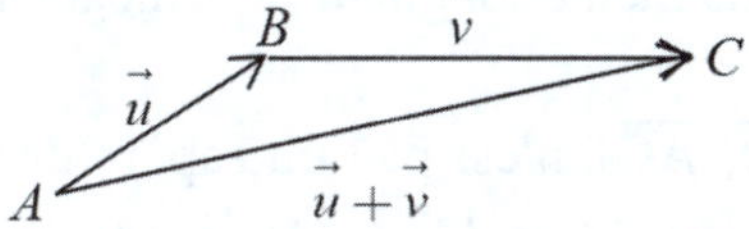

$$\vec{u}+\vec{v} = \overrightarrow{AB}+\overrightarrow{BC} = \overrightarrow{AC}$$

- Comme en géométrie plane, les vecteurs se multiplient par les nombres réels. k étant un nombre réel et $\vec{u}$ un vecteur, $k\vec{u}$ est le vecteur de même direction que $\vec{u}$, de longueur $|k|$ fois plus que celle de $\vec{u}$, de même sens que $\vec{u}$ quand k est positif, de sens contraire sinon.

  En particulier $-\overrightarrow{AB} = (-1)\overrightarrow{AB} = \overrightarrow{BA}$; $\overrightarrow{BA}$ est le vecteur opposé de $\overrightarrow{AB}$.
- Les vecteurs $k\vec{u}$ et $\vec{u}$ sont colinéaires, c'est-à-dire de même direction. Réciproquement, si deux vecteurs sont colinéaires, alors l'un est le produit de l'autre par un réel.
- Quand a, b, c sont des nombres et $\vec{u}$, $\vec{v}$, $\vec{w}$ des vecteurs, alors le vecteur $\vec{x} = a\vec{u}+b\vec{v}+c\vec{w}$ est appelé une combinaison linéaire des vecteurs $\vec{u}$, $\vec{v}$, $\vec{w}$.

Exemple

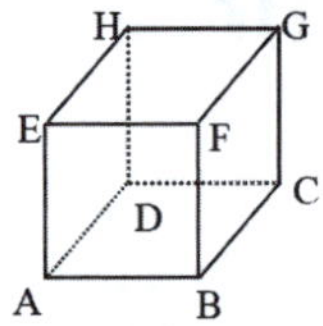

Dans le cube ABCDEFGH,

$$\overrightarrow{AC} = \overrightarrow{AB} + \overrightarrow{AD} \text{ et } \overrightarrow{AG} = \overrightarrow{AC} + \overrightarrow{AE},$$

donc $\overrightarrow{AG} = \overrightarrow{AB} + \overrightarrow{AD} + \overrightarrow{AE} = 1 \times \overrightarrow{AB} + 1 \times \overrightarrow{AD} + 1 \times \overrightarrow{AE}$; $\overrightarrow{AG}$ est exprimé sous la forme d'une combinaison linéaire de $\overrightarrow{AB}$, $\overrightarrow{AD}$, $\overrightarrow{AE}$.

2. Repères et bases de l'espace

- Comme un plan en géométrie plane, l'espace peut se rapporter à un repère. L'espace étant à trois dimensions (largeur, longueur, hauteur), donc d'une dimension supplémentaire par rapport à un plan, leurs repères sont de la forme $\left(O ; \vec{i}, \vec{j}, \vec{k}\right)$. Le point O est l'origine du repère, les trois vecteurs $\left(\vec{i}, \vec{j}, \vec{k}\right)$ forment ce qu'on nomme une base de l'espace.

  L'espace a une infinité de repères.

Exemple grâce à un cube ABCDEFGH

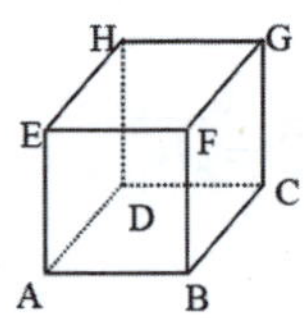

- $\left(A ; \overrightarrow{AB}, \overrightarrow{AD}, \overrightarrow{AE}\right)$ est un repère de l'espace. Ce repère est même orthonormé puisque les vecteurs de sa base sont de même longueur et orthogonaux deux à deux.
- $\left(A ; \overrightarrow{AB}, \overrightarrow{AD}, \overrightarrow{AC}\right)$ n'est pas un repère de l'espace puisque, comme $\overrightarrow{AC} = \overrightarrow{AB} + \overrightarrow{AD}$, ces trois vecteurs sont coplanaires (dans un même plan) et ne forment pas une base de l'espace (il leur manque une dimension).

- L'espace étant muni d'un repère $\left(O ; \vec{i}, \vec{j}, \vec{k}\right)$, chaque point M de l'espace a des coordonnées notées en ligne : $\left(x_M ; y_M ; z_M\right)$ ou en colonne : $\begin{pmatrix} x_M \\ y_M \\ z_M \end{pmatrix}$.

  Ces trois coordonnées (abscisse, ordonnée, cote) sont les trois nombres réels uniques tels que $\overrightarrow{OM} = x_M\vec{i} + y_M\vec{j} + z_M\vec{k}$; ils servent donc à exprimer $\overrightarrow{OM}$ comme combinaison linéaire des vecteurs de la base $\left(\vec{i}, \vec{j}, \vec{k}\right)$.
- De même qu'en géométrie plane, mais avec une dimension supplémentaire, le vecteur $\overrightarrow{AB}$ a pour coordonnées $\left(x_B - x_A ; y_B - y_A ; z_B - z_A\right)$.

  Dire que $\vec{u}$ a pour coordonnées $\left(x_{\vec{u}} ; y_{\vec{u}} ; z_{\vec{u}}\right)$, c'est dire que $\vec{u} = x_{\vec{u}}\vec{i} + y_{\vec{u}}\vec{j} + z_{\vec{u}}\vec{k}$.

Deux vecteurs sont égaux si et seulement s'ils ont les mêmes coordonnées.

Le vecteur $\vec{u}+\vec{v}$ a pour coordonnées :

$$\left(x_{\vec{u}} ; y_{\vec{u}} ; z_{\vec{u}}\right)+\left(x_{\vec{v}} ; y_{\vec{v}} ; z_{\vec{v}}\right) = \left(x_{\vec{u}}+x_{\vec{v}} ; y_{\vec{u}}+y_{\vec{v}} ; z_{\vec{u}}+z_{\vec{v}}\right).$$

Le vecteur $k\vec{u}$ a pour coordonnées $k\left(x_{\vec{u}} ; y_{\vec{u}} ; z_{\vec{u}}\right)=\left(kx_{\vec{u}} ; ky_{\vec{u}} ; kz_{\vec{u}}\right)$.

3. Le produit scalaire de deux vecteurs

C'est comme en géométrie plane, mais avec une dimension supplémentaire. L'espace est muni ici d'un repère orthonormé $\left(O ; \vec{i}, \vec{j}, \vec{k}\right)$.

Définition du produit scalaire

Le produit scalaire de deux vecteurs $\vec{u}$ et $\vec{v}$, noté $\vec{u}\cdot\vec{v}$, est le nombre réel égal à :

- $\vec{u}\cdot\vec{v}=0$ quand l'un des vecteurs est nul
- $\vec{u}\cdot\vec{v}=\|\vec{u}\|\times\|\vec{v}\|\times\cos\left(\vec{u}, \vec{v}\right)$ autrement.

Ce qui donne, pour trois points, $\overrightarrow{AB}\cdot\overrightarrow{AC}=AB\times AC\times\cos\left(\widehat{BAC}\right)$

Deux propriétés du produit scalaire

Pour des vecteurs quelconques $\vec{u}$, $\vec{v}$ et des réels quelconque a, b :

- Symétrie : $\vec{u}\cdot\vec{v}=\vec{v}\cdot\vec{u}$
- Bilinéarité : $\vec{u}\cdot\left(a\vec{v}+b\vec{w}\right)=a\left(\vec{u}\cdot\vec{v}\right)+b\left(\vec{u}\cdot\vec{w}\right)$

On développe les produits scalaires comme on le fait pour les produits de nombres réels ; il y a donc des identités :

- $\|\vec{u}+\vec{v}\|^2=\left(\vec{u}+\vec{v}\right)^2=\|\vec{u}\|^2+2\vec{u}\cdot\vec{v}+\|\vec{v}\|^2$
- $\|\vec{u}-\vec{v}\|^2=\left(\vec{u}-\vec{v}\right)^2=\|\vec{u}\|^2-2\vec{u}\cdot\vec{v}+\|\vec{v}\|^2$
- $\left(\vec{u}+\vec{v}\right)\cdot\left(\vec{u}-\vec{v}\right)=\vec{u}^2-\vec{v}^2=\|\vec{u}\|^2-\|\vec{v}\|^2$

Une expression du produit scalaire en repère orthonormé

$$\vec{u}\cdot\vec{v}=\left(x_{\vec{u}}\vec{i}+y_{\vec{u}}\vec{j}+z_{\vec{u}}\vec{k}\right).\left(x_{\vec{v}}\vec{i}+y_{\vec{v}}\vec{j}+z_{\vec{v}}\vec{k}\right)=x_{\vec{u}}x_{\vec{v}}+y_{\vec{u}}y_{\vec{v}}+z_{\vec{u}}z_{\vec{v}}.$$

$$\Rightarrow \quad \|\vec{u}\|^2=\vec{u}\cdot\vec{u}=x_{\vec{u}}^{\ 2}+y_{\vec{u}}^{\ 2}+z_{\vec{u}}^{\ 2}$$

$$AB^2=\left(x_B-x_A\right)^2+\left(y_B-y_A\right)^2+\left(z_B-z_A\right)^2$$

Résumés de cours

Pour reconnaître deux vecteurs orthogonaux en repère orthonormé

$\vec{u}$ et $\vec{v}$ sont orthogonaux si et seulement si :

$$\vec{u}.\vec{v}=0 \iff x_{\vec{u}}x_{\vec{v}}+y_{\vec{u}}y_{\vec{v}}+z_{\vec{u}}z_{\vec{v}}=0.$$

Pour calculer l'angle $(\vec{u}\,,\,\vec{v})$ en repère orthonormé

$$\vec{u}\cdot\vec{v}=\|\vec{u}\|\times\|\vec{v}\|\times\cos(\vec{u}\,,\,\vec{v})$$

$$\Rightarrow \quad \cos(\vec{u}\,,\,\vec{v})=\frac{\vec{u}\cdot\vec{v}}{\|\vec{u}\|\times\|\vec{v}\|}=\frac{x_{\vec{u}}x_{\vec{v}}+y_{\vec{u}}y_{\vec{v}}+z_{\vec{u}}z_{\vec{v}}}{\sqrt{x_{\vec{u}}^2+y_{\vec{u}}^2+z_{\vec{u}}^2}\times\sqrt{x_{\vec{v}}^2+y_{\vec{v}}^2+z_{\vec{v}}^2}}.$$

Une fois connu le cosinus de l'angle $(\vec{u}\,,\,\vec{v})$, une calculatrice nous donne l'angle lui-même.

Énoncés des exercices

* Exercice 1 — 10 min

ABCDEFGH est un cube, *M* est le centre de *BCFG*.

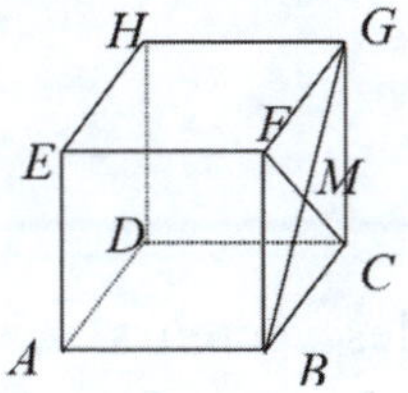

1. Justifier les égalités vectorielles :

$$\overrightarrow{AG}=\overrightarrow{AB}+\overrightarrow{AD}+\overrightarrow{AE} \text{ et } \overrightarrow{AM}=\overrightarrow{AB}+\frac{1}{2}\overrightarrow{AD}+\frac{1}{2}\overrightarrow{AE}.$$

2. Exprimer $\overrightarrow{DM}$ en fonction de $\overrightarrow{AB}$, $\overrightarrow{AD}$ et $\overrightarrow{AE}$.

* Exercice 2 — 10 min

ABCDEFG est un cube, *I* est le milieu de $[HG]$.

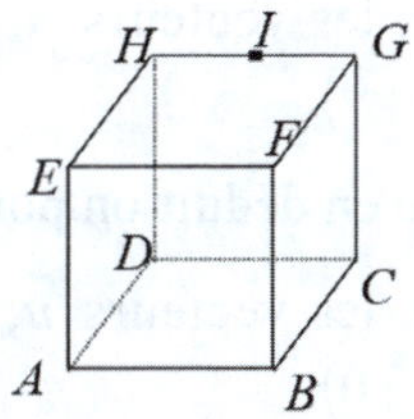

1. L'espace étant muni du repère $\left(A\ ;\ \overrightarrow{AB},\ \overrightarrow{AD},\ \overrightarrow{AE}\right)$, donner les coordonnées des points *F*, *H* et *I*.

2. L'espace étant muni du repère $\left(C\ ;\ \overrightarrow{CB},\ \overrightarrow{CD},\ \overrightarrow{CG}\right)$, donner les coordonnées des points *F*, *H* et *I*.

* Exercice 3 — 15 min

Soient les points *A*, *B*, *C* de coordonnées $(1\ ;2\ ;3)$, $(-1\ ;5\ ;\ -2)$, $(6\ ;-3;\ -4)$ dans un repère de l'espace.

1. Calculer les coordonnées du point *D* tel que *ABCD* soit un parallélogramme.

2. Calculer les coordonnées du point *E*, symétrique de *B* par rapport à *A*.

3. Calculer les coordonnées du point *F* tel que $\overrightarrow{AF}=2\overrightarrow{AB}-3\overrightarrow{AC}$.

Exercices

* Exercice 4 — 10 min

Dans un repère orthonormé de l'espace, les points A, B, C, D ont pour coordonnées $(1\,;\,-3\,;\,0)$, $(1\,;\,5\,;\,2)$, $(-2\,;\,3\,;\,0)$, $(4\,;\,-1\,;\,2)$.

Vérifier que $[AB]$ et $[CD]$ ont le même milieu ; conséquence pour le quadrilatère ? Est-ce un losange ?

* Exercice 5 — 10 min

Dans un repère de l'espace, les vecteurs $\vec{u}$, $\vec{v}$, $\vec{w}$ ont pour coordonnées $(3\,;9\,;\,-12)$, $(2\,;6\,;\,-9)$, $(-2\,;\,-6\,;8)$.

1. Les vecteurs $\vec{u}$ et $\vec{v}$ sont-ils colinéaires ?
2. Les vecteurs $\vec{u}$ et $\vec{w}$ sont-ils colinéaires ?
3. En raisonnant par l'absurde, montrer que $\vec{v}$ et $\vec{w}$ ne sont pas colinéaires.

* Exercice 6 — 15 min

Les deux questions sont indépendantes.

1. Dans un repère de l'espace, les vecteurs $\vec{u}$, $\vec{v}$, $\vec{w}$ ont pour coordonnées $(1\,;0\,;1)$, $(0\,;2\,;3)$, $(3\,;4\,;9)$.

   Vérifier que $\vec{w}=3\vec{u}+2\vec{v}$. Qu'en déduit-on pour ces trois vecteurs ?

2. Dans un repère de l'espace, les vecteurs $\vec{u}$, $\vec{v}$, $\vec{w}$ ont pour coordonnées $(0\,;1\,;2)$, $(1\,;0\,;3)$, $(1\,;4\,;0)$.

   Montrer qu'il n'existe pas de nombres a et b tels que $\vec{w}=a\vec{u}+b\vec{v}$. Qu'en déduit-on pour ces trois vecteurs ?

* Exercice 7 — 15 min

Soient six vecteurs : $\vec{a}$, $\vec{b}$, $\vec{c}$, $\vec{u}$, $\vec{v}$, $\vec{w}$ tels que : $\begin{cases}\vec{a}=\vec{u}+\vec{v}+\vec{w}\\ \vec{b}=2\vec{u}-\vec{v}+3\vec{w}.\\ \vec{c}=\vec{v}+\vec{w}\end{cases}$

Déterminer $\vec{u}$, $\vec{v}$, $\vec{w}$ en fonction de $\vec{a}$, $\vec{b}$, $\vec{c}$.

* Exercice 8 — 10 min

1. Dans un repère de l'espace, les points A, B, C ont pour coordonnées $(1\,;\,2\,;\,5)$, $(-1\,;6\,;4)$, $(7\,;\,-10\,;8)$. Ces points sont-ils alignés ?

2. Dans un repère de l'espace, les points E, F, G ont pour coordonnées $(1 ; 2 ; 7)$, $(2 ; 0 ; 2)$, $(3 ; 1 ; 3)$. Ces points sont-ils alignés ?

* Exercice 9 — 10 min

Dans un repère de l'espace, les points A et B ont pour coordonnées $(1 ; -2 ; 3)$ et $(3 ; -4 ; 2)$. Soit M un point quelconque de la droite (AB).

1. Justifier qu'il existe un nombre réel t tel que $\overrightarrow{AM} = t\overrightarrow{AB}$.
2. Justifier qu'aucun point M de (AB) n'appartient à l'axe des abscisses.

* Exercice 10 — 10 min

Les deux questions sont indépendantes.

L'espace est rapporté à un repère orthonormé.

1. Démonter que si $\vec{u}$ est orthogonal à $\vec{v}$ et $\vec{w}$, alors $\vec{u}$ est orthogonal à toute combinaison linéaire de $\vec{v}$ et $\vec{w}$.
2. Soit $\vec{a}\ (6 ; 3 ; -2)$. Déterminer les coordonnées des vecteurs normés (c'est-à-dire de norme 1) colinéaires à $\vec{a}$.

* Exercice 11 — 15 min

Dans un repère orthonormé de l'espace, les points A, B et C ont pour coordonnées $(-1 ; 1 ; 0)$, $(0 ; 1 ; 2)$ et $(6 ; 6 ; -1)$.

1. Calculer le produit scalaire $\overrightarrow{BA} \cdot \overrightarrow{BC}$. Qu'en déduit-on pour le triangle ABC ?
2. Le triangle ABC est-il isocèle ?
3. Calculer l'aire du triangle ABC.

* Exercice 12 — 10 min

ABCDEFGH est un cube, I et J sont les milieux des segments $[EF]$ et $[FG]$.

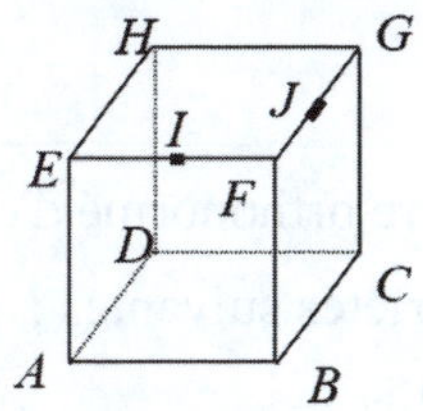

L'espace est rapporté au repère orthonormé $(A ; \overrightarrow{AB}, \overrightarrow{AD}, \overrightarrow{AE}.)$

Le volume du tétraèdre *FIJB* vaut-il $\frac{1}{36}$ ou $\frac{1}{48}$ ou $\frac{1}{24}$? Justifier.

* Exercice 13 — 15 min

Dans un repère orthonormé de l'espace, les points *A*, *B* et *C* ont pour coordonnées $(1\,;1\,;0)$, $(3\,;0\,;\,-1)$ et $(7\,;1\,;\,-2)$.

1. Calculer une mesure de l'angle $\widehat{BAC}$ au degré près.

2. Calculer une mesure de l'angle $\widehat{ABC}$ au degré près.

** Exercice 14 — 15 min

L'espace est rapporté à un repère orthonormé d'origine O.

Pour deux vecteurs $\vec{u}\,(a\,;b\,;c)$ et $\vec{v}\,(a'\,;b'\,;c')$, on note $f\left(\vec{u},\,\vec{v}\right)$ le vecteur de coordonnées $(bc'-b'c\,;a'c-ac'\,;ab'-a'b)$.

Démontrer que $f\left(\vec{u},\,\vec{v}\right)$ est orthogonal à $\vec{u}$ et à $\vec{v}$.

Application : pour $\vec{u}\,(1\,;2\,;\,-3)$ et $\vec{v}\,(-2\,;\,2\,;1)$, donner les coordonnées d'un vecteur orthogonal à $\vec{u}$ et $\vec{v}$.

** Exercice 15 — 25 min

L'espace étant muni d'un repère orthonormé, on considère les deux vecteurs $\vec{u}$ $(1\,;1\,;1)$ et $\vec{v}\,(2\,;\,-1\,;\,-1)$.

1. Vérifier que $\vec{u}$ et $\vec{v}$ sont orthogonaux.

2. Déterminer trois nombres réels *a*, *b* et *c* tels que le vecteur non nul $\vec{w}$ de coordonnées $(a\,;b\,;c)$ soit orthogonal à $\vec{u}$ et $\vec{v}$.

3. Soit $\vec{k}\,(5\,;\,-2\,;7)$, et les trois nombres réels *x*, *y*, *z* tels que $\vec{k}=x\vec{u}+y\vec{v}+z\vec{w}$.

Justifier que $x=\frac{\vec{k}\cdot\vec{u}}{\vec{u}\cdot\vec{u}}$. En déduire la valeur de *x*.

*** Exercice 16 — 30 min

L'espace est rapporté à un repère orthonormé d'origine *O*.

La figure ci-dessous a les propriétés suivantes :

- *OABC* est un tétraèdre régulier,
- *A* a pour coordonnées $(6\,;0\,;0)$, *I* est le milieu de $[OA]$,

- B a pour coordonnées $(x_B\ ; y_B\ ; 0)$ avec $y_B > 0$,
- G vérifie $\overrightarrow{GO} + \overrightarrow{GA} + \overrightarrow{GB} = \vec{0}$,
- C, de cote positive, a même abscisse et ordonnée que G.

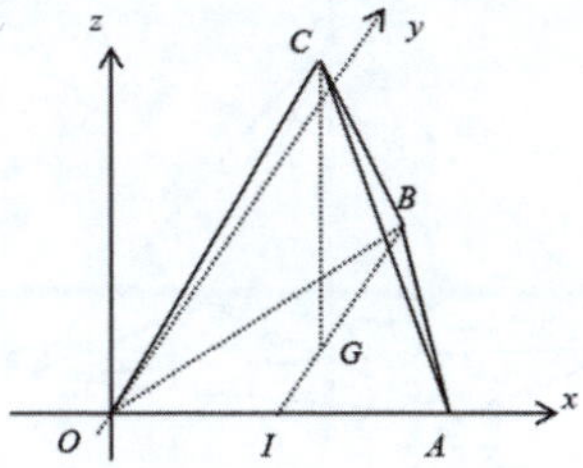

1. Justifier que l'abscisse de B vaut 3. Calculer l'ordonnée de B.

2. Montrer que $\overrightarrow{IG} = \dfrac{1}{3}\overrightarrow{IB}$, en déduire les coordonnées de G.

3. Calculer la cote de C.

Contrôle

1 h · 20 points

Exercice 1

10 min · 4 points

L'espace étant muni d'un repère orthonormé $(O\ ; \vec{i},\ \vec{j},\ \vec{k})$, on considère les points A, B, C, D de coordonnées respectives $(1\ ; -1\ ; 2)$, $(3\ ; 3\ ; 8)$, $(-3\ ; 5\ ; 4)$, $(1\ ; 2\ ; 3)$.

Une seule des quatre propositions suivantes est correcte. Laquelle ? Justifier.

Proposition 1 : « Les points A, C, D sont alignés ».

Proposition 2 : « Le triangle ABC est rectangle en A ».

Proposition 3 : « Le triangle ABC est équilatéral ».

Proposition 4 : « Le point D est le milieu de $[AB]$ ».

Exercice 2

10 min • 4 points

On considère la pyramide régulière SABCD de sommet S constituée de la base carrée ABCD et de triangles équilatéraux SAB, SBC, SCD, SDA.

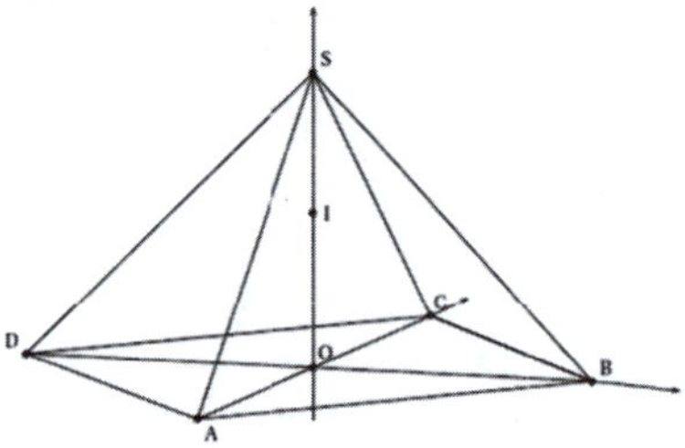

Justifier que le repère $\left(O\ ;\ \overrightarrow{OB},\ \overrightarrow{OC},\ \overrightarrow{OS}\right)$ est orthonormé.

Exercice 3

20 min • 6 points

ABCDEFGH est un cube d'arête *a*, *I* et *J* sont les milieux de [*AB*] et [*CG*].

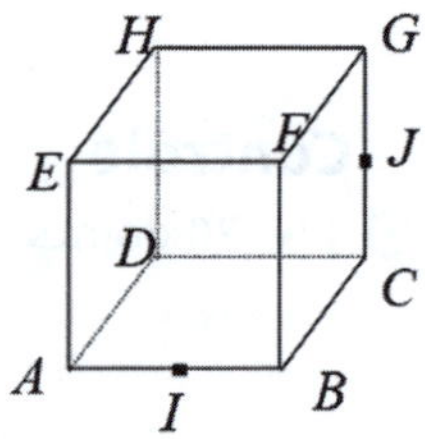

1. Que vaut $\overrightarrow{AB}\cdot\overrightarrow{CJ}$? Justifier.

   Montrer que $\overrightarrow{AB}\cdot\overrightarrow{IJ}=\overrightarrow{AB}\cdot\overrightarrow{IC}=\overrightarrow{AB}\cdot\overrightarrow{IB}$.

   En déduire la valeur de $\overrightarrow{AB}\cdot\overrightarrow{IJ}$ en fonction de *a*.

2. Le but de cette question est de calculer $\overrightarrow{AB}\cdot\overrightarrow{IJ}$ d'une autre façon.

   L'espace est ici rapporté au repère orthonormé $\left(A\ ;\ \dfrac{\overrightarrow{AB}}{a},\ \dfrac{\overrightarrow{AD}}{a},\ \dfrac{\overrightarrow{AE}}{a}\right)$.

   Après avoir donné, en fonction de *a*, les coordonnées des points concernés, recalculer $\overrightarrow{AB}\cdot\overrightarrow{IJ}$.

3. Calculer, au dixième de degré près, l'angle $\left(\overrightarrow{AB}\ ,\ \overrightarrow{IJ}\right)$.

Contrôle

Exercice 4

20 min • 6 points

ABCDEFGH est un cube, *I*, *J* et *K* sont les milieux respectifs de [*AB*], [*AD*] et [*FG*].

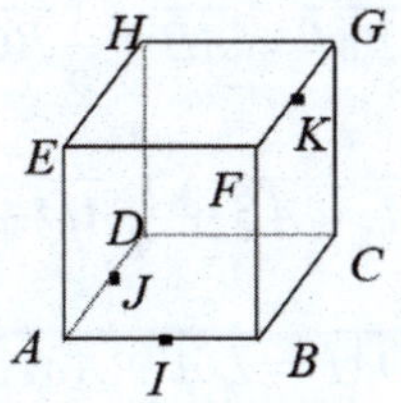

1. Dans cette question, l'espace est muni du repère $\left(A ; \overrightarrow{AB}, \overrightarrow{AD}, \overrightarrow{AE}\right)$, repère noté R_1.

- Justifier par un argument géométrique qu'il n'existe pas de nombres réels x et y tels que $\overrightarrow{AK} = x\overrightarrow{AI} + y\overrightarrow{AJ}$.
- Après avoir donné les coordonnées des points concernés, déterminer les nombres réels a, b, c tels que $\overrightarrow{AG} = a\overrightarrow{AI} + b\overrightarrow{AJ} + c\overrightarrow{AK}$.

2. Le repère $\left(A ; \overrightarrow{AI}, \overrightarrow{AJ}, \overrightarrow{AK}\right)$, noté R_2, est un deuxième repère de l'espace.

- Donner les coordonnées du point G dans le repère R_1 puis dans le repère R_2.
- Soit le point M de coordonnées $(4 ; 2 ; 1)$ dans le repère R_2.

  Placer le point M, puis donner ses coordonnées dans le repère R_1.
- Soit le point N de coordonnées $(x ; y ; z)$ dans le repère R_1, et $(a ; b ; c)$ dans le repère R_2.

  On a donc $\overrightarrow{AN} = x\overrightarrow{AB} + y\overrightarrow{AC} + z\overrightarrow{AE} = a\overrightarrow{AI} + b\overrightarrow{AJ} + c\overrightarrow{AK}$.

Après avoir donné $\overrightarrow{AI}$, $\overrightarrow{AJ}$, $\overrightarrow{AK}$ en fonction de $\overrightarrow{AB}$, $\overrightarrow{AD}$, $\overrightarrow{AE}$, déterminer x, y, z en fonction de a, b, c.

Corrigés exercices

Exercice 1

1. ▪ Par la relation de Chasles, $\overrightarrow{AG} = \overrightarrow{AB} + \overrightarrow{BC} + \overrightarrow{CG}$.

Mais $\begin{cases} \overrightarrow{BC} = \overrightarrow{AD} \text{ car } ABCD \text{ est un carré} \\ \overrightarrow{CG} = \overrightarrow{AE} \text{ car } ACGE \text{ est un rectangle} \end{cases}$.

Finalement, $\overrightarrow{AG} = \overrightarrow{AB} + \overrightarrow{BC} + \overrightarrow{CG} = \overrightarrow{AB} + \overrightarrow{AD} + \overrightarrow{AE}$.

- Par la relation de Chasles, $\overrightarrow{AM} = \overrightarrow{AB} + \overrightarrow{BM}$.

Corrigés

Mais $\overrightarrow{BM}=\frac{1}{2}\overrightarrow{BG}$ puisque M est le milieu de la diagonale $[BG]$ du carré $BCGF$. Et $\overrightarrow{BG}=\overrightarrow{BC}+\overrightarrow{CG}=\overrightarrow{AD}+\overrightarrow{AE}$.

Finalement, $\overrightarrow{AM}=\overrightarrow{AB}+\overrightarrow{BM}=\overrightarrow{AB}+\frac{1}{2}\overrightarrow{BG}=\overrightarrow{AB}+\frac{1}{2}\left(\overrightarrow{AD}+\overrightarrow{AE}\right)$

$$\Rightarrow \overrightarrow{AM}=\overrightarrow{AB}+\frac{1}{2}\overrightarrow{AD}+\frac{1}{2}\overrightarrow{AE}.$$

2. Par la relation de Chasles, $\overrightarrow{DM}=\overrightarrow{DA}+\overrightarrow{AM}$.

Or $\begin{cases}\overrightarrow{DA}=-\overrightarrow{AD} \text{ car ce sont des vecteurs opposés}\\ \overrightarrow{AM}=\overrightarrow{AB}+\frac{1}{2}\overrightarrow{AD}+\frac{1}{2}\overrightarrow{AE}\end{cases}.$

$$\overrightarrow{DM}=\overrightarrow{DA}+\overrightarrow{AM}=-\overrightarrow{AD}+\overrightarrow{AB}+\frac{1}{2}\overrightarrow{AD}+\frac{1}{2}\overrightarrow{AE}$$
$$\Rightarrow \overrightarrow{DM}=\overrightarrow{AB}+\left(-1+\frac{1}{2}\right)\overrightarrow{AD}+\frac{1}{2}\overrightarrow{AE}=\overrightarrow{AB}-\frac{1}{2}\overrightarrow{AD}+\frac{1}{2}\overrightarrow{AE}.$$

Exercice 2

1.

- $\overrightarrow{AF}=\overrightarrow{AB}+\overrightarrow{AE}=1\overrightarrow{AB}+0\overrightarrow{AD}+1\overrightarrow{AE} \Rightarrow F\,(1\,;0\,;1)$.
- $\overrightarrow{AH}=\overrightarrow{AD}+\overrightarrow{AE}=0\overrightarrow{AB}+1\overrightarrow{AD}+1\overrightarrow{AE} \Rightarrow H\,(0\,;1\,;1)$.
- $\overrightarrow{AI}=\overrightarrow{AD}+\overrightarrow{DH}+\overrightarrow{HI}=\overrightarrow{AD}+\overrightarrow{AE}+\frac{1}{2}\overrightarrow{AB}=\frac{1}{2}\overrightarrow{AB}+1\overrightarrow{AD}+1\overrightarrow{AE}$
  $\Rightarrow I\left(\frac{1}{2}\,;1\,;1\right)$.

2. Attention, tout part de l'origine.

- $\overrightarrow{CF}=\overrightarrow{CB}+\overrightarrow{CG}=1\overrightarrow{CB}+0\overrightarrow{CD}+1\overrightarrow{CG} \Rightarrow F\,(1\,;0\,;1)$.
- $\overrightarrow{CH}=\overrightarrow{CD}+\overrightarrow{CG}=0\overrightarrow{CB}+1\overrightarrow{CD}+1\overrightarrow{CG} \Rightarrow H\,(0\,;1\,;1)$.
- $\overrightarrow{CI}=\overrightarrow{CG}+\overrightarrow{GI}=\overrightarrow{CG}+\frac{1}{2}\overrightarrow{GH}=\overrightarrow{CG}+\frac{1}{2}\overrightarrow{CD}=0\overrightarrow{CB}+\frac{1}{2}\overrightarrow{CD}+1\overrightarrow{CG}$
  $\Rightarrow I\left(0\,;\frac{1}{2}\,;1\right)$.

Corrigés

Exercice 3

1. ABCD parallélogramme $\Leftrightarrow$ $\overrightarrow{AD}=\overrightarrow{BC}$; les coordonnées de ces vecteurs sont égales :

$$\begin{pmatrix} x_D - x_A \\ y_D - y_A \\ z_D - z_A \end{pmatrix} = \begin{pmatrix} x_C - x_B \\ y_C - y_B \\ z_C - z_B \end{pmatrix} \Leftrightarrow \begin{pmatrix} x_D - 1 \\ y_D - 2 \\ z_D - 3 \end{pmatrix} = \begin{pmatrix} 7 \\ -8 \\ -2 \end{pmatrix} \Leftrightarrow \begin{cases} x_D - 1 = 7 \\ y_D - 2 = -8 \\ z_D - 3 = -2 \end{cases} \Leftrightarrow \begin{cases} x_D = 8 \\ y_D = -6. \\ z_D = 1 \end{cases}$$

$$D\,(8\ ;\ -6\ ;\ 1)$$

2. E est le symétrique de B par rapport à A si et seulement si $\overrightarrow{BA}=\overrightarrow{AE}$

$$\Leftrightarrow \begin{pmatrix} x_A - x_B \\ y_A - y_B \\ z_A - z_B \end{pmatrix} = \begin{pmatrix} x_E - x_A \\ y_E - y_A \\ z_E - z_A \end{pmatrix} \Leftrightarrow \begin{pmatrix} 2 \\ -3 \\ 5 \end{pmatrix} = \begin{pmatrix} x_E - 1 \\ y_E - 2 \\ z_E - 3 \end{pmatrix} \Leftrightarrow \begin{cases} 2 = x_E - 1 \\ -3 = y_E - 2 \\ 5 = z_E - 3 \end{cases} \Leftrightarrow \begin{cases} 3 = x_E \\ -1 = y_E. \\ 8 = z_E \end{cases}$$

$$E\,(3\ ;\ -1\ ;\ 8)$$

3. $$\overrightarrow{AF} = 2\overrightarrow{AB} - 3\overrightarrow{AC} = 2\begin{pmatrix} -2 \\ 3 \\ -5 \end{pmatrix} - 3\begin{pmatrix} 5 \\ -5 \\ -7 \end{pmatrix} = \begin{pmatrix} -4 \\ 6 \\ -10 \end{pmatrix} - \begin{pmatrix} 15 \\ -15 \\ -21 \end{pmatrix} = \begin{pmatrix} -19 \\ 21 \\ 11 \end{pmatrix}$$

$$\Leftrightarrow \begin{pmatrix} x_F - 1 \\ y_F - 2 \\ z_F - 3 \end{pmatrix} = \begin{pmatrix} -19 \\ 21 \\ 11 \end{pmatrix} \Leftrightarrow \begin{cases} x_F - 1 = -19 \\ y_F - 2 = 21 \\ z_F - 3 = 11 \end{cases} \Leftrightarrow \begin{cases} x_F = -18 \\ y_F = 23 \\ z_F = 14 \end{cases}.$$

$$F\,(-18\ ;\ 21\ ;\ 11)$$

Exercice 4

Le milieu de $[AB]$ a pour coordonnées : $\left(\dfrac{x_A + x_B}{2}\ ;\ \dfrac{y_A + y_B}{2}\ ;\ \dfrac{z_A + z_B}{2}\right)$ (mêmes formules qu'en géométrie plane avec une dimension supplémentaire), donc ce milieu a pour coordonnées $(1\ ;\ 1\ ;\ 1)$. Par les mêmes opérations, on calcule les coordonnées du milieu de $[CD]$; on trouve $(1\ ;\ 1\ ;\ 1)$.

Le milieu de $[AB]$ et le milieu de $[CD]$ sont confondus puisqu'ils ont les mêmes coordonnées $(1\ ;\ 1\ ;\ 1)$. Donc *ACBD* est un parallélogramme, ayant des diagonales de même milieu.

Un losange est un parallélogramme qui a des côtés consécutifs égaux. Donc *ACBD* sera un losange si $AC = CB$.

Corrigés

$$\begin{cases} AC=\sqrt{(x_C-x_A)^2+(y_C-y_A)^2+(z_C-z_A)^2}=\sqrt{(-3)^2+(6)^2+(0)^2} \\ =\sqrt{45} \\ CB=\sqrt{(3)^2+(2)^2+(2)^2}=\sqrt{17} \end{cases}$$

$$\Rightarrow AC\neq CB \Rightarrow ACBD \text{ n'est pas un losange.}$$

Exercice 5

1. Les vecteurs $\vec{u}$ et $\vec{v}$ sont colinéaires si et seulement s'ils sont proportionnels, s'il existe un nombre k tel que $\vec{u}=k\vec{v}$. Or

$$\vec{u}=k\vec{v}\Leftrightarrow\begin{pmatrix}3\\9\\-12\end{pmatrix}=k\begin{pmatrix}2\\6\\-9\end{pmatrix}\Leftrightarrow\begin{pmatrix}3\\9\\-12\end{pmatrix}=\begin{pmatrix}2k\\6k\\-9k\end{pmatrix}\Leftrightarrow\begin{cases}3=2k\Leftrightarrow 1{,}5=k\\9=6k\Leftrightarrow 1{,}5=k\\-12=-9k\Leftrightarrow 1{,}3...=k\end{cases};$$

Ces trois équations sont incompatibles puisque k ne peut être égal à la fois à 1,5 et 1,3… ; ce système n'a pas de solution.

> Il n'existe pas de k tel que $\vec{u}=k\vec{v}$, donc $\vec{u}$ et $\vec{v}$ ne sont pas colinéaires.

2. $$\vec{u}=k\vec{w}\Leftrightarrow\begin{pmatrix}3\\9\\-12\end{pmatrix}=k\begin{pmatrix}-2\\-6\\8\end{pmatrix}\Leftrightarrow\begin{pmatrix}3\\9\\-12\end{pmatrix}=\begin{pmatrix}-2k\\-6k\\8k\end{pmatrix}\Leftrightarrow\begin{cases}3=-2k\Leftrightarrow -1{,}5=k\\9=-6k\Leftrightarrow -1{,}5=k\\-12=8k\Leftrightarrow -1{,}5=k\end{cases}$$; ce système d'équations a une solution : $k=-1{,}5$.

> $\vec{u}=-1{,}5\vec{w}$, donc $\vec{u}$ et $\vec{w}$ sont colinéaires.

3. Raisonnons par l'absurde, supposons que $\vec{v}$ et $\vec{w}$ sont colinéaires.

Alors, on aurait $\begin{cases}\vec{v} \text{ et } \vec{w} \text{ colinéaires}\\ \vec{u} \text{ et } \vec{w} \text{ colinéaires}\end{cases} \Rightarrow \vec{u}$ et $\vec{v}$ seraient colinéaires, ce qui est absurde puisqu'on sait que $\vec{u}$ et $\vec{v}$ ne sont pas colinéaires.

> Supposer $\vec{v}$ et $\vec{w}$ colinéaires mène à une absurdité. Donc $\vec{v}$ et $\vec{w}$ ne sont pas colinéaires.

Exercice 6

1. $$3\vec{u}+2\vec{v}=3\begin{pmatrix}1\\0\\1\end{pmatrix}+2\begin{pmatrix}0\\2\\3\end{pmatrix}=\begin{pmatrix}3\\0\\3\end{pmatrix}+\begin{pmatrix}0\\4\\6\end{pmatrix}=\begin{pmatrix}3\\4\\9\end{pmatrix}$$

Corrigés

Les vecteurs $\vec{w}$ et $3\vec{u}+2\vec{v}$ ont les mêmes coordonnées, ils sont égaux.

On en déduit que les trois vecteurs $\vec{u}$, $\vec{v}$ et $\vec{w}$ sont coplanaires.

2. $a\vec{u}+b\vec{v}=a\begin{pmatrix}0\\1\\2\end{pmatrix}+b\begin{pmatrix}1\\0\\3\end{pmatrix}=\begin{pmatrix}0\\a\\2a\end{pmatrix}+\begin{pmatrix}b\\0\\3b\end{pmatrix}=\begin{pmatrix}b\\a\\2a+3b\end{pmatrix}$.

Donc $\vec{w}=a\vec{u}+b\vec{v}\Leftrightarrow\begin{pmatrix}1\\4\\0\end{pmatrix}=\begin{pmatrix}b\\a\\2a+3b\end{pmatrix}\Leftrightarrow\begin{cases}1=b\\4=a\\0=2a+3b\end{cases}$.

Ce système de 3 équations à 2 inconnues a t-il une solution pour a et b ? S'il y a une solution, c'est $a=4$ et $b=1$. Mais ces deux nombres vérifient-ils la troisième équation ? Non, car $2a+3b=2(4)+3(1)=11\neq 0$. Ce système n'a donc pas de solution.

Il n'y a pas de réels a et b tels que $\vec{w}=a\vec{u}+b\vec{v}$; $\vec{u}$, $\vec{v}$ et $\vec{w}$ ne sont pas coplanaires.

Exercice 7

D'abord, $\begin{cases}\vec{a}=\vec{u}+\vec{v}+\vec{w}\\\vec{c}=\vec{v}+\vec{w}\end{cases}\Rightarrow\vec{a}=\vec{u}+\vec{c}\Rightarrow\vec{a}-\vec{c}=\vec{u}.$

Maintenant, en remplaçant $\vec{u}$ par $\vec{a}-\vec{c}$ dans chaque équation du système,

$$\begin{cases}\vec{a}=\vec{a}-\vec{c}+\vec{v}+\vec{w}\\\vec{b}=2(\vec{a}-\vec{c})-\vec{v}+3\vec{w}\\\vec{c}=\vec{v}+\vec{w}\end{cases}\Leftrightarrow\begin{cases}\vec{c}=\vec{v}+\vec{w}\\\vec{b}-2\vec{a}+2\vec{c}=-\vec{v}+3\vec{w}\\\vec{c}=\vec{v}+\vec{w}\end{cases}$$

$$\underset{\text{UNE EQUATION EST EN DOUBLE}}{\Leftrightarrow}\begin{cases}\vec{c}=\vec{v}+\vec{w}\\\vec{b}-2\vec{a}+2\vec{c}=-\vec{v}+3\vec{w}\end{cases}$$

On est face à un système classique de deux équations à deux inconnues : $\vec{v}$ et $\vec{w}$. Il y a plusieurs façons de s'y prendre pour isoler les inconnues.

$$\begin{cases}\vec{c}=\vec{v}+\vec{w}\\\vec{b}-2\vec{a}+2\vec{c}=-\vec{v}+3\vec{w}\end{cases}\Leftrightarrow\begin{cases}\vec{c}-\vec{w}=\vec{v}\\\vec{v}=-\vec{b}+2\vec{a}-2\vec{c}+3\vec{w}\end{cases}.$$

Donc $-\vec{b}+2\vec{a}-2\vec{c}+3\vec{w}=\vec{c}-\vec{w}\Leftrightarrow 4\vec{w}=-2\vec{a}+\vec{b}+3\vec{c}\Leftrightarrow\vec{w}=\dfrac{-2\vec{a}+\vec{b}+3\vec{c}}{4}$.

Revenons à $\vec{v}$; $\vec{v}=\vec{c}-\vec{w}=\vec{c}-\dfrac{-2\vec{a}+\vec{b}+3\vec{c}}{4}=\dfrac{2\vec{a}-\vec{b}+\vec{c}}{4}$.

Corrigés

$$\vec{u} = \vec{a} - \vec{c} \quad \vec{v} = \frac{2\vec{a} - \vec{b} + \vec{c}}{4} \quad \vec{w} = \frac{-2\vec{a} + \vec{b} + 3\vec{c}}{4}$$

Exercice 8

1. Les points A, B, C sont alignés si et seulement si $\overrightarrow{AB}$ et $\overrightarrow{AC}$ sont colinéaires.

Existe-t-il un nombre k tel que $\overrightarrow{AB} = k\overrightarrow{AC}$?

On a : $\overrightarrow{AB}\ (x_B - x_A\ ; y_B - y_A\ ; z_B - z_A) = (-2\ ; 4\ ; -1)$ et $\overrightarrow{AC}\ (6\ ; -12\ ; 3)$.

Donc $\overrightarrow{AB} = k\overrightarrow{AC} \Leftrightarrow \begin{pmatrix}-2\\4\\-1\end{pmatrix} = k\begin{pmatrix}6\\-12\\3\end{pmatrix} \Leftrightarrow \begin{cases}-2 = 6k \Leftrightarrow k = -2/6 = -1/3\\ 4 = -12k \Leftrightarrow k = -4/12 = -1/3\\ -1 = 3k \Leftrightarrow k = -1/3\end{cases}$; il y a une solution : $k = -\frac{1}{3}$.

> $\overrightarrow{AB} = -\frac{1}{3}\overrightarrow{AC}$, donc $\overrightarrow{AB}$ et $\overrightarrow{AC}$ sont colinéaires, donc les points A, B, C sont alignés.

2. On a : $\overrightarrow{EF}\ (1\ ; -2\ ; -5)$ et $\overrightarrow{EG}\ (2\ ; -1\ ; -4)$.

Donc $\overrightarrow{EF} = k\overrightarrow{EG} \Leftrightarrow \begin{pmatrix}1\\-2\\-5\end{pmatrix} = k\begin{pmatrix}2\\-1\\-4\end{pmatrix} \Leftrightarrow \begin{cases}1 = 2k \Leftrightarrow k = 0{,}5\\ -2 = -k \Leftrightarrow k = 2\\ -5 = -4k \Leftrightarrow k = 1{,}25\end{cases}$; ces équations sont incompatibles, il n'y a pas de solution.

> Il n'y a pas de nombre k tel que $\overrightarrow{EF} = k\overrightarrow{EG}$, donc $\overrightarrow{EF}$ et $\overrightarrow{EG}$ ne sont pas colinéaires, donc les points E, F, G ne sont pas alignés.

Exercice 9

1. Si $M \in (AB)$, alors les vecteurs $\overrightarrow{AM}$ et $\overrightarrow{AB}$ sont colinéaires, et donc il existe un nombre t tel que $\overrightarrow{AM} = t\overrightarrow{AB}$.

2. Cherchons un point M de coordonnées $(x\ ; y\ ; z)$ qui appartiendrait à (AB) et à l'axe des abscisses ; on espère ne pas en trouver.

$$\begin{cases}M \in \text{l'axe des } x\\ M \in (AB)\end{cases} \Leftrightarrow \begin{cases}y = 0 \text{ et } z = 0\\ \text{il existe } t \text{ tel que } \overrightarrow{AM} = t\overrightarrow{AB}\end{cases}$$

$$\Leftrightarrow \begin{cases}y = 0 \text{ et } z = 0\\ \text{il existe } t \text{ tel que les coordonnées de } \overrightarrow{AM} = t \times \text{les coordonnées de } \overrightarrow{AB}\end{cases}$$

Corrigés

$$\Leftrightarrow \begin{cases} y=0 \text{ et } z=0 \\ \text{il existe } t \text{ tel que } \begin{cases} x-1=2t \\ y+2=-2t \\ z-3=-t \end{cases} \end{cases}.$$ En remplaçant y et z par 0 dans le système, on obtient : $\begin{cases} 2=-2t \Leftrightarrow -1=t \\ -3=-t \Leftrightarrow 3=t \end{cases}$; impossible, t ne peut être égal en même temps à -1 et 3 !

Le système $\begin{cases} M \in \text{l'axe des } x \\ M \in (AB) \end{cases}$, d'inconnue M, n'a pas de solution ; il n'y a donc aucun point de (AB) appartenant à l'axe des abscisses. Les deux droites, (AB) et l'axe des abscisses, ont une intersection vide ; ces deux droites ne sont pas sécantes.

Exercice 10

1. Une combinaison linéaire des deux vecteurs $\vec{v}$ et $\vec{w}$ est un vecteur du type $a\vec{v}+b\vec{w}$. Rappelons aussi que $\vec{u}$ orthogonal à $\vec{v}$ et $\vec{w}$ signifie que les produits scalaires $\vec{u}\cdot\vec{v}$ et $\vec{u}\cdot\vec{w}$ sont nuls.

$\begin{cases} \vec{u}\cdot\vec{v}=0 \\ \vec{u}\cdot\vec{w}=0 \end{cases} \Rightarrow$ pour tous réels a et b,

$$\vec{u}\cdot(a\vec{v}+b\vec{w}) \underset{\text{DEVELOPPANT}}{=} a(\vec{u}\cdot\vec{v})+b(\vec{u}\cdot\vec{w})=a\times 0+b\times 0=0 \;;$$

oui, si $\vec{u}$ est orthogonal à $\vec{v}$ et $\vec{w}$, alors $\vec{u}$ est orthogonal à toute combinaison linéaire de $\vec{v}$ et $\vec{w}$.

2. On recherche les vecteurs $\vec{u}\ (x\,;y\,;z)$ tels que : $\begin{cases} \vec{u} \text{ colinéaire à } \vec{a} \\ \text{norme de } \vec{u}=1 \end{cases}$.

Premièrement, la colinéarité de $\vec{u}$ et $\vec{a}$ indique qu'il existe un nombre k tel que $\vec{u}=k\vec{a} \Leftrightarrow \begin{cases} x=6k \\ y=3k \\ z=-2k \end{cases}$.

Deuxièmement, la norme de $\vec{u}$ est $\|\vec{u}\|=\sqrt{x^2+y^2+z^2}=1$.

Finalement, $\begin{cases} x=6k \text{ et } y=3k \text{ et } z=-2k \\ \sqrt{x^2+y^2+z^2}=1 \end{cases} \Rightarrow \sqrt{(6k)^2+(3k)^2+(-2k)^2}=1,$

donc $\sqrt{49k^2}=1 \Leftrightarrow 49k^2=1 \Leftrightarrow k^2=1/49=(1/7)^2 \Leftrightarrow k=1/7$ ou $k=-1/7$.

Deux vecteurs sont normés et colinéaires à $\vec{a}$; ce sont les vecteurs $\frac{1}{7}\vec{a}$ et $-\frac{1}{7}\vec{a}$ de coordonnées $\left(\frac{6}{7}\ ;\ \frac{3}{7}\ ;\ -\frac{2}{7}\right)$ et $\left(-\frac{6}{7}\ ;\ -\frac{3}{7}\ ;\ \frac{2}{7}\right)$.

Exercice 11

1. Les vecteurs $\overrightarrow{BA}$ et $\overrightarrow{BC}$ ont pour coordonnées $(-1\ ;0\ ;\ -2)$ et $(6\ ;5\ ;\ -3)$.

$\overrightarrow{BA}\cdot\overrightarrow{BC}=x_{\overrightarrow{BA}}x_{\overrightarrow{BC}}+y_{\overrightarrow{BA}}y_{\overrightarrow{BC}}+z_{\overrightarrow{BA}}z_{\overrightarrow{BC}}=(-1)(6)+(0)(5)+(-2)(-3)=0.$
Donc ces deux vecteurs sont orthogonaux ; autrement dit, le triangle ABC est rectangle en B.

2. Le triangle rectangle en B, ABC, est isocèle si $BA=BC$.

$$\begin{cases} BA=\sqrt{x_{\overrightarrow{BA}}{}^2+y_{\overrightarrow{BA}}{}^2+z_{\overrightarrow{BA}}{}^2}=\sqrt{(-1)^2+(0)^2+(-2)^2}=\sqrt{5} \\ BC=\sqrt{(6)^2+(5)^2+(-3)^2}=\sqrt{70} \end{cases}$$

$\Rightarrow BA\neq BC,$ le triangle ABC n'est pas isocèle.

3. Un triangle rectangle étant un demi-rectangle, l'aire de ABC est égale à :

$$\frac{BA\times BC}{2}=\frac{\sqrt{5}\times\sqrt{70}}{2}=\frac{\sqrt{350}}{2}=\frac{5\sqrt{14}}{2}\text{ unités d'aire.}$$

Exercice 12

Le volume d'un tétraèdre est $\frac{\text{aire de la base}\times\text{hauteur}}{3}$. Ici, on choisit IJF comme base, $[BF]$ est la hauteur correspondante.

D'abord, la hauteur mesure 1, $BF=1$, car l'arête du cube est l'unité de longueur, comme le repère choisi l'indique.

Ensuite, $FI=FJ=\frac{1}{2}$ car ce sont des moitiés d'arêtes. Quant à l'aire de FIJ qui est un triangle rectangle en F, cette aire est égale à $\frac{FI\times FJ}{2}$.

$$\text{Volume de FIJB}=\frac{\frac{\frac{1}{2}\times\frac{1}{2}}{2}\times 1}{3}=\frac{1}{24}\text{ unités de volume.}$$

Corrigés

Exercice 13

1. D'après le cours, $\cos\left(\widehat{BAC}\right)=\dfrac{\overrightarrow{AB}\cdot\overrightarrow{AC}}{AB\times AC}$. Or les vecteurs $\overrightarrow{AB}$ et $\overrightarrow{AC}$ ont pour coordonnées respectives $(2\,;-1\,;-1)$ et $(6\,;0\,;-2)$.

$$\begin{cases}\overrightarrow{AB}\cdot\overrightarrow{AC}=(2)(6)+(-1)(0)+(-1)(-2)=14\\ AB=\sqrt{(2)^2+(-1)^2+(-1)^2}=\sqrt{6}\\ AC=\sqrt{(6)^2+(0)^2+(-2)^2}=\sqrt{40}\end{cases}$$

$$\Rightarrow\ \cos\left(\widehat{BAC}\right)=\frac{14}{\sqrt{6}\times\sqrt{40}}\ \underset{\text{CALCULATRICE}}{\Rightarrow}\ \widehat{BAC}\approx 25°.$$

2. De même, $\cos\left(\widehat{ABC}\right)=\dfrac{\overrightarrow{BA}\cdot\overrightarrow{BC}}{BA\times BC}$, avec $\overrightarrow{BA}\ (-2\,;1\,;1)$ et $\overrightarrow{BC}\ (4\,;1\,;-1)$.

$$\overrightarrow{BA}\cdot\overrightarrow{BC}=-8,\ BA=\sqrt{6}\text{ et }BC=\sqrt{18}$$

$$\Rightarrow\ \cos\left(\widehat{ABC}\right)=\frac{-8}{\sqrt{6}\times\sqrt{18}}\ \underset{\text{CALCULATRICE}}{\Rightarrow}\ \widehat{ABC}\approx 140°.$$

Exercice 14

$$\vec{u}\cdot f\left(\vec{u},\ \vec{v}\right)=(a)(bc'-b'c)+(b)(a'c-ac')+c(ab'-a'b)$$
$$\Rightarrow\ \vec{u}\cdot f\left(\vec{u},\ \vec{v}\right)=abc'-ab'c+a'bc-abc'+ab'c-a'bc.$$

On se rend compte que les termes s'annulent deux à deux, que ce produit scalaire vaut 0. Les vecteurs $\vec{u}$ et $f\left(\vec{u},\ \vec{v}\right)$ sont donc orthogonaux.

De même pour $\vec{v}$ et $f\left(\vec{u},\ \vec{v}\right)$.

Application

Pour $\vec{u}\ (1\,;2\,;-3)$ et $\vec{v}\ (-2\,;2\,;1)$,

$$\begin{cases}bc'-b'c=(2)(1)-(2)(-3)=8\\ a'c-ac'=(-2)(-3)-(1)(1)=5\\ ab'-a'b=(1)(2)-(-2)(2)=6\end{cases}$$

$\Rightarrow\ f\left(\vec{u},\ \vec{v}\right)$, vecteur de coordonnées $(8\,;5\,;6)$ est orthogonal à $\vec{u}$ et $\vec{v}$.

Corrigés

Exercice 15

1. $\cdot\vec{v}=(1)(2)+(1)(-1)+(1)(-1)=0 \quad \Leftrightarrow \vec{u}$ et $\vec{v}$ sont orthogonaux.

2. $\begin{cases}\vec{u}\cdot\vec{w}=0\\ \vec{v}\cdot\vec{w}=0\end{cases} \Leftrightarrow \begin{cases}a+b+c=0\\ 2a-b-c=0\end{cases}$; c'est pas assez d'équations, 2, pour trop d'inconnues, 3, ce qui veut dire (voir dernier chapitre de ce livre) qu'il y a sûrement plusieurs solutions.

Fouillons (il y a plusieurs manières de fouiller) ! $a+b+c=0 \Leftrightarrow b+c=-a$. Alors $2a-b-c=0 \Leftrightarrow 2a-(b+c)=0 \underset{b+c=-a}{\Rightarrow} 3a=0 \Rightarrow a=0$.

Donc, puisque $a=0$, $\begin{cases}b+c=0\\ -b-c=0\end{cases} \Leftrightarrow b+c=0 \Leftrightarrow c=-b$.

> N'importe quel vecteur $\vec{w}$ de coordonnées du genre $(0\ ;\ b\ ;\ -b)$ est orthogonal à $\vec{u}$ et à $\vec{v}$.
>
> En choisissant $b=1$, on peut prendre $\vec{w}\ (0\ ;\ 1\ ;\ -1)$.

Pour trouver un $\vec{w}$, on aurait pu aussi appliquer les conclusions de l'exercice précédent.

2. $\vec{k}\cdot\vec{u}=\left(x\vec{u}+y\vec{v}+z\vec{w}\right)\cdot\vec{u} \Rightarrow \vec{k}\cdot\vec{u}=x\vec{u}\cdot\vec{u}+y\vec{u}\cdot\vec{v}+z\vec{w}\cdot\vec{u}$.

Donc $\vec{k}\cdot\vec{u}=x\vec{u}\cdot\vec{u}+y\times 0+z\times 0 \Leftrightarrow \vec{k}\cdot\vec{u}=x\vec{u}\cdot\vec{u} \Leftrightarrow x=\dfrac{\vec{k}\cdot\vec{u}}{\vec{u}\cdot\vec{u}}$.

> $\begin{cases}\vec{k}\cdot\vec{u}=(5)(1)+(-2)(1)+(7)(1)=10\\ \vec{u}\cdot\vec{u}=(1)(1)+(1)(1)+(1)(1)=3\end{cases} \Rightarrow x=\dfrac{10}{3}$.

Exercice 16

1. Les points B et I sont équidistants de O et A. Donc (IB) est la médiatrice de $[OA]$ dans le plan (xOy). Donc l'abscisse de B est égale à l'abscisse de I, 3.

> Et $OB=OA=6 \Rightarrow \sqrt{{x_B}^2+{y_B}^2+{z_B}^2}=6 \Rightarrow \sqrt{9+{y_B}^2+0}=6$
>
> $\Rightarrow 9+{y_B}^2=36 \Rightarrow {y_B}^2=27 \underset{y_B>0}{\Rightarrow} y_B=\sqrt{27}=3\sqrt{3}$.

2. $\overrightarrow{GO}+\overrightarrow{GA}+\overrightarrow{GB}=\vec{0} \underset{\text{CHASLES}}{\Leftrightarrow} \overrightarrow{GI}+\overrightarrow{IO}+\overrightarrow{GI}+\overrightarrow{IA}+\overrightarrow{GI}+\overrightarrow{IB}=\vec{0}$.

Mais, $\overrightarrow{IO}+\overrightarrow{IA}=\vec{0}$, donc :

$$\overrightarrow{GO}+\overrightarrow{GA}+\overrightarrow{GB}=\vec{0} \Leftrightarrow 3\overrightarrow{GI}+\overrightarrow{IB}=\vec{0} \Leftrightarrow \overrightarrow{IB}=3\overrightarrow{IG} \Leftrightarrow \overrightarrow{IG}=\frac{1}{3}\overrightarrow{IB}.$$

Corrigés

$$\overrightarrow{IG}=\frac{1}{3}\overrightarrow{IB}\Leftrightarrow\begin{cases}x_G-x_I=\frac{1}{3}(x_B-x_I)\\ y_G-y_I=\frac{1}{3}(y_B-y_I)\\ z_G-z_I=\frac{1}{3}(z_B-z_I)\end{cases}\Leftrightarrow\begin{cases}x_G=3\\ y_G=\sqrt{3}\\ z_G=0\end{cases}.$$

3. Le point $C(3\ ;\sqrt{3}\ ;z_c)$ vérifie $OC=6$.

$$OC=6\Rightarrow\sqrt{x_C{}^2+y_C{}^2+z_C{}^2}=6\Rightarrow\sqrt{9+3+z_C{}^2}=6$$
$$\Rightarrow 12+z_C{}^2=36\Rightarrow z_C{}^2=24\underset{z_C>0}{\Rightarrow}z_C=\sqrt{24}=2\sqrt{6}.$$

Corrigés contrôle

Exercice 1

La proposition 3 est vraie.

Prouvons-le. On a $\overrightarrow{AB}\ (2\ ;4\ ;6)$, $\overrightarrow{AC}\ (-4\ ;6\ ;2)$, $\overrightarrow{BC}\ (-6\ ;2\ ;-4)$. Donc $AB=\sqrt{(2)^2+(4)^2+(6)^2}=\sqrt{56}$. De même $AC=\sqrt{56}$ et $BC=\sqrt{56}$. Le triangle ABC a trois côtés égaux, il est équilatéral.

Exercice 2

Il faut justifier : $\begin{cases}\text{OBC, OBS, OCS rectangles en O}\\ \text{OB}=\text{OC}=\text{OS}\end{cases}$.

- OBC est rectangle en O car ABCD est un carré de centre O.
- OBS et OCS sont rectangles en O car [SO] est la hauteur de la pyramide SABCD.
- $\text{OB}=\text{OC}$ car ce sont deux demi diagonales du carré ABCD
- Pour OS, utilisons le théorème de Pythagore dans le triangle rectangle OBS. Alors $\text{OB}^2+\text{OS}^2=\text{BS}^2\Leftrightarrow\text{OS}^2=\text{BS}^2-\text{OB}^2$. Or $\text{BS}=\text{BC}$ puisque SABCD est régulière (arêtes égales). Donc $\text{OS}^2=\text{BC}^2-\text{OB}^2$.

  Mais Pythagore dans ABC donne aussi $\text{OC}^2=\text{BC}^2-\text{OB}^2$.

  Finalement $\text{OS}^2=\text{OC}^2$, donc $\text{OS}=\text{OC}$.

$$\begin{cases} \text{OBC, OBS, OCS rectangles en O} \\ \text{OB} = \text{OC} = \text{OS} \end{cases}$$

$$\Leftrightarrow \text{ le repère } \left(\text{O} \; ; \overrightarrow{\text{OB}}, \; \overrightarrow{\text{OC}}, \; \overrightarrow{\text{OS}}\right) \text{ est orthonormé.}$$

Exercice 3

1. ▪ $\overrightarrow{CJ} = \frac{1}{2}\overrightarrow{CG} = \frac{1}{2}\overrightarrow{AE}.$

Donc $\overrightarrow{AB} \cdot \overrightarrow{CJ} = \overrightarrow{AB} \cdot \frac{1}{2}\overrightarrow{AE} = \frac{1}{2}\overrightarrow{AB} \cdot \overrightarrow{AE} = \frac{1}{2} \times 0 = 0$; ces deux vecteurs sont orthogonaux.

▪ On va monter que $\overrightarrow{AB} \cdot \overrightarrow{IJ} = \overrightarrow{AB} \cdot \overrightarrow{IC}$ puis que $\overrightarrow{AB} \cdot \overrightarrow{IC} = \overrightarrow{AB} \cdot \overrightarrow{IB}.$

On a :

$$\overrightarrow{AB} \cdot \overrightarrow{IJ} = \overrightarrow{AB} \cdot \left(\overrightarrow{IC} + \overrightarrow{CJ}\right) = \overrightarrow{AB} \cdot \overrightarrow{IC} + \overrightarrow{AB} \cdot \overrightarrow{CJ} = \overrightarrow{AB} \cdot \overrightarrow{IC} + 0 = \overrightarrow{AB} \cdot \overrightarrow{IC}.$$

Et $\overrightarrow{AB} \cdot \overrightarrow{IC} = \overrightarrow{AB} \cdot \left(\overrightarrow{IB} + \overrightarrow{BC}\right) = \overrightarrow{AB} \cdot \overrightarrow{IB} + \overrightarrow{AB} \cdot \overrightarrow{BC} = \overrightarrow{AB} \cdot \overrightarrow{IB} + 0 = \overrightarrow{AB} \cdot \overrightarrow{IB}.$

En effet, $\overrightarrow{AB} \cdot \overrightarrow{BC} = 0$ puisque les côtés consécutifs d'un carré sont perpendiculaires.

▪ On a : $\overrightarrow{AB} \cdot \overrightarrow{IB} = AB \times IB \times \cos\left(\overrightarrow{AB} \; , \overrightarrow{IB}\right) = a \times \frac{a}{2} \times \cos(0) = \frac{a^2}{2}.$

$$\overrightarrow{AB} \cdot \overrightarrow{IJ} = \overrightarrow{AB} \cdot \overrightarrow{IB} = \frac{a^2}{2}$$

2. Dans le repère choisi, les coordonnées de points A, B, I, J sont respectivement $(0 \; ; 0 \; ; 0)$, $(a \; ; 0 \; ; 0)$, $\left(\frac{a}{2} \; ; 0 \; ; 0\right)$, $\left(a \; ; a \; ; \frac{a}{2}\right)$.

Donc $\overrightarrow{AB}$ $(a \; ; 0 \; ; 0)$ et $\overrightarrow{IJ}$ $\left(a - \frac{a}{2} \; ; a - 0 \; ; \frac{a}{2} - 0\right) = \left(\frac{a}{2} \; ; a \; ; \frac{a}{2}\right)$.

$$\overrightarrow{AB} \cdot \overrightarrow{IJ} = (a)\left(\frac{a}{2}\right) + (0)(a) + (0)\left(\frac{a}{2}\right) = \frac{a^2}{2}$$

Corrigés

3.

$$\cos\left(\overrightarrow{AB}\,,\,\overrightarrow{IJ}\right)=\frac{\overrightarrow{AB}\cdot\overrightarrow{IJ}}{AB\times IJ}=\frac{\dfrac{a^2}{2}}{a\times\sqrt{\left(\dfrac{a}{2}\right)^2+(a)^2+\left(\dfrac{a}{2}\right)^2}}=\frac{\dfrac{a^2}{2}}{a\times\sqrt{\dfrac{6a^2}{4}}}$$

$$\Rightarrow\ \cos\left(\overrightarrow{AB}\,,\,\overrightarrow{IJ}\right)=\frac{\dfrac{a^2}{2}}{a\times a\dfrac{\sqrt{6}}{2}}=\frac{1}{\sqrt{6}}\Rightarrow\ \left(\overrightarrow{AB}\,,\,\overrightarrow{IJ}\right)\approx 65{,}9°.$$

Exercice 4

1. ▪

Les vecteurs $\overrightarrow{AK}$, $\overrightarrow{AI}$, $\overrightarrow{AJ}$ ne sont pas coplanaires. Donc il n'existe pas de nombres réels x et y tels que $\overrightarrow{AK}=x\overrightarrow{AI}+y\overrightarrow{AJ}$.

▪ Les coordonnées des points A, G, I, J, K sont respectivement $(0\,;0\,;0)$, $(1\,;1\,;1)$, $(0{,}5\,;0\,;0)$, $(0\,;0{,}5\,;0)$, $(1\,;0{,}5\,;1)$.

Et les coordonnées des vecteurs $\overrightarrow{AG}$, $\overrightarrow{AI}$, $\overrightarrow{AJ}$, $\overrightarrow{AK}$ sont égales à celles des points G, I, J, K puisque A est l'origine du repère choisi.

$$\overrightarrow{AG}=a\overrightarrow{AI}+b\overrightarrow{AJ}+c\overrightarrow{AK}\Leftrightarrow\begin{cases}1=0{,}5a+c\\1=0{,}5b+0{,}5c\\1=c\end{cases}\Leftrightarrow\begin{cases}1=0{,}5a+1\\1=0{,}5b+0{,}5\\1=c\end{cases}\Leftrightarrow\begin{cases}a=0\\b=1\\c=1\end{cases}.$$

$$\overrightarrow{AG}=0\overrightarrow{AI}+1\overrightarrow{AJ}+1\overrightarrow{AK}$$

2. ▪ $\overrightarrow{AG}=1\overrightarrow{AB}+1\overrightarrow{AD}+1\overrightarrow{AE}$, donc les coordonnées du point G dans le repère R_1 sont $(1\,;1\,;1)$.

Et $\overrightarrow{AG}=0\overrightarrow{AI}+1\overrightarrow{AJ}+1\overrightarrow{AK}$, donc les coordonnées du point G dans le repère R_2 sont $(0\,;1\,;1)$.

▪ $\overrightarrow{AM}=4\overrightarrow{AI}+2\overrightarrow{AJ}+\overrightarrow{AK}$.

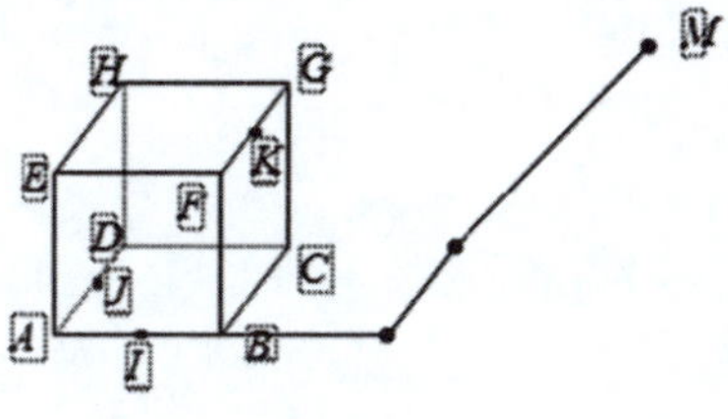

Corrigés

Les coordonnées de M dans le repère R_1 sont $(3\ ;\ 1{,}5\ ;\ 1)$.

- $\overrightarrow{AI} = 0{,}5\overrightarrow{AB}$, $\overrightarrow{AJ} = 0{,}5\overrightarrow{AD}$, $\overrightarrow{AK} = \overrightarrow{AB} + 0{,}5\overrightarrow{AD} + \overrightarrow{AE}$.

Donc :

$$\overrightarrow{AN} = a\overrightarrow{AI} + b\overrightarrow{AJ} + c\overrightarrow{AK} = a \times 0{,}5\overrightarrow{AB} + b \times 0{,}5\overrightarrow{AD} + c\left(\overrightarrow{AB} + 0{,}5\overrightarrow{AD} + \overrightarrow{AE}\right)$$

$$\Rightarrow \overrightarrow{AN} = (0{,}5a + c)\overrightarrow{AB} + (0{,}5b + 0{,}5c)\overrightarrow{AD} + c\overrightarrow{AE}.$$

$$\begin{cases} \overrightarrow{AN} = x\overrightarrow{AB} + y\overrightarrow{AD} + z\overrightarrow{AE} \\ \overrightarrow{AN} = (0{,}5a + c)\overrightarrow{AB} + (0{,}5b + 0{,}5c)\overrightarrow{AD} + c\overrightarrow{AE} \end{cases}$$

$$\Rightarrow \begin{cases} x = 0{,}5a + c \\ y = 0{,}5b + 0{,}5c, \\ z = c \end{cases}$$

car dans un repère (ici R_1) les coordonnées d'un point (ici N) sont uniques.

Corrigés

10 Géométrie dans l'espace : repères et équations des droites et des plans

1. Les droites de l'espace

Les repères d'une droite

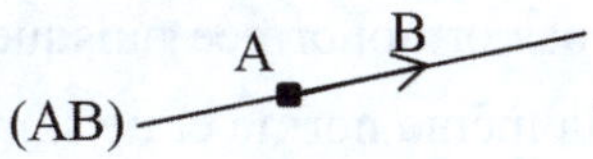

- $\left(A\ ;\ \overrightarrow{AB}\right)$ est un repère de la droite $D = (AB)$.
- $\overrightarrow{AB}$ est un vecteur directeur de cette droite.
- Une droite a une infinité de vecteurs directeurs, tous colinéaires entre eux.

Les représentations paramétriques d'une droite

Soit une droite D dont un repère est $\left(A\ ;\ \vec{u}\right)$.

Un point M de coordonnées $(x\ ;\ y\ ;\ z)$ appartient à la droite $D \Leftrightarrow$ les vecteurs $\overrightarrow{AM}$ et $\vec{u}$ sont colinéaires $\Leftrightarrow$ il existe un nombre réel t tel que :

$$\overrightarrow{AM} = t\vec{u} \Leftrightarrow \begin{pmatrix} x - x_A \\ y - y_A \\ z - z_A \end{pmatrix} = t \begin{pmatrix} x_{\vec{u}} \\ y_{\vec{u}} \\ z_{\vec{u}} \end{pmatrix} \Leftrightarrow \begin{cases} x - x_A = tx_{\vec{u}} \\ y - y_A = ty_{\vec{u}} \\ z - z_A = tz_{\vec{u}} \end{cases} \Leftrightarrow \begin{cases} x = x_A + tx_{\vec{u}} \\ y = y_A + ty_{\vec{u}} \\ z = z_A + tz_{\vec{u}} \end{cases}.$$

$\begin{cases} x = x_A + tx_{\vec{u}} \\ y = y_A + ty_{\vec{u}} \\ z = z_A + tz_{\vec{u}} \end{cases}$ $(t \in \mathbb{R})$ est une représentation paramétrique de la droite D dont un repère est $\left(A\ ;\ \vec{u}\right)$.

Autrement dit, un point $M(x\ ;\ y\ ;\ z)$ est sur la droite D si et seulement si il existe un réel t tel que $\begin{cases} x = x_A + tx_{\vec{u}} \\ y = y_A + ty_{\vec{u}} \\ z = z_A + tz_{\vec{u}} \end{cases}$; t, nombre réel, est le paramètre.

Une droite a autant de représentations paramétriques que de repères, beaucoup.

2. Les plans de l'espace

Un plan est une surface plane illimitée.

Deux descriptions caractéristiques d'un plan

Un cube :

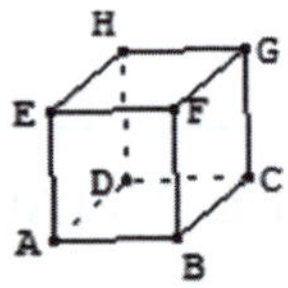

- Les trois points A, B, C ne sont pas alignés. Par ces trois points passe un plan et un seul, le plan $P=(\mathrm{ABC})$. On dit que les trois points A, B, C définissent le plan P.
- Ce même plan P a pour repère $\left(\mathrm{A} ; \overrightarrow{\mathrm{AB}}, \overrightarrow{\mathrm{AC}}\right)$, repère formé d'une origine A et d'une base du plan : $\left(\overrightarrow{\mathrm{AB}}, \overrightarrow{\mathrm{AC}}\right)$.

  Une base d'un plan est formé de deux vecteurs non colinéaires de ce plan ; c'est comme en géométrie plane.

  Cette base $\left(\overrightarrow{\mathrm{AB}}, \overrightarrow{\mathrm{AC}}\right)$ n'est pas orthonormée puisque ces deux vecteurs n'ont pas la même norme et ne sont pas orthogonaux. Par contre, le repère $\left(\mathrm{A} ; \overrightarrow{\mathrm{AB}}, \overrightarrow{\mathrm{AD}}\right)$ est un repère orthonormé de ce même plan P, l'unité de longueur étant $\mathrm{AB}=\mathrm{AD}$.

Les vecteurs normaux à un plan

Soit un plan $P = (\mathrm{ABC})$ dont un repère est $\left(\mathrm{A} ; \overrightarrow{\mathrm{AB}}, \overrightarrow{\mathrm{AC}}\right)$.

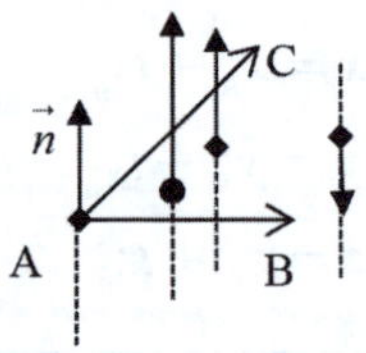

Il y a une infinité de droites perpendiculaires au plan P. Ces droites sont dirigées par les vecteurs $\vec{n}$ qui s'appellent les vecteurs normaux à P. Un plan a une infinité de vecteurs normaux, tous colinéaires entre eux.

On reconnaît qu'un vecteur $\vec{n}$ est normal au plan $P=(\mathrm{ABC})$ au fait que $\vec{n}$ est orthogonal à $\overrightarrow{\mathrm{AB}}$ et aussi à $\overrightarrow{\mathrm{AC}}$.

$$\vec{n} \text{ est normal au plan } P=(\mathrm{ABC}) \Leftrightarrow \begin{cases} \vec{n}\cdot\overrightarrow{\mathrm{AB}}=0 \\ \vec{n}\cdot\overrightarrow{\mathrm{AC}}=0 \end{cases}.$$

Et si le vecteur $\vec{n}$ est normal au plan $P=(\mathrm{ABC})$, alors il est orthogonal à tout vecteur du plan.

Pour tout point M du plan P,

$$\vec{n} \text{ est normal au plan } P=(\mathrm{ABC}) \Rightarrow \vec{n}\cdot\overrightarrow{\mathrm{AM}}=0.$$

Troisième caractérisation d'un plan grâce à ses vecteurs normaux

Soit le plan $P=(\text{ABC})$ dont un vecteur normal est $\vec{n}$.

Le plan P est caractérisé par le fait qu'il passe par A et que $\vec{n}$ lui est normal.

Autrement dit, il y a un plan et un seul passant par A et de vecteur normal $\vec{n}$; c'est P.

Équation cartésienne d'un plan

Considérons le plan P passant par $\text{A}(x_\text{A} ; y_\text{A} ; z_\text{A})$ et de vecteur normal $\vec{n}$ de coordonnées $(a ; b ; c)$.

Le point M de coordonnées $(x ; y ; z)$ appartient à P si et seulement si les vecteurs $\vec{n}$ et $\overrightarrow{\text{AM}}$ sont orthogonaux $\Leftrightarrow$ $\vec{n}\cdot\overrightarrow{\text{AM}}=0 \Leftrightarrow x_{\vec{n}}x_{\overrightarrow{\text{AM}}}+y_{\vec{n}}y_{\overrightarrow{\text{AM}}}+z_{\vec{n}}z_{\overrightarrow{\text{AM}}}=0 \Leftrightarrow$ $a(x-x_\text{A})+b(y-y_\text{A})+c(z-z_\text{A})=0 \Leftrightarrow ax+by+cz+(-ax_\text{A}-by_\text{A}-cz_A)=0.$

Finalement, le point $\text{M}(x ; y ; z)$ appartient au plan P si et seulement si $ax+by+cz+d=0$, en posant $d=-ax_\text{A}-by_\text{A}-cz_A$.

$ax+by+cz+d=0$ est une équation cartésienne du plan P.
Tout plan admet une équation cartésienne du type $ax+by+cz+d=0$ où $(a ; b ; c)$ sont les coordonnées d'un vecteur normal au plan.

Énoncés des exercices

Dans tous ces exercices, l'espace est muni d'un repère orthonormé $\left(O\ ;\vec{i},\ \vec{j},\ \vec{k}\right)$.

* Exercice 1

15 min

Soient les points $A(1\ ;\ -2\ ;\ 4)$, $B(-3\ ;\ -1\ ;\ 1)$, $C(2\ ;\ 3\ ;\ 4)$, $D(14\ ;\ 0\ ;\ 13)$.

1. Le vecteur $\vec{u}\ (8\ ;\ -2\ ;\ 7)$ est-il un vecteur directeur de la droite (AB) ?

2. Les droites (AB) et (CD) sont-elles parallèles ?

3. Les droites (AB) et (CD) sont-elles confondues ?

* Exercice 2

5 min

Soient les points $A(1\ ;\ 2\ ;\ 3)$ et $B(3\ ;\ 5\ ;\ 5)$.

Déterminer les coordonnées d'un vecteur directeur de la droite (AB) puis une représentation paramétrique de la droite (AB).

* Exercice 3

15 min

Soit la droite Δ : $\begin{cases} x = 1 + t \\ y = 2 + 3t\ , \quad t \in \mathbb{R}. \\ z = -2 - t \end{cases}$

1. Donner les coordonnées d'un point et d'un vecteur directeur de Δ.

2. Le point $B(3\ ;\ 8\ ;\ -4)$ est-il sur Δ ? Et le point $C(0\ ;\ -1\ ;\ 0)$?

3. La droite Δ croise-t-elle l'axe des cotes ?

* Exercice 4

15 min

Soit la droite D : $\begin{cases} x = 2 + t \\ y = 5 + 3t\ , \quad t \in \mathbb{R}. \\ z = -3 - t \end{cases}$

1. La droite D croise-t-elle le plan (xOy), c'est-à-dire le plan de repère $\left(O\ ;\vec{i},\ \vec{j}\right)$?

2. Soit la droite Δ : $\begin{cases} x = 4 + 2k \\ y = 11 + 6k\ , \quad k \in \mathbb{R}. \\ z = -5 - 2k \end{cases}$

Montrer que D et Δ sont parallèles, puis montrer que D et Δ sont confondues.

Exercices

* Exercice 5 — 10 min

Soient les droites $D : \begin{cases} x = 1+t \\ y = -1-t \\ z = t \end{cases} (t \in \mathbb{R})$ et $\Delta : \begin{cases} x = 5+2k \\ y = 1+k \\ z = -2-k \end{cases} (k \in \mathbb{R})$.

1. Montrer que le point $A(1\ ;\ -1\ ;\ 0)$ appartient à ces deux droites.

2. Montrer que ces deux droites sont perpendiculaires.

* Exercice 6 — 10 min

Soient les vecteurs $\vec{u}\,(1\ ;\ 1\ ;\ 1)$ et $\vec{v}\,(2\ ;\ 1\ ;\ 0)$.

1. Vérifier que $\vec{u}$ et $\vec{v}$ ne sont pas colinéaires.

On considère le plan P de repère $(O\ ;\ \vec{u},\ \vec{v})$, O étant l'origine du repère de l'espace.

2. Pour le point A de coordonnées $(4\ ;\ 3\ ;\ 2)$, existe-t-il des nombres réels a et b tels que $\overrightarrow{OA} = a\vec{u} + b\vec{v}$? Déduction pour A et P ?

* Exercice 7 — 10 min

Soient deux points A et B, et deux vecteurs non colinéaires $\vec{u}$ et $\vec{v}$.

On considère la droite D de repère $(A\ ;\ \vec{u})$ et le plan P de repère $(B\ ;\ \vec{u},\ \vec{v})$.
La proposition suivante est-elle vraie ou fausse ?

Proposition : « Quels que soient les points A et B, et les deux vecteurs non colinéaires $\vec{u}$ et $\vec{v}$, D et P ont une intersection vide ».

Il faut s'expliquer ; on prendra avec profit des exemples dans un cube.

* Exercice 8 — 10 min

Soit le cube $ABCDEFGH$. L'espace est rapporté au repère $(A\ ;\ \overrightarrow{AB},\ \overrightarrow{AD},\ \overrightarrow{AE})$.

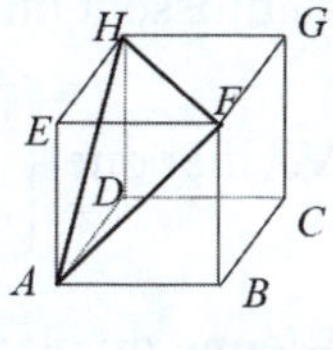

1. Donner les coordonnées des points A, F, H.

2. Le plan (AFH) a t-il pour équation $x+y+z-1=0$ ou $x-y+z=0$ ou $-x+y+z=0$ ou $x+y-z=0$? Justifier.

3. Un vecteur normal au plan (AFH) est-il $\overrightarrow{EB}$ ou $\overrightarrow{EC}$ ou $\overrightarrow{ED}$? Sans justification.

* Exercice 9 — 15 min

Soient le cube $ABCDEFGH$ et I le centre de ce cube. L'espace est rapporté au repère $\left(A\ ;\ \overrightarrow{AB}, \overrightarrow{AD}, \overrightarrow{AE}\right)$.

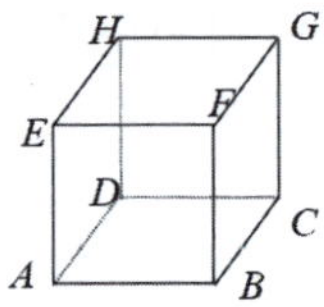

1. Donner des représentations paramétriques des droites (AB) et (IB).
2. Déterminer une équation cartésienne du plan P passant par I et dont un vecteur normal est $\overrightarrow{IB}$.
3. Donner une équation cartésienne du plan (ABC).

* Exercice 10 — 10 min

Soit le plan $P:\ x+2y+3z-6=0$.

1. Le point $A(1\ ;\ 1\ ;\ 1)$ appartient-il à P ?
2. Déterminer les coordonnées du point $B\left(x_B\ ;\ 0\ ;\ 0\right)$ situé à l'intersection de P et de l'axe des abscisses. Déterminer également les coordonnées des points C et D situés respectivement à l'intersection de P avec l'axe des ordonnées et l'axe des cotes.
3. Donner les coordonnées de deux vecteurs $\vec{u}$ et $\vec{v}$ tels que $\left(A\ ;\ \vec{u}, \vec{v}\right)$ soit un repère de P.

* Exercice 11 — 15 min

Soient les points $A(-1\ ;2\ ;1)$, $B(1\ ;\ -6\ ;\ -1)$, $C(2\ ;2\ ;2)$.

1. Vérifier que les points A, B, C définissent un plan.
2. Soit le vecteur $\vec{n}\ (1\ ;\ 1\ ;\ -3)$. Vérifier que $\begin{cases} \vec{n}\cdot\overrightarrow{AB}=0 \\ \vec{n}\cdot\overrightarrow{AC}=0 \end{cases}$. Qu'en déduit-on pour $\vec{n}$ et le plan (ABC) ?
3. Déterminer une équation cartésienne du plan (ABC).

Exercices

* Exercice 12 — 15 min

Soient les points $A(1\,;2\,;7)$, $B(2\,;0\,;2)$, $C(3\,;1\,;3)$.

1. Vérifier que les points A, B, C définissent un plan.
2. Déterminer les deux nombres réels b et c tels que le vecteur $\vec{n}\,(1\,;b\,;c)$ soit un vecteur normal au plan (ABC).
3. Déterminer une équation cartésienne du plan (ABC).

* Exercice 13 — 5 min

Soient la droite $D : \begin{cases} x=1+2t \\ y=2-3t \\ z=-1+t \end{cases}$, $t \in \mathbb{R}$, et le plan $P : 2x+y-z-5=0$.

Vérifier que, pour tout t de $\mathbb{R}$, $2(1+2t)+(2-3t)-(-1+t)-5=0$.

Qu'en déduit-on pour D et P ?

** Exercice 14 — 20 min

Dans un repère orthonormé d'unité 1 cm, on considère les points $A(0\,;-1\,;5)$, $B(2\,;-1\,;5)$, $C(11\,;0\,;1)$, $D(11\,;4\,;4)$.

Un point M se déplace sur la droite (AB) dans le sens de A vers B à la vitesse de 1 cm par seconde.

Un point N se déplace sur la droite (CD) dans le sens de C vers D à la vitesse de 1 cm par seconde.

À l'instant $t=0$ le point M est en A et le point N est en C.

On note M_t et N_t les positions des points M et N au bout de t secondes, t désignant un nombre réel positif.

On admet que M_t et N_t ont pour coordonnées respectives $(t\,;-1\,;5)$, et $(11\,;0{,}8t\,;1+0{,}6t)$.

À quel instant t la longueur M_tN_t est-elle minimale ?

** Exercice 15 — 20 min

Dans un repère orthonormé d'origine O, on considère le point $A(1\,;1\,;-2)$.
On appelle S l'ensemble des points M de l'espace tels que $MA=3$.

1. Quelle est la nature géométrique de S ?

Exercices

Montrer que $M(x\ ;y\ ;z) \in S \Leftrightarrow (x-1)^2+(y-1)^2+(z+2)^2=9$.

2. Déterminer les abscisses des points $M(x\ ;0\ ;0)$ situés à l'intersection de S et de l'axe des abscisses.

3. Donner une représentation paramétrique de la droite (OA), puis étudier l'intersection de S et (OA).

4. Après avoir montré que le point $N(3\ ;3\ ;\ -1)$ appartient à S, déterminer une équation cartésienne du plan P passant par N et perpendiculaire à la droite (ON).

*** Exercice 16

20 min

On considère les points $A(2\ ;1\ ;0)$ et $B(0\ ;1\ ;2)$.

Quelle est la nature géométrique de l'ensemble des points $\mathrm{M}(x\ ;y\ ;z)$ qui vérifient $\|2\overrightarrow{MA}+\overrightarrow{MB}\|=\|\overrightarrow{MA}+2\overrightarrow{MB}\|$?

Contrôle

1 h · 20 points

Exercice 1

10 min · 4 points

Justifier que les droites $D : \begin{cases} x=1+2t \\ y=2+2t \\ z=3-2t \end{cases} (t\in\mathbb{R})$ et $\Delta : \begin{cases} x=3-3s \\ y=4-3s \\ z=1+3s \end{cases} (s\in\mathbb{R})$ sont une seule et même droite.

Exercice 2

20 min · 6 points

Cet exercice est un QCM de cinq questions. À chaque question, une seule des trois réponses proposées est exacte. Indiquer sur votre copie le numéro de la question et la réponse correcte. Aucune justification n'est demandée.

Une réponse exacte rapporte 1 point. Une réponse fausse ou une absence de réponse n'enlèvent pas de point.

Les questions concernent la figure ci-dessous où, l'espace étant rapporté au repère orthonormé $(\mathrm{O}\ ;\overrightarrow{\mathrm{OA}},\ \overrightarrow{\mathrm{OJ}},\ \overrightarrow{\mathrm{OG}})$, les cubes ABJODEHG et BCKJEFIH sont deux cubes accolés.

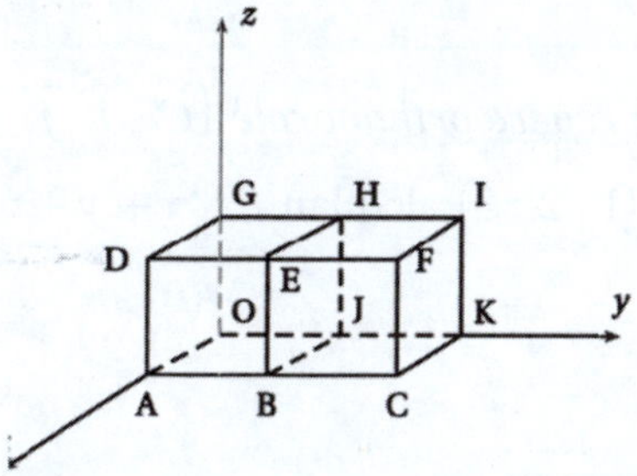

Question 1 : le triangle GBI est :

a. isocèle b. équilatéral c. rectangle

Question 2 : le produit scalaire $\overrightarrow{AH} \cdot \overrightarrow{FC}$ vaut :

a. 1 b. -1 c. 2

Question 3 : une représentation paramétrique de la droite (KE) est :

a. $\begin{cases} x = t \\ y = 2 + t \\ z = t \end{cases}$ b. $\begin{cases} x = 3 + 4t \\ y = t \\ z = 4t \end{cases}$ c. $\begin{cases} x = 1 - t \\ y = 1 + t \\ z = 1 - t \end{cases}$

Question 4 : une équation cartésienne du plan (GBK) est :

a. $2x + 2y + z - 1 = 0$ b. $x + y - 3 = 0$ c. $x + y + 2z - 2 = 0$

Question 5 : le volume du tétraèdre HJBK est égal à :

a. $\frac{1}{2}$ b. $\frac{1}{3}$ c. $\frac{1}{6}$

Exercice 3

15 min • 5 points

L'espace est rapporté à un repère orthonormé d'origine O.

On considère le point $A(1\,;\,2\,;\,1)$, et on note P l'ensemble des points M de l'espace tels que $MO = MA$.

1. Montrer que $M(x\,;y\,;z) \in P \Leftrightarrow x + 2y + z - 3 = 0$. En déduire la nature géométrique de P.
2. - Justifier que le point I, le milieu de $[OA]$, appartient à P, et que le vecteur $\overrightarrow{OA}$ est normal à P.
   - Déterminer les coordonnées des points X, Y, Z, les points d'intersection de P avec, respectivement, l'axe des abscisses, l'axe des ordonnées et l'axe des cotes.

Contrôle

Exercice 4

⏰ 15 min • 5 points

L'espace est rapporté au repère orthonormé $\left(O\ ;\vec{i},\ \vec{j},\ \vec{k}\right)$.

On considère le point $A(1\ ;2\ ;3)$, le plan $P:\ x+y+z-6=0$ et la droite D :
$$\begin{cases}x=1+t\\ y=2+t,\quad t\in\mathbb{R}.\\ z=1-t\end{cases}$$

1. Le point A appartient-il à P ? Et à D ?
2. Déterminer les coordonnées du point d'intersection B de P et D.
3. Justifier que $\overrightarrow{OM}=x\vec{i}+y\vec{j}+z\vec{k}\ \Leftrightarrow\ \overrightarrow{AM}=(x-1)\vec{i}+(y-2)\vec{j}+(z-3)\vec{k}$.
4. On change de repère ; on décide de ne plus se repérer dans $\left(O\ ;\vec{i},\ \vec{j},\ \vec{k}\right)$, repère noté R_1, mais dans $\left(A\ ;\vec{i},\ \vec{j},\ \vec{k}\right)$, repère noté R_2.

   Ainsi, tout point M a des coordonnées $(x\ ;y\ ;z)$ dans le repère R_1, et d'autres coordonnées $(x'\ ;y'\ ;z')$ dans le repère R_2.

   - Exprimer x', y', z' en fonction de x, y, z, et x, y, z en fonction de x', y', z'.
   - Déterminer équation et représentation paramétrique de P et D dans le repère R_2.

Corrigés exercices

Exercice 1

1. $\overrightarrow{AB}\,(x_B-x_A\ ;y_B-y_A\ ;z_B-z_A)=(-4\ ;1\ ;-3)$ est un vecteur directeur de la droite (AB). $\vec{u}$ sera un autre vecteur directeur de (AB) si $\vec{u}$ et $\overrightarrow{AB}$ sont colinéaires. Existe-t-il donc un nombre k tel que $\vec{u}=k\overrightarrow{AB}$?

$$\vec{u}=k\overrightarrow{AB}\Leftrightarrow\begin{pmatrix}8\\-2\\7\end{pmatrix}=k\begin{pmatrix}-4\\1\\3\end{pmatrix}=\begin{pmatrix}-4k\\k\\3k\end{pmatrix}\Leftrightarrow\begin{cases}8=-4k\Leftrightarrow k=-2\\-2=k\Leftrightarrow k=-2\\7=3k\Leftrightarrow k=7/3=2{,}3...\end{cases}\ ;$$

non, ce système de trois équations à une inconnue n'a pas de solution, $k=-2=2{,}3..$ est impossible.

> Les vecteurs $\vec{u}$ et $\overrightarrow{AB}$ ne sont pas colinéaires.
> Donc $\vec{u}$ n'est pas un vecteur directeur de la droite (AB).

Corrigés

2. D'abord, $\overrightarrow{CD}\ (12\ ;\ -3\ ;\ 9)$.

On remarque que $(12\ ;\ -3\ ;\ 9) = -3\times(-4\ ;\ 1\ ;\ -3) \Leftrightarrow \overrightarrow{CD} = -3\overrightarrow{AB}$.

$$\overrightarrow{CD} = -3\overrightarrow{AB} \Leftrightarrow \text{Les vecteurs } \overrightarrow{AB} \text{ et } \overrightarrow{CD} \text{ sont colinéaires}$$
$$\Leftrightarrow \text{Les droites } (AB) \text{ et } (CD) \text{ sont parallèles.}$$

3. Les droites (AB) et (CD) sont parallèles ; elles sont confondues si le point C est sur (AB), si les vecteurs $\overrightarrow{AB}$ et $\overrightarrow{AC}$ sont colinéaires.

Or $\overrightarrow{AB}\ (-4\ ;\ 1\ ;\ -3)$ et $\overrightarrow{AC}\ (1\ ;\ 5\ ;\ 0)$; il n'y aucun coefficient de proportionnalité entre ces coordonnées ; $\overrightarrow{AB}$ et $\overrightarrow{AC}$ ne sont pas colinéaires.

$\overrightarrow{AB}$ et $\overrightarrow{AC}$ ne sont pas colinéaires $\Leftrightarrow$ $C \notin (AB) \Rightarrow$ Les droites (AB) et (CD) ne sont pas confondues, elles sont strictement parallèles.

Exercice 2

Un vecteur directeur de la droite (AB) est $\overrightarrow{AB}\ (2\ ;\ 3\ ;\ 2)$.

Une représentation paramétrique de la droite (AB) est :

$$\begin{cases} x = x_A + tx_{\overrightarrow{AB}} \\ y = y_A + ty_{\overrightarrow{AB}} \\ z = z_A + tz_{\overrightarrow{AB}} \end{cases} \Leftrightarrow \begin{cases} x = 1 + 2t \\ y = 2 + 3t, \quad t \in \mathbb{R}. \\ z = 3 + 2t \end{cases}$$

Exercice 3

1. Les coordonnées d'un point de Δ : $\begin{pmatrix} 1 \\ 2 \\ -2 \end{pmatrix}$. Et les coordonnées d'un vecteur directeur de Δ sont les coefficients du paramètre t : $\begin{pmatrix} 1 \\ 3 \\ -1 \end{pmatrix}$.

2. ■ Le point $B(3\ ;\ 8\ ;\ -4)$ est sur Δ si B vérifie les équations paramétriques de Δ, c'est-à-dire s'il existe un nombre t tel que :

$$\begin{cases} x_B = 1 + t \\ y_B = 2 + 3t \\ z_B = -2 - t \end{cases} \Leftrightarrow \begin{cases} 3 = 1 + t \\ 8 = 2 + 3t \\ -4 = -2 - t \end{cases} \Leftrightarrow \begin{cases} 2 = t \\ 2 = t \\ 2 = t \end{cases} \Leftrightarrow t = 2$$; il y a une solution, $t = 2$,

donc, oui, $B \in \Delta$.

Corrigés

- Pour le point $C(0\ ;\ -1\ ;\ 0)$ même questionnement : $\begin{cases}0=1+t\\-1=2+3t\\0=-2-t\end{cases} \Leftrightarrow \begin{cases}t=-1\\t=-1,\\t=-2\end{cases}$ mais ce système n'a pas de solution, $t=-1=-2$ est impossible, donc, non, $C \notin \Delta$.

3. La droite Δ croise l'axe des cotes si un point de l'axe des cotes appartient à Δ. Un point de cet axe a des coordonnées du type $(0\ ;\ 0\ ;\ z)$. La question est de savoir si un point de ce type est sur Δ : $\begin{cases}0=1+t\\0=2+3t\\z=-2-t\end{cases} \Leftrightarrow \begin{cases}t=-1\\t=-2/3\\z=-2-t\end{cases}$; non, il n'y a pas de solution : $t=-1=-2/3$ est impossible.

Aucun point de l'axe des cotes n'appartient à Δ, donc la droite Δ ne croise pas l'axe des cotes.

Exercice 4

1. La droite D croise le plan (xOy) si un point de ce plan appartient à D. Un point de ce plan a des coordonnées du type $(x\ ;\ y\ ;\ 0)$. La question est donc de savoir si un point de cote 0 est sur D : $\begin{cases}z=0\\z=-3-t\end{cases} \Leftrightarrow \begin{cases}z=0\\t=-3\end{cases}$; donc, oui,

D croise (xOy) au point de D correspondant à $t=-3$

D croise (xOy) au point : $\begin{cases}x=2+t=2+(-3)=-1\\y=5+3t=5+3(-3)=-4.\\z=-3-t=-3-(-3)=0\end{cases}$

2. - D et Δ sont parallèles si elles ont des vecteurs directeurs colinéaires.

Les coordonnées d'un vecteur directeur d'une droite sont fournies par les coefficients du paramètre ; un vecteur directeur de D est $\overrightarrow{u_D}\ (1\ ;\ 3\ ;\ -1)$ et un vecteur directeur de Δ est $\overrightarrow{u_\Delta}\ (2\ ;\ 6\ ;\ -2)$.

À la vue de ces chiffres on remarque que $(2\ ;\ 6\ ;\ -2)=2\times(1\ ;\ 3\ ;\ -1) \Leftrightarrow \overrightarrow{u_\Delta}=2\overrightarrow{u_D}$; ces deux vecteurs sont colinéaires, les droites sont parallèles.

- Des droites parallèles sont confondues si elles ont un point commun. Prenons le point $(4\ ;\ 11\ ;\ -5)$ qui est sur Δ. Ce point est-il sur D, vérifie t-il les équations de D ?

Or $\begin{cases} 4=2+t \\ 11=5+3t \\ -5=-3-t \end{cases} \Leftrightarrow \begin{cases} t=2 \\ t=2 \Leftrightarrow t=2 \\ t=2 \end{cases}$; oui, ce point est sur D, il correspond à $t=2$.

$$\begin{cases} D \text{ et } \Delta \text{ sont parallèles} \\ \text{Un point de } \Delta \text{ est sur } D \end{cases} \Rightarrow D=\Delta.$$

Exercice 5

1. Pour $t=0$, $\begin{cases} x_A=1+t \\ y_A=-1-t \\ z_A=t \end{cases}$ donc $A\in D$. Et, pour $k=-2$, $\begin{cases} x_A=5+2k \\ y_A=1+k \\ z_A=-2-k \end{cases}$ donc $A\in\Delta$.
2. Ces droites, sécantes, seront perpendiculaires si leurs vecteurs directeurs sont orthogonaux. Les coordonnées d'un vecteur directeur d'une droite sont fournies par les coefficients du paramètre ; un vecteur directeur de D est $\overrightarrow{u_D}$ $(1\ ;\ -1\ ;\ 1)$ et un vecteur directeur de Δ est $\overrightarrow{u_\Delta}$ $(2\ ;\ 1\ ;\ -1)$.

$$\overrightarrow{u_D}\cdot\overrightarrow{u_\Delta}=(1)(2)+(-1)(1)+(1)(-1)=0.$$

Donc ces deux droites, sécantes en A, sont perpendiculaires.

Exercice 6

1. Il n'existe pas de nombre k tel que $\vec{v}=k\vec{u}$ car $\vec{v}=k\vec{u} \Leftrightarrow \begin{cases} 2=k \\ 1=k \\ 0=k \end{cases} \Leftrightarrow k=2=1=0$ est impossible ; $\vec{u}$ et $\vec{v}$ ne sont pas colinéaires.
2. Cherchons a et b. Nous saurons qu'ils existent si nous les trouvons.

$\overrightarrow{OA}=a\vec{u}+b\vec{v} \Leftrightarrow \begin{pmatrix}4\\3\\2\end{pmatrix}=a\begin{pmatrix}1\\1\\1\end{pmatrix}+b\begin{pmatrix}2\\1\\0\end{pmatrix} \Leftrightarrow \begin{cases} 4=a+2b \\ 3=a+b \\ 2=a \end{cases}$. Remplaçons les a par 2.

Alors $\overrightarrow{OA}=a\vec{u}+b\vec{v} \Leftrightarrow \begin{cases} 4=2+2b \Leftrightarrow b=1 \\ 3=2+b \Leftrightarrow b=1 \\ 2=a \end{cases}$; ce système d'équations a donc une solution : $a=2$ et $b=1$.

$\overrightarrow{OA}=2\vec{u}+\vec{v}$, donc le point A appartient au plan P.

Corrigés

Exercice 7

Un exemple qui est un contre exemple :

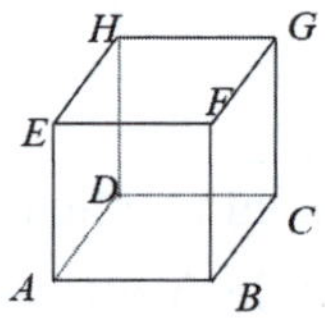

Prenons $\vec{u} = \overrightarrow{AB}$ et $\vec{v} = \overrightarrow{AC}$. Alors la droite D de repère $\left(A\ ;\ \vec{u}\right)$ est $D = (AB)$.

Et le plan P de repère $\left(B\ ;\ \vec{u},\ \vec{v}\right)$ est le plan $P = (ABC)$.

Alors D et P n'ont pas une intersection vide, puisque la droite D est contenue dans le plan P.

La proposition est fausse.

Exercice 8

1. $A(0\ ;0\ ;0)$, $F(1\ ;0\ ;1)$, $H(0\ ;1\ ;1)$.

2. Il faut chercher, parmi les quatre équations proposées qui sont des équations cartésiennes de plans, celle qui est vérifiée par les trois points A, F, H. C'est la quatrième.

$$\begin{cases} x_A + y_A - z_A = 0+0-0=0 \\ x_F + y_F - z_F = 1+0-1=0 \\ x_H + y_H - z_H = 0+1-1=0 \end{cases} \Rightarrow (AFH)\ :\ x+y-z=0.$$

3.

$\overrightarrow{EC}$ est un vecteur normal au plan (AFH).

Exercice 9

1. Un repère de la droite (AB) est $\left(A\ ;\ \overrightarrow{AB}\right)$ avec $A(0\ ;0\ ;0)$ et $\overrightarrow{AB}\ (1\ ;0\ ;0)$.

$$\text{Donc } (AB) : \begin{cases} x = x_A + tx_{\overrightarrow{AB}} \\ y = y_A + ty_{\overrightarrow{AB}} \\ z = z_A + tz_{\overrightarrow{AB}} \end{cases} \Leftrightarrow \begin{cases} x = t \\ y = 0, \quad t \in \mathbb{R}. \\ z = 0 \end{cases}$$

Un repère de la droite (IB) est $\left(B\ ;\ \overrightarrow{IB}\right)$ (un repère parmi d'autres), avec B $(1\ ;0\ ;0)$, $I(0{,}5\ ;0{,}5\ ;0{,}5)$ (I est le milieu de $[AG]$), et $\overrightarrow{IB}\ (0{,}5\ ;\ -0{,}5\ ;\ -0{,}5)$.

Corrigés

Donc $(IB) : \begin{cases} x = 1 + 0{,}5u \\ y = -0{,}5u \\ z = -0{,}5u \end{cases}$, $u \in \mathbb{R}$. On aurait pu prendre $2\overrightarrow{IB}\ (1\ ;\ -1\ ;\ -1)$ comme vecteur directeur pour avoir des chiffres plus simples.

2. Un point $M\ (x\ ;y\ ;z)$ appartient à P si et seulement si les vecteurs $\overrightarrow{IM}$ $(x-0{,}5\ ;y-0{,}5\ ;z-0{,}5)$ et $\overrightarrow{IB}\ (0{,}5\ ;\ -0{,}5\ ;\ -0{,}5)$ sont orthogonaux.

Or $\overrightarrow{IM}\cdot\overrightarrow{IB} = 0 \Leftrightarrow (x-0{,}5)(0{,}5)+(y-0{,}5)(-0{,}5)+(z-0{,}5)(-0{,}5)=0 \Leftrightarrow$ $0{,}5x-0{,}5y-0{,}5z+0{,}25=0$.

$$P : 0{,}5x-0{,}5y-0{,}5z+0{,}25=0 \underset{\times 4,\text{ POUR ARRANGER}}{\Leftrightarrow} 2x-2y-2z+1=0.$$

3.

$$(ABC) : z = 0$$

Exercice 10

1.

$$x_A + 2y_A + 3z_A - 6 = 1+2+3-6 = 0 \text{ donc } A \in P.$$

2. $B(x_B\ ;0\ ;0) \in P \Leftrightarrow x_B + 2\times 0 + 3\times 0 - 6 = 0 \Leftrightarrow x_B = 6$.

$$B(6\ ;0\ ;0) \text{ et, de même } C(0\ ;3\ ;0) \text{ et } D(0\ ;0\ ;2).$$

3. Il suffit de prendre deux vecteurs non colinéaires du plan ; $\vec{u} = \overrightarrow{AB}$ $(5\ ;\ -1\ ;\ -1)$ et $\vec{v} = \overrightarrow{AC}\ (-1\ ;2\ ;\ -1)$ conviennent car ils « relient » des points du plan et ne sont pas colinéaires.

$$\vec{u} = \overrightarrow{AB}\ (5\ ;\ -1\ ;\ -1) \text{ et } \vec{v} = \overrightarrow{AC}\ (-1\ ;2\ ;\ -1).$$

Exercice 11

1. Trois points définissent un plan s'ils forment deux vecteurs non colinéaires. Il suffit donc de vérifier que $\overrightarrow{AB}$ et $\overrightarrow{AC}$ ne sont pas colinéaires. Ces deux vecteurs ont pour coordonnées $(x_B - x_A\ ;y_B - y_A\ ;z_B - z_A) = (2\ ;\ -8\ ;\ -2)$ et $(3\ ;0\ ;1)$. Existe-t-il un nombre k tel que $\overrightarrow{AC} = k\overrightarrow{AB}$?

$$\overrightarrow{AC} = k\overrightarrow{AB} \Leftrightarrow \begin{cases} 3 = 2k \Leftrightarrow k = 1{,}5 \\ 0 = -8k \Leftrightarrow k = 0 \\ 1 = -2k \Leftrightarrow k = -0{,}5 \end{cases} ;$$

système sans solution car $k = 1{,}5 = 0 = -0{,}5$ est impossible.

Corrigés

Il n'existe pas de nombre k tel que $\overrightarrow{AC} = k\overrightarrow{AB}$.   Donc les vecteurs $\overrightarrow{AB}$ et $\overrightarrow{AC}$ ne sont pas colinéaires.   Donc les trois points A, B, C définissent un plan.

2.

$$\begin{cases} \vec{n}\cdot\overrightarrow{AB} = x_{\vec{n}}x_{\overrightarrow{AB}} + y_{\vec{n}}y_{\overrightarrow{AB}} + z_{\vec{n}}z_{\overrightarrow{AB}} = (1)(2)+(1)(-8)+(-3)(-2)=0 \\ \vec{n}\cdot\overrightarrow{AC} = (1)(3)+(1)(0)+(-3)(1)=0 \end{cases}.$$

Donc le vecteur $\vec{n}$ est un vecteur normal au plan (ABC).

3. Un point $M(x\,;y\,;z)$ appartient à (ABC) si et seulement si les vecteurs $\overrightarrow{AM}$ $(x+1\,;y-2\,;z-1)$ et $\vec{n}\,(1\,;\,1\,;\,-3)$ sont orthogonaux. Or $\overrightarrow{AM}\cdot\vec{n}=0 \Leftrightarrow$ $(x+1)(1)+(y-2)(1)+(z-1)(-3)=0 \Leftrightarrow\; x+y-3z+2=0.$

$(ABC)\,:\, x+y-3z+2=0$

Exercice 12

1. Même question qu'à l'exercice précédent ; on vérifie que $\overrightarrow{AB}\,(1\,;\,-2\,;\,-5)$ et $\overrightarrow{AC}\,(2\,;\,-1\,;\,-4)$ ne sont pas colinéaires.

2. $\vec{n}\,(1\,;b\,;c)$ est normal au plan (ABC) si et seulement si $\begin{cases}\vec{n}\cdot\overrightarrow{AB}=0\\ \vec{n}\cdot\overrightarrow{AC}=0\end{cases}$ $\Leftrightarrow \begin{cases}1-2b-5c=0\\ 2-b-4c=0\end{cases} \Leftrightarrow \begin{cases}2b+5c=1\\ b+4c=2\end{cases}$, système de deux équations à deux inconnues.

La deuxième équation donne : $b=2-4c$, et on remplace dans la première équation : $2b+5c=1 \Leftrightarrow 2(2-4c)+5c=1 \Leftrightarrow c=1$.

Puis, $b=2-4c=2-4\times 1=-2$.

$\vec{n}\,(1\,;\,-2\,;\,1)$ est normal au plan (ABC).

3. Un point $M(x\,;y\,;z)$ appartient à (ABC) si et seulement si les vecteurs $\overrightarrow{AM}$ $(x-1\,;y-2\,;z-7)$ et $\vec{n}\,(1\,;\,-2\,;\,1)$ sont orthogonaux. Or $\overrightarrow{AM}\cdot\vec{n}=0 \Leftrightarrow$ $(x-1)(1)+(y-2)(-2)+(z-7)(1)=0 \Leftrightarrow\; x-2y+z-4=0.$

$(ABC)\,:\, x-2y+z-4=0$

Exercice 13

Pour tout t de $\mathbb{R}$,

$$2(1+2t)+(2-3t)-(-1+t)-5=2+4t+2-3t+1-t-5=0.$$

Ce qui signifie que tout point de D, de coordonnées

$(x=1+2t\ ;\ y=2-3t\ ;\ z=-1+t)$ vérifie l'équation de P, donc que tout point de la droite D est dans le plan P.

Tout point de la droite D est dans le plan P.   Donc la droite D est contenue (incluse) dans le plan P.

Exercice 14

Remarquons que les coordonnées données de M_t et N_t correspondent à des représentations paramétriques des droites (AB) et (CD).

Les coordonnées de $\overrightarrow{M_tN_t}$ sont $(11-t\ ;\ 0{,}8t+1\ ;\ 0{,}6t-4)$.

Et $M_tN_t=\sqrt{(11-t)^2+(0{,}8t+1)^2+(0{,}6t-4)^2}=\sqrt{2t^2-25{,}2t+138}.$

La longueur M_tN_t est une fonction de t, $f(t)$, qu'on va étudier.

Pour l'expression de la dérivée, on utilise la formule de dérivation : $(\sqrt{u})'=\dfrac{u'}{2\sqrt{u}}$ avec $u=2t^2-25{,}2t+138 \Rightarrow u'=4t-25{,}2.$

Donc, pour tout t, $f'(t)=\dfrac{4t-25{,}2}{2\sqrt{2t^2-25{,}2t+138}}$. Le dénominateur est positif, donc le signe de $f'(t)$ est le signe de son numérateur, $4t-25{,}2$.

Dressons le tableau de variation de $M_tN_t=f(t)$ sur $[0\ +\infty[$ (l'énoncé dit que $t\geq 0$).

t	0		$25{,}2/4=6{,}3$		$+\infty$
$f'(t)$		$-$	0	$+$	
$f(t)$	$\sqrt{138}$	↘	$f(6{,}3)$	↗	

La longueur M_tN_t est minimale à l'instant $t=6{,}3$.

Exercice 15

1. S est une sphère de centre A et de rayon 3.

$$M(x\ ;y\ ;z)\in S \Leftrightarrow MA=3 \Leftrightarrow \sqrt{(x-1)^2+(y-1)^2+(z+2)^2}=3$$

$$\underset{\text{EN ELEVANT AU CARRE}}{\Leftrightarrow} (x-1)^2+(y-1)^2+(z+2)^2=9.$$

Corrigés

2. $M(x\,;0\,;0)\in S \Leftrightarrow (x-1)^2+(0-1)^2+(0+2)^2=9 \Leftrightarrow (x-1)^2=4 \Leftrightarrow$ $x-1=-2$ ou $x-1=2 \Leftrightarrow x=-1$ ou $x=3$.

$x=-1$ ou $x=3$

3. Un repère de la droite (OA) est $(O\,;\overrightarrow{OA})$ avec $O(0\,;0\,;0)$ et $\overrightarrow{OA}\,(1\,;1\,;-2)$.

Donc (OA) : $\begin{cases} x=x_O+tx_{\overrightarrow{OA}} \\ y=y_O+ty_{\overrightarrow{OA}} \\ z=z_O+tz_{\overrightarrow{OA}} \end{cases} \Leftrightarrow \begin{cases} x=t \\ y=t \\ z=-2t \end{cases}, \; t\in\mathbb{R}.$

Les coordonnées $(x\,;y\,;z)$ des points à l'intersection de S et (OA) vérifient équations de S et (OA) ; elles sont solutions du système : $\begin{cases} (x-1)^2+(y-1)^2+(z+2)^2=9 \\ x=t \\ y=t \\ z=-2t \end{cases}$. Alors $(t-1)^2+(t-1)^2+(-2t+2)^2=9$

$\underset{\text{EN DEVELOPPANT}}{\Leftrightarrow} 6t^2-12t-3=0 \underset{\div 3}{\Leftrightarrow} 2t^2-4t-1=0$, équation du second degré d'inconnue t qu'on résout comme d'habitude. Le discriminant est $\Delta=(-4)^2-4(2)(-1)=24$. $\Delta>0$ donc il y a deux solutions :

$$t_1=\frac{-b-\sqrt{\Delta}}{2a}=\frac{4-\sqrt{24}}{4}=\frac{2-\sqrt{6}}{2} \text{ et } t_2=\frac{-b+\sqrt{\Delta}}{2a}=\frac{2+\sqrt{6}}{2}.$$

L'intersection de S et (OA) est constituée des deux points de coordonnées $\begin{cases} x=t_1 \\ y=t_1 \\ z=-2t_1 \end{cases}$ et $\begin{cases} x=t_2 \\ y=t_2 \\ z=-2t_2 \end{cases}$ où $t_1=\frac{2-\sqrt{6}}{2}$ et $t_2=\frac{2+\sqrt{6}}{2}$.

4. ▪ $(x_N-1)^2+(y_N-1)^2+(z_N+2)^2=(2)^2+(2)^2+(-1)^2=9$, donc $N\in S$.

▪ Le plan P passe par N, et $\overrightarrow{ON}$ est un vecteur normal à P.

Un point $M\,(x\,;y\,;z)$ appartient à P si et seulement si les vecteurs $\overrightarrow{NM}$ $(x-3\,;y-3\,;z+1)$ et $\overrightarrow{ON}\,(3\,;3\,;-1)$ sont orthogonaux. Or $\overrightarrow{NM}\cdot\overrightarrow{ON}=0$ $\Leftrightarrow (x-3)(3)+(y-3)(3)+(z+1)(-1)=0 \Leftrightarrow 3x+3y-z-19=0$.

P : $3x+3y-z-19=0$

Corrigés

Exercice 16

- $2\overrightarrow{MA}+\overrightarrow{MB}=2\begin{pmatrix}x_A-x\\y_A-y\\z_A-z\end{pmatrix}+\begin{pmatrix}x_B-x\\y_B-y\\z_B-z\end{pmatrix}=\begin{pmatrix}2x_A+x_B-3x\\2y_A+y_B-3y\\2z_A+z_B-3z\end{pmatrix}=\begin{pmatrix}4-3x\\3-3y\\2-3z\end{pmatrix}$

  Donc $\left\|2\overrightarrow{MA}+\overrightarrow{MB}\right\|^2=(4-3x)^2+(3-3y)^2+(2-3z)^2$.

- $\overrightarrow{MA}+2\overrightarrow{MB}=\begin{pmatrix}x_A-x\\y_A-y\\z_A-z\end{pmatrix}+2\begin{pmatrix}x_B-x\\y_B-y\\z_B-z\end{pmatrix}=\begin{pmatrix}x_A+2x_B-3x\\y_A+2y_B-3y\\z_A+2z_B-3z\end{pmatrix}=\begin{pmatrix}2-3x\\3-3y\\4-3z\end{pmatrix}$.

  Donc $\left\|\overrightarrow{MA}+2\overrightarrow{MB}\right\|^2=(2-3x)^2+(3-3y)^2+(4-3z)^2$.

- Finalement, $\left\|2\overrightarrow{MA}+\overrightarrow{MB}\right\|=\left\|\overrightarrow{MA}+2\overrightarrow{MB}\right\| \Leftrightarrow \left\|2\overrightarrow{MA}+\overrightarrow{MB}\right\|^2=\left\|\overrightarrow{MA}+2\overrightarrow{MB}\right\|^2$

  $\Leftrightarrow (4-3x)^2+(3-3y)^2+(2-3z)^2=(2-3x)^2+(3-3y)^2+(4-3z)^2$

  $\Leftrightarrow (4-3x)^2+(2-3z)^2=(2-3x)^2+(4-3z)^2$

  $\Leftrightarrow 16-24x+9x^2+4-12z+9z^2=4-12x+9x^2+16-24z+9z^2$

  $\Leftrightarrow -12x+12z=0 \Leftrightarrow -x+z=0$.

  Cette équation cartésienne $-x+z=0$ est du type $ax+by+cz+d=0$, c'est donc l'équation d'un plan.

L'ensemble des points M qui vérifient $\left\|2\overrightarrow{MA}+\overrightarrow{MB}\right\|=\left\|\overrightarrow{MA}+2\overrightarrow{MB}\right\|$ est le plan d'équation $-x+z=0$.

Corrigés contrôle

Exercice 1

- Pour commencer, montrons que D et Δ sont parallèles. Des droites sont parallèles si elles ont des vecteurs directeurs colinéaires.

  Les coordonnées d'un vecteur directeur d'une droite sont fournies par les coefficients du paramètre ; un vecteur directeur de D est $\overrightarrow{u_D}$ $(2\,;2\,;\,-2)$ et un vecteur directeur de Δ est $\overrightarrow{u_\Delta}$ $(-3\,;\,-3\,;3)$.

  À la vue de ces chiffres on remarque que $\dfrac{(2\,;2\,;\,-2)}{2}=\dfrac{(-3\,;\,-3\,;3)}{-3} \Leftrightarrow$ $\dfrac{\overrightarrow{u_D}}{-2}=\dfrac{\overrightarrow{u_\Delta}}{3} \Leftrightarrow \overrightarrow{u_D}=-\dfrac{2}{3}\overrightarrow{u_\Delta}$; ces deux vecteurs sont colinéaires, les droites sont parallèles.

Corrigés

- Des droites parallèles sont confondues si elles ont un point commun. Prenons le point $(1\ ;2\ ;3)$ qui est le point de D correspondant à $t=0$. Ce point est-il sur Δ, vérifie t-il les équations de Δ ?

Or $\begin{cases} 1=3-3s \Leftrightarrow s=2/3 \\ 2=4-3s \Leftrightarrow s=2/3 \Leftrightarrow s=2/3 \\ 3=1+3s \Leftrightarrow s=2/3 \end{cases}$; oui, ce point est sur Δ, il correspond à $s=2/3$.

$$\begin{cases} D \text{ et } \Delta \text{ sont parallèles} \\ \text{Un point de } D \text{ est sur } \Delta \end{cases} \Rightarrow D=\Delta.$$

Exercice 2

Question 1 : réponse a. Question 2 : réponse a.

Question 3 : réponse c. Question 4 : réponse c. Question 5 : réponse c.

Exercice 3

1. $M(x\ ;y\ ;z)\in P \Leftrightarrow MO=MA$

$\Leftrightarrow \sqrt{(x_O-x)^2+(y_O-y)^2+(z_O-z)^2}=\sqrt{(x_A-x)^2+(y_A-y)^2+(z_A-z)^2}$

$\Leftrightarrow \sqrt{(-x)^2+(-y)^2+(-z)^2}=\sqrt{(1-x)^2+(2-y)^2+(1-z)^2}$

$\underset{\text{AU CARRE}}{\Leftrightarrow} (-x)^2+(-y)^2+(-z)^2=(1-x)^2+(2-y)^2+(1-z)^2$

$\Leftrightarrow x^2+y^2+z^2=1-2x+x^2+4-4y+y^2+1-2z+z^2$

$\Leftrightarrow 2x+4y+2z-6=0 \underset{\div 2}{\Leftrightarrow} x+2y+z-3=0.$

$x+2y+z-3=0$ est l'équation cartésienne caractéristique d'un plan $(ax+by+cz+d=0)$; P est un plan.

Remarque : P, formé des points équidistants de O et A, est appelé le plan médiateur du segment $[OA]$.

2. - Le point I, le milieu de $[OA]$, appartient à P puisque $IO=IA$.

Un vecteur normal à un plan P d'équation $ax+by+cz+d=0$ est le vecteur $\vec{n}\ (a\ ;b\ ;c)$. Pour le plan P considéré $\vec{n}\ (1\ ;2\ ;1)$. Or $\vec{n}=\overrightarrow{OA}$.

- $X\ (x\ ;0\ ;0)$ étant le point d'intersection de l'axe des x avec P, $X\in P$ donc vérifie l'équation de P. Donc $x+2\times 0+0-3=0 \Leftrightarrow x=3$.

De même $Y\left(0\ ;\dfrac{3}{2}\ ;0\right)$ et Z $(0\ ;0\ ;3)$.

Corrigés

Exercice 4

1. ▪ $x_A+y_A+z_A-6=1+2+3-6=0 \Rightarrow A\in P.$

▪ Le point A appartient-il à D ? Existe-il une valeur de t telle que $\begin{cases}x_A=1+t\\y_A=2+t\\z_A=1-t\end{cases}$?

Mais $\begin{cases}x_A=1+t\\y_A=2+t\\z_A=1-t\end{cases} \Leftrightarrow \begin{cases}1=1+t\Leftrightarrow t=0\\2=2+t\Leftrightarrow t=0\\3=1-t\Leftrightarrow t=4\end{cases}$; impossible que $t=0=4$; il n'y a pas de solution, donc $A\notin D$.

2. Les coordonnées $(x\,;y\,;z)$ du point d'intersection B de P et D sont les solutions du système formé des équations de P et D : $\begin{cases}x+y+z-6=0\\x=1+t\\y=2+t\\z=1-t\end{cases}$.

ce système implique $(1+t)+(2+t)+(1-t)-6=0 \Leftrightarrow t=2.$

Donc $\begin{cases}x=1+t=3\\y=2+t=4\\z=1-t=-1\end{cases}$.

$B\ (3\,;4\,;\,-1)$

3. Dire que A a pour coordonnées $(1\,;2\,;3)$ dans le repère $(O\,;\vec{i},\ \vec{j},\ \vec{k})$, c'est dire que $\overrightarrow{OA}=\vec{i}+2\vec{j}+3\vec{k}$.

Alors, $\overrightarrow{OM}=x\vec{i}+y\vec{j}+z\vec{k}$

$\Leftrightarrow\ \overrightarrow{AM}=\overrightarrow{AO}+\overrightarrow{OM}=\overrightarrow{OM}-\overrightarrow{OA}=(x\vec{i}+y\vec{j}+z\vec{k})-(\vec{i}+2\vec{j}+3\vec{k})$

$\Leftrightarrow\ \overrightarrow{AM}=(x-1)\vec{i}+(y-2)\vec{j}+(z-3)\vec{k}.$

4. ▪ Pour un point M de coordonnées $(x\,;y\,;z)$ dans $(O\,;\vec{i},\ \vec{j},\ \vec{k})$ et de coordonnées $(x'\,;y'\,;z')$ dans $(A\,;\vec{i},\ \vec{j},\ \vec{k})$, on a :

$$\overrightarrow{OM}=x\vec{i}+y\vec{j}+z\vec{k}\ \text{ et }\ \overrightarrow{AM}=x'\vec{i}+y'\vec{j}+z'\vec{k}.$$

Vu que $\overrightarrow{AM}=(x-1)\vec{i}+(y-2)\vec{j}+(z-3)\vec{k}$ (question précédente) :

$$\begin{cases}x'=x-1\\y'=y-2\\z'=z-3\end{cases} \Leftrightarrow \begin{cases}x=x'+1\\y=y'+2.\\z=z'+3\end{cases}$$

Corrigés

- $P: x+y+z-6=0 \Leftrightarrow (x'+1)+(y'+2)+(z'+3)-6=0$
  $\Leftrightarrow x'+y'+z'=0.$

  Et $D: \begin{cases} x=1+t \\ y=2+t \\ z=1-t \end{cases} \Leftrightarrow \begin{cases} x'+1=1+t \\ y'+2=2+t \\ z'+3=1-t \end{cases} \Leftrightarrow \begin{cases} x'=t \\ y'=t \\ z'=-2-t \end{cases}, \ t \in \mathbb{R}.$

> Dans le nouveau repère R_2,
>
> $$P: x'+y'+z'=0 \text{ et } D: \begin{cases} x'=t \\ y'=t \\ z'=-2-t \end{cases}, \ t \in \mathbb{R}.$$

Corrigés

11 Géométrie dans l'espace : droites et plans entre eux, projections orthogonales

1. Les droites et plans entre eux

Positions relatives de deux droites

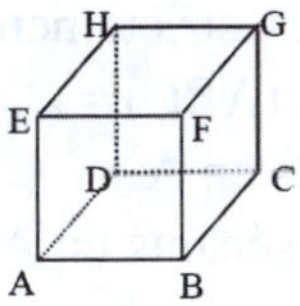

- Les droites (AB) et (EF) sont parallèles car elles ont la même direction. Elles sont coplanaires, c'est-à-dire incluses dans le même plan, le plan (ABFE) ou (ABF).
- Les droites (AB) et (AD) sont sécantes en A. Elles sont coplanaires, c'est-à-dire incluses dans le même plan, le plan (ABCD) ou (ABC).

  Elles sont aussi perpendiculaires en A.
- Les droites (AB) et (EG) ne sont ni parallèles ni sécantes. Elles ne sont pas coplanaires.
- Les droites (AB) et (EH) ne sont ni parallèles ni sécantes. Elles ne sont pas coplanaires.

  On les dit orthogonales car leurs vecteurs directeurs $\overrightarrow{AB}$ et $\overrightarrow{EH}$ sont orthogonaux.

  Mais elles ne sont pas perpendiculaires car, bien qu'orthogonales, elles ne sont pas sécantes.

Comment reconnaître deux droites orthogonales

Les droites D et D' de vecteurs directeurs respectifs $\overrightarrow{u_D}$ et $\overrightarrow{u_{D'}}$ sont orthogonales si et seulement si ces vecteurs sont orthogonaux, c'est-à-dire si et seulement si le produit scalaire de ces vecteurs est nul, $\overrightarrow{u_D} \cdot \overrightarrow{u_{D'}} = 0$.

Si, de plus, ces droites sont sécantes, alors elles sont perpendiculaires.

Positions relatives de deux plans

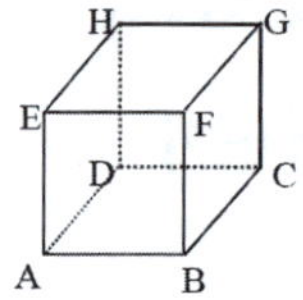

- Les plans (ABCD) et (EFGH), c'est-à-dire (ABC) et (EFG), sont parallèles. Leur intersection est vide, $(ABC) \cap (EFG) = \varnothing$. .
- Les plans (ABCD) et (ABGH), c'est-à-dire (ABC) et (ABG), sont sécants. Leur intersection est la droite (AB), $(ABC) \cap (ABG) = (AB)$.
- Les plans (ABCD) et (ABFE), c'est-à-dire (ABC) et (ABF), sont sécants en (AB). Ils sont aussi perpendiculaires.

Positions relatives d'une droite et d'un plan

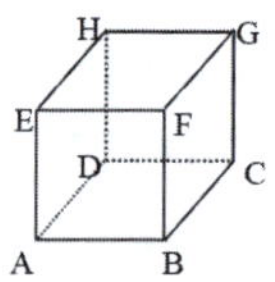

- La droite (AD) est incluse dans le plan (ABC), $(AD) \subset (ABC)$.

  On peut dire que cette droite et ce plan sont parallèles, d'une manière particulière.
- La droite (EF) et le plan (ABC) sont parallèles, strictement parallèles, leur intersection est vide, $(EF) \cap (ABC) = \varnothing$.
- La droite (AF) et le plan (ABC) sont sécants en A.
- La droite (AE) et le plan (ABC) sont aussi sécants en A. Cette droite et ce plan sont aussi orthogonaux.

Comment reconnaître l'orthogonalité d'une droite et d'un plan

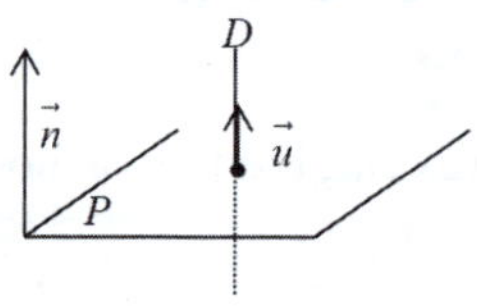

La droite D de vecteur directeur $\vec{u}$ et le plan P de vecteur normal $\vec{n}$ sont orthogonaux si et seulement si $\vec{u}$ et $\vec{n}$ sont colinéaires.

Cette droite et ce plan sont aussi dits perpendiculaires puisqu'ils sont orthogonaux et sécants.

2. Projections orthogonales

Projection orthogonale d'un point sur une droite

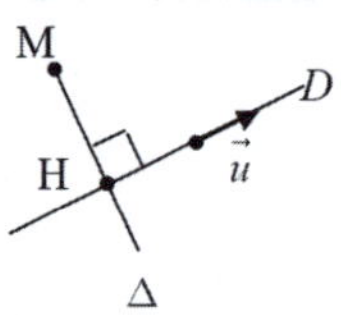

Considérons un point M et une droite D de vecteur directeur $\vec{u}$. Menons de M la droite Δ perpendiculaire à D. Les deux droites D et Δ se croisent en H.

H est le projeté orthogonal de M sur D.

La distance MH est la distance de M à D.

Le point M et la droite D étant connus, pour calculer les coordonnées inconnues $(x\ ;y\ ;z)$ du point H, on utilisera les deux données :

$$\begin{cases}\text{H appartient à } D \\ \overrightarrow{\text{MH}} \text{ et } \vec{u} \text{ sont orthogonaux}\end{cases}.$$

Ces deux données seront mises en équations, ce qui donnera un système de 4 équations :

$$\begin{cases}\text{la représentation paramétrique de } D \text{ vérifiée par H (trois équations)} \\ \overrightarrow{\text{MH}}\cdot\vec{u}=0 \text{ (une équation)}\end{cases}.$$

Il y aura 4 inconnues à trouver : x, y, z et t le paramètre (voir exercices).

Projection orthogonale d'un point sur un plan

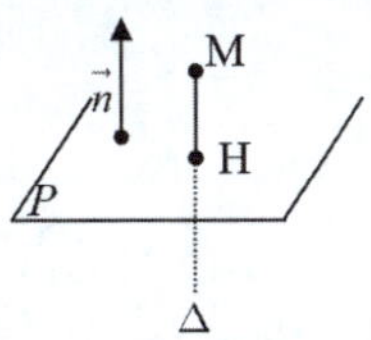	Considérons un point M et un plan P de vecteur normal $\vec{n}$. Menons de M la droite Δ perpendiculaire à P. Δ et P sont sécants en H. H est le projeté orthogonal de M sur P. La distance MH est la distance de M à P.

Le point M et le plan P étant connus, pour calculer les coordonnées inconnues $(x\ ;y\ ;z)$ du point H, on utilisera les deux données :

$$\begin{cases}\text{H appartient à } P \\ \overrightarrow{\text{MH}} \text{ et } \vec{n} \text{ sont colinéaires}\end{cases}.$$

Ces deux données seront mises en équations, ce qui donnera un système de 4 équations :

$$\begin{cases}\text{une équation cartésienne de } P \text{ vérifiée par H (une équation)} \\ \overrightarrow{\text{MH}}=k\vec{n} \text{ (trois équations : abscisse, ordonnée, cote)}\end{cases}.$$

Il y aura 4 inconnues à découvrir : x, y, z et k le coefficient de proportionnalité entre $\overrightarrow{\text{MH}}$ et $\vec{n}$ (voir exercices).

Énoncés des exercices

Dans tous ces exercices, l'espace est muni d'un repère orthonormé $\left(O\ ;\vec{i},\ \vec{j},\ \vec{k}\right)$.

* Exercice 1 — 15 min

Chacune des propositions suivantes est fausse. Donner des contre-exemples qu'on pourra tirer d'un cube.

Proposition 1 : « Si deux droites n'ont aucun point commun, alors elles sont parallèles ».

Proposition 2 : « Si deux plans sont parallèles, alors toute droite contenue dans l'un est parallèle à toute droite contenue dans l'autre ».

Proposition 3 : « Si deux droites sont perpendiculaires, alors toute droite perpendiculaire à l'une est parallèle à l'autre ».

* Exercice 2 — 10 min

Dire si chacune des propositions suivantes est vraie ou fausse. Sans justification.

Proposition 1 : « Si deux droites sont parallèles, alors toute droite parallèle à l'une est parallèle à l'autre ».

Proposition 2 : « Si deux droites sont perpendiculaires à un même plan, alors elles sont parallèles entre elles ».

Proposition 3 : « Si deux droites sont parallèles à un même plan, alors elles sont parallèles entre elles ».

* Exercice 3 — 10 min

Dire si chacune des propositions suivantes est vraie ou fausse. Sans justification.

Proposition 1 : « Si une droite est perpendiculaire à un plan, alors cette droite est perpendiculaire à toutes les droites contenues dans ce plan ».

Proposition 2 : « Si une droite est perpendiculaire à un plan, alors cette droite est orthogonale à toutes les droites contenues dans ce plan ».

Proposition 3 : « Si une droite est parallèle à un plan, alors cette droite est parallèle à toutes les droites contenues dans ce plan ».

* Exercice 4 ⏰ 25 min

Soient les droites $D : \begin{cases} x = t \\ y = 1 + t, \quad t \in \mathbb{R}, \\ z = 2 + t \end{cases}$ et $D' : \begin{cases} x = 1 + 2k \\ y = 3k \\ z = k \end{cases}, \quad k \in \mathbb{R}.$

1. ▪ Donner les coordonnées d'un vecteur $\vec{u}$ directeur de D et d'un vecteur $\vec{u'}$ directeur de D'.

▪ Vérifier que $\vec{u}$ et $\vec{u'}$ ne sont pas colinéaires. Qu'en déduit-on pour D et D' ?

▪ Vérifier que $\vec{u}$ et $\vec{u'}$ ne sont pas orthogonaux. Qu'en déduit-on pour D et D' ?

2. Calculer, au degré près, l'angle $(\vec{u}, \vec{u'})$.

* Exercice 5 ⏰ 25 min

Soient les plans $P : 4x + y + 3z = 0$ et $Q : x - y + 2z - 1 = 0$.

1. ▪ Donner les coordonnées d'un vecteur $\overrightarrow{n_P}$ normal à P et d'un vecteur $\overrightarrow{n_Q}$ normal à Q.

▪ Vérifier que $\overrightarrow{n_P}$ et $\overrightarrow{n_Q}$ ne sont pas colinéaires. Qu'en déduit-on pour P et Q ?

▪ Vérifier que $\overrightarrow{n_P}$ et $\overrightarrow{n_Q}$ ne sont pas orthogonaux. Qu'en déduit-on pour P et Q ?

2. ▪ Déterminer les coordonnés $(x = 0 \,;\, y \,;\, z)$ du point A vérifiant :

$$\begin{cases} 4x + y + 3z = 0 \\ x - y + 2z - 1 = 0 \end{cases}.$$

▪ Déterminer les coordonnés $(x \,;\, y = 0 \,;\, z)$ du point B vérifiant :

$$\begin{cases} 4x + y + 3z = 0 \\ x - y + 2z - 1 = 0 \end{cases}.$$

▪ Quelle est cette droite (AB) par rapport aux plans P et Q ?

* Exercice 6 ⏰ 25 min

Soient le plan $P : 4x + y + 3z = 0$ et la droite $D : \begin{cases} x = 1 + t \\ y = 2 - t, \quad t \in \mathbb{R}. \\ z = 2 + 3t \end{cases}$

1. ▪ Donner les coordonnées d'un vecteur $\vec{n}$ normal à P et d'un vecteur $\vec{u}$ directeur de D.

Exercices

- Vérifier que $\vec{n}$ et $\vec{u}$ ne sont pas colinéaires. Qu'en déduit-on pour P et D ?
- Vérifier que $\vec{n}$ et $\vec{u}$ ne sont pas orthogonaux. Qu'en déduit-on pour P et D ?

2. Résoudre le système d'équations : $\begin{cases} 4x+y+3z=0 \\ x=1+t \\ y=2-t \\ z=2+3t \end{cases}$. Qu'en déduit-on pour P et D ?

* Exercice 7

5 min

Dans le repère $(O ; \vec{i}, \vec{j}, \vec{k})$, le plan P a pour équation $x+2y+3z-6=0$.

On rapporte l'espace au nouveau repère $(O ; \vec{j}, \vec{k}, \vec{i})$, dans lequel les coordonnées seront notées $(x' ; y' ; z')$. Quelle est la nouvelle équation du plan P dans ce nouveau repère ?

* Exercice 8

15 min

On donne un cube ABCDEFGH dessiné ci-dessous.

On note M le milieu du segment [EH], N celui de [FC] et P le point tel que $\overrightarrow{HP}=\frac{1}{4}\overrightarrow{HG}$.

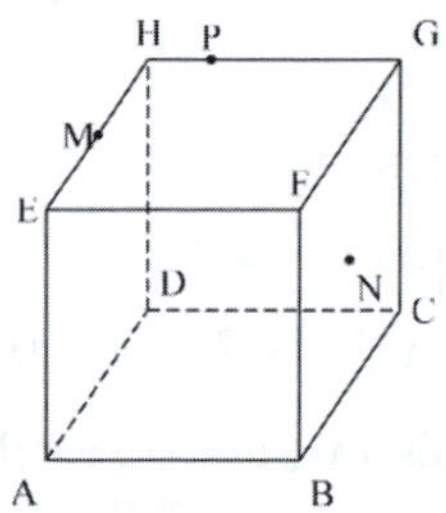

1. Justifier que les droites (MP) et (FG) sont sécantes en un point L.

2. On admet que les droites (LN) et (CG) sont sécantes en un point T, que les droites (LN) et (BF) sont sécantes en un point Q, que les droites (MP) et (EF) sont sécantes en un point S.

  a. Construire les points T, Q et S en laissant apparents les traits de construction.

  b. Quelle est la droite intersection des plans (MNP) et (ABF) ?

3. Construire la section du cube par le plan (MNP).

Exercice 9

25 min

Soient le plan P : $2x+3y+4z=0$ et la droite D : $\begin{cases} x=1+t \\ y=1+t \quad (t\in\mathbb{R}). \\ z=1-2t \end{cases}$

1. Le point $A(2\ ;2\ ;\ -1)$ appartient-il à D ? Et à P ?
2. P et D sont-ils parallèles ?
3. P et D sont-ils perpendiculaires ?
4. On se demande quelle est la nature de l'intersection de P et D. Donner la bonne réponse parmi les trois réponses suivantes :

$$P\cap D=\varnothing \quad P\cap D=D \quad P\cap D=\{\text{un point}\}$$

5. Résoudre le système d'équations : $\begin{cases} x=1+t \\ y=1+t \\ z=1-2t \\ 2x+3y+4z=0 \end{cases}$.

   Interpréter le triplet $(x\ ;y\ ;z)$ trouvé.

Exercice 10

25 min

On considère les points $A(2\ ;4\ ;0)$ $B(0\ ;2\ ;\ -2)$ et $C(1\ ;1\ ;1)$.

1. Justifier que C n'appartient pas à la droite (AB).
2. Justifier que $\begin{cases} x=2+t \\ y=4+t,\ t\in\mathbb{R}, \\ z=t \end{cases}$ est une représentation paramétrique de la droite (AB).
3. Déterminer les coordonnées du point $H(2+t\ ;\ 4+t\ ;\ t)$ tel que $\overrightarrow{CH}\cdot\overrightarrow{AB}=0$.
4. Calculer la distance de C à la droite (AB), puis l'aire du triangle ABC.
5. On note h la longueur de la hauteur issue de B du triangle ABC.

   Déduire de l'aire du triangle ABC le calcul de h.

Exercice 11

40 min

On considère le plan P : $2x+y-2z+4=0$, et les points $A(3\ ;2\ ;6)$, $B(1\ ;2\ ;4)$, $C(4\ ;\ -2\ ;5)$.

1. Vérifier que le triangle ABC est rectangle en A, puis calculer son aire.
2. Vérifier que le plan P passe par A, B et C.

Exercices

3. Soit K le projeté orthogonal de O sur le plan P, le point O étant l'origine du repère de l'espace.

Donner un système d'équations paramétriques de la droite (OK). Calculer ensuite les coordonnées du point K.

4. Calculer le volume du tétraèdre $OABC$.

* Exercice 12

15 min

On admet que la distance d'un point $M(x_M\ ;y_M\ ;z_M)$ à un plan P d'équation $ax+by+cz+d=0$ est donnée par la formule :

$$d(M,P)=\frac{|ax_M+by_M+cz_M+d|}{\sqrt{a^2+b^2+c^2}},$$

où $|ax_M+by_M+cz_M+d|$ est la valeur absolue de $ax_M+by_M+cz_M+d$.

1. Soient $M\ (-7\ ;2\ ;\ -5)$ et $P:\ x-2y+z-3=0$.

Calculer la distance de M à P.

2. Soit le plan $Q:\ 6x+3y+2z-1=0$.

Donner les colordonnées d'un point N tel que $d(N,Q)=10$.

* Exercice 13

25 min

Soients les droites $D: \begin{cases} x=t \\ y=2+t \\ z=2+t \end{cases} (t\in\mathbb{R})$ et $\Delta\ : \begin{cases} x=1+k \\ y=2+k \\ z=-2k \end{cases} (k\in\mathbb{R})$.

1. D et Δ sont-elles parallèles ?

2. Montrer que le système d'équations : $\begin{cases} x=t=1+k \\ y=2+t=2+k \\ z=2+t=-2k \end{cases}$ n'a pas de solution. Interpréter géométriquement.

3. Déduire des deux premières réponses la position relative des droites D et Δ.

4. D et Δ sont-elles perpendiculaires ? Orthogonales ?

** Exercice 14

25 min

On donne les points : $A(1\ ;2\ ;3)$, $B(3\ ;0\ ;1)$, $C(-1\ ;0\ ;1)$, $D(2\ ;1\ ;\ -1)$, $E(-1\ ;\ -2\ ;3)$ et $F(-2\ ;\ -3\ ;4)$.

Pour chaque affirmation, dire si elle est vraie ou fausse. Sans justification.

Affirmation 1 : Les trois points $A, B,$ et C sont alignés.

Affirmation 2 : Le vecteur $\vec{n}(0\,;1\,;\,-1)$ est un vecteur normal au plan (ABC).

Affirmation 3 : le milieu du segment $[BC]$ est le point d'intersection de la droite (EF) et du plan (ABC).

Affirmation 4 : Les droites (AB) et (CD) sont sécantes.

** Exercice 15 — 25 min

On s'intéresse à la figure ci-dessous où H est le projeté orthogonal de A sur la droite D, et B le symétrique de A par rapport à H.

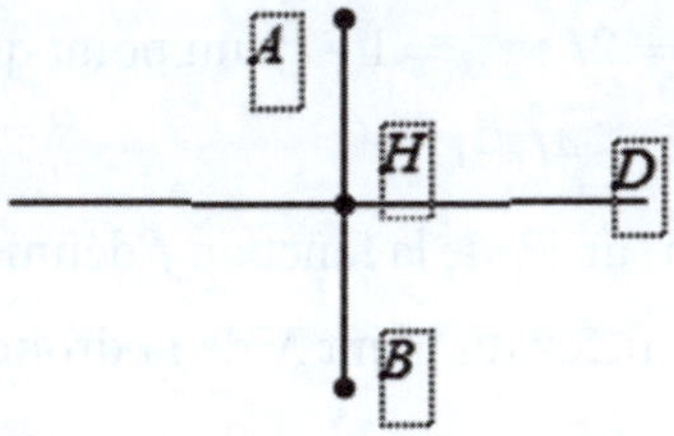

Sachant que le point A a pour coordonnées $(1\,;2\,;3)$, et que D a pour représentation paramétrique $\begin{cases} x = t \\ y = 2t \\ z = 1 - t \end{cases}$ $(t \in \mathbb{R})$, calculer les coordonnées du point B.

*** Exercice 16 — 25 min

On s'intéresse à la figure ci-dessous où H est le projeté orthogonal de A sur le plan P, et B le symétrique de A par rapport à H.

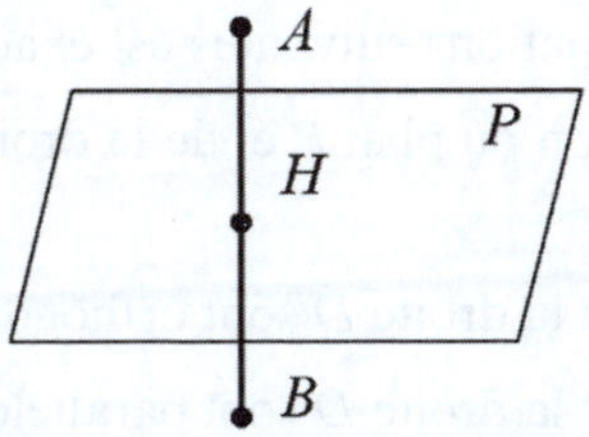

Sachant que le point A a des coordonnées notées $(a\,;b\,;c)$, et que P a pour équations cartésienne $x - y + 2z = 0$, déterminer les coordonnées $(a'\,;b'\,;c')$ du point B en fonction de a, b, c.

Exercices

Contrôle

1 h · 20 points

Dans tous ces exercices, l'espace est rapporté à un repère orthonormé.

Exercice 1

15 min · 5 points

Soient le point $A(1\ ;1\ ;1)$ et la droite $D : \begin{cases} x=1+t \\ y=2t \\ z=1-t \end{cases}, \quad t \in \mathbb{R}.$

1. Le point A appartient-il à la droite D ?
2. Soit $M\left(x_M=1+t\ ; y_M=2t\ ; z_M=1-t\right)$ un point quelconque de D.

   Montrer que $AM^2=6t^2-4t+1$.
3. Déterminer le minimum sur $\mathbb{R}$ de la fonction f définie par $f(t)=6t^2-4t+1$.
4. Quelles sont les coordonnées du point N de la droite D qui est le plus proche du point A ? Justifier.
5. Soit $\vec{u}$ un vecteur directeur de D. Calculer le produit scalaire $\overrightarrow{AN}\cdot\vec{u}$. Le résultat vous étonne-t-il ?

Exercice 2

15 min · 5 points

On considère le plan $P : 3x+2y+9z-5=0$ et la droite $D : \begin{cases} x=4t+3 \\ y=-t+2, \\ z=-t+9 \end{cases} \quad t \in \mathbb{R}.$

Une seule des quatre affirmations suivantes est exacte. Laquelle ? Justifier.

Affirmation 1 : l'intersection du plan P et de la droite D est réduite au point de coordonnées $(3\ ;2\ ;9)$.

Affirmation 2 : le plan P et la droite D sont orthogonaux.

Affirmation 3 : le plan P et la droite D sont parallèles.

Affirmation 4 : l'intersection du plan P et de la droite D est réduite au point de coordonnées $(-353\ ;91\ ;98)$.

Exercice 3

15 min · 5 points

On considère les plans $P :\ x+2y-3z+1=0$ et $P' :\ 2x-y+2=0$.

Une seule des quatre affirmations suivantes est exacte. Laquelle ? Sans justification.

Affirmation 1 : les plans P et P' sont parallèles.

Affirmation 2 : l'intersection des plans P et P' est une droite passant par les points $A(5\ ;12\ ;10)$ et $B(3\ ;1\ ;2)$.

Affirmation 3 : l'intersection des plans P et P' est une droite passant par le point $C(-1\ ;0\ ;0)$ et dont un vecteur directeur est $\vec{u}\ (3\ ;6\ ;5)$.

Affirmation 4 : l'intersection des plans P et P' est une droite passant par le point $C(-1\ ;0\ ;1)$ et dont un vecteur directeur est $\vec{v}\ (1\ ;2\ ;2)$.

Exercice 4

10 min • 3 points

Dans le plan P, on considère un triangle ABC rectangle en A.

Soit d la droite orthogonale au plan P et passant par le point B. On considère un point D de cette droite distinct du point B.

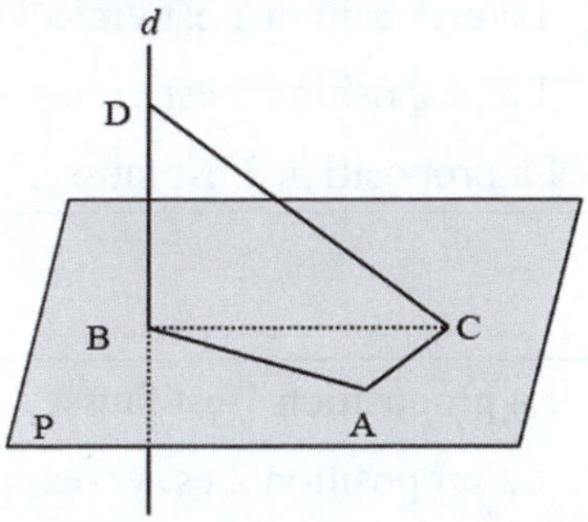

1. Montrer que la droite (AC) est orthogonale au plan (ABD).

On appelle bicoin un tétraèdre dont les quatre faces sont des triangles rectangles.

2. Montrer que le tétraèdre $ABCD$ est un bicoin.

3. Justifier que l'arête $[CD]$ est la plus longue arête du bicoin ABCD.

Exercice 5

5 min • 2 points

On considère une droite D de l'espace.

Quelle est la nature géométrique de l'ensemble formé de tous les points situés à une distance fixée de la droite D ? Aucune justification n'est demandée.

Contrôle

Corrigés exercices

Exercice 1

<table>
<tr>
<td>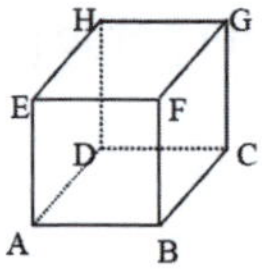</td>
<td>

- La proposition 1 est fausse : les deux droites (AB) et (FG) n'ont aucun point commun mais ne sont pas parallèles.
- La proposition 2 est fausse : les deux plans (ABC) et (EFG) sont parallèles et, pourtant, la droite (AB) n'est pas parallèle à la droite (FG).
- La proposition 3 est fausse : les droites (AB) et (BC) sont perpendiculaires et, pourtant, la droite (CG) est perpendiculaire à (BC) mais n'est pas parallèle à (AB).

</td>
</tr>
</table>

Exercice 2

La proposition 1 est vraie. La proposition 2 est vraie. La proposition 3 est fausse.

Exercice 3

La proposition 1 est fausse. La proposition 2 est vraie. La proposition 3 est fausse.

Exercice 4

1. - Les coordonnées de vecteurs directeurs de droites sont les coefficients des paramètres : $\vec{u}\ (1\,;1\,;1)$ et $\overrightarrow{u'}\ (2\,;3\,;1)$.
   - $\vec{u}$ et $\overrightarrow{u'}$ ne sont pas colinéaires vu qu'il n'existe pas de nombre k tel que $\vec{u}=k\overrightarrow{u'}$. En effet, $\vec{u}=k\overrightarrow{u'} \Leftrightarrow \begin{cases}1=2k\\1=3k\\1=k\end{cases} \Leftrightarrow k=\dfrac{1}{2}=\dfrac{1}{3}=1$; c'est impossible !

     On en déduit que les droites D et D' ne sont pas parallèles.
   - Calculons le produit scalaire $\vec{u}\cdot\overrightarrow{u'}$.

     $\vec{u}\cdot\overrightarrow{u'}=x_{\vec{u}}x_{\overrightarrow{u'}}+y_{\vec{u}}y_{\overrightarrow{u'}}+z_{\vec{u}}z_{\overrightarrow{u'}}=(1)(2)+(1)(3)+(1)(1)=6.$

     Donc $\vec{u}\cdot\overrightarrow{u'}\neq 0$ donc $\vec{u}$ et $\overrightarrow{u'}$ ne sont pas orthogonaux.

     On en déduit que les droites D et D' ne sont pas orthogonales..

2. $\cos(\vec{u}, \vec{u'}) = \dfrac{\vec{u} \cdot \vec{u'}}{\|\vec{u}\| \times \|\vec{u'}\|}$.

Or $\|\vec{u}\| = \sqrt{x_{\vec{u}}^{\ 2} + y_{\vec{u}}^{\ 2} + z_{\vec{u}}^{\ 2}} = \sqrt{(1)^2 + (1)^2 + (1)^2} = \sqrt{3}$. Et, de même, $\|\vec{u'}\| = \sqrt{14}$.

$$\cos(\vec{u}, \vec{u'}) = \frac{\vec{u} \cdot \vec{u'}}{\|\vec{u}\| \times \|\vec{u'}\|} = \frac{6}{\sqrt{3} \times \sqrt{14}} \underset{\text{CALCULATRICE}}{\Rightarrow} (\vec{u}, \vec{u'}) \approx 22°.$$

Exercice 5

1. ▪ Des coordonnées de vecteurs normaux à des plans sont les coefficients de x, y, z dans leurs équations cartésiennes : $\overrightarrow{n_P}\ (4\ ;1\ ;3)$ et $\overrightarrow{n_Q}\ (1\ ;\ -1\ ;2)$.

▪ Les coordonnées, $(4\ ;1\ ;3)$ et $(1\ ;\ -1\ ;2)$, de ces deux vecteurs n'étant pas proportionnelles, $\overrightarrow{n_P}$ et $\overrightarrow{n_Q}$ ne sont pas colinéaires.

On en déduit que ces deux plans ne sont pas parallèles.

▪ $\overrightarrow{n_P} \cdot \overrightarrow{n_Q} = x_{\overrightarrow{n_P}} x_{\overrightarrow{n_Q}} + y_{\overrightarrow{n_P}} y_{\overrightarrow{n_Q}} + z_{\overrightarrow{n_P}} z_{\overrightarrow{n_Q}} = (4)(1) + (1)(-1) + (3)(2) = 9.$

Donc $\overrightarrow{n_P} \cdot \overrightarrow{n_Q} \neq 0$, donc $\overrightarrow{n_P}$ et $\overrightarrow{n_Q}$ ne sont pas orthogonaux.

On en déduit que ces deux plans ne sont pas perpendiculaires.

2. ▪ Puisque $x = 0$, $\begin{cases} 4x + y + 3z = 0 \\ x - y + 2z - 1 = 0 \end{cases} \Leftrightarrow \begin{cases} y + 3z = 0 \\ -y + 2z - 1 = 0 \end{cases}$.

Alors $y + 3z = 0 \Leftrightarrow y = -3z$. En remplaçant dans la deuxième équation : $-y + 2z - 1 = 0 \Rightarrow -3z + 2z - 1 = 0 \Rightarrow -1 = z$.

D'où $y = -3z = -3(-1) = 3$.

$$A\ (x = 0\ ; y = 3\ ; z = -1)$$

▪ Puisque $y = 0$, $\begin{cases} 4x + y + 3z = 0 \\ x - y + 2z - 1 = 0 \end{cases} \Leftrightarrow \begin{cases} 4x + 3z = 0 \\ x + 2z - 1 = 0 \end{cases}$.

Alors $x + 2z - 1 = 0 \Leftrightarrow x = 1 - 2z$. et en remplaçant dans la première équation : $4x + 3z = 0 \Rightarrow 4(1 - 2z) + 3z = 0 \Rightarrow 4 - 5z = 0 \Rightarrow z = 0{,}8$.

D'où $x = 1 - 2z = 1 - 2(0{,}8) = 0{,}4$.

$$B\ (x = 0{,}4\ ; y = 0\ ; z = 0{,}8)$$

▪

La droite (AB) est la droite d'intersection des plans P et Q ; $(AB) = P \cap Q$.

Corrigés

Exercice 6

1. ■ $\vec{n}\ (4\ ;1\ ;3)$ et $\vec{u}\ (1\ ;\ -1\ ;3)$.

■ Les coordonnées, $(4\ ;1\ ;3)$ et $(1\ ;\ -1\ ;3)$, de ces deux vecteurs n'étant pas proportionnelles, $\vec{n}$ et $\vec{u}$ ne sont pas colinéaires.

On en déduit que le plan P et la droite D ne sont pas perpendiculaires.

■ Le produit scalaire $\vec{n}\cdot\vec{u}=(4)(1)+(1)(-1)+(3)(2)=9\neq 0$ donc $\vec{n}$ et $\vec{u}$ ne sont pas orthogonaux.

On en déduit que le plan P et la droite D ne sont pas parallèles.

2. $\begin{cases}4x+y+3z=0\\x=1+t\\y=2-t\\z=2+3t\end{cases}\Rightarrow 4(1+t)+(2-t)+3(2+3t)=0\Rightarrow 12t+12=0$

$\Rightarrow t=-1$. Alors $\begin{cases}x=1+t=1+(-1)=0\\y=2-t=2-(-1)=3\\z=2+3t=2+3(-1)=-1\end{cases}$.

> Les coordonnées trouvées $(x=0\ ;y=3\ ;z=-1)$ sont les coordonnées du point d'intersection du plan P et de la droite D.

Exercice 7

Dans le repère $(O\ ;\vec{i},\ \vec{j},\ \vec{k})$, le plan P a pour équation $x+2y+3z-6=0$.

Dans le repère $(O\ ;\vec{i},\ \vec{j},\ \vec{k})$, dire que le point M a pour coordonnées $(x\ ;y\ ;z)$, c'est dire que $\overrightarrow{OM}=x\vec{i}+y\vec{j}+z\vec{k}$.

Dans le repère $(O\ ;\vec{j},\ \vec{k},\ \vec{i})$, dire que le point M a pour coordonnées $(x'\ ;y'\ ;z')$, c'est dire que $\overrightarrow{OM}=x'\vec{j}+y'\vec{k}+z'\vec{i}$.

Ainsi $\overrightarrow{OM}=x\vec{i}+y\vec{j}+z\vec{k}$ et $\overrightarrow{OM}=x'\vec{j}+y'\vec{k}+z'\vec{i}$. Donc, par comparaison des coefficients des différents vecteurs, $\begin{cases}x=z'\\y=x'\\z=y'\end{cases}$.

Alors $P:\ x+2y+3z-6=0\Leftrightarrow z'+2x'+3y'-6=0$ ou $2x'+3y'+z'-6=0$.

> La nouvelle équation du plan P dans le nouveau repère est :
> $2x'+3y'+z'-6=0$.

Corrigés

Exercice 8

1. D'abord, les droites (MP) et (FG) sont coplanaires puisque ces quatre points appartiennent au même plan (EFG).

Puisqu'elles sont coplanaires, alors ou ces droites sont parallèles ou elles sont sécantes.

Ces droites (MP) et (FG) ne sont pas parallèles (sinon P serait sur (EH)), donc elles sont sécantes.

$$\begin{cases}\text{(MP) et (FG) sont coplanaires}\\ \text{(MP) et (FG) ne sont pas parallèles}\end{cases} \Rightarrow \text{(MP) et (FG) sont sécantes.}$$

2. a. Voir dessin.

b. La droite intersection des plans (MNP) et (ABF) est la droite (SQ).

$$\begin{cases}S \in (MP) \text{ et à } (EF) \Rightarrow S \in (MNP) \text{ et à } (ABF)\\ Q \in (LN) \text{ et à } (BF) \Rightarrow Q \in (MNP) \text{ et à } (ABF)\end{cases}$$

$$\Rightarrow \text{ S et Q appartiennent à (MNP) et à (ABF)}$$

$$\Rightarrow (SQ) = (MNP) \cap (ABF)$$

3. La section du cube par le plan (MNP) est dessinée en traits gras sur le dessin ci-après.

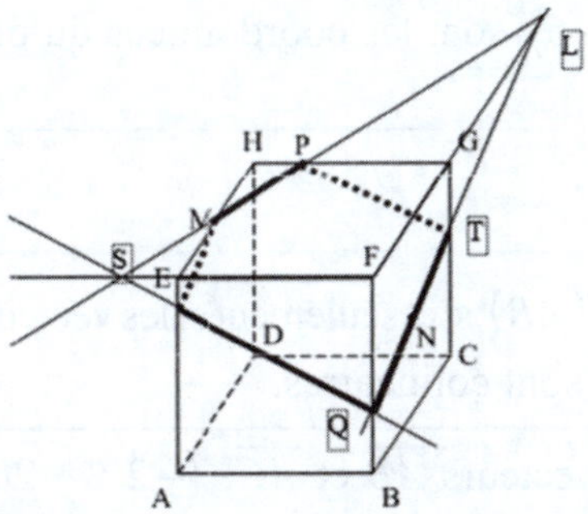

Exercice 9

1. ▪ Le point $A(2\ ;\ 2\ ;\ -1)$ est sur D s'il vérifie les équations de D. Cherchons :

$$\begin{cases}2 = 1 + t \Leftrightarrow 1 = t\\ 2 = 1 + t \Leftrightarrow t = 1 \qquad \Leftrightarrow t = 1\ ; \text{ oui, } A \in D.\\ -1 = 1 - 2t \Leftrightarrow t = 1\end{cases}$$

▪ $2x_A + 3y_A + 4z_A = 2(2) + 3(2) + 4(-1) = 6 \neq 0\ ;\ A \notin P.$

2. P et D sont parallèles si un vecteur normal à P est orthogonal à un vecteur directeur de D.

$\vec{n}$ $(2\,;3\,;4)$ est un vecteur normal à P, $\vec{u}$ $(1\,;1\,;\,-2)$ est un vecteur directeur de D. Or $\vec{n}\cdot\vec{u}=(2)(1)+(3)(1)+(4)(-2)=-3\neq 0$, donc $\vec{n}$ et $\vec{u}$ ne sont pas orthogonaux, donc P et D ne sont pas parallèles.

3. P et D sont perpendiculaires si le vecteur normal $\vec{n}$ à P est colinéaire au vecteur directeur $\vec{u}$ de D.

Les coordonnées de $\vec{n}$ et $\vec{u}$, $(2\,;3\,;4)$ et $(1\,;1\,;\,-2)$, ne sont pas proportionnelles, donc $\vec{n}$ et $\vec{u}$ ne sont pas colinéaires, donc P et D ne sont pas perpendiculaires.

4. $P\cap D=\{\text{un point}\}$

5. $\begin{cases}x=1+t\\y=1+t\\z=1-2t\\2x+3y+4z=0\end{cases} \Rightarrow 2(1+t)+3(1+t)+4(1-2t)=0\Rightarrow -3t+9=0$

$\Rightarrow t=3$. Alors $\begin{cases}x=1+t=1+(3)=4\\y=1+t=1+(3)=4\\z=1-2t=1-2(3)=-5\end{cases}$.

$(x=4\,;y=4\,;z=-5)$ sont les coordonnées du point d'intersection de P et D.

Exercice 10

1. Le point C appartient à (AB) si et seulement si les vecteurs $\overrightarrow{AB}$ $(-2\,;\,-2\,;\,-2)$ et $\overrightarrow{AC}$ $(-1\,;\,-3\,;1)$ sont colinéaires.

Les coordonnées des vecteurs $\overrightarrow{AB}$ et $\overrightarrow{AC}$, $(-2\,;\,-2\,;\,-2)$ et $(-1\,;\,-3\,;1)$ ne sont pas proportionnelles, donc les vecteurs $\overrightarrow{AB}$ et $\overrightarrow{AC}$ ne sont pas colinéaires, donc $C\notin(AB)$.

2. $\begin{cases}x=2+t\\y=4+t\\z=t\end{cases}\Leftrightarrow\begin{cases}x=2+1t\\y=4+1t\\z=0+1t\end{cases}$; il s'agit donc de vérifier que le point de coordonnées $(2\,;4\,;0)$ est sur (AB) et que le vecteur $\vec{u}$ $(1\,;1\,;1)$ est un vecteur directeur de (AB).

$$\left\{\begin{array}{l}A(2\ ;4\ ;0)\in(AB)\\ \overrightarrow{AB}=-2\vec{u}\Rightarrow\vec{u}\text{ dirige }(AB)\end{array}\right.\Rightarrow(A\ ,\vec{u})\text{ est un repère de la droite }(AB),$$

d'où la représentation paramétrique donnée.

3. $\overrightarrow{CH}\cdot\overrightarrow{AB}=0 \Leftrightarrow (x_H-x_C)(-2)+(y_H-y_C)(-2)+(z_H-z_C)(-2)=0$

$\Leftrightarrow (1+t)(-2)+(3+t)(-2)+(t-1)(-2)=0 \Leftrightarrow -6t-6=0 \Leftrightarrow t=-1.$

$$\overrightarrow{CH}\cdot\overrightarrow{AB}=0 \Leftrightarrow t=-1,\text{ donc } H(1\ ;3\ ;-1).$$

4. Remarquons que H est le projeté orthogonal de C sur (AB). La distance de C à la droite (AB) est donc la longueur CH.

La distance de C à la droite (AB) est :

$$CH=\sqrt{(x_H-x_C)^2+(y_H-y_C)^2+(z_H-z_C)^2}$$
$$=\sqrt{(0)^2+(2)^2+(-2)^2}=\sqrt{8}=2\sqrt{2}.$$

$[CH]$ est la hauteur issue de C du triangle ABC.

La base correspondante est : $AB=\sqrt{(-2)^2+(-2)^2+(-2)^2}=\sqrt{12}=2\sqrt{3}.$

$$\text{L'aire du triangle } ABC=\frac{CH\times AB}{2}=\frac{2\sqrt{2}\times2\sqrt{3}}{2}=2\sqrt{6}\text{ unités d'aire.}$$

5. La base correspondant à h est $AC=\sqrt{(1-2)^2+(1-4)^2+(1-0)^2}=\sqrt{11}.$

$$\text{L'aire du triangle } ABC=\frac{h\times AC}{2}\Leftrightarrow 2\sqrt{6}=\frac{h\times\sqrt{11}}{2}\Leftrightarrow h=\frac{4\sqrt{6}}{\sqrt{11}}$$

Exercice 11

1. $\overrightarrow{AB}\,(x_B-x_A\ ;y_B-y_A\ ;z_B-z_A)=(-2\ ;0\ ;-2)$, et $\overrightarrow{AC}\,(1\ ;-4\ ;-1).$

$$\overrightarrow{AB}\cdot\overrightarrow{AC}=(-2)(1)+(0)(-4)+(-2)(-1)=0$$
$$\Leftrightarrow \overrightarrow{AB}\textbf{ et }\overrightarrow{AC}\text{ sont orthogonaux}\Leftrightarrow ABC\text{ est rectangle en }A.$$

On a $AB=\sqrt{(-2)^2+(0)^2+(-2)^2}=\sqrt{8}$ et, de même, $AC=\sqrt{18}.$

$$\text{Aire de } ABC=\frac{AB\times AC}{2}=\frac{\sqrt{8}\times\sqrt{18}}{2}=6\text{ unités d'aire.}$$

Corrigés

2. $2x_A + y_A - 2z_A + 4 = 2(3) + (2) - 2(6) + 4 = 0 \Rightarrow A \in P$. De même pour B et C.

3. ▪ Puisque la droite (OK) est perpendiculaire à P, alors elle est dirigée par un vecteur normal à P. Or un vecteur normal à P est $\vec{n}\,(2\,;\,1\,;\,-2)$. Donc $(O\,;\,\vec{n})$ est un repère de (OK).

$$(OK)\ :\ \begin{cases} x = 0 + 2t \\ y = 0 + 1t \\ z = 0 - 2t \end{cases} \Leftrightarrow \begin{cases} x = 2t \\ y = t \\ z = -2t \end{cases},\quad t \in \mathbb{R}.$$

▪ Les coordonnées $(x\,;y\,;z)$ de $K = P \cap (OK)$ sont les solutions du système formé par les équations de P et (OK).

Si $\begin{cases} 2x + y - 2z + 4 = 0 \\ x = 2t \\ y = t \\ z = -2t \end{cases}$, alors $2(2t) + (t) - 2(-2t) + 4 = 0$,

donc $9t + 4 = 0$, donc $t = -4/9$. Par suite, $\begin{cases} x = 2t = 2(-4/9) = -8/9 \\ y = t = -4/9 \\ z = -2t = -2(-4/9) = 8/9 \end{cases}$.

$$K\left(-\frac{8}{9}\ ;\ -\frac{4}{9}\ ;\ \frac{8}{9}\right)$$

4. $[OK]$ est la hauteur issue de O du tétraèdre $OABC$.

$$OK = \sqrt{\left(-\frac{8}{9}\right)^2 + \left(-\frac{4}{9}\right)^2 + \left(\frac{8}{9}\right)^2} = \sqrt{\frac{144}{9}} = \frac{12}{9} = \frac{4}{3}.$$

$$\text{Volume de } OABC = \frac{OK \times \text{aire de } ABC}{3} = \frac{\frac{4}{3} \times 6}{3} = \frac{8}{3} \text{ unités de volume.}$$

Exercice 12

1.

$$d(M,P) = \frac{|ax_M + by_M + cz_M + d|}{\sqrt{a^2 + b^2 + c^2}}$$

$$\Rightarrow d(M,P) = \frac{|(-7) - 2(2) + (-5) - 3|}{\sqrt{(1)^2 + (-2)^2 + (1)^2}} = \frac{|-19|}{\sqrt{6}} = \frac{19}{\sqrt{6}}.$$

Corrigés

2. Soit $N\left(x_N\ ;y_N\ ;z_N\right)$.

$$d(N,Q)=10 \Leftrightarrow \frac{|6x_N+3y_N+2z_N-1|}{\sqrt{(6)^2+(3)^2+(2)^2}}=10 \Leftrightarrow \frac{|6x_N+3y_N+2z_N-1|}{\sqrt{49}}=10$$

$\Leftrightarrow |6x_N+3y_N+2z_N-1|=70.$

Pour trouver des coordonnées, il suffit de s'arranger pour que $6x_N+3y_N+2z_N-1=70$.

Je prends (arbitrairement) $x_N=0$ et $y_N=0$. Alors, il faut $2z_N-1=70 \Leftrightarrow z_N=35{,}5$.

> Un point N parmi une infinité d'autres : $\left(x_N=0\ ;y_N=0\ ;z_N=35{,}5\right)$.

Exercice 13

1. D et Δ sont parallèles si et seulement si elles ont des vecteurs directeurs colinéaires. Les coordonnées d'un vecteur directeur d'une droite sont les coefficients du paramètre. Ainsi $\overrightarrow{u_D}\ (1\ ;1\ ;1)$ et $\overrightarrow{u_\Delta}\ (1\ ;1\ ;-2)$ sont des vecteurs directeurs de D et Δ.

> Les coordonnées de $\overrightarrow{u_D}$ et $\overrightarrow{u_\Delta}$, $(1\ ;1\ ;1)$ et $(1\ ;1\ ;-2)$, ne sont pas proportionnelles, donc $\overrightarrow{u_D}$ et $\overrightarrow{u_\Delta}$ ne sont pas colinéaires, donc les droites D et Δ ne sont pas parallèles.

2. $\begin{cases} x=t=1+k \\ y=2+t=2+k \\ z=2+t=-2k \end{cases} \underset{\text{ON SE CONCENTRE SUR UNE PARTIE DE CE SYSTEME}}{\Rightarrow} \begin{cases} t=1+k \\ 2+t=2+k \end{cases} \Rightarrow \begin{cases} t=1+k \\ t=k \end{cases}$

$\Rightarrow 1+k=k \Rightarrow 1=0$; impossible !

> $1=0$ est impossible ! Les équations de ce système d'équation sont incompatibles, ce système n'a pas de solution. Ce qui signifie qu'aucun point n'appartient à D et à Δ, que $D\cap\Delta=\varnothing$, que D et Δ ne sont pas sécantes.

3.

> $\begin{cases} D \text{ et } \Delta \text{ ne sont pas parallèles} \\ D \text{ et } \Delta \text{ ne sont pas sécantes} \end{cases} \Leftrightarrow D$ et Δ ne sont pas coplanaires.

4.

> Si D et Δ étaient perpendiculaires, elles seraient sécantes. Or elles ne sont pas sécantes, donc elles ne sont pas perpendiculaires.

> D et Δ sont orthogonales puisque le produit scalaire $\overrightarrow{u_D}.\overrightarrow{u_\Delta}$ est nul : $(1\ ;1\ ;1).(1\ ;1\ ;-2)=(1)(1)+(1)(1)+(1)(-2)=0.$

Corrigés

Exercice 14

L'affirmation 1 est fausse.
L'affirmation 2 est vraie.
L'affirmation 3 est vraie.
L'affirmation 4 est fausse.

Exercice 15

Premièrement, cherchons les coordonnées de H : $(x\,;y\,;z)$. Il existe t tel que $\begin{cases} x=t \\ y=2t \\ z=1-t \end{cases}$ puisque $H \in D$. Et, sachant que $\vec{u}\,(1\,;2\,;\,-1)$ est un vecteur directeur de D, on a : $\overrightarrow{AH}\cdot\vec{u}=0 \Leftrightarrow (t-1\,;2t-2\,;\,-t-2)\cdot(1\,;2\,;\,-1)=0$ $\Leftrightarrow (t-1)(1)+(2t-2)(2)+(-t-2)(-1)=0 \Leftrightarrow 6t-3=0 \Leftrightarrow t=0{,}5$.

Les coordonnées du point H sont donc : $\begin{cases} x=t=0{,}5 \\ y=2t=1 \\ z=1-t=0{,}5 \end{cases}$.

Deuxièmement, cherchons les coordonnées de B : $(x\,;y\,;z)$. Sachant que $\overrightarrow{AB}=2\overrightarrow{AH}$, c'est-à-dire $(x-1\,;y-2\,;z-3)=2\times(-0{,}5\,;\,-1\,;\,-2{,}5)$, on a : $(x-1\,;y-2\,;z-3)=(-1\,;\,-2\,;\,-5) \Leftrightarrow (x\,;y\,;z)=(0\,;0\,;\,-2)$.

$B\,(0\,;0\,;\,-2)$

Exercice 16

Premièrement, cherchons les coordonnées de H : $(x\,;y\,;z)$.

Sachant que $\vec{n}\,(1\,;\,-1\,;2)$ est normal au plan P, que $\overrightarrow{AH}$ et $\vec{n}$ sont colinéaires, il existe un nombre k tel que $\overrightarrow{AH}=k\vec{n} \Leftrightarrow (x-a\,;y-b\,;z-c)=k\times(1\,;\,-1\,;2)$.

Donc $\begin{cases} \overrightarrow{AH}=k\vec{n} \\ H\in P \end{cases} \Leftrightarrow \begin{cases} x-a=k \\ y-b=-k \\ z-c=2k \\ x-y+2z=0 \end{cases} \Leftrightarrow \begin{cases} x=a+k \\ y=b-k \\ z=c+2k \\ x-y+2z=0 \end{cases}$ système de 4 équations à 4 inconnues : x, y, z, k, inconnues qu'on recherche en fonction de a, b, c.

On a, par remplacement, $(a+k)-(b-k)+2(c+2k)=0 \Leftrightarrow 6k+a-b+2c=0$ $\Leftrightarrow k=\dfrac{-a+b-2c}{6}$.

Corrigés

Donc les coordonnées de H sont :

$$\begin{cases} x = a + k = a + \dfrac{-a+b-2c}{6} = \dfrac{5a+b-2c}{6} \\ y = b - k = -\dfrac{-a+b-2c}{6} = \dfrac{a+5b+2c}{6} \\ z = c + 2k = c + 2\times\dfrac{-a+b-2c}{6} = \dfrac{-a+b+c}{3} \end{cases}.$$

Deuxièmement, cherchons les coordonnées de B : $(x\,;y\,;z)$.

Sachant que $\overrightarrow{AB} = 2\overrightarrow{AH}$, on a :

$$\begin{cases} x - a = 2\left(\dfrac{5a+b-2c}{6} - a\right) \\ y - b = 2\left(\dfrac{a+5b+2c}{6} - b\right) \\ z - c = 2\left(\dfrac{-a+b+c}{3} - c\right) \end{cases} \Leftrightarrow \begin{cases} x = \dfrac{2a+b-2c}{3} \\ y = \dfrac{a+2b+2c}{3} \\ z = \dfrac{-2a+2b-c}{3} \end{cases}.$$

$$\boxed{B\left(\dfrac{2a+b-2c}{3}\,;\,\dfrac{a+2b+2c}{3}\,;\,\dfrac{-2a+2b-c}{3}\right)}$$

Corrigés contrôle

Exercice 1

1. Le point A appartient à la droite D s'il existe un nombre t tel que : $\begin{cases} 1 = 1+t \\ 1 = 2t \\ 1 = 1-t \end{cases}$.

Mais $\begin{cases} 1 = 1+t \Leftrightarrow 0 = t \\ 1 = 2t \Leftrightarrow 0{,}5 = t \Leftrightarrow t = 0 = 0{,}5 \\ 1 = 1-t \Leftrightarrow t = 0 \end{cases}$; c'est impossible ! Donc $A \notin D$.

2. $AM^2 = (x_M - x_A)^2 + (y_M - y_A)^2 + (z_M - z_A)^2$

$\Leftrightarrow \; AM^2 = (t)^2 + (2t-1)^2 + (-t)^2 = 6t^2 - 4t + 1.$

3. On a $f'(t) = 6\times 2t - 4 + 0 = 12t - 4$.

On peut dresser le tableau de variation de la fonction f.

x	$-\infty$		$1/3$		$+\infty$
f'		$-$	0	$+$	
f		↘	$f\left(\frac{1}{3}\right) = \frac{1}{3}$	↗	

Le minimum sur $\mathbb{R}$ de la fonction f est $f\left(\frac{1}{3}\right)=\frac{1}{3}$.

4. Le point N de D le plus proche de A est celui pour lequel $f(t)$ est minimal, donc pour $t=\frac{1}{3}$.

Les coordonnées de N sont : $\begin{cases} x=1+\frac{1}{3}=\frac{4}{3} \\ y=2\times\frac{1}{3}=\frac{2}{3} \\ z=1-\frac{1}{3}=\frac{2}{3} \end{cases}$.

5. Les coordonnées de $\vec{u}$ un vecteur directeur de D sont les coefficients du paramètre t : $\vec{u}\,(1\,;2\,;\,-1)$. Et $\overrightarrow{AN}\,\left(\frac{1}{3}\,;\,-\frac{1}{3}\,;\,-\frac{1}{3}\right)$.

$\overrightarrow{AN}\cdot\vec{u}=\left(\frac{1}{3}\right)(1)+\left(-\frac{1}{3}\right)(2)+(-1)\left(-\frac{1}{3}\right)=0$; ces deux vecteurs sont orthogonaux. Pas étonnant puisque, vu le cours, N est le projeté orthogonal de A sur la droite D.

Exercice 2

Recherchons l'intersection de P et de D en résolvant le système d'équations :

$$\begin{cases} 3x+2y+9z-5=0 \\ x=4t+3 \\ y=-t+2 \\ z=-t+9 \end{cases} \Rightarrow 3(4t+3)+2(-t+2)+9(-t+9)-5=0 \Rightarrow t=-89.$$

Donc $\begin{cases} x=4(-89)+3=-353 \\ y=-(-89)+2=91 \\ z=-(-89)+9=98 \end{cases}$; le point de coordonnées $(-353\,;91\,;98)$ est le seul point d'intersection de P et D.

L'affirmation 4 est exacte. C'est la seule qui est exacte puisqu'une seule des quatre affirmations est exacte.

Exercice 3

C'est l'affirmation 3 qui est exacte.

Corrigés

Exercice 4

1.

$$\begin{cases}(AC) \text{ est orthogonale à } (AB) \text{ car } ABC \text{ rectangle} \\ (AC) \text{ est orthogonale à } (BD) \text{ car } d \text{ orthogonale à } P\end{cases}$$

$$\Rightarrow (AC) \text{ est orthogonale à deux droites sécantes du plan } (ABD)$$

$$\Rightarrow (AC) \text{ est orthogonale à } (ABD).$$

2. La droite $d = (BD)$ d étant orthogonale au plan (ABD), $d = (BD)$ est orthogonale à toutes les droites contenues dans (ABC). donc les triangles ABD et CBD sont rectangles en B.

La droite (AC) étant orthogonale au plan (ABD), (AC) est orthogonale à toutes les droites contenues dans (ABD). donc les triangles ABC et CAD sont rectangles en A.

Les triangles ABC, CAD, ABD, CBD sont rectangles.

$\Rightarrow ABCD$ est un bicoin.

3. Le côté le plus long d'un triangle rectangle est l'hypoténuse.

$[CD]$ est l'hypoténuse de $BCD \Rightarrow \begin{cases} CD \geq CB \\ CD \geq BD \end{cases}$.

Et $[CB]$ est l'hypoténuse de $ABC \Rightarrow \begin{cases} CB \geq AB \\ CB \geq AC \end{cases}$.

$$\begin{cases} CD \geq CB \geq AB \\ CD \geq CB \geq AC \\ CD \geq BD \end{cases} \Rightarrow [CD] \text{ est la plus longue arête du bicoin } ABCD.$$

Exercice 5

L'ensemble formé de tous les points situés à une distance fixée de la droite D est un cylindre.

Imprimé en Italie par «La Tipografica Varese Srl» Varese